アーサー王と円卓の騎士 普及版

ローズマリ・サトクリフ 山本史郎 訳
Rosemary Sutcliff Shiro Yamamoto

The Sword and the Circle
King Arthur and the Knights of the Round Table

原書房

アーサー王と円卓の騎士❖もくじ

『アーサー王と聖杯の物語』

❖もくじ❖

『アーサー王最後の戦い』

❖もくじ❖

第1章　アーサー王の誕生

ローマ軍がブリテン島を去って後の、暗黒時代のこと。

目が細く、まばらな赤鬚をはやしたヴォーティガーンが、ウェールズの山の奥から下ってきた。そして謀略をもちいることによって、古い王家の血につらなるコンスタンティンを殺害し、ブリテン島の大王の地位をわがものとした。

しかし、せっかくこうして血まみれの両手につかみとった王冠ではあったが、ヴォーティガーンの心は少しも愉《たの》しまなかった。野蛮なピクト人、スコットランド人の群れが北方から攻めきたり、東と南の海岸には、〝海の狼〟ことサクソン人が襲いかかってくるという、まるで四面楚歌のありさまだったからだ。しかもヴォーティガーンは、コンスタンティンのように強い男ではなかったので、とても敵の勢いを押しとどめることなどできるわけがなかった。

ついに万策つき果てたヴォーティガーンは、ヘンギストとホルサという二人のサクソン人の大将をよんで、土地と黄金をあたえることで味方にひきいれた。そして、その兵士たちをもちいて、ピクト人とスコットランド人、および海を越えてくるサクソン人の群れを追いはらおうとした。いわば毒をもって毒を制しようとしたのであった。

しかし、これほどの愚策はなかった。

ヘンギストとホルサは豊かな土地をまのあたりにしてしまった。それに、故郷のデンマークやドイツには、家を継ぐことのできない次男坊、三男坊などがたくさんいる。こうした者たちすべてを養えるほどの土地も、実りもそこにはなかった。だから、これより以降、ブリテン島からサクソン人の去ることのなかったのも、当然のはなしであった。

やがてサクソン人たちは、海辺から、どんどん内陸に押し寄せてくるようになった。かれらが通り過ぎると、町々は略奪され、野や畑は荒廃をきわめた。そのさまは、まるで飢饉の冬に、狼が羊を襲っているかのようであった。多数の農民が自分の家の敷居の上で死に、大勢の司祭が自分の祭壇の前でこときれた。サクソン人の通り過ぎたあとに風が立つと、かならず焼け焦げた臭いが染み込んでいた。

自分の愚かな行為の結末を見せつけられたヴォーティガーンは、悄然《しょうぜん》として、鬱蒼《うっそう》たるウェールズの砦へと引きさがる。そうして助言者たち——すなわち占い師や魔術師どもを呼びよせ、いかにすべきか教えてほしいと、すがるような思いでたずねた。

「がんじょうな塔をお造りなさい。そして中にたてこもるのです。それ以外に方法はありません」と筆頭の占い師が助言した。

そこでヴォーティガーンは、築城のわざにひいでた者たちを野におくり、そのような城を建てるのに最適の場所を占わせるのだった。そうして、こうした者たちの報告を聞きおえたヴォーティガーンの心は、グウィネズの山々のうちエリリ――すなわち〃鷹の巣〃――と呼ばれる峰の上にかたまった。こうしてヴォーティガーンは、大勢の労働者を四方八方からかきあつめ、ブリテン島ずいいちの堅固な塔を建てるよう命じた。

男たちは仕事にとりかかった。丘の石切り場から巨大な石のかたまりが切りだされ、人と馬の運搬チームが、選ばれた場所まで引き上げていった。そして雲のかかったエリリの峰までやってくると、男たちは、ブリテン島でいちばんの城をささえるためのがんじょうな基礎を造ろうと、作業をはじめた。

ところが、そこでとても奇妙なことが起きた。朝になって、さあ仕事をはじめようと現場に行ってみると、かならず、昨日積んだ石がすべて転がり落ち、あちこちに散らばっているのであった。それがくる日もくる日も同じことなので、〃鷹の巣城〃の石組みは、初日の段階から、まったく進まないというありさまであった。

そこでヴォーティガーンはまた占い師や魔術師を呼び、なぜこのようなことが起きるのか、どうすれば問題が解決するのかとたずねた。

すると占い師や魔術師たちは、夜の間は星をしらべ、昼になると、黒い占い水をたたえた見者の椀をのぞきこんでいたかと思うと、

「生け贄が必要でございます、陛下」

と言い出すのだった。

「ならば、黒い山羊をつれてこい」

「黒い山羊では不足です」

「ならば、白の雄馬を」

「白の雄馬でも不足でございます」

「では人間か？」

「ふつうの人間では、まだ不足でございます」

「ではいったい何が必要なのだ」

と大王ヴォーティガーンは叫んで、手にもっていた酒杯を地面にたたきつけた。真っ赤な葡萄酒《ワイン》がとび散って、曠野《あらの》のヒースを鮮血のように染めた。

　助言者たちの代表は、そんな血のようなしみに目をやりながら、にこりと微笑んだ。

「人間の父親をもたぬ子どもを見つけて、古い、聖なる方法にのっとって殺すのです。そして、その血を石の上にふりまけば、基礎の石組みはもはやびくともしないでしょう」

　そこでヴォーティガーンはそのような子どもを見つけるために、家来をあちこちに派遣した。家来の一行はさんざん探しまわったあげく、ケルメルディンの町にやってきた。そして、ここで、ある子どもの噂を聞きつけた。その子どもの母親というのはデメティア国の王女らしい。しかし、父親がだれなのか、誰も知らないというではないか。

　王女ははるか以前に尼となり、修道院にこもってしまったが、そうする前に、まるで夢かなんぞのように、何者かの訪れをうけた。やってきたその人物というのは、キリスト教徒が〝堕《お》ちた天使〟と呼ぶ者であった。これは、すなわち、天と地のあいだに迷える悪魔のことである。このような訪れののち、王女の腹に子がやどった。そして生まれた子どもはマーリンと名づけられた。

このようないきさつを、王女は大王の家来たちに求められるがままに気軽に話した。それによって何か害があろうなどとは、思いもよらなかった。しかし、こんな話を聞きおえると、家来たちはさっさとマーリン少年をとらえて、連れ去ってしまった。

少年はヴォーティガーンの面前に引きたてられてきた。そこはエリリの峰にほど近い山奥に建てられた、木造の美しい城館《やかた》。ヴォーティガーンはみごとな狼皮と、緋色と紫の布をゆったりとかぶせた、大きな玉座にすわっている。そして、まばらな鬚をしごきながら、暖炉からもれてくる煙をすかすようにして、目の前に立っている少年の姿に目をやった。少年はといえば、はしばみの杖のように細くしなやかな身体、けばだった鷹の羽根のような黒髪の持ち主であったが、鷹のように鋭く黄色い目で、相手の目をじっと見返すのだった。そうして、なぜここまで連れてこられたのかとたずねる口調は、まるで同輩の者にものをたずねてでもいるようであった。

このような口調で話しかけられたことのない大王は、あっけにとられて、この質問にすなおに答えた。すぐに子どもを殺すよう命じてもよいところではあったが。

少年は王の話にじっと耳をかたむけた。そして話がおわると、こう言った。

「では、あなたの塔を建てるために、わたしの血をそこにまこうというのですね。陛下、おかかえの魔術師どものお話、おもしろい話ではありますが、でたらめもよいところです」

「それは簡単に試してみることができよう」

「わたしの血を城の基礎石にふりまこうというのですね？　いいえ、そんなことより、魔術師どもをいまここに呼んで、わたしの前に立つよう、お命じいただきたい。やつらの嘘をあばくことなど、手もないことです」

ヴォーティガーンはまた鬚をしごいた。そして細い目は、いよいよもって細くなった。しかしヴォーティガーンは顧問の者たちを呼ぶよう、指示した。男たちがやってきて、少年マーリンの目の前にずらりと並ぶ。

マーリンは男たちを順に見わたすと、こう言うのであった。

「真のドルイドの者たちが消えていらい、長い歳月のたつうちに、そなたらのような輩《やから》の千里眼も魔法も、力が失せてしまった。したがって、真実に冥《くら》いそなたらであるがゆえに、わたしの血をいしずえにまけば塔が倒れぬだろうなどと、王にまやかしを教えたのだ。石組みがくずれるのは、わたしの血を欲しているのではない。地の下で夜ごと奇妙なことが起きていて、そのために昼の仕事がだいなしになるのだ。さあ、知恵を誇れる者たちよ、わたしに向かって言うがよい。そこで何が起きているのだ？」

魔術師たちはおし黙ったままだ。彼らの力が弱まってしまい、もはや往時の面影のないことは、そのとおり真実であった。

するとマーリンはヴォーティガーンの方にむきなおった。

「大王陛下、ご家来どもに礎石の下を掘らせてください。かならず、深い水たまりが見つかるはずです」

そこで王は命令を発し、人夫たちが仕事にかかった。しばらくすると、つるはしが大きな地下の洞窟の天井を打ち抜いた。そこにぽっかりと開いた洞窟の中は、全体が一つの深くて暗い池となっている。そしてその深みからは、泡がゆらゆらと立ち昇ってくるのが見えた。まるではるか底の方で、何か大きな生き物が深く息をつきながら、眠っているかのようであった。

何事が起きたのだろうと、ヴォーティガーンが館から出てきた。その後ろには魔術師の群れがついてくる。ふりかえってみたマーリンは、

「さあ、奇跡を演じる方々よ、水の底には何がいるのだ?」

ときいた。

またもや、彼らには答えることができない。

そこでマーリンは王にむかってこう言うのだった。

「さあ、ヴォーティガーン陛下、水を抜くようご命令ください。底では二匹の竜が眠っているはずです」

やがて池の底があらわれてきた。すると、果たせるかな、はるか下の岩の間に二匹の竜が眠っているではないか。一匹は雪のように白く、もう一匹は炎のような赤だ。王をはじめ、池のまわりに立っていた人たちは、あっけにとられて、ただ見つめるばかり。しかし魔術師どもはいつのまにか姿を消してしまっていた。

「昼間は」

と少年マーリンが説明をはじめる。

「竜たちは、ごらんのように眠っています。しかし夜ごと目覚めて、とっくみあいをはじめるのです。戦いは、夜明けになって竜たちが眠りにつくまで続きます。この戦いのおかげで、山の峰が揺れ、地が口をひらいて閉じ、池の水が嵐のようにうねります。あなたはそんな上に塔を建てようとしたので、うまくゆかなかったのです」

昼の時間がおわりをつげようとしていた。夕闇が急速に深まり、マーリンがこのような話をしているうちにも、竜たちは目覚めはじめた。くるりと巻いた炎のように赤い輪と、雪のように白い輪がほどけ、うごめき、そして大きな頭がもちあがった。顎《あご》が大きく開き、細い棒状に炎を吹きだす。やがて炎は太くなり、さかまく波のように広がった。そして地面そのものを揺らす、ごうという目覚めの一声とともに、二匹の怪物は、同時に立ち上がったのであった。

夜を徹して、みずからの口から閃光をまきちらしながら、二匹の竜は戦った。その光は大きな空洞をみたし、池の水面の泡だつ影の上で、夏の夜空の稲妻のように踊った。最初のうちは、白の竜が優勢にたち、赤い竜を池の隅《すみ》にまで追い込んだ。しかしこうして窮地にたたされた赤い竜は、ふたたび勢いを挽回して、形成が逆転する。竜の尾がばしゃんばしゃんと水面をうち、波は沸騰するかのようにわきたった。するとそんな竜のぶつかりあいに共振して、山の峰の全体がうち震えるのだった。こうしてゆっくりと赤い竜は白い竜を押しもどしてゆき、こんどは逆に白い竜を隅《すみ》に追いつめた。こうして決着がつきそうに見えたとき、ふたたび白い竜が元気をとりもどし、またもや赤い竜に全身をぶつけてゆくのだった…

しかしそのとき、夜明けの光が東の空にさしそめると、二匹の竜の炎はしぼみ、身体の動きもにぶくなり、長大な尾もだらんとまがって、二匹は眠ってしまった。

そこでヴォーティガーンは、少年マーリンにむかって、いま見たばかりの光景の意味をたずねた。マーリンが答えて言った。赤い竜はブリテン、白い竜はサクソンなのです、二匹は二つの民族のあいだの戦いを演じているのです、と。

「すると、いずれ赤が勝ちをおさめるのだな」

とヴォーティガーンがすかさず返す。

「わしも、わが国も、なにも恐れる必要はないのだな」

「しかし今日の新しい日がふたたび二匹のうえに眠りをもたらしたとき、白い竜が勢いを盛りかえしていました」

とマーリンが答える。マーリンは、遠くを眺めるような目をした。しかし、この目が向けられていたのは、マーリンの心の内なる風景であった。

マーリンの心の奥深くには、三種類の魔力がひそんでいた。デメティウスの血をひく母親からは、〃古い人々〃、すなわち〃黒き矮人《こびと》たち〃がもっていた薬草の業《わざ》、古代の失われた知恵を受けついでいる。

つぎに、子どもの頃のマーリンの人生には、ほとんど最後の生き残りともいうべきドルイド僧がいた。母親が修道院にこもって以来、マーリンの親がわりとなり、育て、教えてくれた人物である。マーリンがこのドルイド僧から受けついだのは、星辰《ほし》の知識、変身の術など、不思議な魔法の数々であった。これらにかんして、マーリンはすでに意のままにあやつれる域にまでたっしていた。

しかしそれと同時に、マーリンは父親から予見の力をも授かっていた。他の人々が過去のできごとを眺めるように、マーリンには未来を見わたすことができた。しかもこれはマーリンが自分の意のままに行なうというのではなく、偉大な〃力〃の意のままに、マーリンの心に映じるのであった。それはあたかも大風が吹いてきて、どこか、過去と未来が一つに融合する場所にまでさらわれてゆくかのようであった。

というしだいで、いまマーリンは、大風にほんろうされるポプラの若樹のように、ぶるぶると震えはじめた。そしてかん高い明澄な声で、赤い竜と白い竜にかかわる、さまざまの予言を告げはじめた。

このような予言の風が身体を去って震えがおさまり、ふたたび自分の金色の眼《まなこ》から世界を眺めはじめたマーリンは、自分ほんらいの声をとりもどして、こう言うのだった。

「しかし、陛下、このようなことはすべて、陛下の世が過ぎ去ってのちのことです」

すると、鋭い恐怖がヴォーティガーンの身体を刺しつらぬいていった。

「ならば、それがなぜわしにかかわっておるのだ？ わしの世のことを話すがよい」

「陛下の世ですと？」

とマーリンが返した。

「陛下の世はみじかく終わります。亡き大王コンスタンティンの二人のご子息、アンブロシウスとウーゼルによって放たれた炎によって、終わりをつげるでしょう。二人は小ブリテン、すなわちブルターニュに、すでに大勢の戦士を結集させています。陛下によって父上が殺害されたとき、二人はそこにかくまわれたのです。すでに船の装備もおわり、ひろげた帆には風が満々にみちているので、まもなく〝細い海〟をわたって来るでしょう。二人はサクソン人の群れを追い返すでしょう。しかし陛下は、いちばん堅固な砦に閉じこめられたまま、父のかたきとばかりに、焼き滅ぼされるでしょう。そうしてアンブロシウスが大王の冠をうけることになりましょう。そして〝大ブリテン〟のために、さまざまの偉業をなしとげるでしょうが、サクソン人の手にかかって命をおとします。その跡は弟のウーゼルが襲うでしょうが、ウーゼルの御世《みよ》も、毒をもちいた暗殺によって短命に終わるでしょう。しかしそのあとに、困窮したブリテンに、二人にもまして偉大なる大王が登場するでしょう」

恐怖と憤怒にさいなまれたヴォーティガーンは、衛兵にむかって叫んだ。

「こやつを捕えろ。剣をつっこんで、口をふさぐのじゃ」

しかし、そのとき、東の山の縁《へり》をこするように、太陽の円《まる》い縁《ふち》がせり上がってきた。そして出たばかりの太陽の最初の輝きが、王、廷臣、衛兵たちの目をまっすぐにつらぬき、皆、まぶしさのあまり、まぶたを閉じてしまった。そしてまぶたから真っ赤な暈《かさ》が消え去ると、すでに竜の池の上に大地がおおいかぶさり、夜明けの光をあびながら、高山の草がぶるぶると震えているばかり。少年マーリンのいた場所はといえば、ただ虚空にきらりと輝く空気のそよぎが見えたばかりで、それすら、見えたかと思うまもなく消えてしまった。そして、身体が消えたあとに、声だけが残った。

「もう一人……もう一人……二人にもまして偉大なる……」

しかしこんな残響もすぐに、草をそよがす風の音にまぎれてしまった。

それから三日とたたぬうちに、アンブロシウスとウーゼルの兄弟が、大軍勢をしたがえながら、ブリテン島の浜に上陸した。一行はヴォーティガーンが逃げ込んだ砦《とりで》へと攻めかかり、城壁を打ちくだこうとした。ところが、この城壁はあまりに堅固で、彼らにはとうてい歯が立たない。そこで攻め手は、そのぐるりを囲むように材木をつみあげ、火を放った。また、高々とそびえる藁《わら》ぶき屋根に火箭《ひや》を打ち込むのであった。夜となく昼となく火炎は踊りつづけ、ついに石の城壁がばりばりと裂けて崩れ、塔の床をつくっている巨大な木材もごうごうと炎上して焼け落ちた。こうして塔ぜんたいが炎に包みこまれるさまは、さながら、巨大な竜の口に呑《の》みこまれてゆくかのようであった。こうしてヴォーティガーンの命運も城とともにつき、二人の兄弟の父王コンスタンティンの仇《あだ》は、みごと討たれたのであった。

やがてアンブロシウスが戴冠して大王となった。そして弟のウーゼルとともに、サクソンの部族に矛《ほこ》の先をむけた。そして根気よく、はげしい戦いをくりかえしたのち、敵を海のかなたに追い返し、かれらに蹂《ふ》み荒されていた国をとりもどしたのであった。

しかし、ある時、北西から攻めくだってくるスコットランド人をとどめようとして、ウェールズに兵を導いていたウーゼルが夜空を見上げると、自陣の焚火《たきび》のはるか上に、大きな星が、燃えるように輝いているのが目に入った。この星からは一筋の光が輝き出し、炎を吐《は》く竜らしき姿がそこに現われた。まるで、ふだん〝天の河〟と呼ばれる星雲がにわかに形をかえて、翼をもった大怪物となったかのようであった。そしてこの竜の口からは、さらに二本の光線が出て、大ブリテンと小ブリテンの全体にまたがっているかのように見えた。

ウーゼルはマーリンを呼んだ。兄弟が上陸していらい、マーリンはつねに兄弟のどちらかのそばにいたのである。

空に現われた、ふしぎな光の意味を読むよう求められたマーリンは、こう答えるのだった。

「おお、悲しいかな！　兄上のアンブロシウスさまがお亡くなりになりました。しかしあの光には、来たるべき素晴らしき未来のことも予言されております。目前の戦さで、そなたが勝利し、そなたがブリテン大王の冠をかぶるでしょう。あの星も、その下の竜も、そなたを意味しております。また竜の口から放たれる二条の光は、そなたの子息が親よりも偉くなり、その力が光線のまたがっている土地ぜんたいに及ぶべきことを告げているのです」

こうしてウーゼルは兄の死を心に深く悲しみながらも、北と西の敵に戦いを挑んだ。そして兄にかわってブリテン大王の戴冠をうけると、ウーゼル・ペンドラゴンの称号を名のる。これは〝竜の頭〟の意であった。

戦いにつぐ戦いで、ウーゼルはサクソン人、ピクト人、海をこえてアイルランドからやってきた人々を打ち破り、ついにブリテン島の南部は、剣と炎のわざわいから解放されることとなった。こうして、ようやくのことにウーゼルは息をおさめて、ロンドンで復活祭を祝うことにした。ウーゼルは各地の領主や貴族たちに命じて、奥方ともどもロンドンに集合させた。

さて、そんな中に、コーンウォール公爵ゴーロワと、奥方のイグレーヌがいた。このイグレーヌの美しさときたら、宮廷中をさがしても並ぶものがなく、一目見たウーゼルの心はたちまちその囚《とりこ》となってしまった。ウーゼルはいままでの人生の中で、これほどまでに一人の女のことを思いつめたことはなかった。ただそれももっともなことで、大人になってからこのかた、ウーゼルの人生はもっぱら戦さに明け暮れてきたのであり、愛だの恋だのにうつつをぬかす暇《いとま》などなかったのである。ウーゼルはイグレーヌの居室に、贈り物をとどけさせた。黄金の酒杯や、首にかざる宝石などであった。また晩餐《ばんさん》の席、散策のおりなど、イグレーヌがふと目をあげると、かならず、ウーゼルの渇《かつ》えたような眼差しに出会うのであった。

そこでイグレーヌは夫のもとにゆき、

「ウーゼル王さまの贈り物はあまりに常軌を逸していますし、それに、いつもわたくしの上にお目を注いでいらっしゃいます。ですから、大急ぎでここを発《た》ち、お城にもどりましょう」

このようなわけで、公爵は命令をくだし、イグレーヌや従者一同をまとめて、大王の気づく暇《いとま》もあらばこそ、そそくさと宮廷を去り、馬の首を故郷《ふるさと》コーンウォールの地へと向けたのであった。

ゴーロワ公爵の一行が立ち去ったことを知ったウーゼルは、烈火のごとく怒った。そして家来にあとを追わせ、もどってくるよう、強引に要求させた。しかし一行はついに引き返してこなかったので、ウーゼルは兵を集めて一行のあとを追い、コーンウォール公爵に戦いを挑んだのであった。

ゴーロワ公爵は、奥方をティンタジェル城にひそませた。ティンタジェル城は難攻不落をもってなる、コーンウォールきっての名城であった。この城は岬の上にあり、波のさかまく荒海に囲まれている。本土からそこにたどりつくには、ただ一本の、盛り上げた細道があるばかり。あまりに細いので、いかなる大軍勢が押し寄せてこようとも、わずかに三人の兵士がいれば守ることができる。ゴーロワ公爵自身は、このティンタジェル城より陸側の、別の強固な要塞に戦さの陣をはった。そこで大王の侵入をくいとめようというわけであった。

そこにウーゼル・ペンドラゴン王がやってきた。そして、ゴーロワ公爵の陣のま向かいに、陣をはった。こうして両軍の間に戦いの火蓋《ひぶた》がきっておとされ、戦いは幾日もつづいた。そしてそんなあいだも、大王ウーゼルの心はイグレーヌを慕う、熱くむさぼるような感情に、じりじりとさいなまれていた。昼間、燃えさかる戦いのさ中にあろうとも、夜間天幕《テント》でひとり過ごそうとも、王の心はやすまることがなかった。

一週間がたった。ウーゼル王は、陣につきそってきたマーリンをそばに呼んだ。

天幕《テント》の入口を、マーリンの長身の影がふさいだ。後ろでは、焚火《たきび》の炎がちろちろと揺れている。マーリンはなぜ呼ばれたのか、理由を聞こうともしない。マーリンはティンタジェル城の上にひろがる、黄昏《たそがれ》の緑の空を眺めているばかり。呼ばれた理由は、聞かずともわかっている。

「イグレーヌ恋しの情熱で、わしの心は燃えつきそうじゃ。なのに、七晩前とくらべて、一歩も近づいておらん。〝古代《いにしえ》の者〟の知恵にめぐまれたマーリンよ、教えてくれ。どうすれば、イグレーヌのもとに行けるのだ」

マーリンはみじんも動かない。いまこそ待ち望んだ瞬間であった。ウーゼル王をこえる、もっと偉大な王を生み出すための種をまくべき時なのだ。

「わが術に御身《おんみ》をゆだねていただけるなら、一晩だけ、ゴーロワ公の姿にしてさしあげましょう。わたくしは家臣のブラスティウスの姿となって、お伴いたします。さすれば、だれにとめられることもなく、今晩ティンタジェル城のイグレーヌ妃のもとに行くことができましょう。ただし、代価をいただきとうぞんじます」

「何なりと言うがよい。いかなるものでもよいぞ」

「お誓いください」

「剣の十字にかけて、誓おう」

この言葉を聞くとようやくマーリンが天幕《テント》の中へ入ってきて、炉のそばに立った。そしてゆらゆらと揺れる炎の舌をはさんで、ウーゼル王を眺めた。

「今晩イグレーヌ妃のもとにしのんで行かれると、クリスマスに、王さまのご子息が生まれます。アンブロシウスさまが亡くなられたあの夜、偉大な光が空に見えたときに申し上げた、ご子息でございます。生まれて一時間のうちに、この子をわたくしにあずけてください。偉大な運命を成就できるよう、その子を育てたくぞんじます」

二人の間にしばし沈黙がひろがった。そして沈黙の中にウーゼルの声がひびいた。

「それは、ゴーロワ公爵に願い出るべきことではないのか」

こう言いながらウーゼルは、樺の木を舐《な》める小さな炎の舌のむこうに見える、マーリンの目をまっすぐ見返した。眉間の縦皺《たてじわ》が、刀でえぐったように深くなっている。そのような生まれ方をすれば、誰がみても──イグレーヌ妃でさえも、それはゴーロワ公爵の子どもであり、大王の子どもではないと思うのが当然ではなかろうか……

「いいえ」

と、そんなウーゼルの心うちを読んだマーリンがこたえる。

「お願いするのは、王さまでなければならないのです」

ウーゼル王はこの言葉を信じた。しかし、さらにこうたずねるのだった。

「なぜそのようなことを願うのだ」

「それは、王さまに、他にも男の子がお生まれになるかもしれないからです。そうなると、誕生のいきさつに雲がかかっている以上、この選ばれたる子どもに危難がおよぶかもしれません。また、王さまの今後の生きる道のりが確かなものではないので、この子どもが成人して戴冠する前にお亡くなりにでもなれば、貴族たちの権力争いにまきこまれて、踏みつぶされてしまうかもしれません」

まさにその通りだと、ウーゼル王は思った。そこで、すべてマーリンを信じると言って、誓いをたてた。しかし、じつのところ、王はイグレーヌ妃への盲目の情念によって駆り立てられたのであった。こうして取引は成立した。

そこでマーリンは立ち去った。そしてほどなく、マントの下にさまざまのものを隠しながら、もう一度王の天幕《テント》にもどってきた。マーリンは炉の上に、一つまみの粉をまいた。すると天幕《テント》の中には、奇妙な臭いの煙がひろがった。マーリンが呪文を唱えると、この煙の中に、いくつもの人物の影が浮かび上がってきた。そうしてマーリンは、ドルイドよりもなお古い魔法を行なった。

月が昇ってくるのと時を合わせるようにして、二人の人物がウーゼルの陣を抜け出した。どう眺めても、一人はゴーロワ公爵、もう一人は公爵家につかえる騎士サー・ブラスティウスにしか見えない。二人は公爵の陣営を迂回するようにして、秘密の道をたどりながら、ざわざわと悲しくささやいている海面の、はるかそびえる岩の上に建った、ティンタジェル城の門にたっした。

門衛は二人を通した。コーンウォール公爵が戦陣の喧騒《けんそう》からわずか数時間の暇《いとま》をぬすんで、奥方に会いに帰ったのだろうと思いなすばかりであった。二人は城の細い中庭をよぎり、外の階段をのぼって、奥方の居室へと入っていった。下にある庭園の囲いの中で、ムシクイがさえずっている。ねぼけて、いまは夜明けとかんちがいしているのであろうか。

奥方の侍女たちは、ウーゼル王を部屋の中に迎え入れた。門衛の男と同じように考えたのであった。そしてまた奥方イグレーヌ自身も、寝室に入ってきた男の姿をみて、てっきり公爵が帰宅されたのだと思った。

そしてこの夜、西からの波が潮騒を奏でているはるか上の寝室で、庭園のムシクイがさえずる声が響くなか、そしてマーリンが抜き身の剣をかまえて守る扉の内側で、ブリテン島の未来の大王アーサーが受胎されたのであった。

しかしそんな頃、いっぽうのゴーロワ公爵は、王の陣にとつぜんの夜襲をかけていた。そして無我夢中の乱戦のなかで、あえなくも命をおとしてしまった。その時、ウーゼル王はまだイグレーヌの寝室にたっしてすらいなかった。

暁のおとずれの前に、大王はイグレーヌに別れをつげた。夜が明けるまえに家来どものもとにもどらねばならぬ。そう言いながら、王はマーリンとともに、立ち去っていった。

そしてその直後、ティンタジェル城に夜襲の報が伝えられてきた。夫の戦死を知らされたイグレーヌは悲しみに包まれるとともに、夜の間に夫の姿をしてやってきたのはいったい誰だったのだろうと、大いに驚き怪《あや》しむのであった。しかし、イグレーヌはこのできごとを自分だけの心の中にしまっておいた。そしてもっとも親《ちか》しい侍女にさえ打ち明けることがなかった。

やがてウーゼル・ペンドラゴン王が入城してきた。今度は自分の姿のままで、征服者としてやってきたのだ。しかし、ウーゼル王は優しい征服者であった。というのも、イグレーヌが自由の身となったのはうれしいけれど、ゴーロワ公爵が亡くなったことは、王にとっても心底から残念でならなかったからだ。とはいえ、適当な期間がすぎると、ウーゼル王はイグレーヌに求愛をはじめた。イグレーヌはしばし抵抗をこころみた。しかしこれは、しょせん自分の気持ちにさからうことであった。ウーゼル王にむかっていると、イグレーヌは何かしらなつかしいような気持ちが感じられてならならなかった。しかも、その何かというのは、とても甘美な香りのするものだった。このようなわけで、六か月が経過すると、二人は結婚し、盛大な祝宴がとりおこなわれた。

しばらくして、子どもの誕生の時が迫ってきた。ある夜、寝室でただ二人だけとなった時に、ウーゼルはイグレーヌにむかって、みごもっている子どもの父親について奇妙な話を聞いているが、それはほんとうかとたずねた。すると最初は恐れる気持ちでいっぱいだったイグレーヌも、しだいに勇気をだして、こんな打ち明け話をするのであった。

「わたくしにはまったくわけがわかりません。というのも、それがかけねなしの真実なのでございます。公爵さまが亡くなられた夜、しかも後から家来の騎士たちに聞いたところでは、命をおとされたという、まさにその刻限に、ある殿方が寝室に入ってまいりました。わたくしはすっかりわが君と思い込んでしまいました。殿方は夜明けのころに帰ってゆきましたが、この方と過ごした夜の間に、子を授かったのです。お城の庭園ではムシクイがさえずっておりました。お城には鴎《かもめ》か鴉《からす》の他にはめったに鳥が来ないので、よく憶えているのです」

「ムシクイのことは、わしも憶えている」

「あなたが?」

というしだいで、王は真相をすっかり話して聞かせたのであった。

すると、妃の目から、最初の主人であったゴーロワ公をいたむ涙がまた湧きだしてきた。しかし、妃はウーゼル王の肩に顔をふせて泣くのであった。

クリスマスとなった。王妃は赤子を出産した。玉のような男の子であった。しかし、生まれて一時間もたたないうちに、お城の裏門《からめて》に貧しい身なりの男が立っているという言葉が、王のもとに伝えられてきた。剣の十字にかけて誓った言葉を思い出してほしいという、その男の言葉であった。

すると王さまは二人の騎士、二人の貴婦人に命じて、子どもを金糸の布にくるみこみ、さらに冬空の下の移動にそなえて暖かい毛皮に包ませた。そして裏門《からめて》に行けば貧しい男が待っているからと、子どもをわたすよう命じるのであった。

すべて王の命令どおりに事がはこび、子どもは物乞いに身をやつしたマーリンの手に引きわたされた。マーリンはこの子どもを、サー・エクトルという名の立派な騎士の館へと連れていった。この館は宮廷から遠く離れており、そこで子どもはエクトル自身の息子とともに育てられ、騎士にふさわしい勇気とふるまいを教えられることになっているのである。この子は誰の子か？ 自分の子どもと一緒に育てるのだから、教えてくれても当然ではないか、とエクトルがマーリンに言うと、

「子どもの名前はアーサーだ。父親が誰なのか、そなたの知るべき時がきたら、教えよう」

と答えるのであった。そこでエクトルも、それ以上には質問をしなかった。

宮廷に残されたウーゼル王は、みずからも心はり裂ける思いをいだきながら、身も世もなく嘆き悲しむ妃を、けんめいになぐさめるのであった。

第２章　石にささった剣

イグレーヌは、ウーゼル王妃となる以前、最初の夫ゴロワーズとの間に三人の娘を産んでいた。そのうちの二人はすでに十二歳をすぎ、他家にとついでいた。すなわち長女のモルゴースはオークニー国のロト王、次女のエレインはガルロット国のナントレス王のもとにとついでいたのである。これにたいして、いちばん年下の妖姫モルガンは、その頃まだ子どもであり、修道院で勉強している最中であった。

これら三人の王女のいずれにも〝古い人々〟、すなわち〝黒き矮人《こびと》たち〟の血が濃く流れており、それとともにさまざまの古代の知恵、古代の術を受けついでいたので、三人が三人とも何ほどかの魔法をもちいることができた。しかし、それがもっとも強く流れていたのは、末娘の妖姫モルガンであった。この娘はまさに魔女そのものであり、妖精のたぐいとも、隠れた血のつながりがあった。このような妖姫モルガンは、年頃になると修道院を出て、ゴア国のウリエンス王の妻となった。

ところがアーサーが生まれて以降は、ウーゼルとイグレーヌの間にもはやそれ以上子どもができなかった。そして二年後にはサクソン人との抗争がふたたびはじまった。そして、大王ウーゼルは以前におとらず力強く敵を押し返したが、サクソン人と北の蛮族はウーゼル王の戦陣に密偵を送りこんできた。そしてこの者たちは、ウーゼル王の葡萄酒《ワイン》の杯に毒をぬった。そのため、勝利をおさめたまさにその夜に、ウーゼル王は命をおとすはめとなったのであった。

これを期として、ブリテンは暗黒の時代へと突入した。

大王の剣を受けつぐべき有力な後継者が不在なので、地方の王、荘園の領主たちが、誰が大王の地位をつぐべきかという問題をめぐって、さながら群雄割拠の様相をていしてきた。このような指導者の不在を目ざとく見てとったサクソン人は、ふたたび激しい侵入をはじめた。そして奥へ奥へと入りこんできて、アンブロシウスとウーゼル・ペンドラゴンがせっかく蛮人どもからとりもどした土地が、こうしてまた、あらかた失われてしまった。グウィネズの山奥にひきこもったマーリンは、ブリテン島の痛みを、自分の心の痛みとして感じながら見つめていた。しかも、国を救う強力な人物の登場すべきときが、いまだ熟していないことを痛切に感じないではいられなかった。

そんなあいだにも、ウェールズに境を接している、〝荒れた森〟と呼ばれる国にたつサー・エクトルの城で、アーサーはすくすくと育ち、幼児から少年になろうとしていた。そしてエクトルの息子で、実の兄弟のようなケイとともに、名誉、勇気、礼節、規律の教えをつぎつぎと学び、武術を習い、鷹、犬、馬をもちいるすべを覚えつつあった。こうした知識はすべて、いつの日か騎士となったアーサーにふさわしかろう。そして、もちろん、王たるアーサーにもふさわしいこととなろう。ただしそのような自己の運命を、アーサーはもちろん知らなかった。ましてや、竪琴《ハープ》を持ったさまよえる楽人、旅の鍛冶屋、故郷をめざす戦さ帰りの兵士などが、ときどき城に現われるのであったが、それらがすべて姿を変えたマーリンその人であろうなどとは、アーサーには知るよしもなかった。マーリンはこのようにして、未来のブリテン大王が順調に育っているかどうかを、監視していたというわけである。

このようにして暗黒の年月が過ぎゆき、ついに時が熟し、大王登場の準備がととのったと、マーリンは判断した。

そこでマーリンは、まだかろうじてブリテン側の領地としてとどまっていたロンドン市におもむき、大司教のデュブリシウスに話をした。マーリンは、大司教の奉じる信仰よりも古い信仰にぞくしていた。またマーリンは、大司教とは異なる神々によって定められた法に従う者でもあった。しかしそうはいうものの、デュブリシウスは賢明な人物であった。自分の奉じるものとは別の見地に立った知恵や法をも容認できる、器量のある人物であった。

というしだいで、デュブリシウスはマーリンの話に耳をかたむけた。そして、クリスマスの日に大集会を開くために、騎士、貴族、地方の王たちに呼びかけることを決意した。その日に誕生なされたイエス・キリストの奇跡により、誰がブリテンを治める正統な大王であるかが示され、それまでのような仲間どうしの争いに、終止符がうたれるであろうと約束したのである。

クリスマスの日がやってきた。それとともに、大勢の人々が教会に集まってきた。建物の中ばかりか、入りきらない人々が境内をうめつくす。そのような人々は、遠くにきらめく蠟燭《ろうそく》の火を見つめ、聖歌の響きを聴いたりしながら、開けっぱなしにされた西の大扉ごしに、少しでもミサに加わろうとするのであった。

ミサが終了し、人々が帰りはじめる。そして教会の中にいた人々が外に出はじめたころ、とつぜん、驚きのささやきがあがった。ざわめきは、人々の上を外へ外へと伝わっていった。まるで池の鱒《ます》がはねて、水面に波紋がひろがるかのようであった。

というのも教会の境内の真ん中に、人知れず、大きな大理石の塊《かたまり》が現われたのだ。しかもこの大理石には、まるでそこから生えて出たように、かなとこがくっついている。そしてさらに、一本の抜き身の剣が、切っ先からずんと突き刺したように、このかなとこをつらぬいて、大理石の中にまで埋まっている。見ると、大理石の表面には黄金の文字でこう記されてあった。

「この石とかなとこより、剣を抜きさりし者こそ、真にブリテンの王に生まれつきたる者なり」と。

さっそく地方の王や領主たちが、石から剣を引き抜こうと、けんめいの試みをはじめた。あげくの果てには、王たちの家臣団に属する、身分の低い騎士までが試してみた。ところが、成功する者はだれもいない。こうして夕方にいたるまで大勢の者が試みたが、最後の者の番になっても、剣は最初に登場した時とかわることなく、しっかりと石にささっているのであった。まわりには、疲れ、いらだった人々が立ちながら、寒い空気にむかって白い息をはあはあと吐いている。

「この剣を抜く者は、ここにはおらんのじゃ。だが、やがて神がつかわしてくれるはずじゃ。こうすればいかがかな。国のすみずみにまで使者を遣《つか》わし、この奇跡の話を知らしめる。そして聖燭節［二月二日］に、ここロンドンで大規模な馬上模擬戦が行なわれるので、われこそは剣と王国を手中におさめんと思う者は参集するよう、伝えさすのじゃ。それまでの間、絹布の天蓋《てんがい》をこしらえて、この奇跡の石をおおい、選ばれた十人の騎士に夜も昼も守らせよう。このようにすれば、きっとその日に、神がわれらに王を授けたもうこと、まちがいなかろう」

こうして、使者たちはいちばんの早馬にのり、この言葉をまるで燃えさかる松明《たいまつ》のようにかかげながら、国中のいたるところに伝えてまわった。そして、ついに、ウェールズの国境《くにざかい》にある〝荒れた森〟の、サー・エクトルの城にも使者がやってきた。

さて、エクトルは物静かな人物であるうえに、すでにもう老人となっていた。しかし息子のケイは、ほんの数か月前の諸聖人の祭日《ハロウマス》［十一月一日］の祭りの日に騎士に任じられたばかりで、初々しい気持ちそのままに、騎士としての行動に飢えていたようなしだいだったので、国中の若い騎士のごたぶんにもれず、奇跡の剣をぜひ抜いてみたいものだという強い願望にとりつかれた。

父親のエクトルはそんな息子を笑ったが、

「では、自分がブリテンの正統なる大王だと思うのだな」

と、優しい口調できいた。

ケイは笑われたのがしゃくで、頰を真っ赤にそめながらこう答えた。

「父上、わたしはそんな愚か者ではありません。でも、これまでで最大、最高の馬上模擬戦だということですから、それに参加して腕だめしをする絶好の機会だと思うのです」

「よかろう。わしもそうだった。騎士になって二か月のころは、そんなふうに感じたものだ」

さて、アーサーのことである。ちょうど十五歳になったばかりのアーサーは、横に立って、二人のこんなやりとりをじっと聴いていた。その頃には、アーサーは長身で骨太の少年に成長していた。褐色の肌、明るい金色の髪と瞳が印象的で、そこに宿った眼差しは、もっと年輪を重ねれば優しく穏やかなものとなることを予感させたが、いまは一大馬上模擬戦と魔法の剣の思いに、きらきらと輝いている。

ケイはいらだったように、アーサーの方に身体を向けた。

「おい、聞こえたろう。ロンドンに行って、馬上模擬戦に加わるんだぞ。濡れた麦束みたいに、ぼさっと立ってるんじゃない。お前はわたしの従者になるんだ。とっとと、わたしの鎧《よろい》をととのえるんだ。ぼんやりしてると、聖燭節にまにあわないぞ」

アーサーは、一瞬、げんこつを一発おみまいしてやろうかというような目で、ケイを見る。しかしすぐに思いなおした。まだ騎士になったばかりだから、仕方がない。時間がたってもっと慣れてきたら、違ってくるだろう…　アーサーはケイの不愉快な行動を怒るよりは、逆に弁解すべき理由をみつけて、赦《ゆる》してやることに慣れていた。そのようなわけでアーサーは、おとなしくケイの鎧《よろい》の用意をしに行くのであった。聖燭節などまだ先の先で、時間などたっぷりあるのにと思いながら。

エクトルの一行は聖燭節の前日、雪のロンドンに到着した。市《まち》はいまにも巣別れしようとしている蜜蜂の巣のように、熱気と騒音にあふれている。いたるところ、貴族や騎士、その従者や召使たちでごったがえしており、とうていその夜の宿を確保することすらできそうにないと思われるほどであった。とはいえ、さんざんな苦労のすえ、一行はとある宿屋に部屋をみつけることができた。

つぎの日の朝になった。エクトルの一行は混雑した街路をぬけて、馬上模擬戦の試合場へとむかった。路上の人また人が、すべて同じ方へと歩いて行く。そんな中を歩くのは、まるで、川の大水に流されてゆくように感じられるのだった。

市《まち》の城壁の外にある試合場からは、雪がとりのぞかれてあった。さながら、一面白銀の原野にうかぶ緑の湖といった風情である。そして湖のぐるりをとりまくように、観戦者のための見物台、参加者のための天幕《テント》がしつらえられてあった。これらの天幕《テント》はといえば、青あり、エメラルド色あり、朱色あり、市松模様も縞模様もあるというじつににぎやかな彩《いろど》りである。

刻一刻と、見物の群衆がふくれあがってきた。そして、そんな人々の間をぬうようにして馬が引かれてゆく。人々の吐く息は真っ白。森の国からやってきたばかりのアーサーにとって、すべてが夢のように美しくもあり、また混乱しているようにも感じられた。

しかし馬上模擬戦の試合場にやってきたとたん、ケイは、あまりに気がせいていたために、宿屋に剣を忘れてきたことに気づいた。

「ぼくが悪いのです」

と、アーサーは間髪をいれずに言った。

「ぼくは兄上の従者だもの。ちゃんと準備がととのっているよう、ぼくが面倒をみなきゃいけなかったのです」

まったく同じ言葉が喉《のど》もとまでのぼってきていたケイであったが、こんなふうに先に言われてしまったら、怒ることなどできるわけがない。

「誰が悪いなんて、言ってる暇《ひま》はないさ。大急ぎで帰って、とってきてくれ」

というわけで、アーサーは馬の首をめぐらせ、いま来た道を引き返しはじめた。ところが、いまやアーサーは人の流れに逆行して進まなければならない。しかも、ようやくのことに宿屋についてみると、しっかりと錠がおろされ、よろい戸も閉じられているではないか。みんな試合を見るために出かけてしまったものとみえる。

さて、どうしたものだろう、とアーサーは思案した。もしもケイが剣をもたずに馬上模擬戦に出ようものなら、きっとみんなの笑い者になるだろう。でも、だからといって、こんなはじめての市《まち》で、どうやって剣を手に入れることができるというのだ？ そもそも、ほとんど時間がないじゃないか……

ところが、まるでこんなアーサーの心の疑問に答えるかのように、さきほど目にした剣のイメージが、まぶたにありありと浮かんできた。そう、すぐあそこの、大きな教会の中庭だ！ 石にまっすぐ突き立っていた。いったい何のためにあるんだろう？ 石から抜けるだろうか？ こんな疑問が頭に浮かんでくるうちにも、手はすでに馬の首を教会の方向へとむけていた。

まことに奇妙なことではあったが、石にささった剣のことを思い出したその瞬間、それにどんな意味があるか、なぜそもそも馬上模擬戦が催されることになったのか——そのようないきさつをアーサーはすっかり忘れてしまった。そういえば、宿屋の鍵のおりた扉から馬の首をめぐらせたときに乞食が通りかかり、その奇妙な金色の瞳とアーサーの瞳が一瞬のあいだぶつかりあった。ひょっとして、そんなことが、何か関係があるのだろうか。それというのも、あれがどんな剣なのか忘れていなかったとしたら、アーサーはそれを石から抜くことなど思いもよらなかっただろう。たとえ、実の兄弟のように育てられたケイのためではあっても……

教会の中庭につくと、アーサーは馬からおりて門につなぎ、中に入っていった。降ったばかりの雪が墓石のあいだにつもり、高く真っ黒な見張り塔のようなイチイの樹がずらりと立ちならんでいる真ん中で、天蓋《てんがい》が真夏のバラのような深紅の色に輝いている。そして天蓋《てんがい》の下では、大きな大理石の上のかなとこに、一本の剣がひっそりとささっていた。というのも、見張っているはずの十人の騎士さえもが、馬上模擬戦のために出かけてしまったらしいのだ。

　アーサーは剣の鍔《つば》を両手につかんだ。石の上には黄金の文字が見えるが、アーサーはまるで読もうともしない。アーサーの手が触れると、名人の手に感応する竪琴《ハープ》のように、剣がぶるんと震えたように感じられた。アーサーは胸の中に奇妙な感覚をおぼえた。なにか、生まれる前に忘れてしまった真実がいまにも明らかになりそうな――そのような感覚であった。こんなアーサーを、淡い冬の陽《ひ》ざしが照らしている。しかしそれは、とても鋭く、明るく感じられ、ほとんど耳に聞こえるような気がした。それはアーサーの血管の中を流れる、白く輝き、高く響きわたる音楽であった。

　アーサーはかなとこから剣を引きぬいた。十分に油をぬった鞘《さや》から剣を抜きはらうような、いかにも慣れ親しんだ動作らしい、なめらかな手つきであった。そうして馬が待っている門のところまで駆けもどり、大急ぎで試合場へとひき返していった。通りをゆく人は、もうまばらだ。したがって、あっというまに、アーサーはさっきの場所にまでもどることができた。

　ケイは馬の背でいらいらしながら、アーサーの帰りを待っていた。

　アーサーは持ってきた剣を、ケイの手におしつける。

「これはわたしの剣じゃないぞ」

「入れなかったのです。宿はしまっていました。ぐうぜんこの剣に出くわしたのです。教会の庭で、大きな石に突きささっていたのです…」

　ケイは剣を見直した。そしてとつぜん、まっ青になった。そして馬をぐるりと回転させると、人々をおしのけながら、先に行ってしまったエクトルを必死で追いはじめた。アーサーはそれにぴったりとついてゆく。

「父上」

と、追いついたケイが声をかけた。

「ほら、石にささっていた剣です。わたしの手の中にあります。きっと、わたしがブリテンの真の大王なのです」

しかしエクトルは、息子にたいしてじっと優しい目をむけた。そしてケイからアーサーに目を移し、そしてまたケイにもどしてこう言った。

「さあ、教会にもどろう」

三人は馬をおりて、深い響きのする教会の中に入っていった。いたるところ、聖燭節［二月二日］を祝う蠟《ろう》燭《そく》がともされている。エクトルはケイの手を聖書にのせるよう命じ、

「さあ、嘘を言うでないぞ。この剣をどうやって手に入れたのだ」

ときいた。すると蒼白だったケイの顔が、真っ赤になった。

「弟のアーサーが持ってきたのです」

エクトルは、今度はアーサーの方にむき直って言った。

「この剣をどうやって手に入れたのだ」

アーサーは、なぜケイは自分がブリテンの大王だなどと言ったのだろうと気にかかってはいたが、石にささった剣の由来をまだ思いだすことができなかったので、こう答えた。

「剣をとってくるように兄上に言われたのですが、宿屋は空で、錠がおりていたので、どうすればよいか途方にくれました。でもその時、この剣が教会の庭にあったことを思い出したのです。剣はここにあっても何の役にもたっていない。ところが、いっぽうで、剣が必要な兄上がいる…　というわけで、それを引き抜いて、持ってきたのです」

「その時、そばに誰か騎士が立っていたかな？　誰かが見ていたのかな？」

とエクトルがさらにたずねる。

「いいえ」

アーサーは首を横にふった。

「ならば。その剣をもとの場所にもどしてごらん」

アーサーは言われたとおりにした。そこで今度はエクトルが抜こうとしたが、剣はぴくりともしない。つぎに父親に言われたケイが試みるが、やはりうまくゆかない。

「さあ、アーサーよ、もう一度抜いてみてごらん」

そこでアーサーは、なぜこんなに大騒ぎするのだろうといぶかりながらも、ふたたび剣を引いた。最初のときと同様、するりと簡単に抜けた。

するとエクトルはさっとアーサーの前にひざまずき、頭を下げた。ケイもそれにならう。ただし、父ほど機敏な動作ではなかった。事情がアーサーの頭に蘇りはじめていた。しかしアーサーは思い出すまいと、思い出すまいとけんめいにつとめる。そしてこれまでの人生で味わったことのないほどの恐怖感に心をしめつけられ、ついに、

「父上…兄上…　なぜ、ぼくにたいしてひざまずくのです」

と叫ぶのだった。

「そなたが石から剣を引き抜いたからなのだ。それができるのは正統なブリテンの大王だけだと、神さまご自身がお定めになったのだ」

「ぼくじゃない。おお、ぼくなものか」

「マーリンが育ててくれといってそなたを連れてきたとき、そなたが誰の子か知らなかった。しかし、いまこそわかった。そなたはわたしが思っていた以上に、高貴な血筋の生まれなのだ」

「立ってください。ああ、父上、お立ちください。あなたにひざまずかれるなんて、我慢できません。ずっとぼくの父上だったのですから」

しかし何を言おうとエクトルが立とうとしないので、相手と同じ高さになろうと、ついにアーサーの方で膝をついた。

「わたしは、わが君主のために膝を折っているのです。いかなる場合もそなたにお仕えし、いつわりなき真心をお誓いもうしあげます。優しく、慈悲ぶかきご主人であってくだされ。わたくしにも、それから、そなたとともに兄弟のように育ったケイにも」

「兄上には、わが国全体の執事になってもらおう。もしぼくがほんとうに国王になるとしてですが。それに、あなたに優しくしないでなんか、いられるでしょうか。愛するお父上なのですから。それから、他のみなさんのためにも、ぼくは力のかぎりをつくして、神さまとブリテンの国にお仕えします。でもとにかく、さあ、立ってください。ほんとうに、こんなの我慢できません」

こういうと、アーサーは両手で顔をおおって、まるで胸がはり裂けんばかりに泣きだした。

そこでエクトルとケイは立ち上がった。そしてアーサー自身も最後に立ち上がった。

三人は大司教のところに行き、事のいきさつを話した。するとたちまち、口から口へと噂がひろまり、試合場にいた騎士や貴族たちが、雪崩《なだれ》をうってやってきた。そして自分たちにも剣を抜かせろ、その権利があるのだと要求するのであった。そこでアーサーは、剣をふたたび石の中にもどした。一人、また一人と剣の柄《つか》に手をかける。が、剣はびくともしなかった。

しかし彼らは、まだ騎士にもなっておらず、しかもどこの馬の骨とも知れない子どもが、自分たちの上に王として君臨することを、どうしても認めようとはしなかった。そこで大司教は、復活祭のおりにふたたびそこに集まるよう命じたのである。そしてさらに、聖霊降臨祭にも集まることとなった。しかし、このいずれの機会にも、大領主たちが大勢おしかけてきて、つぎつぎと試みるのはよいが、剣を抜くことができたのは、依然としてアーサーのみであった。こうなると人々は、このような争いにうんざりし、アーサーを王に迎えたいと言いはじめた。

このようなわけで、ある日、アーサーは両手に剣をささげ、それを教会の祭壇にそなえ、大司教によって騎士に任じられた。そしてまた、この同じ日に、大司教の手で王冠がアーサーの頭に載せられたのであった。

アーサーの額の上に、王家の宝冠の重みがずっしりとかかる。それは、はじめて剣を石から抜き去ったあの日以来、ずっとアーサーの精神にのしかかっている、恐怖と困惑の重みであった。したがって、その瞬間のアーサーは、大きな教会の堂内をぎっしりと埋めつくしている騎士や貴族たちにむかって真正面にむかい合いながら、じっとまっすぐに前を見つめているのが精いっぱいであった。

しかし、やがてアーサーは、大司教デュブリシウスが自分の右側に立っているように、左側にも誰かがいるのに気づいた。それは黒いマントにくるまれた長身の人物で、けばだった鳥の羽根のような、黒い髪をしていた。それが誰なのか、アーサーは知らない。しかし、大司教が知らないはずがない。それに、すぐ近くに立っている養父のエクトル、また堂内の大勢の人たちにもわかっているようであった。そして、たとえ知らない人々も、この人物から発散されている〝偉大な力〟を感じないではいられなかった。それは、まるで松明《たいまつ》から放たれる光のようであった。軽く触れられた太鼓から発散する、空気の振動のようでもあった。

人々の間に、かすかな動き、ざわめきがおこり、ひそひそ声が堂内をめぐりはじめた。

「ほらマーリンだ。マーリンだよ」

「ウーゼルとアンブロシウスと、一緒にいた男だ。よく見かけたぞ」

「魔術師マーリンじゃないか」

そして一人の偉い領主で、大勢の騎士を家来としてかかえている人物が、大声でこう叫んだ。

「鬚も生えない小僧っ子が王だと？　何が神なもんか。すべてマーリンの仕組んだことだ！」

この人物は、自分こそ王冠をいだくにふさわしいと、かねてから心にふくむところがあったのだ。

すると、つられて猟犬が吠《ほ》えるように、

「いかにも。こいつはマーリンが紡いだ夢さ。魔法さ。石にささった剣だなんて！」

と、別の声があがった。

マーリンはじっと立ったままだ。黒いマントの皺《しわ》ひとつ動かない。

マーリンは腕をさし上げた。ゆるい袖が、するりとずり下がる。するると、まるで液体のように、沈黙がマーリンの身体から流れ出し、堂内のすみからすみにまでおおいかぶさった。ただし、貝殻の中に海のささやきが残るように、柱と柱のあいだに、そしてそびえる円天井にそって湾曲した空間に、かすかなつぶやきだけが残響として残っている。

そんな沈黙を、マーリンの声が切り裂いた。

「さあ、聞くがよい、ブリテンの方々よ。いまこそ真実をお話ししよう。そなたらの知るべき時がくるまで、長年隠されてきた真実じゃ。ここに、そなたらの大王たるべき者が立っている。ウーゼル・ペンドラゴン王とイグレーヌ妃の間にお生まれになった、正統なるご子息じゃ。この方は、古来ブリテンに君臨した中でも最強の王となり、蛮人どもを、往時ペンドラゴンが押しもどしたよりもはるか遠くまで追いはらうべく、生まれてきた。暗黒と暗黒のあいだに光輝ある時代をもたらすべく、生まれてきたのじゃ。この時代のことを、人は時の霞《かすみ》のむこうから思い出し、ログレスの国と呼びなすであろう。この子どもを選ばれたのは神じゃ。わしではない。この子の誕生の前に、いや、帝王の星が空にかかる以前に王の到来を予見し、今日のこの日まで安全に守りきたるのが、わしの役目じゃった」

こうしてマーリンは手を上にかざしたまま、空に現われたドラゴンのこと、アーサーの誕生のこと、生まれたばかりのアーサーを引きとってエクトルにあずけ、養育してもらったことを物語るのであった。そして、そうすることによって父王の死につづく騒乱にまきこまれずにアーサーがすくすくと育ち、こうしてついに王冠をいだき、剣を受けとるべき日がやってきたことを告げた。

話しおえると、マーリンは手をおろした。するとそんな仕草が合図ででもあったかのように、人々がいっせいに叫びはじめ、たいへんな喧騒となった。しかし、口々から出る叫び声はやがて大きなうねりとなり、一つの歓呼の叫びが、広い堂内にとよもすのであった。

「ウーゼルの子だ！　ウーゼルの子だ！」

このようなどよめきの中、黒マントをまとった長身の男は、首を横にむけて、少年を眺めた。アーサーの方でも、知らずしらずのうちに、男の金色の瞳をのぞきこむように、視線をかえしている。アーサーは、生身の人間で、このような目をした者に出会ったことがなかった。しかし、男の目をじっと眺めるアーサーの頭に、一瞬ちらりと、今朝も今朝——おお、なんと昔のことのように感じられることか！——宿屋の戸口のところで見かけた乞食、なつかしい我が家の広間の暖炉のそばで竪琴《ハープ》を弾いていた旅の楽師、行商の鋳掛屋《いかけや》、戦さ帰りの負傷兵などのことが浮かんでは過ぎた。こんな記憶の切れ端は、つかもうとする暇《いとま》もなく、するりと逃げてしまった。しかしそれとともに、恐怖も当惑もすべて心から消えてしまった。いままでのような生活は永遠に去ってしまったのだという悲しみは、いまだ心を去らない。しかしそんなことはもうどうでもよかった。とつぜん、アーサーの頭が澄みわたり、勇気が潮のように心に満ちてきた。そして、この新しい人生の中で果たさねばならないことがあり、自分にはそれを行なう能力があるのだということが、はっきりと意識されたのであった。

「さあ、皆の衆に話すのじゃ」

と横のマーリンがうながす。

アーサーは口を開いた。力強い声が凛《りん》と響く。大きな堂内にいる騎士や貴族ばかりではない。開いた扉のむこうに群れあつまっている人々、そしてブリテン島のすべての民衆に聞こえよとばかりに、はりあげたアーサーの声だった。

「わたしがそなたらの王だ。わたしは、そなたらの信にこたえよう。そなたらも、わたしの信にこたえるのだ。聖霊降臨祭の祝いが終わったら軍勢を結集し、ともに、われらが国を荒しまわる海の狼どもと、北の蛮人どもを追い返そうではないか。父上が亡くなっていらい、戦さと炎と剣のために千々に引き裂かれていた国を、われらの力で救おうではないか。そなたらとわたしがともに力をあわせて、よい国を作ろうではないか。上なる者は力強きがゆえに上に立つのではなく、正しきがゆえに上に立つのだ。ブリテンの人々よ、そなたの愛と信実をあたえてほしい。生涯かわることなく、わたしの愛と信実をそなたらに捧げよう」

もはや叫びの声も、歓呼の叫びも聞こえず、広い教会堂の中を深い沈黙がおおいつくした。しかしこれは善い沈黙であった。そして金色の瞳をした長身の男は、いかにも満ちたりたというふうに微笑むのだった。

第3章　湖の剣

新しい大王が頭上に冠をいただいて以来、マーリンがそのそばを離れることはたえてなかった。これは、父親のウーゼル王のときと、まったく同じことであった。こうして新王アーサー・ペンドラゴンはマーリンの助言をえながら、軍団を組織して、サクソン族やピクト人、それにアイルランドの海を渡ってきた侵入者たちを、つぎつぎと押しもどした。さらにアーサーは〝海峡〟のむこうの〝小ブリテン〟へも軍をすすめ、国境を敵に侵されつつあったバン王と、ベンウィックのボールス王にも加勢した。というのもこの二人の王は、アーサーの祖父が亡きあと、その子どもであったアンブロシウスとウーゼルの兄弟をかくまってくれたという、大恩をこうむっていたからであった。

このような騒乱がすべて終わり、しばらくの間は平和に過ごすことができそうな情勢となったので、アーサーはキャメロットの地に都をかまえた。ある人々によれば、キャメロットは現在のウィンチェスターにあったのだという。あるいは、キャドベリーの丘こそがその残骸なのだ、と主張する者もいる。しかし、キャメロットの城の櫓《やぐら》や塔がはたしてどこにそびえていたのか、いまとなっては誰もほんとうのことは知らない。それはアーサー王の最後の休息地がどこなのか、確かなところがわからないのと同じことである。

しかし都がどこにあったにせよ、アーサーも騎士たちも、そこで長く平和に過ごすことはできなかった。戦さの煙塵がいまだおさまりやらず、傷が癒えきらないうちに、辺境の国や、ブリテン島の縁《へり》に沿っている山がちの国々をおさめる十一人の王たちがそれぞれの軍勢を集め、新たな大王に叛旗をひるがえしたからである。オークニーのロト王、ガルロットのナントレス王、アイルランドのアングイシュ王、奥コーンウォールのイドリス王、ゴアのウリエンス王などをはじめとして、その他に六名の王たちが叛乱軍に名をつらねた。王たちはブリテン島の中部をおおっている大森林に結集し、アーサー側の主要な砦の一つであるベドグレイン城を包囲、攻撃した。そこを陥落させて、反アーサー軍の拠点にしようというたくらみであった。

そこでマーリンの助言にしたがって、アーサーは〝小ブリテン〟のボールス王、ベンウィックのバン王のもとに使者をおくった。すると二人の王は兵士たちを引きつれて、助太刀にかけつけてきた。こうして大軍勢となったアーサーはベドグレイン城の包囲をぬき、ついに十一人の王たちを打ち破った。敗軍の将たちの中には、自分たちの山国へ、アイルランド海のかなたへと帰って行った者たちもあったが、なかには和睦をもとめてあらたに大王への忠誠を誓う者たちも出てきた。

ところがこの件がようやく落着し、国に帰ってゆくボールス王とバン王の背を見送ったと思う暇《ひま》もなく、アーサーに臣従をちかったキャメラードのロデグランス王より、北ウェールズのリエンス王が戦さを仕かけてきて、猛攻にさらされているという知らせが伝えられてきた。そこでアーサーはふたたび軍勢を結集させ、臣下の救援へとむかったのであった。

行軍をはじめてから六日が経過した。

アーサー軍の接近を知らされたリエンス王はからからと笑った。そして、いままで倒してきた王侯貴族の鬚でふちどりがしてある、戦陣用の大マントを、頭上でぶんぶんとふりまわした。そして、小僧っ子の息の根をとめてくれるわとばかりに、スノウドンの山裾で敵を迎えうつ準備をととのえるのであった。

しかし戦さの野であいまみえて、ちりぢりに敗走したのは、けっきょく、傲《おご》れる王リエンスの陣営であった。こうしてアーサーはキャメラードの城市《まち》へと凱旋《がいせん》した。

アーサーは数日のあいだ兵を休めてから、ふたたび南へと馬をむけた。こうして去って行くアーサーは、勝利の栄冠をひたいに輝かせていたばかりではなかった。もっと心の奥深くに、秘めやかなものをしのばせてもいたのだ。そしてこの時のアーサーには知るよしもなかったが、それはこの先死ぬまで心を去ることのないものであった。

というのも、キャメラードの城の、高くそびえる城壁に囲まれた庭で、アーサーは、ロデグランス王の愛娘グウィネヴィア王女を見初《みそ》めたのである。

王女は女官たちとともに座っていた。女たちはみな、髪にかざろうと、スイカズラとオダマキ、それから小ぶりの四季バラをもちいて花輪を編んでいるところであった。グウィネヴィア王女はぬば玉のような黒髪。しかし陽《ひ》ざしを跳ね返している部分だけは、銅のような光沢を放っている。王女は、膝の上の花から目を上げた。瞳は緑がかったグレーで、柳の葉のようにすずやかな翳《かげ》をたたえていた。

こんな光景を、アーサーは一瞬のうちに眼中におさめた。しかし王女はまだほとんど子どもといってよいほど幼い。これにたいしてアーサー自身はといえば、いまだ弱冠十八歳とはいえ、自分がとても年とったような感覚にとらわれていた。それもそのはず、からくももぎとった勝利と、大勢の家来たちの死をまのあたりにして、アーサーの心はいいようのないほどに疲弊《ひへい》していたのだ。そんなわけで、ロデグランス王によってアーサーが道の先をうながされるまで、二人はしばし厳かに視線をからませてはいたが、この最初の出会いのことが、南へと帰ってゆくアーサーの心にさして深い感慨をいだかせたわけではなかった。ただ、城の庭で花の環をこしらえる少女を見かけたというだけのことであった。

しかしこの瞬間から、アーサーの心の中の何かがかわってしまった。それまではずっと眠っていた何かが、うごめきはじめ、痛みをうったえ、何かを請い願うようになったのである。そのような記憶は、時間がたつとともに薄らいでいったが、完全に心から去ってしまうことはなかった。そして、やがて、ふたたびすべてを思い出す日がやってくるのだ。

南へと馬をすすめたアーサーは、カールレオンの城に到着した。そしてしばらくそこに逗留したが、その間に、父を異にする姉のモルゴースがたずねてきた。モルゴースは夫であるオークニーのロト王のために、アーサーが治める国の秘密やら、長所弱点をさぐりに来たのだった。

誰にも顔を知られていないのをよいことに、モルゴースは旅する貴婦人というふれこみでやってきた。自分と侍女たち、それに護衛の家来たちにその夜の宿を恵んではくれまいかというのだった。アーサー自身、この姉には一度も出会ったことがなかったので、ほんとうの正体を知らぬままに、暖かく迎えるのであった。

そこにマーリンがいれば、警戒の一言を発したにちがいない。しかし、こんなことは初めてであったが、この時マーリンはアーサーのそばを離れて北に旅し、かつて自分を育て教えてくれた、老いたる師のもとをたずねていたのだ。またアーサーお気に入りの猟犬カバルは、モルゴースが近づいてくるとううっとうなり、うなじの毛をさか立てた。しかしそんな犬のようすをアーサーはまったく意に介することもなく、客人を怖がらせてはいけないからと、犬を大広間から追いはらってしまったのである。

その夕べ、貴婦人の来訪を祝して、歓迎の宴《うたげ》が催された。そして夕食が終わると、楽人たちは竪琴《ハープ》をつまびき、天上の調べもかくやと思われるほどの甘美な音楽を奏でた。

その夜は、空気のよどむ重苦しい夜であった。遠雷がしきりと響き、風がそよとも吹かぬせいで、壁の松明《たいまつ》の炎もひょろ長くのびて、ゆらりとそよぐことさえない。しばらくすると、貴婦人が口を開いた。

「王さま、建物の中にいると空気が重く、息がつまりそうです。このお城に庭はございますか」

「城の後ろ側に庭があります。そこなら少しは涼しいでしょう」

「ではお許しをいただいて、わたくしと侍女たちだけで黄昏《たそがれ》の散歩をさせていただきとうぞんじます」

こうして貴婦人と侍女たちは庭に出ていった。大広間では楽人たちが演奏をつづけている。やがて従僕たちがチェス盤の用意をはじめた。それから、床をかたづけはじめた。若い騎士や従者たちが食後のゲームを楽しむためであった。

しかし、しばらくすると、一人の従僕がアーサーの耳に口をよせて、こうささやいた。

「王さまに庭までお越しいただきたいと、客人がご所望です。人でこみあった広間ではお伝えできない、だいじなお話があるとのこと」

アーサーは立ち上がり、そっと広間をあとにした。そしてぶ厚い城壁の中にくりぬいた狭い階段をおりてゆき、裏扉をくぐって城の庭へと出た。空気はなま暖かいミルクのようで、スイカズラとイバラの甘い香りが城壁に囲まれた空間に重くたれこめている。見上げれば青白い満月。霞《かすみ》のかかった空に、ぼんやりとにじんでいる。そして、いちばん奥の、葡萄《ぶどう》の蔦《つた》のからまったあずまやの入口に、貴婦人がたった一人で立っていた。お付きの侍女たちはすべて立ち去ってしまったようだ。

王妃モルゴースは、アーサーの倍ほども年上だった。すでにオークニー王との間に四人の息子を産んでおり、いちばん上のガウェインは、アーサーに比べてわずかに年少とはいえ、ほとんど変わらないほどの年齢である。ところがアーサーは、そんなことを知りもしなければ、一瞬たりとも気にかけることがなかった。もう一つ別の庭での印象が、心の奥底でよみがえり、その時に感じた憧憬《あこがれ》や人恋しい気持ちが、呼び覚まされたのかもしれない。

それに、モルゴースはとても美しい女性であった。さきほど広間の松明《たいまつ》の光の中で、アーサーはなんて美しい女《ひと》だろうと思った。そしていま百合のような純白の月の光を浴びているかの女を見ると、さっきよりも、さらにもっと美しいと感じられたのであった。それは、十分に熟《う》れた果実のような、豊潤な美であった。女の上衣と、流れるような髪からは、麝香《ジャコウ》とばら油の香りが妖艶《あでやか》にただよってきた。

女の両手が、アーサーにむけて差し出される。その手を、アーサーの両手がつつみこんだ。こみあった広間では伝えられないどんな重要な話を、女がたずさえてきたのかをたずねることなど、アーサーは思い出すことすらなかった。

モルゴースはなぜこのようなふるまいに出たのだろうか？

それは謎である。

この時のアーサーの知るところではなかったが、モルゴースには、自分たちが姉弟という近親の関係にあることが十分に意識されていた（ただしモルゴースには、守るべき世の法《のり》などは眼中になく、すべてにおいて、わが意が法であった）。

モルゴースは、なぜあえて禁を破ったのであろうか？

いつの日かブリテン島の大王の位を正当に要求できる息子がほしかったのだろうか？　それとも復讐のためであろうか？　モルゴースの身体の中には〝黒き民〟（古き人々）の血が脈々と流れていたが、自分たちの土地を奪ったローマの民、青銅と鉄の道具をもった征服者たちにたいして、一矢を報いようとしたのだろうか？　あるいは、モルゴースは夫のロト王にずっと愛情がもてず、このまま年老いてゆく自分に焦燥感をいだいたところに、若くてハンサムなアーサーが現われたというのが真相なのであろうか？　それとも、ロト王のために密偵の役割をはたす上で、プラスになるとでも考えたのであろうか？　それとも、こうした動機すべてがまざりあい…

九か月後に、はるか北の国で、モルゴース妃は五番目の男児を出産した。子どもの父親はオークニーのロト王ではなく、大王アーサーであった。そしてモルゴースはアーサーのもとに使いをやって、自分がアーサーの子どもを産んだこと、モルドレッドと名づけるつもりであることを伝えさせた。さらに、父親の宮廷の騎士にするために、この息子をいつの日か南にさしむけるつもりだというのであった。

そしてモルゴースは、自分が誰なのかを打ち明けた。

ここではじめて、アーサーは、自分が禁じられたことを行なってしまったのだということを知ったのであった。

アーサーはそのことを知りながら行なったわけではなかった。しかし、なされたことはなされたこと。どんなに涙を流しても、いかに祈りを唱えても、どんな苦行でわが身をさいなもうとも、とりかえしのつくものではない。

こうしてアーサーは、みずからの破滅の運命を解き放ったのだ。夜が昼にかわり、昼が夜へとうつろうように、この運命はかならず最後には、アーサーの身の上にふりかかってくるであろう。アーサーは三日三晩というもの一睡もせず、みずからの身中に巣くったおぞましい思いと格闘した。

しかし、アーサーには生きるべき人生があり、最上の力をつくして治めるべき国があった。過ぎ去ったことにかまけてなどいられない。その時がきて、あざなえる縄のような人生の長い時間がすぎ、かの運命が身の上にふりかかって来るまでは、そのことは考えないことにしよう。アーサーはこう思って、馬と猟犬を呼び、狩猟《かり》に出かけるのだった。その日狩猟《かり》にうち興じているアーサーにとって、追いつめられているのは、いま目の前で飛ぶように逃げてゆく紅鹿ではなく、自分自身なのだと感じられたかどうか、それは誰にもわからない。

ただアーサーにもっとも親《ちか》しい人々だけが、この日をかぎりに、大王アーサーから少年らしさが消え去ってしまったことを感じていた。

しかし、これはすべて九か月先の話である。ある日のこと、例の貴婦人がカールレオンをあとにし、北にむかって旅立ってまもなく、年端のゆかぬ騎士の従者が、馬にのって城の中庭に入ってきた。従者は別の馬をひいている。そしてこの馬の背には、瀕死の騎士が横ざまにぐったりと載せられていた。重い身体を持ち上げて、ころげ落ちるように鞍からおりた従者は、こう叫ぶのだった。

「王さま、仇《あだ》を討ってください。わがご主人は、かつて槍をかまえたどんな騎士にもまけないくらい立派な騎士です。キリスト教徒らしく葬ってあげてください。それから、ご主人の命を奪った者を、懲《こ》らしめて下さい」

「埋葬については何の問題もない。しかし復讐の方は、当否を考えねばならない。いったい誰に殺《や》られたのだ」

「ペリノア王です。ここからさほど遠くないところに、奴は天幕《テント》を立てました。街道わきの井戸のすぐそばです。そこで奴は、やって来るものに誰かれなく、一騎討の挑戦をするのです。ご主人は、それで殺されました。王さまの騎士を一人お遣《つか》わしください。あいつの挑戦を受けてたち、ご主人の死にむくいてほしいのです」

さて宮廷には、グリフレットという名の、なま若《わか》い従者がいた。年齢はアーサーとほぼ同じぐらいだ。さきほどからの話をじっと聞いていたグリフレットは、アーサーの前にひざまずいて、自分を騎士にしてほしい、この挑戦を引き受けたいと訴えるのであった。

アーサーは目をおとして、若者をまじまじと見た。グリフレットはすぐれた従者であった。この分なら、いずれきっとすぐれた騎士になるであろう。ただし、それも生きていればこそのはなしである。

「そのような挑戦を受けてたつには、そなたは若すぎる。大人になりきれば、そなたはもっと強くなるはずだ。いっぽう、世の中をさがしまわっても、ウェールズのペリノア王ほど剛力《ごうりき》で、腕のたつ勇者はいないぞ」

「でも、わたしを騎士に任じてください」

と少年はなおも言い張る。

「だいいち、この挑戦を受けてたつと、いちばん先に言ったのはわたしなのですから」

そこでアーサーはため息をついて、少年の首と肩のあいだを軽くたたいた。これで少年は一人前の騎士となった。

「さて、サー・グリフレットよ。そなたの望みはかなえたぞ。つぎはそなたがわたしの願いをかなえる番だぞ」

「わたしにかなえられることなら、何なりと」

「約束するのだ。ペリノア王と向かい合い、槍をかまえて突進するのは一度かぎりだぞ。その結果、まだ鞍にのっていようと、落馬していようと、一騎討はそこで中断して、すぐに帰ってくるのだ」

「お約束いたします」

と若き騎士はこたえた。そして、まだ自分の従者がいないので、馬と槍を自分でとってきた。そうして盾をひょいと肩にかけたかと思うと、もう路上の人となっていた。見れば、まだ足があぶみにとどいてもいないのに。

夏の陽《ひ》ざしでからからに乾いた道路を、もうもうと塵やほこりをまき上げながらグリフレットは進んでいった。やがて強い陽《ひ》ざしをのがれて、森の翳《かげ》にはいり、ついに道傍の井戸のところまでやってきた。そこには豪華な天幕《テント》があり、そのすぐ近くに、立派な馬がつながれてあった。馬には鞍と手綱がつけられ、敵にむかう準備万端といったふぜいである。そして樫の樹のいちばん低い枝に、色とりどりに模様を描いた盾と、大きな槍がつるされてあった。

グリフレットは馬の手綱を引き、あぶみの上に立って、自分の槍の柄尻でぶらさがっている盾をがんがんとたたいた。挑戦を受けてたつときにはそのようにするのが習慣《ならい》である。やがて森中に音がこだまし、美しい盾が地面にがしゃんと落ちた。

すると、すっかり鎧《よろい》兜《かぶと》に身をつつんだペリノア王が天幕《テント》から出てきた。そして、

「立派な騎士どの。なぜわたしの盾をたたき落とされたのかな」

とたずねた。これもまた、このような場合の正式な物言いであった。

「そなたと一騎討を行なうために」

とサー・グリフレットがこたえる。

しかしペリノア王のつぎの言葉は、おきまりの問答からはずれていた。

「やめといた方がいいだろう。おぬしはまだほんの青二才、騎士になったばかりではないかとお見受けする。おぬしはまだわしと戦うほど、成熟してはおらぬ」

「そうではあっても、そなたと一騎討をするのだ」

「よいか、わしが望んだことではないぞ。だが、おぬしがわしの挑戦を受けてたつというなら、わしがそれをこばむわけにはゆかんのだ。だが、戦わねばならぬなら、まず、そなたが誰に仕える騎士か、教えるのだ」

「わたしはアーサー王の騎士だ」

するとペリノア王は槍と盾を手にとって、馬にまたがった。二人は左右に分かれ、適当な距離がひらいたところでふりかえり、槍をかまえると、相手をめがけて全速力で突進しはじめた。

グリフレットの槍はペリノア王の盾の中央にぶつかり、それをこなごなに砕いた。しかしペリノア王の槍先はグリフレットの盾をきれいに突き破り、左脇腹に深く突きささった。槍の穂はそこで折れ、切先がグリフレットの身体にとり残された。そして馬も乗り手も、どうと地面に倒れた。

するとペリノア王も馬をおり、負傷した敵の上にかがみこんだ。そして兜《かぶと》をゆるめて、顔に風をあててやった。

「こいつは、獅子《ライオン》のような勇気をもった少年だ。もし命を落とさなければ、きっと最高の騎士の一人となるじゃろう」

ペリノア王はこう言うと、脇腹に槍先がささったままの相手をかかえて鞍に座らせた。そうして馬の首をカールレオンにむけ、勝手に家に帰れとばかりに、尻をぽんとたたいた。

馬と、手ひどい傷をおった乗り手がもどってきたとき、アーサーはにぎった拳《こぶし》に鷹をのせて、城壁に囲まれた庭を歩いているところだった。

「ご命令どおり、一度しか勝負しませんでした」

とグリフレットは言って鞍からすべり落ち、王の足もとにくずれた。

アーサーは激しく憤った。ただペリノア王を怨んだばかりではない。自分自身のことが腹立たしかったのだ。若造の言葉をまともに聴いて、大人の仕事に鼻をつっこませたことが（アーサー自身、〝若造〟とかわらぬ年齢であることを忘れ果てて）悔やまれたのであった。

そんなわけで、手当のためにグリフレットが運び去られると、アーサーは自分の従者を呼んで、鎧兜《よろいかぶと》の用意をさせ、いちばんの戦馬《いくさうま》をつれてくるよう命じた。そうしてアーサーは、大勢の人々の願いもむなしく、ただ一人の伴の者もつけずに、単騎、道をすすめ森の中に入っていった。自分がペリノアの挑戦を受けてたつのだ、いちばん若いおかかえ騎士を傷つけられた仕返しをしてやるのだという思いで、心の中は煮えくりかえっていた。

アーサーは兜《かぶと》の面頬《めんぼう》を閉じたまま馬を進めた。また、盾の覆いもかぶせたままであった。盾の上に描いたドラゴン――血のように真っ赤なドラゴン――によって、こちらの身分を悟られてはまずいのだ。

やがてアーサーは井戸のそばの、豪華な天幕《テント》のところまでやってきた。樫の樹の枝には、新しい盾がつるされている。アーサーは力まかせに盾を乱打した。森中に、割れ鐘のような濁った音が鳴りわたる。すると天幕《テント》の垂れ布があがり、騎士が姿を現わした。ペリノア王にちがいない。

「立派な騎士どの」

とペリノアがきいた。

「なぜわたしの盾をたたくのだ」

「騎士どの」

とアーサーがかえす。

「なぜこのようなところに陣を張って、一騎討に応じない者を通さないのだ」

「わたしが、そのような習慣《ならわし》を決めたのだ。それをわしに変えさせたければ、力づくでやってみることだな」

「それをそなたに変えさせるために、やってきた」

「わしはこの習慣《ならわし》を守るために、ここに立ちふさがるだけじゃ」

とペリノアは兜《かぶと》の中から静かな声で言いはなった。そうして、新しい盾と槍を手にとり、従者が引いてきた馬にまたがった。

二人は左右に分かれ、適当な距離を進んだ。そしてふりかえり、拍車を蹴る。双方の馬が轟音をひびかせながら、相手にむかって全速力で突進した。それぞれ盾の中央に、敵の槍が衝突した。どちらの槍もこなごなに砕けてしまった。

アーサーは剣を抜こうとした。しかしペリノア王は、

「まだ剣を抜くには早すぎる。もう一度槍で勝負しようではないか」

とさそう。

「そうしたい気持ちはやまやまだが。わたしには槍がない」

ペリノア王は、従者にむかって指を鳴らした。すると従者は立派な槍を二本もってきて、まずアーサーに選ばせた。こうしてアーサーが自分の分を選ぶと、ペリノア王が残りの一本をとった。そしてふたたび、二人は馬に拍車をかけ、またもや槍が砕けとんだ。アーサーは、再度、剣を抜こうとする。

「いいや。もう一度槍で戦おうではないか。誉れ高き騎士道のためじゃ。そなたほどの名手が相手じゃと、わしも心が熱くなるわい」

こうして従者は、槍をさらに二本もってきた。そしてふたたび二人は拍車をけって、突進をはじめた。しかしこのたびは、アーサーの槍がこなごなになってしまったのは前回と変わりなかったが、ペリノア王の槍

はうまくかんどころにあたったらしく、アーサーは馬もろとも、地面にたたきつけられてしまった。

しかしアーサーはさっと立ち上がって馬を離れ、今度こそ、剣を抜きはらった。ペリノア王の方でもさっそうと鞍から飛びおりて、剣を抜いた。こうして二人の間にしのぎをけずる戦いがはじまった。

二人は互いにむかって、打ちかかり、切りかかった。鎧《よろい》は割れ、へこみ、乾いた地面の上に、血潮が深紅の雨のように降りそそいだ。ついに、二人の剣がものすごい力でぶつかり合い、アーサーの剣の刃が砕けとんだ。そしてアーサーの手の中には、剣の柄《つか》と、ぎざぎざになった刃《やいば》の切株だけが残った。

これを見たペリノアの口からは、肺の底から絞りだすような、深い勝利の叫びが洩《も》れて出てきた。

「さあ、これで生かすも殺すも、わしの意のままじゃ。敗けた騎士らしく、膝をついて慈悲をこうのだ。生かしてやらんでもないぞ」

「死はこばまぬ。だが、膝を折ることはせぬ」

アーサーはこう言うと、役にも立たない剣の柄《つか》を投げ捨て、ペリノアにむかて跳びかかった。裏をかいて低く狙ったので、格闘技のように腰に組みつき、相手をひっくり返すことに成功する。こうして二人は地面の上で組み合った。鎧《よろい》を帯びているので動きはのろいけれども、それこそ決死の戦いであった。

しかしペリノア王は大がらで、力の強い男であった。対するアーサーはというと、グリフレットにはひとごとのように言ったが、ご当人もまだ筋肉が十分に大人になりきってはいなかった。したがって、ペリノア王がアーサーを組み伏せるのも時間の問題であった。ペリノアは若き王の兜《かぶと》を剝《は》ぎとって、自分の剣に手を伸ばし……

と、その瞬間、井戸を囲む樹の翳《かげ》のあたりで、何かが動いた。まるで年ふりたサンザシの樹が命をもって動きはじめたかのようであった。ついで茂みの間から、金色の目をした長身の男が出てきた。長旅のせいで、黒いマントのへりが塵で真っ白になっている。

夕陽《ゆうひ》をあびて長くのびた男の影が、組み合った二人の上に落ちた。ペリノアは手をとめて、目を上げた。

「やめろ、剣をそのままにするのだ」

とマーリンの声がひびいた。

「その男を殺すと、ブリテン島のすべての希望を殺すことになるぞ」

「なに？　こいつはいったい誰なのだ？」

「大王アーサーだ」

突然おとなしくなったペリノアがきく。

これを聞くと、はじめて恐怖がペリノアをとらえた。王を殺そうとして果たさぬ者は、自分の方がみにくい最期をとげるということがよくあるからであった。そこでふたたび、剣をさぐる手が一瞬ぴくりと動いた。

「やめろ。その必要はない」

とマーリンは言うと、手を上げて、長い人さし指を、まっすぐペリノアにむけた。ペリノアは深いため息をつくと、ぐにゃりと身をたたむようにして草の上に倒れ、そのまま動かなくなってしまった。

マーリンはつぎにアーサーに目をむけた。ひどい傷のため、アーサーはほとんど立つことすらできないありさまであった。そんなアーサーをマーリンは支えて、すぐそばにいた馬にのらせた。そうしてみずから手綱をひいて、立ち去ろうとした。

しかしアーサーは井戸の横に身をふせて、ぴくりともしない男の姿から、目を離すことができないで、こう言うのだった。

「マーリン、何ということをしてくれたのだ。あんなに立派な騎士だったのに、お前は魔法で殺してしまったのだな。あれほど強くて勇敢な騎士が生き返るなら、わたしの命が一年縮んでも惜しくはないぞ」

「心配なさらぬよう」とマーリンがこたえる。

「命の危険というなら、あなたの方がよほど危険ですぞ。あなたは手ひどい傷を負っている。それに比べればペリノアの傷などたかが知れたもの。ペリノアは眠っているだけです。三時間もすれば目がさめるでしょう。さよう、この先あなたはこのペリノアと幾度となく親しく出会うことになろう。ペリノアはえりすぐりの、あなたの騎士となるのです。そればかりか、ペリノアの息子もそうなるのです」

こんな話をしながらマーリンは、森の中の隠者の棲処《すみか》へとアーサーを導いていった。ここの隠者は癒しの薬草の術《わざ》に長《た》けていたので、三日とたたないうちに、傷があらかたふさがってしまい、アーサーはふたたび馬にのれるようにまで回復した。というしだいで、二人はカールレオンへの帰路についたのであった。

しかし馬上のアーサーは、首をうなだれている。

「わたしは恥ずかしい。剣がなくなってしまった」

「そのことについて、心を悩ませることはありませんぞ」

とマーリンはなぐさめた。

「古い剣はりっぱに目的を果たしてくれた。あなたが大王の位につくにふさわしいことを証明してくれたし、王国をとりもどす戦いに奔走するあいだも、十分にその役割を果たしてくれた。だが、いまは、あなた自身の剣を手に入れるべき時がやってきた。あなたの命のつづくかぎりあなたとともにある魔剣、エクスカリバーを手に入れるべき時が」

　アーサーとマーリンは森の中に深く、深くつき進んでいった。そして人間はおろか、足の軽い鹿でもなければとうてい見分けられそうにない小径《こみち》をたどっていった。すると周囲に高い山がそびえはじめ、樹がまばらになってきて、ついに、葦《あし》の生えた、湖のほとりに出た。さきほどまで通ってきた森の中では、樹々の枝をなでてゆく夕風がわずかに感じられたが、ここまでくると空気はまったく静止しており、長い葦《あし》の葉末が揺れることもなければ、青空を映す水面にさざ波一つ立つこともない。そして明るい湖面にはわずかに霞《かすみ》がかかり、対岸を隠している。

　ま正面の空をつきさすように山がせり上がっているので、実際にはそんなはずはないのだが、まるで対岸など存在しないみたいだと、アーサーには感じられた。それにまた、湖に棲《す》む水鳥の声が聞こえてきてもよいところだったが、そのようなものも一切ない。これほどまでの静けさはいままで耳にしたことがないと、アーサーは思った。

「ここはいったいどういう場所なのだ」

と、沈黙を破るのが怖いとでもいわんばかりに、アーサーは思わず息をひそめながらきいた。

「これが湖じゃよ。王者たちの湖じゃ。真ん中に宮殿がある。人間の目には見えぬが。はるかむこう――西の方――にはイニス＝ウィトリン――〝ガラスの島〞がある。またの名をりんごの樹の島――アヴァロンという。そこは生身の人間の世界と、命のつきぬ者の国の境目となっている。しかし命のつきぬ者の国というのは、また死せる者の国でもある…」

マーリンの声はどこからともなく聞こえてくるような、不思議な印象があった。したがって、ほんとうにそのような話を聞いたのか、それとも背後の森の樹々から伝わってくる、幽《かす》かな風の歌にすぎなかったのか、アーサーにはよくわからなかった。

「何とも不思議な場所だ」

とアーサーが言った。

「それに、カムランもそう遠くない」

と横に立っているマーリンがこたえる。さきほどの幽《かす》かな風の歌ではなく、もとの重々しい老人の声にもどっている。

「カムランだと」

とすかさずアーサーがかえす。とつぜん冷たいものが左右の肩の間を走るような気がした。自分の墓が立つべき場所の上を灰色の雁が飛ぶと、そんな感じがするのだという。

「そうカムランじゃ。最後の戦いが起きる場所じゃ…　いや、よそう、それは別の物語、まだまだ遠い先の話じゃ」

マーリンの声はまたもや軽く、幽《かす》かになってきた。

「さあ、見るのじゃ。約束の剣じゃ」

マーリンの指さす方向にアーサーが目をこらすと、湖の真ん中から一本の腕が水を割って、伸び上がってくるのが見えた。真っ白な銀襴織りの袖をまとっている。そして手には、素晴らしい剣がにぎられている。

アーサーがくい入るように眺めていると、一人の乙女の姿が目に入った。乙女の黒いガウンも、黒髪も、まるで霞《かすみ》かなんぞのように、乙女の身体をふわりとつつんでいる。乙女はこちらにむかって、水の上を歩いてくる。しかし輝くような水面にはさざ波一つ立っていない。

「あれは誰だ？」

とアーサーがささやく。

「数ある湖の乙女の中でも、いちばん位の高い姫じゃ。ねんごろに話すのじゃよ。そして剣をもらうのだ」

乙女が岸辺まできて、二人の前に立った。高貴にして誇らかな姿は、まるで葦《あし》の原に降りたった白鳥のようであった。アーサーは馬をおりて、ていねいにあいさつし、このようにたずねた。

「乙女よ、どうか教えていただきたい。あの腕が水の上にささげている剣は、どのような剣なのですか」

「わたしが長らく守ってきた剣です。手に入れたいのですか？」

「いかにも」

とアーサーは、願望を目にたたえながら、湖の上を眺めた。

「わたしには、自分の剣がないのです」

「ではお約束ください。あの刃《やいば》を、けっして公正を欠く目的によって汚すことなく、つねに〝ログレスの名剣〟という名に恥じぬよう扱うと。お約束くださるなら、剣はそなたのものです」

「誓いましょう」

「では」

と湖の姫がかえす。

「さあ、おのりなさい。その舟はあなたを待っているのです」

この時はじめて、アーサーはすぐそばの葦《あし》の間に舟があるのに気づいた。

アーサーがのったその瞬間に、舟は動きだした。まるで自分の意思をもつ者のように水の上をすべってゆき、あとに波紋ひとつ残すことがない。やがて湖の中から腕がのび上がっている場所までくると、しつけのゆきとどいた馬のようにぴたりと止まった。

アーサーは手をのばして、

「かたじけない」

と言いながら、剣を手の中にしっかりとにぎった。そうしてあらためて剣をうち眺めると、細かな黄金の彫刻と宝石がいっぱいの柄《つか》の上で、そして豪華な装飾をほどこした鞘《さや》の上で、ミルクのような色の光がたわむれている。しかしこうして眺めているうちにも、白い銀襴織りの袖につつまれた腕は、静かに水の中に没してゆくのであった。

すると、舟も静かに岸辺にむかってもどりはじめた。

湖の姫の姿は、影もかたちもなかった。さっきは、ほんとうに姿を現わしたのだろうか？　アーサーにはまるで夢のように感じられた。

しかしマーリンは依然として、さきほどのあの場所に立っていた。馬の手綱をおさえている。アーサーは剣を腰につけて、馬にのった。こうして二人はふたたびカールレオンへの旅路についたのであった。

馬にのりながら、アーサーは剣を抜いて、つくづくと眺めやった。絹のような刃《やいば》の表面が、夕陽の光と戯れている。

「聖剣《エクスカリバー》か」

とアーサーは低い声でつぶやいた。そして再度、

「聖剣《エクスカリバー》か」

と。そんなアーサーの姿をマーリンは横目で見て、たずねた。

「どちらがお気に入りかな。剣かな。それとも鞘《さや》の方かな」

何と愚かな質問だろうと、アーサーは笑いだした。

「鞘《さや》も美しい。深紅の革の上に、黄金糸の刺繍。とても目を楽しませてくれます。でも、何といっても剣は剣です。剣の方が、わたしには何百倍もいとおしい」

「そうかも知れないが、その鞘《さや》はだいじにするのじゃぞ。そうしていつも身につけておくのじゃ。その鞘《さや》には魔法の力がある。それが剣帯にしっかりとはまっている間は、戦いでいかにひどい傷をおっても、一滴たりとも血を失うことはないのじゃ」

「だいじにいたします」

と、刃を鞘《さや》の中におさめながらアーサーがかえした。

「でもやはり、剣の方がいいですね」

第4章　円卓

こうして手に入れたばかりの剣をもちいる機会は、まもなくやってきた。
翌年の春、北ウェールズのリエンス王がふたたび軍勢をかき集めているという報告がアーサーのもとに届いた。血に飢えたリエンス王の追随者たちは、すでに国境をおかして、アーサーの臣下の王たちの土地を荒しまわっているというのだ。
アーサーは使者を送って、このような狼のようなふるまいをやめるよう伝えさせた。ところがリエンス王からはまるで木で鼻をくくったようなあいさつがかえってきた。自分はいままで十指にあまるほどの王を征服し、鬚を切ってマントの縁に縫ってきた。アーサーが自分から鬚を落として送ってくるなら、許してやろうというのであった。
「このようなひどい言伝《ことづ》てははじめてだ」

アーサーは使者にむかって、吐き捨てるように言った。

「さあ、お前の主人のところにもどって、ブリテンの大王にむかってそのような言伝《ことづ》てを送るのは愚かなことだと伝えるのだ。それからまた、こう伝えるのだ。略奪をやめて、わたしに臣従を誓いに来い。お前などよりよほど立派な王がそうしてきたのだ。もし命令に従わなければ、また以前のように攻撃をくわえる。ただし今度は山に追いかえすだけではすまない。ご自慢の立派なマントとやらをいただこう。それだけじゃない。リエンスの鬚ばかりか、首もいっしょにいただくぞ」

アーサーは自分の顎《あご》に手をやって、そこに生えているうぶ毛をさわった。そして、憤怒をほとばしらせているさなかにも、笑いださずにはいられなかった。

「それから、こう言うがよい。どちらにしても、わたしの鬚ではまだリエンスの役には立たんとな」

使者はリエンス王のもとに帰っていった。

アーサーはふたたび軍勢を集めて、北ウェールズの山奥へと兵を進めた。そこでは、リエンスをはじめとして、大勢の謀叛騎士、叛乱貴族たちが、アーサー軍の到来を待ちうけていた。そんな敵の中には、オークニーのロト王の名も見える。これは大いにアーサーを悲しませた。というのも、ほんとうの敵はモルゴース妃の方であって、夫の方ではないのだと、アーサーは心の中でわかっていたからだ。また、ロト王がそんなところにいるというのも、本人の意思によるものというよりは、妻にそそのかされた結果に違いなかった。

長い夏の日がな一日、戦いがつづいた。形勢はときにはこちらが有利、ときにはあちらが有利というふうにつぎつぎと変わったが、時間の経過とともに、潮の流れは謀叛軍にとって不利な方へと傾いていった。そうして夕闇がせまり、人、馬、槍の影が長くのびる頃になると、リエンスおよび敵将はあらかた斃《たお》れふし、残るはロト王のみというようなありさまとなってしまった。

しかし、このロト王ばかりはまだ、護衛兵に囲まれながら、しつように戦いつづけていた。追いこまれた猪のように、容易なことでは降参しそうになかった。

さて、ウェールズのペリノア王は、ときに、ある珍らかなる野獣を追い求めなければならないという、奇妙な星のもとに生まれていた。この野獣というのは、頭は蛇、胴体は豹で、鹿の足をもっているばかりか、六十頭の猟犬がいっせいに吠《ほ》えるようなものすごい音を、腹の中から出すのであった。

どういうめぐりあわせか、たまたまこの日に、ペリノアはこの獣を追っていて、戦いの行なわれている山の中にまぎれこんでしまった。そして兵の喚声と武器がまじわる音を耳にし、戦さの猛塵の上にへんぽんとひるがえる、赤と金のブリテンの旗が目についたので、ペリノアは一時的に狩《か》猟《り》を中断して、大王アーサーの軍に加勢しようと考えた。

ペリノアが戦場に駆けつけてみると、ちょうどアーサーがオークニー軍をめがけて、ふたたび猛攻をくわえようとしているところであった。そこでペリノアは大王アーサー、およびアーサーの騎士たちの列にくわわり、まるで獲物を追いつめようとする六十頭の猛《たけ》り狂った猟犬のようなものすごい咆哮《ほうこう》に囲まれながら、群れかたまる敵陣深く切り込んでいった。そうしてロト王その人のところにまでたっし、僚友たちのいずれおとらぬ奮戦を尻目に、渾身の一撃を相手の頭上めがけて打ちおろしたので、剣の刃《やいば》は兜《かぶと》を割り、骨を砕いた。ロト王は鞍から飛び出し、地面に触れるまえにすでにこときれていた。

こうなるとオークニーの騎士たちの意気はくじけ、心もなえはて、深まりゆく夜闇の中へと三々五々散ってゆくのであった。あたりには、猟犬さながらの吠《ほ》え声が遠ざかりながらも、なおも響いていた。

こうしてブリテン島に、つかのまの平和がおとずれた。

北と西の蛮人はふたたび山の奥にひっそりとこもり、海の狼たちは海のむこうへと逃げ去った。いまだ、あちこちに落武者の群れが出没し、ごろつき騎士やならず者たちが森の中にひそみながら、悪事を行なう機会をうかがってはいた。また山の人々は焚火《たきび》をかこみながら、心に憎しみの炎をたやすまいと、昔の怨み、過去にこうむった不正を語り合っていた。とはいえ、ローマ軍の撤退のはるか以前から騒乱にあけくれてきたブリテン島に、これほどの平和がもどったことは、いまだかつてなかった。

こうして人々には、深い息をついて、これからどのように生きようかと考える余裕が生じた。そして国中の最高の騎士たち——その多くが過去の戦さに加わった者たちだ——が、キャメロットのアーサーのもとへと集まってきたのである。

そんななかには、まずサー・ウルピウス、旗手サー・ブレオベリスなど、ウーゼル・ペンドラゴン王に仕えたことのある老練の騎士たちがいる。そのいっぽうで、戦うべき正義、栄光を求めてつどってきた若い騎士たちも大勢いた。たとえばサー・ベディヴィエール、サー・ルカン、サー・グリフレットなどがその例である。また、ペリノア王が王妃をむかえる前に、初恋の女性に産ませたサー・ラモラクの名も忘れてはならない。さらに、キリスト教の国々の中でも最高の王アーサーによって騎士にとりたててもらおうと、熱い思いをいだいている若い従者たちがいた。こうしてロト王とモルゴース妃の長男であるガウェイン、その弟であるガヘリスまでもがやってきた（モルゴース妃の息子たちは、みなできるかぎり早く家を離れた。最後に生家を去ったのは末息子のモルドレッドであったが、それはまた別の物語に属する）。

あのような素晴らしい王をめぐって、これほど華麗な宮廷の華《はな》がひらいたことはかつてなかったと、楽人たちはうたいあげた。

それからしばらくたった、ある日の夕方のこと。アーサーは広間の上の大きな部屋にマーリンを呼んで、このように言った。

「王や貴族たちがわたしに妻をむかえるよう、しきりに攻めたてるのだ。どうすればよかろう。助言をいただきたい。そなたの助言はいつも役にたってきた」

「お妃を迎えられるのがよろしかろう。王さまはすでに二十歳をすぎ、キリスト教の諸国で最高の王となられた。思いをよせておられる乙女がおありかな」

そこでアーサーははたと考えこんだ。

たくさんの乙女たちの美しい顔が、心の中につぎつぎと浮かんでは消えた。そしてモルゴース妃の妖しくも、暗く熟した姿が浮かぶと、記憶のひだのさらにその先に隠れていることだけは思い出すまいと、身をすくめてやりすごすのであった。

このようにさまようアーサーの思いは、ある少女の上にぴたりととまった。それは、高くそびえる城壁に囲まれた庭で、スイカズラとオダマキ、それから小ぶりの四季バラをもちいて花輪を編んでいた少女――まっすぐな黒髪と、憂いがちな緑の瞳をもった、あの少女であった。

「グウィネヴィア。キャメラードのロデグランス王の娘だ」

マーリンは一瞬言葉につまったが、すかさずこうききかえした。

「まちがいありませんな?」

今度はアーサーが言葉につまった。開いた窓から大きな蛾が音もなく舞いこんできて、彫刻された衣装だんすの上に置いてある蠟燭《ろうそく》のまわりを、ぐるぐるとまわりはじめた。

「まちがいない。いままで考えたこともなかったが、わたしはグウィネヴィア王女が好きだ。王女のことを思うと、心が楽しく、やすらぐような気がする」

マーリンには未来のことがはっきりとわかっていたので、こう言うこともできた。

「おお、何ということ。考えなおしてくだされ。グウィネヴィアをお妃に迎えたら、ゆくゆくは、王さま、お妃、親《ちか》しき友、王国のすべてに、悲しみと暗闇と戦さと死の運命がおとずれることになりましょう」

しかし、いかなる人間にも、額の上に記された運命を逃れることができないのだということが、マーリンにはよくわかっていた。アーサーのためにどのような運命が刻まれているのか、マーリンにはたなごころをさすように述べることができた。それどころかマーリンには、自分自身の逃れられぬ運命のことでさえ、よくわかっていたのだ。

そのようなわけなので、マーリンの口から出た言葉はこのようなものであった。

「もしもそれほど心が固まっておられなければ、グウィネヴィア王女におとらず美しく、優しく、そなたの心を喜ばせてくれる乙女を、二、三十人も見つけてさしあげるところじゃ。されど、そなたのことはよくわかっておる。こうと思いを定めたら、てこでも動かんじゃろう」

「そのとおりだ」

とアーサーはこたえた。

この時、それまでずっと蠟燭《ろうそく》のまわりを舞っていた蛾が、とつぜん青く燃える炎の中心に飛びこみ、羽を焦がして落ちた。

翌日になると、マーリンがキャメラードにむけて旅だった。そしてロデグランス王に拝謁して、グウィネヴィア王女を妃として迎えたいという、ブリテン大王の希望を伝えた。

こんな申し出をうけたロデグランスは、有頂天になった。そして、

「こんなにうれしいお言伝《ことづ》ては、いまだかつていただいたことがございません。大王にわが娘を？　むろん差し上げましょう」

と答えるのであった。

しかしロデグランスは、そこではたと考えこんでしまった。持参の品は何にすればよろしかろう？　土地などは、もう、ほしいだけもっておられるのではなかろうか？　しかし、答えはすぐに頭に浮かんできた。

「黄金の国よりも、大王にとってもっと貴重な品を持たせよう。かつてお父上のウーゼル王が所有されていて、その後わたしに下さった、あの大きな〝円卓〟を献上するんだ。それとともに、わたしの騎士の中で最高に勇敢で剛力の者を百人贈ろう」

このように、心の中《うち》を思わず口に出してしまったロデグランス王であったが、ここであらためてため息が出てきた。

「あの円卓には百五十の席があるのだが……　生まれてこのかた戦さつづきで、もはや百人しか出せませんな」

「百人で十分じゃよ。アーサーにも立派な騎士はたくさんおる。そなたからの献上の品と、王妃として送り出される娘御《むすめご》を、大王はいたく喜ばれるであろう」

とマーリンは、自分にむけてにやりとしながらこたえた。はるか昔、あの円卓をこしらえたのはいまだ若きマーリンその人だったのだ。だからこそ、マーリンには円卓のもてる魔力のことが、人一倍よくわかっていたのである。

こうして円卓は移動のために、ばらばらに分解され、巨大な牛車にのせられた。そして王女の方の準備もととのえられた。

輿《こし》入れの問題について、王女自身の希望をたずねてくれる者など、誰一人としていなかった。しかし王女は、いつかの疲れた顔の若者のことをよく憶えていた。そう、あの時お城の庭で、二人は長々と互いを見つめ合ったのであった。そして若き王が姿を消したとき、ふとわれにかえった王女は、膝の上の花輪が、ぷつんと切れてしまっているのに気がついたのだった。王の求愛をうけて、グウィネヴィアの心が歌い、踊りまわったわけではない。しかし、もちろん、うれしくないわけがなかった。

侍女たちに囲まれながら、グウィネヴィアは輿《こし》入れの旅路についた。わきにはマーリンがおり、背後には百人の騎士がついてくる。行列の最後尾をかざるのは巨大な牛車で、からからに乾燥した夏の道を重々しく進んでくる。こうして聖霊降臨祭を三日後にひかえた日に、アーサーの待ちうけるキャメロットに、グウィネヴィアは到着した。

一行は川にかけられた立派な橋をわたり、急傾斜になった町の街路をのぼっていった。お妃となるべき女性を一目見ようと、人々が路上にむらがっている。そして頭上では、軒や切り妻のあいだに燕《つばめ》が舞っている。こうして宮殿の外庭についたグウィネヴィアを、アーサーが手をそえて馬からおろし、大広間へと導いていった。

三日後、婚礼の準備がすべてととのった。そしてその朝――聖霊降臨祭の祝日にあたっていたが――ロト王の息子ガウェインとペリノア王の息子ラモラクが、騎士の名誉をさずかりたいと、アーサーのもとにやってきた。アーサーは喜んで二人とも騎士に叙した。こうして婚礼の儀式のために、高々とそびえたつ聖ステパノ教会にアーサーが入場したとき、つき従った騎士の中に、サー・ガウェインとサー・ラモラクの姿もまじっていたというわけであった。

ついで、婚礼と戴冠のために、純白と黄金の衣装をまとったグウィネヴィアが入ってきた。二人の大司教が、グウィネヴィアとアーサーの手を結びあわせる。そしてグウィネヴィアの髪から白バラの花輪をとりさり、そのかわりに王妃のための黄金の宝冠をかぶせた。

四人の王が槍の穂でささえる黄金の天蓋《てんがい》の下を、アーサーとグウィネヴィアが手に手をとって、宮殿にむかって歩んでゆく。通りをうめつくした群衆は、大王がこのように美しい王妃をむかえたことを喜んで、歓呼の声をあげた。

グウィネヴィアは、頭をつんと立てて歩んでいった。王冠は白バラの花輪など問題にならぬほど重かった。しかしかの女は、アーサーに選ばれたことをとても誇らしく感じていた。そしてアーサーのことを好もしく思う感情が、グウィネヴィアの胸の中で大きくふくらみつつあった。これが愛なのだと、その時のグウィネヴィアは思った。

大広間には、円卓が組み立てられてあった。それは巨大な車輪の縁《へり》のような形をしたテーブルであった。真ん中の空間は、世話をする召使や従者が行き来するために空けられている。テーブルのまわりには、百五十人の騎士のために、背もたれの大きな椅子が並べられてある。そしてそれぞれの席の背には、そこに座るべき騎士の名前が、黄金の文字で記されてあった。

「このようにみごとな婚礼プレゼントをもらった王は、いまだかつてあるまい」

とアーサーが感嘆して言った。そうしてアーサーと騎士たちは、それぞれの席につくのであった。いっぽう王妃とお付きの女性たちは、別の部屋へと分かれていった。というのも国の行事の際には、男と女が同じ場所で食事をしないというのが、いまだに当時のブリテンでは習慣《ならい》だったのだ。

騎士の一同が割りあてられた席につくと、アーサーは、自分の横に立っているマーリンにむかってたずねた。

「この素晴らしいテーブルのまわりには、空席が四つあるが、なぜだ？」

「いずれ定められた時に満たされることになっております」

「一番目はペリノア王の席じゃ。いまは狩猟《かり》に疲れて休んでいるが、まさに今日やってこよう。日に照らされたところをご覧くだされ。椅子の上に、すでにペリノアの名前が見えるでしょう。

二番目は旧来の盟友であるベンウィックのバン王のご子息、サー・ランスロットの席じゃ。来年の聖霊降臨祭の朝をむかえる前には、大王さまのもとに馳せ参じることとじゃろう。ランスロットは最高にすぐれた騎士にして、大王さまにもっとも親《ちか》しき者となろう。そしてもっとも大きな喜びと、もっとも深き悲しみをもたらすことになろう。

三番目は、ペリノア王のご子息パーシヴァルの席じゃ。パーシヴァルはまだ生まれてはおらぬが、その時がくれば、まるで先触《さきぶ》れのような役割をはたそう。というのも、パーシヴァルが来てから一年とたたぬうちに、聖杯の不思議にキャメロット中が浮かれたようになり、騎士たちは円卓を後にして、世に最高の冒険

――聖杯の探求に、われもわれもと旅立つことであろう。すべてが黄金に彩《いろど》られた黄昏《たそがれ》の栄光へと突き進んでゆくのじゃ。そして、その向うにはもはや闇しかない。だが、いまはまだ朝じゃ」

一瞬の間、沈黙が大きな広間全体をつつみこむように感じられた。

しかしその時アーサーの声が凛《りん》と響いた。

「しかし、もう一つ空席が残っているではないか。誰が座るのだ?」

「それは〝危険な席〟じゃ。座る者にとって、その席は死を意味する。ただし、本来座るべき者が来たときは別じゃ。その者の来《きた》るべき時は、すでに定められておる。誰よりも後に来るであろう」

こうしてマーリンが話している最中に、ペリノア王が扉のところに姿を現わした。

ペリノア王は歓迎の言葉をもってむかえられ、主の到来を待ちのぞんでいた席に案内された。そして直後に、宴《うたげ》がはじまった。

そろそろ宴《うたげ》が終わりに近づいたころ、お城の正面の庭で猟犬のものすごい吠《ほ》え声が聞こえてきた。一瞬、誰もがペリノア王の〝吼《ほ》える怪物〟かと思い、ペリノア王その人までもが半分席を蹴って立ち上がろうとしたところ、――この怪物が呼べば、ペリノア王はかならず追いかけなければならない定めなのだ――白い鹿が広間に走り込んできた。

鹿はいかにも軽やかな足どりで、高い窓々からさしてくる月光をあびて銀色に輝いている。ついで、乳のように白い雌の猟犬が現われた。鹿におとらず真っ白で、快足であった。そしてさらにその後から、六十匹の真っ黒で大きな猟犬たちが、あらんかぎりの声でわめきながら駆けこんできた。

鹿は巨《おお》きな円卓のまわりを、ぐるりとめぐった。それを、白い雌の猟犬と、黒い猟犬たちが、けたたましく吠《ほ》えながら追いかける。そしてふたたび扉が近づいてくると、鹿はぴょんと大きく跳ねて、扉のほうへと方向を転じた。そのおかげで、アベレウスという名の騎士がひっくりかえってしまった。アベレウスというのは、円卓の騎士ではなく、横のテーブルで宴《うたげ》にあずかっていた下級の騎士の一人である。するど、アベレウスは白い雌犬をむんずとつかみ、跳ねるように立ち上がると、広間からそそくさと出ていった。そして外から、馬の蹄《ひづめ》のひびきとともに、アベレウスの立ち去ってゆく音が聞こえた。鹿もまた、宮殿の門をくぐって逃げだし、黒い猟犬たちがもうれつに吠《ほ》え、わめきながら追ってゆくのであった。

それとほとんど時を同じくして、そんな犬どもの血の歌声の残響がなおも消えやらぬうちに、ひとりの乙女が白い華奢な馬にのったまま、広間にあらわれた。そうして王にむかって、こう叫んだ。

「王さま、このような理不尽なしうちをお見逃しにならないでください。あの騎士が連れていった犬は、わたしのものなのです」

しかしこんな乙女の訴えにアーサーがこたえる暇《いとま》もあらばこそ、かつかつかつというすさまじい騒音とともに、またもや馬が広間に入ってきた。今度のは筋骨りゅうりゅうとした戦馬《いくさうま》。背には騎士がのっている。黒い鎧《よろい》兜《かぶと》に身をかためたこの騎士は、白い馬の手綱をぐいとつかむと、むりやり馬の鼻面《はなづら》をねじまげて、乙女ともども連れ去った。乙女の泣きわめきながら、甲高く抗議する声がいつまでも聞こえているのだった。

乙女の姿が消えて、心臓が三度《みたび》鼓動を打つあいだ、アーサーは身じろぎもしないで座っていた。目の前のテーブルをじっと見下ろしているばかりであった。なにしろ、乙女はひどい騒ぎを引き起こした張本人なのだ。誰も自分の結婚式の日にまで、冒険やら、奇跡やらにまきこまれたくないというのが、自然な気持ちではなかろうか。

しかしマーリンは、去ってゆく乙女の姿から、その奇妙な金色の瞳をもどすと、こう言った。

「みっともないことではないか。この広間から、助けを求める乙女が引きずられていったのに、誰一人ぴくりとも動かず、手を貸そうとしないとは。このような冒険は、どこまでも追い求めてゆかねばならん。そのまま放っておくのは、そなたの名にも、そなたの騎士たちの名にも恥辱をもたらしますぞ」

アーサーにはマーリンの言うことの正しさがわかっていたので、

「そなたの助言のとおりに行動しよう」

とこたえた。

「ならば、白い鹿は、ガウェインを遣《や》ってとりもどさせるのじゃ。またラモラクを送って、アベレウスと白の雌犬を連れもどさせるのじゃ。どちらの騎士にとっても、騎士としての最初の冒険に挑むには、今日という日こそがふさわしい。また、乙女のあとを追って連れもどし、かどわかした騎士の死骸にせよ、生ける身体にせよ、ともなって帰るのは、ペリノアの仕事だ」

こんなわけで、ペリノアと二人の新米騎士たちは鎧《よろい》を身につけた。そして厩《うまや》から馬が引かれてくると、つぎつぎと冒険にのりだしていった。

ガウェインは弟のガヘリスを従者にして、連れていった。

猟犬の声がまだ遠くから聞こえてくるが、あきらかに、だんだん数が減ってゆくのがわかった。そんな声を追いながら、二人は町をぬけ、橋をわたり、そうして森をぬけて行った。すると目の前に、大きな城がそびえ立った。

白い鹿は城をめがけてまっしぐらに道を上っていった。そうして城門を駆けぬけて、中に入りこんだ。その後に、なおもしつこく追いつづけてくる数頭の猟犬が従う。そして犬の後にはガウェインがつづき、ガヘリスがぴったりとくっついてくる。城の中庭で、ついに猟犬たちは鹿に追いついた。そうして鹿を追いつめ、殺してしまった。

そこに、武具の倉の扉が開き、城の主人が出てきた。兜《かぶと》以外は、びっしりと鎧《よろい》を身にまとっている。いままで武芸の稽古をしていたのだ。主人はそのとき手に持っていた抜き身の剣で、犬たちにむかってめった切りをはじめた。犬たちはどんどん殺されてゆく。悲しみと怒りで胸がいっぱいになった主人は、

「死ね、けだものめ。よくもわしの白鹿を殺してくれたな。わが奥方より贈られた白鹿なのだぞ。いままであんなにだいじにしてきたのに」

「やめろ。無益な殺生はやめるのだ」

とガウェインが叫ぶ。切りきざまれた犬たちの死骸をみて、ガウェインは憤怒のあまりわれを忘れてしまったのだ。

「怒るなら、わたしに怒れ。みずからの本性と、いままでの訓練に従っているだけの、すぐれた猟犬を殺しても仕方ないではないか」

「よくぞ言った」

と城の騎士は吼《ほ》えた。

「ほかの犬どもはすっかりかたづけてやったから、今度は、意気地なしの犬ころ野郎が相手だ」

ガウェインが宙高く円を描くように馬からおりると、二人は城の中庭の真ん中で衝突した。まるで二匹の

猟犬が、お互いの喉《のど》もとにくらいつこうとしているかのようであった。

　二人の剣の刃《やいば》は、幾度も幾度も鎖かたびらの下を切り裂き、戦いの紅《あか》い臭いがガウェインの鼻の奥に侵入し、紅《あか》い霞《かすみ》が眼の前をおおった。しかし、どこでどうなったのかはまったくわからなかったが、やがてお城の騎士の方がガウェインの足もとに崩れおち、倒れたまま慈悲をこうのだった。

　慈悲を求めている騎士を殺すのは、習慣《しきたり》に反しているということは、ガウェインもよく承知していた。しかし紅《あか》い霞《かすみ》がなおもガウェインの眼にかかっていたので、ガウェインは大上段に刀をふり上げた。つぎの渾身の一撃で、相手の首が肩から離れるはずであった。

　ところがその瞬間、それまで自分の部屋の窓から戦いのようすをじいっと見つめていた城の奥方が、駆け寄ってきて、城の主《あるじ》の身体の上にわが身を投げだした。ふりおろした剣の刃《やいば》をとっさにとどめることは、ガウェインには不可能であった。そのため刃《やいば》はガウェインの敵ではなく、貴婦人のたおやかな首を、すっぱりと削《そ》ぎおとしてしまったのだ。

　紅《あか》い霞《かすみ》がガウェインの眼から晴れ、自分の無惨な行為にたいする哀《かな》しみ、嫌悪感がガウェインをとらえた。

「さあ立て。慈悲をかけてやる」

「もう慈悲など願わぬ。お前は、愛するわが奥方を殺してしまった。わたしにとって、この世のすべてよりだいじな女《ひと》だった。もはや、死のうと生きようと、どちらでもかまわぬ」

「哀《かな》しいのはわたしだ。貴様を殺る太刀《や》だったのだ。奥方をそこなうつもりなど、毛頭《もうとう》なかった。いまから貴様を殺すことなどできん。だから、立ち上がって、キャメロットのアーサー王のもとに行くのだ。そして、いま起きたことを、ありのままに話せ。白い鹿の冒険にいどんでいた騎士の指示によって来たと言うのだぞ」

召使たちが無言で、ご主人の馬を引いてきた。すると城の主《あるじ》も無言のまま馬にまたがって、去って行った。そんな後ろ姿を見送りながら、ガウェインは声をつまらせながら、こう言うのであった。

「貴婦人を殺してしまうなんて、やっぱり、わたしはまだ未熟な騎士なのだ。だいいち、騎士にちゃんと慈悲をかけていたなら、あんなことが起きることもなかったのだ」

「こんなところにつっ立って、めそめそしている場合じゃないぞ」

とガヘリスが言った。

「ここには、われわれの味方なんてほとんどいないと思うよ」

そしてまさにその瞬間に、抜き身の剣をかざした騎士が四人、むかって来た。この城に養われている騎士たちであった。

「さあ、勝負だ。騎士の風上にもおけないやつめ」

と一人が叫ぶ。

「慈悲なき騎士は、名誉なき騎士だ」

と二番目の騎士。

「お前は美しい貴婦人を殺してしまった。世の末まで、恥を背負うがよい」

と三番目の騎士が叫ぶと、

「慈悲をこうとはどういうことか、身をもって思い知らせてやるぞ」

と四番目の騎士が言い放った。

　こんなことを口々に叫びながら、四人の騎士たちが休むまもなく、斬りつけてくる。ガウェインと、いまだ従者の身分ながらもガへリスは、背と背を合わせるようにして、懸命に敵の攻撃をかわした。しかし、いかんせん、多勢に無勢であった。二対一ではかなうはずもなく、最後には二人ともひどく負傷して、捕まってしまった。

　このままゆけば、ガウェインもガへリスも、城仕えの四人の騎士たちにその場で殺されてしまい、猟犬の死骸、奥方の遺体の横に、二人の遺骸がならんだところであった。ところが、城に仕える女たちが出てきて、二人のために慈悲をこうた。そのおかげで、二人は殺されることなく、城の奥の狭い部屋に投げこまれた。そうしてそこに放置されたまま、一夜をすごした。

　朝になると、もっとも年上の女性がようすを見にきた。女性はヴェールの下に銀色の髪をかくしている。傷の痛みにうめく二人の声を耳にすると、老婦人はガウェインにむかって、具合はどうかとたずねた。

「よくはありません」

「自業自得ですよ。ここの奥方さえ殺さなければ、今朝こんなにひどい傷になやむこともなかったはずですわ。でも、教えてください。あなた、どなたですか？」

「わたしはガウェイン、オークニーのロト王の息子で、アーサー王の宮廷の騎士です。そしてこちらはガへリス、弟です」

　これを聞いた銀髪の婦人は、城仕えの騎士たちのところに話をしにもどった。そうして、捕まえた騎士たちはブリテン大王の近縁の者なのだと教えた。そこで、アーサー王に免じてということで、二人は自由の身にされ、キャメロットにもどることを許された。ただしそれには、罪滅ぼしの条件がつけられた。ガウェインは殺された奥方の遺体を鞍の前の部分に載せてゆき、かつ生首については、黄色の髪を輪にして、自分の首からぶら下げてゆくこととされたのであった。

こうして二人は、昨日やってきたばかりの森の中の道を、沈んだ心をかかえながら馬を進めてゆくのであった。

いっぽう、ラモラクはアベレウスと雌犬のあとを追いかけていった。

まだ何ほどもゆかぬ時のこと。とつぜん小人《こびと》が行く手に立ちふさがって、手に持っていた杖で、馬の鼻づらをしたたかに打った。あわれ、馬は首をふって悲鳴をあげ、後ろにさがる。槍一本ほどの距離をあとずさりしてから、ようやくラモラクが馬を制した。

「なぜ、わたしの馬をぶつのだ?」

「あちらの天幕《テント》にいる騎士と一騎討をしないことには、ここを通ってもらっては困るのだ」

こう言われて、ラモラクははじめて、道の横の樹々の間に、二つの天幕《テント》が立っているのに気がついた。いずれの天幕《テント》の横にも派手な色彩の盾と、槍がかけられてあった。そして、鞍をのせて戦いの準備万端ととのった馬が立ってる。

「そのような一騎討にかまけている暇《ひま》は、わたしにはない。冒険を引き受けているので、そちらをおろそかにしてはおけんのだ」

「そんなことを言っても通さないぞ」

と小人《こびと》がかえす。そして絹の飾り帯につけて、肩からつるしている角笛をとりあげ、ぶううと吹き鳴らした。

一つの天幕《テント》から、完璧に武装した騎士が大股で出てきた。そうして待ちかまえていた馬にとびのり、盾をとると、槍をかまえ、ラモラクめがけて疾走してきた。ラモラクは攻撃にそなえて馬の首をめぐらせる。そして、突進してきた敵に槍の一撃をみまった。すると相手は、馬の尻の上をすべって、するりと落馬した。

この第一の騎士がまだ立ち上がることもできないうちに、もう一人の騎士が二番目の天幕《テント》から出てきた。ラモラクは今度もまたまったく同じようにあしらう。そうしてラモラクも馬をおり、芝の上に大の字に寝てしまった二人の落馬騎士を見下ろした。

「わたしの慈悲をもとめるかね?」

「慈悲をお願いします」

と二人はあえぎ、あえぎ言うのだった。まだまともに息もできない。

「では、慈悲をかけてやろう。二人とも名を名のるのだ」

「わたしは、ランドラックのサー・フェロット」

と一人が言った。

するともう一人も、

「わたしはウィンチェルシーのサー・ペティパス」

とこたえた。

「そうか。では、サー・フェロットとサー・ペティパスのご両名、お立ちなさい。そしてもう一度馬の背にもどって、アーサー王の宮廷に行くのだ。そして、白い雌犬の冒険に出た騎士が自分をよこしたと申し上げるのだ。さあ、お互いに神のご加護のあらんことを！」

二人はかならず命じられたように行動いたしますと誓って、去って行った。そこでラモラクが道をつづけようと馬にまたがると、いままでじっとそばから見つめていた小人《こびと》が、つかつかと寄ってきて言った。

「騎士さま、お願いがございます」

「言うがよい」

「簡単なことです。あなたさまにお仕えさせていただきたいのです。もはや、あのようなみっともない騎士たちに金輪際仕えるつもりはありません。もしおかかえいただければ、白い雌犬をつれた騎士がどこに行ったか、お教えできると思います」

「ならば、馬を選ぶがよい」

とラモラクは、樹々の影に立っている予備の馬をちらりと見ながら言った。

「一緒に来るがいい」

こうして二人はいっしょに、初夏の森をぬけて、進んでいった。

夕方近くになったころ、二人は、またもや道端に張ってある二つの天幕《テント》に出会った。片方の天幕《テント》の入口の横には、乳のように白い盾が立てかけてある。そしてもう一つの天幕《テント》の方には、ヒナゲシのように赤い盾が立てられてあった。

そこでラモラクは馬からおり、手綱を小人《こびと》にわたし、白い盾の天幕《テント》に近づき、中をのぞき込んだ。するとそこには、三人のうち若き乙女が眠っていた。つぎにラモラクは赤い盾の天幕《テント》の方に行く。こちらには、身分の高そうな婦人が一人眠っている。そしてその足元には、白い雌犬がいた。しかしラモラクの姿を見た犬が激しく吠《ほ》えたてたので、女は目を覚ましてしまった。そして三人の乙女たちも、駆けよってきた。ラモラクは跳びかかってきた犬を捕まえ、天幕《テント》の外に出ると、そこで待ちかまえていた小人《こびと》にわたした。婦人と乙女たちが追いかけてくる。

「騎士さま。どうしてわたしの犬を奪うのです」

「それを手に入れるよう、アーサー王のご命令を受けてきたのだ。別のご婦人が、自分のものだとおっしゃっている。だから、連れもどさねばならないのです」

「嘘です、そのご婦人の言うことは。なんて騎士らしからぬ仕打なのでしょう。遠くまで行かないうちに、きっとひどいめにあうことでしょうよ」

「ふりかかる火の粉は、力のおよぶかぎりふりはらいましょう。しかし、犬はいただかなくてはなりません」

こう言うとラモラクは馬にまたがり、小人《こびと》とともにキャメロットへの道をひきかえしていった。何ほども行かずして、すぐ後ろからかつかつかつと猛烈な蹄《ひづめ》の音が聞こえてきた。そうしてまたたくまにアベレウスが二人の横にならんだ。

「騎士どの、わが奥方から盗んだ犬を返してくだされ」

「おことわりする。ほしければ、勝負だ」

というわけで、二人は槍をかまえ、戦いがはじまった。最初は馬上での槍の戦いが行なわれ、ついで二人とも落馬すると、今度は地上での奮戦となった。そうしてけっきょくラモラクが勝ちをおさめ、アベレウスは足もとに倒れ伏した。

「さあ、降参しろ。慈悲をこうのだ」

しかし相手は叫びかえした。

「命あるかぎり、降参などするものか」

そしてその瞬間、またもや早馬の蹄《ひづめ》の音が響いたかと思うと、樹々の茂みのむこうから、灰色の馬にのった乙女の姿が現われた。乙女はラモラクにむかって、こう叫んだ。

「優しい騎士さま、アーサー王を愛されるなら、わたくしの願いをかなえてくださいませ」

「言うがよい」

とラモラクがこたえる。剣の切っ先はアベレウスの喉《のど》にのせたままだ。

「可能ならば、かなえよう」

「では、アベレウスの首をください。この人は世にもまれな極悪人、残酷きわまりない人殺しなのです」

これを聞いたラモラクは心が迷った。

「あれは軽はずみな約束であった。あんなことを言ったのが悔やまれる。どんなひどいことをされたのかは知りませんが、どうにかつぐないをつけさせて、赦《ゆる》してやることはできないのですか？」

「ぜったいに駄目です」

と乙女がきっぱりとこたえる。

「あの人は、わたしの目の前で兄を殺したのです。わたしは泥の中に膝をついて、一時間も慈悲をこうたのですよ。しかも、殺す理由というのが、以前、馬上槍試合で兄に敗けたことがあるからというだけのことなのです」

こんな乙女の話を、地面に倒れたまま聞いていたアベレウスは、降参するから命を助けてほしいと、ラモラクの慈悲の心にうったえはじめた。

「いまさら何をいうのだ。さっき赦《ゆる》してやろうといったのに、命乞いをしなかったではないか」

ラモラクはこう言って、相手の兜《かぶと》をぬがせようと、身体をかがめた。しかしアベレウスは身をくねらせて回転し、立ち上がるがはやいか、走りだした。ラモラクはすかさず後を追う。林に入ったところでラモラクは敵に追いつき、一撃のもとに首をはねた。

草をちぎって剣の血のりをぬぐいながら、ラモラクが小人《こびと》と馬を残した場所にまたもどってくると、灰色の馬の乙女はまだそこにいて、優しい言葉をかけた。

「騎士さま、ほんとうにありがとうございます。きっと、お疲れでございましょう。わたくしの家はすぐそこです。ぜひとも、お越しくださいませ。お食事をとって、休息をおとりください。そして明日、キャメロットにお帰りになりませんか」

そこでラモラクは、乙女に従っていった。

乙女と、その夫である気高い老騎士は、ラモラク、小人《こびと》、そして馬たちを手厚くもてなしてくれた。そしてラモラクは、よくぞ乙女の兄のかたきを討ってくれたと、ねんごろに感謝された。そしてわが領地にくればいつも大歓迎だとまで、言われるのであった。

翌朝になると、たっぷりとご馳走を食べ、ゆっくりと休み、傷の手当もすんだラモラクは、もういちどキャメロットへの帰路についた。すぐ後ろから、小人《こびと》が鞍の前に犬をのせてついてきた。

ペリノア王も森に馬を導いたが、先行の二人とはまた別の方向へと進んでいった。まださして進まないうちに、なだらかな谷になった。そうして、苔《こけ》むしたアーチ形の石組みの下から、水がぶくぶくと湧き出している泉を見つけた。この泉の横には一人の乙女が座っていた。そして乙女の腕の中には、負傷した騎士が抱きかかえられている。ペリノア王の姿を目にすると、乙女は懇願した。

「騎士さま、お助けください。どうかお願いです」

ところが兜《かぶと》をかぶったペリノア王はほとんど耳が聞こえないようなありさま。おまけに、冒険の真っ最中なので一瞬の間も惜しく、とても立ちどまる気持ちにはなれなかった。したがって、

「神さまにお願いするわ。おまえが死ぬ前に、きっと、わたしみたいに困った目にあわせてやってくださいって！」

と叫ぶ乙女の、怨みのこもった声も、ほとんど耳にはいることがなかった。

ペリノア王は谷をくだって行った。するとまもなく、誰かの戦っている音が聞こえた。そこでさらに進んで、林の中の開けた場所までやってくると、二人の騎士の姿が見えた。黒ずくめの鎧《よろい》の騎士と、エメラルドグリーンの鎧《よろい》をまとった騎士が、ちょうちょうはっしと剣を打ちあっているのであった。そのすぐわきには白い馬の上に腰かけた乙女の姿。二人の従者の間にはさまれているので、逃げ出すこともできない。ペリノア王は乙女の横にわりこんで、こう言った。

「乙女よ、あなたを求めて、はるばる森の道をやってきました。さあ、まいりましょう。わたしと一緒に、アーサー王の宮廷にもどるのです」

「ぜひそういたしたいものですわ。あちらの黒い鎧《よろい》の騎士のせいで、王さまの広間からむりやり引きずられて来たのですもの」

しかし片方の従者が割ってはいった。

「あちらの騎士たちは、この乙女を手に入れようと、戦っているのです。二人を引き分けて、許可をもらうのですね。二人ともそれでよいと言えば、アーサーの宮廷でもどこにでも、お連れしてください」

そこでペリノア王は剣をまじえている二人の間に馬をくいこませ、むりやりに引き分けると、

「なにを争っているのだ」

とたずねた。

「この卑怯な騎士から乙女を救うのです。こいつときたら、乙女を力づくでかどわかしたのです。この乙女の名はニムエ、わたしの遠い血縁なのです」

と緑の騎士がこたえた。すると、

「乙女はわたしのものだ」

と黒の騎士が言いかえす。

「乙女は、アーサーの宮廷から、わしの武勇によってかちとってきたのだ」

「でたらめをほざくな！」

とペリノアが叫んだ。

「われらが鎧《よろい》もおびず、祝宴にのぞんでいるおりに、貴様が完全装備でのりこんできて、誰かが武器をとる暇《いとま》もなく、いきなり乙女をさらっていったではないか。それゆえ、大王の命により、わたしが乙女を救いに

きたのだ。乙女を連れ帰るか、死ぬかのいずれかだ」

これを聞いた黒の騎士はペリノア王の馬に剣をむけ、いっきに心臓まで突きたてた。そしてからからと笑って、

「では、勝負だ。ただし、馬はおりてもらわんとな」

馬がどうと倒れるとともに、ペリノアはさっと地面にとびおり、ひきちぎるように剣を鞘《さや》からぬいた。そうして、

「望むところだ。乙女と、馬のためだ！」

と、憤怒の叫びをあげた。

そして剣を大きくふり上げたかと思うと、打ちかかってきた黒の騎士めがけて、ひゅうと空気を裂きながらたたき下ろした。兜《かぶと》が割れ、鉄鎖の頭巾が裂け、頭蓋骨が砕け、刃《やいば》は顎《あご》にまでたっした。踏み荒された地面の上に、騎士は息たえて崩れ落ちた。

つぎにペリノアは、もう一人の騎士の方にむいた。しかし、傷を縛っていた騎士は目をあげて、首を横にふるのだった。

「どうした？　乙女のために戦うのじゃないのか？」

とペリノアが驚くと、

「いいえ、その必要はありません。あなたが、乙女をそこなうことはありません。アーサーの宮廷にお連れしてください。それがあなたのお仕事なのでしょう」

「そのようにいたそう。馬を殺されたから、死んだあいつの馬にのっていくことにしよう」

「いいえ、今晩はわたしのところにお泊まりください。明日の朝、もっとよい馬をさしあげましょう」

このようなしだいで、ペリノア王と乙女ニムエは、彼女の血筋にあたる騎士とともに家に帰り、そこで夕食をとって、眠った。朝になると体格のよい立派な戦馬《いくさうま》が引いてこられたので、ペリノア王はその上にまたがり、乙女はその横で白い馬にのった。

「わたしの血筋の乙女をおあずけするのです。発つ前にお名前を聞かせてください」

と緑の騎士が言った。

「ウェールズのペリノア王、円卓の騎士だ。こちらから名のったからには、そなたも名のるのが礼儀ではなかろうか」

「わたしはロギュアのサー・メリオトです」

「キャメロットに来られたら、大いに歓迎いたそう」

こうしてペリノアはまた路上の人となった。

ところが、騎士を抱いた婦人が助けをもとめた、あの泉のところにふたたびやってくると、これはどうしたことか。負傷した騎士は、おびただしい傷のせいですでにこときれ、わきには依然として女が座っている。女の首は、騎士の動かぬ胸の上にがっくり垂れている。女のつやつやと輝く髪は千々に乱れ、まるで水のように、男の身体のいたるところに流れていた。そして男のベルトから抜いた短剣が、女の心臓に突き立っているのであった。

こんなあわれな二人の姿を目にすると、うまく冒険をやりとげたというさっきまでの満足感が、ひびのいった酒杯から葡萄酒《ワイン》がもれるように、ひいてゆくのだった。

「あの女はわたしに助けをもとめたのだ。あまりに先を急いでいたものだから、わたしは耳をかたむけなかった」

ペリノアは思わずつぶやいた。

「いまとなっては、もう、あの女性《かた》のためにしてあげられることは何もありません。あの女性《かた》の愛した騎士の方にしても同じです。せめて、立派に埋葬してあげてください。ここから遠からぬところに、隠者の庵《いおり》がありますす。二人の遺体を隠者さんのところにおはこびして、必要なことをすべてお願いすればよいのです」

そこでペリノア王は馬からおりて、二人を隠者の庵《いおり》まではこんだ。死んだ騎士は馬の尻にうつぶせにして載せ、女の方は両腕に抱きかかえていった。こうして隠者に、一切の面倒をみて、二人を同じ墓に葬ってほしいと頼んだ。そして騎士の鎧《よろい》を、骨折りの報酬としてとっておくように言うのであった。

二人はふたたびキャメロットへの帰途についた。

「あの女はとても軽かった」

とペリノア王は言った。馬を進めるペリノアは、ずっと目を伏せたままだ。

帰る途中、小人《こびと》と白犬をともなったラモラクが、ペリノアの一行に加わった。それからさらに、悲しい足どりのガウェインも姿を見せた。鞍の前には、首のない、惨殺された女の死骸がうつぶせになって、だらりとぶら下がっていた。

結婚式のつぎの日の夕方ごろ、アーサーとマーリンは二人だけでキャメロットの城壁の上を歩いていた。はるか見わたせば町の家々の屋根がうろこのようにつらなり、その先には緑あざやかな牧草地がひらけ、蛇のようにくねくねとうねっている川面が明るく輝き、さらにそのむこうは、はるか遠くまで森の樹々が波のように広がって、熱い夏の陽炎《かげろう》の中に、青くかすんでいる。

「まもなく、あとほんの少しで、わたしは去ってゆく」

とマーリンが言った。

遠くの森を見ていたアーサーは、びっくりした表情でマーリンを見つめる。

「なぜだ、マーリン」

「定められた時が来るのじゃ。その時がいずれ来ると、たびたび申し上げたはずじゃ」

「だけど、早すぎるじゃないか。おお、マーリン、そなたの導きと助言なしで、どうすればよいのだ？　そなたなしで、どうしろというのだ？」

「いままでしっかりとそなたに教え、そなたもしっかりと学んできたなら、わしがいなくても、だいじょうぶじゃ」

「しかし、そなたはまだ老いぼれてはいないぞ」

とアーサーが言いながら、マーリンに目を注いだ。マーリンはいままでとかわることなくぴんと背筋がのび、瞳はきらきらと金色の光をはなち、ところどころ灰色の筋が見えはするものの、髪も真っ黒と言ってよいほどだ。

「わたしのような者は、過ぎゆく歳月とともに、老いるのではない。そなたが思っているような老いとはまったくちがうのだ。わしは疲れた。命の潮《うしお》が引いてゆく。もう休みたいのじゃ。わしがまずやらねばならぬことがある。長年にわたって、わしはそなた、およびそなたの父上と、運命をともにしてきた。いまから、わしは、自分の運命にしたがうのじゃ」

「せめてどんな運命なのか、教えてください」

「昨日、白い鹿のあとで、乙女が広間に入ってきた。そしてすぐに黒い鎧《よろい》の騎士に連れて行かれたが、あの乙女に見覚えはないかな？」

「あるわけがありません。いままで見たこともないのですから」

「ニムエじゃよ。そなたに剣をくれた、湖の姫じゃ」

アーサーの顔に驚愕の表情が浮かぶのを見て、マーリンは微笑んだ。

「ニムエは〝高貴な一族〟の出身で、姿を変える魔力は、わし以上じゃ。わしは半分人間じゃからな。ただし、わしにしても、何度も老いぼれの乞食や、ブラックベリーを集める子どもの姿をして、そなたの前に現われたが、そなたはわしじゃとは気づかなかったな」

「でも、ニムエがあなたと何の関係があるのです⁉」

「愛じゃよ」

とマーリンはそっけなく言ってのけた。

「そなたにむけたわしの愛の残りは、ニムエに注いできたのじゃよ。昨日、今日の話ではない。いまからはしばらく、ニムエとともに過ごそうと思う。わしの知恵をさずけ、わしの魔力をニムエにあたえるのじゃ。これは愛するがゆえの贈り物じゃ。もはやわしの力が及ばぬようになったら、それによって、ニムエがそなたを助けてくれるじゃろう。知恵と魔力をすべて会得したら、ニムエはわしから学んだ呪文を使って、わしを魔法の眠りの中にとじこめるじゃろう…　あるサンザシの樹の、根の下の洞穴《ほらあな》で、わしはいつまでも静かに眠りつづけるのじゃ……」

「魔性の女なのですね」

とアーサーがたまらず声を荒げた。

「たとえ聖剣《エクスカリバー》をわたしにくれたにしても、あいつは悪魔なのだ。あなたをそんな目にあわせる前に、聖剣《エクスカリバー》で殺してやる」

「いや、魔性の女などではない」

とマーリンは言った。そして森の上の青くかすんでいる、はるか彼方《かなた》の空にじっと目を注ぐのだった。

「〝高貴な一族〟の出だと言ったろう。〝高貴な者〟たちは、悪魔でも天使でもない。雨が悪魔でも天使でもないのと同じじゃ。雨は麦を育てもするが、畑を根こそぎ流すこともあるじゃろう。〝高貴な者〟たちも、たんにそこに存在する――ただそれだけのことなのだ」

「たとえそうであっても――それにしても、あなたの魔力をもってすれば、そんな運命を逃れるすべがあるはずです」

絶望し、みじめのきわみに落ちたアーサーが叫んだ。

「もちろんそうじゃ。だから、力が衰えはじめたとはいえ、そなたのもとに残ることもできる。だが、それでは、わしのために定められた道をそれることになる。ニムエはわしの運命じゃ。ある意味では、そなたの運命でもある…　ニムエはペリノアとともに帰ってくるじゃろう。つぎにニムエが宮廷を去るとき、わしもともに去る」

「そんなに早く?」

「ああ、そんなに早くじゃ」

アーサーは、一瞬、言葉もなかった。ただ、燕《つばめ》たちが鎌のような翼をひるがえしながら、城壁のまわりを飛びまわっている姿を見ているばかり。そうして、やがて、こう言うのだった。

「その眠りというのは——永遠《とこしえ》の眠りなのですか？」

「いや、永遠《とこしえ》ではない。われわれは——そなたも、わしも——いずれもどってくるのじゃ。その時代がやってきて、わしらの力が必要となった時に」

アーサーはずっと燕《つばめ》を眺めている。夕陽《ゆうひ》がぽかぽかと頬を照らし、犬のカバルが甘えるように手の平に鼻面《はなづら》を押しつけてくるのを、アーサーは感じていた。アーサーはグウィネヴィアの顔、それに親《ちか》しい騎士たちの顔を心に浮かべた。

「どんな人たちなのです？　もどってきたときに出会う人たちというのは？　もどってくるって、どういうことなのです？」

アーサーはとつぜん胸が苦しくなって、このようにささやいた。

しかしマーリンがこたえるまもなく、かたまった数人の人影が、森を出て、橋に向かって来るのが見えた。ガウェイン、ラモラク、ペリノア王の一行であった。ガウェインは鞍の前に女の死体らしきものを載せている。ラモラクの後ろには、馬にのった小人《こびと》、長い引き紐につないだ白い犬がついてくる。そしてペリノア王のわきには、サンザシの花のような、真っ白な馬にのった乙女がいた。

その夕べ、大広間で、騎士たちが席について食事をはじめる前に、アーサーはもどってきた三人の騎士たちにたいして、それぞれの冒険の物語をするよう命じた。王妃と、お付きの女性たちも入ってきて、耳をかたむけた。三人三様の物語が終わると、グウィネヴィアがこんな感想を述べた。

「ああ、ペリノア王さま、あなたのお話はとても悲しいですね。冒険の目的は果たされましたが、あなたのおかげで、泉のそばの騎士は命をおとし、女の方も深い愛ゆえに、お亡くなりになったのです。助けを求められたときに、あなたがおこたえになっていたなら、二人とも死なずにすんだかもしれませんわ」

「わが冒険の思いのみが心を占めておりましたので、他のどんな考えも浮かびませんでした。わたしが死ぬその日まで、この悲しみは消えないでしょう」

「それならば、そなたは二度とふたたび助けを求める者のわきを、素通りすることはないだろう」

とアーサー王がなぐさめる。

「だから、さあ、円卓の自分の席につくのだ。それから、息子のラモラクも。こちらも騎士にふさわしい手柄をたてた」

つぎにアーサー王はガウェインの方に顔をむけた。

「そなたも、他の騎士たちとともに座るだけの手柄をたてたと、思うかな？ そなたは、首のまわりに切り離された女の首をぶらさげ、鞍に遺骸《むくろ》をのせて帰って来たが……」

いちばん最後に話を終えたガウェインは、ずっと死人のように青ざめた顔で立っていた。アーサーに水をむけられて、燃え立つような赤い髪の根っこまで真っ赤に染めたかと思うと、すぐにまた蒼白の顔色にもどった。

「わたしには何とも言えません。以後はもっと慈悲の心をもつことをお誓いするとしか言えません。そして、殺してしまった乙女のために、これからはわが助力をこう女性すべてのために戦い、真に名誉ある騎士として守護申し上げることを誓います」

アーサーとガウェインは互いにまっすぐに相手を見つめ合った。二人はとても仲のよい友だちで、年もほとんど同じであった。アーサーはにっこりと微笑む。城壁の上でマーリンと話したあの時以来、アーサーはいつも以上に友人の必要性をひしひしと感じていた。

「そなたの名前は、まだ、席の後ろに記されたままだ。さあ、こっちに来て、座るのだ。いま誓ったことを忘れるでないぞ」

アーサーはマーリンを見た。言葉にこそ出さないが、まるで三人の騎士の扱いはこれでよかったのかとマーリンにたずねているかのように見える。マーリンに何かをきけるのも、これがもう最後なのだと、アーサーの心にはすでにあきらめの気持ちが育ちつつあった。

これにたいして、マーリンはほんの微かな笑みをかえすばかりであった。

こうして〝白い鹿の冒険〟、〝白い雌犬の冒険〟、〝湖の姫ニムエの冒険〟は完結した。

この日の夕方、アーサーは円卓の騎士すべての誓いを受けた。すなわち騎士たちは、つねにかわることなく正義を擁護し、あらゆる女性に真心をもって仕え、守護し、どんな男性が相手でもいつも公正に対応し、つねにブリテンの国の繁栄、そしてブリテンの炎のような核であるログレスの国の栄光のためにつくし、お互いとの、そして神との信義を破らぬことを、誓ったのである。

誓いの儀式はこうして終わった。そしていまから宴《うたげ》がはじまろうかという直前になって、マーリンがアーサーのそばにきて、一瞬のあいだ、手をアーサーの肩の上においた。別離の気配を感じてアーサーが目を上げると、マーリンが言った。

「わしの教えたことを忘れぬように」

そうしてマーリンはくるりと背をむけて、広間の扉の方へと歩いてゆき、やがて松明《たいまつ》の光の海からもぬけだして、闇の中へと消えた。王妃の侍女たちの間にいたニムエ姫も立ち上がり、マーリンとともに歩いて行った。それまで二人がいた場所は、ぽっかりと穴があいたかのようであった。

第５章　船、マント、そしてサンザシの樹

マーリンは最後の放浪の旅に出た。ニムエ姫も一緒だ。マーリンが疲れると、ニムエはマーリンのために膝枕をして、眠らせ、〝高貴な人々〟の歌を聞かせてやった。こうしてほんの少し休むとマーリンは若返ったような気分になって、目を覚ますのだった。このようにして旅をつづけながら、ニムエのすでに知っている魔法をさらに充実させようと、マーリンは自分のもてる魔法をすべて教えこんだ。これは愛の贈り物であった。

やがて二人は海を渡り、ついにバン王の治めるベンウィックの国までやってきた。クラウダス王に攻められた時に、アーサーはバン王を助けたことがあった。後にベデグレインの戦いのおりに、アーサーのために援軍として駆けつけてきた、バン王である。

さて、バン王には息子が一人いた。いまは十七歳で、騎士になるための訓練をうけているところであっ

た。この息子がまだほんの子どもだったころ、ベンウィックの国がクラウダスによって厳しく攻めたてられたことがあった。その時、ニムエ姫はこの子を母親の手からとりあげ、湖の真ん中の〝高貴な人々〟の宮殿で育てた。これは危険が去るまで、子どもを安全に保護しようという配慮だったが、そうしてほしいと頼んだのは、じつは、マーリンであった。この少年がいずれアーサーの騎士の中でも最高の騎士――キリスト教を奉じるあらゆる国々の中でもっともすぐれた騎士となることが、マーリンにはわかっていたからである。

しかし、いま、少年はそのことを何も憶えてはいない。不死の身ならぬ人間が〝虚ろな丘〟の中に入っても、その時の記憶をもって帰ることはできないのだ。さもなくば、その人は、そこにもう一度行きたいというかなわぬ願いに身をこがし、果たせぬ希望を実現しようとすることで、一生を終えてしまうことになるからである。

マーリンがニムエとともにバン王の宮殿をたずねたのには、このようなわけがあった。まずバン王とエレイン妃と話をしたマーリンは、ご子息のランスロットに会わせてほしいと頼んだ。

「ランスロットにどんな御用がおありなのです?」

と王妃がたずねる。一度息子を失った経験があるので、それ以降は、ふたたび子どもを失いはしまいかと、警戒する気持ちがつねに心を去らない。

「ランスロットはまだほんの従者の身分でしかありませんよ」

「しかし、いずれもっと偉大な者となるでしょう。ご子息どのについて、二、三聞きおよんでいることがありますのじゃ。だから、一度だけでよいから、会って話をさせていただきたい」

「で、聞きおよんでおられるというのは?」

とバン王がたずねる。

「もともとはガラハッドという名で洗礼を受けられたそうじゃな。堅信を受ける時にランスロットという名を得たとか。それから、そなたがランスロットを失ってしまったとお思いの時期があった。じゃが、ご安心なされい。ランスロットをふたたびそなたから奪おうと思ってまいったのではない。少なくとも、そなたの恐れているようなことにはならぬ」

このように言われれば、不本意ながらも、バン王は息子を呼ばざるをえなかった。

ランスロットは大鷹の雛《ひな》をしつけているところであった。ランスロットは生涯、たとえどんなにすぐれた鷹匠でも、他人《ひと》に訓練された鳥よりは、自分で訓練した鳥を飛ばすことを好んだ。鷹をしつけるときには、三日三晩どこに行くにも人が鷹を連れてまわり、どちらも眠らないですごすという恐ろしい試練をへなければならない。しかしこの苦しい訓練をともに経験すると、その人と鷹の間には、それ以外の場合とはちがった、特別な何かが育ってくるのだ。

鷹の幼鳥スターストライクの訓練は、すでにその段階に達していた。そして、いまは二晩目をのりきったというところで、父親からの呼び出しがかかったのであった。もしもいまスターストライクを手から下ろしてしまったら、すっかり最初からやり直さねばならない。そればかりか、鷹の性質がそこなわれて、もはやとりかえしのつかぬこととなるかもしれない。このような事情があったので、父親の広間にやってきたランスロットの、手袋をはめた拳《こぶし》の上には、疲れた大鷹の幼鳥がのっていたというわけだ。

ランスロットは見たこともない色黒の男と、貴婦人の前に、うやうやしく立った。

目の前の二人の姿、とくに女性の姿を見ていると、ランスロットは以前にどこかで出会ったことがあるのではないかという気がしてきた。するとその瞬間、頭の中に霧がかかったようになった。まるで湖水の上に霧が垂れこめるような感覚にとらわれたのだ。そして、その霧の中には何かのぼんやりとした形が見えそうになってきたが、ランスロットの意識にそれがのぼる寸前に、ふっと消えてしまった。

未来の出来事が見えているマーリンは、さぐるような目でランスロットを見つめた。ランスロットはとてもみにくい若者であった。いまほど疲れていなくとも、みにくさに変わりはない。ぼうぼうと生えた黒髪の下に見えている顔は、まるで、つりあいなどまったく気にもとめない誰かが、左右を張り合わせたかのようだ。口の片側はまっすぐで、真面目くさっているのにたいして、反対側は楽しそうにくるりとまきあがっている。真っ黒で濃い眉毛も、片方はハヤブサの翼のように水平なのに、もういっぽうの方は駄犬のもじゃもじゃの耳のようにはねあがっている。しかしこの顔はもうすぐ、武人の顔となるだろう。そして、女性に愛される顔となるだろう。大きな皮手袋に包まれていない方の手は、すでに立派な剣士の手であった。平凡な人間にくらべて、この子どもは自分の運命をやがて痛切に感じるようになるのだろうと思うと、マーリンの心は喜びと悲しみで痛いほどであったが、同時に、誇らしい気持ちでいっぱいにもなった。それは偉大な運命であり、ランスロットはそれを十分に背負うことができそうな少年に見えたからである。

そこでマーリンは、母親である王妃にむかって言った。

「予想していたとおりの少年じゃ。いつの日か、キリスト教の国々で最高の騎士となるだろう」

「そんな姿を、わたしもこの目で見ることができるのですか？」

「もちろんだ。それどころか、その後、いく夏、いく冬も過ごすこととなろう。ただし、ランスロットの名声はベンウィックの国にも広まろうが、ここでそなたとともに住むことはあるまい」

つぎにマーリンはランスロットにむかって、こう言った。

「十八歳になったら、つぎの復活祭の祝いの前に、この地を去って、キャメロットのアーサー王の宮廷にゆくのだ。そして、円卓の騎士にしてくださいと、お願いするのだ」

ランスロットはつとめて身体を動かさぬようにしている。にぎった手の上の大鷹を揺らせては大変だ。

「アーサー・ペンドラゴンのお噂は、父上からたびたびうかがっています。ベデグレインで、いっしょに戦ったお話などです。また冬の夜長などに楽人たちがうたうアーサー王の勲《いさおし》をたたえる歌を、炉端で聞いてもおります。ですからアーサー王のところに行き、騎士にとりたててください、お仕えさせていただきたいと申し上げるのは、わたしにとっては、何にもまして願わしいことですが、わたしがそれにふさわしいなどと、どうしてアーサーさまが思ってくださるでしょう。わたしはまだ手柄も何も立てていないのです」

「わしがご一緒した戦いに免じて、願いをかなえてくださるかもしれない」

と、それまでわきでじっと話を聴いていたバン王が言った。

しかしマーリンはこう言うのであった。

「マーリンに来るように言われたと、お伝えするのじゃ。サンザシの樹の下で長い眠りにつく前に、マーリンがそう遺言したとお話しするのじゃ。アーサーはそなたを騎士にとりたてよう。それに円卓に席をあたえてくれるじゃろう」

ランスロットのみにくい顔が、喜びの色で輝いた。まるで、よれよれの鞘《さや》から、ぴかぴかの刃《やいば》が顔をのぞかせたかのようであった。

マーリンは立ち上がった。ニムエ姫もそれに従う。しかし立ち去る前に、ニムエはランスロットのすぐそばまで近づいてきて——それがあまりに近いので、大鷹が暴れて手を離れたり、ニムエを攻撃しなかったのが不思議だと、後になって思ったほどだったが——そうして、ランスロットの眼の中を深々とのぞきこんだ。ニムエの瞳は、水面のようにきらきらと輝き、色が彩《あや》に変わる。またもや、一瞬のあいだ頭の中に霧が立ちのぼり、渦巻くような感覚に、ランスロットはとらわれた。

「あなたは最初はガラハッド、そしていまはランスロットと呼ばれている」

と話すニムエの声を聴いていると、湖の波が茂った葦《あし》の葉にぴたぴたとあたっている——そんな風景が頭に浮かんできた。

「アーサー王の宮廷に行き、騎士に任じていただいたら、三つ目の名を名のりなさい。わたしからの贈り物です。その時から、あなたの名は、湖のサー・ランスロットなのです」

頭から霧が晴れると、そこにはもうすでに二人の姿はなかった。

こうしてふたたび、マーリンとニムエ姫の漂泊がはじまった。二人は水を渡り、山にわけいり、谷をすぎ、森をぬけて旅をつづける。そしてその途中で、マーリンは自分が知っている、最後の魔法を教えた。

こうしてとうとう、二人はコーンウォールにたどりついた。現在では、ティンタジェル城のゴーロワ公爵にかわって、マルク王がこの地を治めている。そして定められた時に、二人はサンザシの樹までやってきた。サンザシはいままさに花盛り、樹の全体が真っ白で、まるで呼吸でもするように、その強い香りを夕方の澄んだ空気の中に放散している。

マーリンは樹の下で身を横たえ、ニムエ姫の膝の上に頭をあずけた。ニムエは髪を解きはなったので、まっすぐな黒髪が二人の上に、カーテンのように垂れかかる。そうしてニムエは歌う魔法を唱えはじめた。マーリンはそれにじっと耳をかたむけた。そして、少年のころ丘陵のヒースの間で、野の蜜蜂がぶんぶん羽音を立てていたのを思い出した。こうしてマーリンは眠りにおちた。それは生身の人間が経験することのない、深い、静寂の眠りであった。

マーリンが魔法の眠りに深く沈みこんでしまったのを見て、湖の姫ニムエは今度は別の魔法にとりかかった。今度は踊る魔法である。サンザシの樹のまわりをぐるりぐるりとまわりながら魔法をかけるのだ。

ニムエは樹のまわりを九回まわった。すると、まわっている途中で、根の間に洞穴がぽっかりと口をあけた。そして、草と岩とねじれた根が上にもちあがり、からみあいながら穴の上にかぶさっていった。こうして穴がすっかりふさがると、マーリンも一緒に中に閉じこめられてしまった。跡には、サンザシの樹が岩だらけの塚の上に生えているばかりであった。

「目覚めの時まで、ここで待つのです」

すべてが終わるとニムエ姫はそう言った。そして立ち去っていった。

さて、これとほとんど同じころ、アーサー王は狩猟《かり》にうち興じていた。そこはキャメロットの西方に広がる大きな森で、鬱蒼《うっそう》とした樹々が西の果ての山々にまで連なっている。そしていまアーサーとともに狩猟《かり》を楽しんでいるのは、ゴールのサー・アカロンと、妖姫モルガンの夫ウリエンス王の二人であった。妖姫モルガンは邪《よこし》まな魔女であり、アーサーを害する機会をねらっているのだというマーリンのたびかさなる警告にもかかわらず、アーサーは父の異なるこの姉を、たびたび宮廷に招きたがったのだ。

狩猟《かり》は三日におよび、アーサーの一行は西へ西へと進んでいった。そして三日目、彼らは大きな鹿に出くわし、ものすごい速度でどこまでも追いつづけたので、情けない話ではあったが、三人が三人とも馬をのりつぶしてしまった。長い追跡に夢中になると、そのようなことは簡単におきてしまうものだ。馬の闘志は、おうおうにして、心臓の力をしのいでしまうからである。

だんだん夕闇がせまってきた。馬なしで夜の森をうろうろするわけにゆかない。そこで三人は道を急いだ。隠者の庵《いおり》か、炭焼きの小屋が見つかることを期待してのことであった。

三人は樹々の間をぬけ、大きな湖のほとりに出た。湖の岸辺には、彼らが追い求めていた鹿が倒れて、死んでいる。そしてそのぐるりを、猟犬たちがとり囲んでいた。三人は鞭をふるって、猟犬を追いはらった。そして、死んだ獲物をしばし眺めていた。やがてアーサーは角笛を唇にあてると、死んだ鹿を悼《いた》む曲を、悲しく吹き鳴らした。するとすっかり影に沈んだ森の中を、こだまがもの寂しくわたってゆくのであった。こだまがやむと、犬たちはもときた道をひき返しはじめた。まるで猟師がいっしょにいるかのようであった。

そして、その瞬間に、ハンノキの生い茂った岬の影から、水面をすべるようにして、小さな船が近づいてきた。そして操り手もいないのに、まるでよく調教された犬が主人の口笛にこたえるように、三人が立っている土手に接岸した。アーサーが二人にさそいかけた。

「お二方、この船にのろうではないか。おあつらえむきの冒険がむこうから飛びこんできたのに、それに背を向けるのは残念しごくだ」

三人は船にのった。それは素晴らしい船だった。全体が豪華な絹の布でおおわれている。しかし一見したところ、いまのりこんだ三人の他には誰ものっていないようであった。三人がのると、船はただちに岸を離れた。しかし舵をとる者はいないし、帆をあやつる者もいない。

船が進んでゆくにつれて、夕闇が深まり、あたりが真っ暗になってきた。その時、とつぜん、船ばたにそって百もの松明《たいまつ》がともった。そのため、船頭《へさき》から船尾《とも》にいたるまで、金色《こんじき》の光につつまれた。

そして船の下の方から、十二人の乙女が上がってきた。こんなに美しい乙女は、誰もいままで目にしたことがなかった。乙女たちはアーサーと二人の騎士に歓迎のあいさつを述べると、かゆいところに手のとどくようなもてなしで、なんとも美味なる料理、香りよいめずらしい葡萄酒《ワイン》を出してきたので、アーサーには、いままでこんなに豪華な食事にはあずかったことがないとすら感じられた。

三人はものすごく空腹だったが、とても愉快な気分でもあった。十分に食べて腹がいっぱいになると、乙女たちは彼らを甲板の下へと導き、ひとりひとりを、それぞれのために準備した部屋に案内した。用意されたベッドはふかふかで、彼らはまるで厚い雲の上に浮かんでいるような心地になった。そして周囲で奏でられているかすかな音楽は、船の舷側をぴたぴたとなめる波の音とまざりあうのだった。こうして三人は眠りにおちた。そしてみじろぎもしないで、一夜を眠りとおした。

朝になった。目が覚めたウリエンス王は、キャメロットの自分の寝床に寝ているのに気づいた。そして、なぜここにいるのだろうかと、大いに驚き、怪《あや》しむのだった。すぐわきに目をやると、妻のモルガンがまだすやすやと眠っている。しかし口もとが、かすかに笑っている。何か人に言えない秘密を知っているかのような顔つきであった。

アーサー王が目を覚ましたのは、暗く陰気な地下牢の中だった。そして周囲からは、大勢の男の苦しそうなうめき声、ぶつぶつと不満を訴える声が聞こえてきた。

「そのような悲しそうな訴えをするのは誰だ？」

と、ようやく頭がはっきりしてきたアーサー王がたずねた。

「わたしたちは、ここに虜囚《とりこ》になっている二十人の騎士です。もう七年も捕まっている者もいます」

と一人が代表でこたえた。

「理由はなんだ？」

とアーサーがたずねると、別の男がこんな話をした。

「この城の主《あるじ》である、サー・ダマスは、残虐で、理不尽な人で、父親の遺産のうちには、弟のサー・オンズレイクの分もあるのに、それをわたそうとしないのです。オンズレイクは自分の土地をとりもどそうとして、たびたび兄に一騎討を申し出たのですが、ダマスの方では、槍や剣をもたせたら自分はとても弟の敵ではないことがわかっているので、代理の者に戦わせようと思いました。ところがどの騎士に頼んでも、ダマスのために一肌脱ごうと言ってくれる者はありません。そんなわけでダマスは騎士という騎士が憎くなり、この七年間というもの、自分の土地に足を踏みいれた騎士をことごとく捕まえて、この汚らしい地下牢に閉じ込めてきたのです。ここで死んだ者も大勢います。そして残されたわれらも、早急に救いがこなければ、同じ道をたどることでしょう」

男がこのような話をしていると、一人の乙女が暗い階段をおりてきた。手にはランプを持っている。というのも、ここにはほとんど陽《ひ》の光が差さないからだ。乙女はアーサーにむかってきいた。

「立派な騎士さま、ご気分はいかがですか」

「何だかよくわからん。それに、こんなところになぜきたのか、まったくわからない」

「なぜ来られたのか、そんなことはどうでもよろしゅうございます。父上の代理として、父上の弟が今日さしむける騎士と戦ってくださるなら、自由にしてさしあげますわ」

アーサーは考えこんでしまった。いままで、このような不公正な理由で戦ったことは一度もなかった。しかし、アーサーは若者であった。血管の中には熱い血潮が、春の樹液のようにどくどくとめぐっている。アーサーの頭の中に、この陽《ひ》の光もおよばぬ暗黒の牢獄に閉じ込められた人生が、そして友人たちの顔、馬にのるときの手の、膝の、そして尻の感覚が浮かんできた。そしてさらに、暗闇に閉じ込められた二十人の騎士たちを憐れむ気持ちが心に湧いてきた。アーサーはついに決意した。

「そなたの父上のために戦おう。ただし、わたしが勝とうと敗けようと、ここにいる二十人の騎士たちが自由を得ると、誓ってもらわねばならない」

「きっとお約束させますわ」

「では、いつでもけっこうだ。馬と鎧《よろい》をいただきたい」

「馬と鎧《よろい》はさしあげます。国でいちばんのものを整えますわ」

手もとのランプの光に照らされた乙女の顔を見て、アーサーはどこかで会ったことがあるような気がした。

「そなたは、アーサーの宮廷をたずねたことがおありか？」

「いいえ。わたくしはただの、ダマスの娘でございます。宮廷にうかがったことなど、一度もございません」

と乙女はこたえたが、これは真っ赤な嘘であった。この乙女は妖姫モルガンのお付きの女だったからだ。

しかしアーサーはこんな女の言葉を信じた。アーサーは単純で、人を信用する心の持ち主だったのだ。こうして、心の奥で聞こえていた警告のつぶやきは、消えてしまった。

アーサーは乙女について、階段をのぼっていった。階段のいただきの扉のむこうに、澄んだ陽《ひ》の光が見えてきた。


アーサー王が地下牢で目を覚ましたのとちょうど同じころ、ゴールのアカロンもまぶたを開いていた。そこは古い屋敷の中庭で、アカロンは深い井戸のすぐそばで寝ているのだった。よく見れば井戸のそばもそば、寝がえりでもうとうものなら、縦穴の底までまっしぐら、そこで一巻の終わりとなってしまったことだろう。

まわりの状況がよくわかってくると、アカロンはこんなふうに思った。

神よ、アーサー王と、ウリエンス王をお救いください。あの船の女どもは、人間の乙女ではなく、邪《よこし》まな魔法を使う連中にちがいない。きっと三人ともだまされているはずだ。もしもこの冒険から生きて帰ることができるなら、あのような魔女どもは、見つけしだいたたき殺してくれる！

こんな考えが心をよぎったその瞬間、ひどくみにくい小人《こびと》が、こちらに近づいてきた。小人《こびと》の容貌ときたら、口が異様に大きく、平たい鼻は顔の横から横まで広がっている。小人《こびと》はアカロンにむかって声をかけた。

「騎士さま、わたしはあなたが愛する妖姫モルガンさまのもとよりまいりました」

さて、アカロンが妖姫モルガンを愛しているというのは、ほんとうのことであった。かの女は世のどんな女性よりもすばらしいと思いこんでおり、まさか、じつは昨夜の船の女どもと同じで、黒い妖術をあやつる魔女だなどとは、ゆめ疑うこともなかった。したがって小人《こびと》の言葉に、アカロンの心は踊った。

「こんな奇妙な場所で、わが崇拝する奥方が、わたしにどんなご用だろう」

「モルガンさまには、昔こうむった遺恨《うらみ》のために、憎んでも憎みきれない敵がおります。怨みをはらすため、あなたさまにその騎士と戦っていただきたいとおっしゃるのです。そして、戦いが有利に進むよう、なんとアーサー王の聖剣《エクスカリバー》をお送りになりました。もしそなたの愛がまことの愛ならば、とことん戦うこと、あくまでも慈悲は無用とのことです」

アカロンは手をのばして、小人《こびと》が両手にささげている剣を受けとった。自分の剣ではなく、アーサー王の剣を送ってくるとは、なんと奇妙なことだろうと、アカロンは感じた。しかし、聖剣《エクスカリバー》には魔力があるからこそ、わざわざそのように配慮してくれたのだろうと思い直すのだった。いずれにしても、アーサーがどこにいるにせよ、今度の機会だけその剣を使わせてもらっても、なんらアーサーをそこなうことはないはずであった。

手にとってみて、剣のもてる魔法の力をアカロンはあらためて感じた。手の中で、それはまるで生き物のように感じられ、とてもうれしくなった。

「モルガン妃のところにもどれ」

とアカロンは小人《こびと》に告げた。

「そして、アカロンは騎士の名に恥じぬよう、崇拝する奥方のために心をこめて戦いますと伝えるのだ」

六人の従者が出てきて、アカロンを屋敷の広間へと案内した。そして食物、飲物を持ってきてくれた。食事がすむと、アカロンが鎧《よろい》を着る手伝いをし、立派な戦馬《いくさうま》の上にのせた。そうして、オンズレイクの屋敷と、兄の城との中間にある、美しい平らな野に、アカロンを連れて行った。

そして同じころ、アーサー王のためにも、六人の従者が同じことをしていた。しかし馬にのろうとした直前に、アーサー王のもとへ別の乙女がやってきた。そして、こう言うのだった。

「王さまが今日一騎討をなさる夢を、姉上の妖姫モルガンがご覧になりました。それで、この王さまの剣をお届けするようにと」

アーサーは、乙女が両手に捧げている剣が聖剣《エクスカリバー》であることを見てとると、ベルトにつけていた借りものの剣をはずし、そのかわりに自分の剣をつるした。そして馬にまたがり、従者たちと、二十人の解放された騎士を従えながら、野に出ていった。アーサーが危険な目にあう夢をみて、剣を送ってくれたのが、姉ではなく、グウィネヴィアであったなら、どんなによかったことだろうと、アーサーは思った。しかしいま腰につっているのがほんとうは聖剣《エクスカリバー》ではないなどとは、アーサーはつゆ思うことがなかった。

こうして、二人の騎士が戦いの野にやってきた。野のまわりは、見物にきた人たちがびっしりととり囲んでいる。二人の面頬《めんぼお》が閉じられた。二人ともまったく何も描いていない、まっさらの盾をもっている。したがって、どちらにも相手の正体がわからない。

二人は槍の試合をしばらく行なっていたが、やがて双方とも落馬したので、地上で剣をふるっての戦いとなった。二人とも、数多くの強烈な打撃を相手にあびせかけた。アカロンのにぎった剣は、たびたびアーサーの鎧《よろい》の弱点をついて、血を流させた。これにたいして、アーサーのお返しがいかに正確ではげしかろうとも、おかしなことに、相手の身体から血はほとんど流れてこなかった。

ようやく、アーサーの心は真実に目覚めてきた。自分の掌中にあるのは聖剣《エクスカリバー》ではないのだ、と。この剣には敵をうつなんの魔力もないし、腰につった鞘《さや》も、身を保護する力がまったくそなわっていない。そして、地面が血糊でまっ赤に染まってくる——しかも敵の血が一滴もまじっていないのをみて、相手の騎士が手にしている剣こそが聖剣《エクスカリバー》なのだと、アーサーは確信するのだった。しかし、そうではあっても、現に手にしている剣で、最善の力をつくして戦うよりほかに、どうしようもなかった。

アーサーは奮闘をつづけた。しかし、血を失ったせいで、徐々に身体から力が抜けてきた。そうしてついに、疲れきったアーサーは、少し後ろに身を引いた。切れた息をととのえ、血ですべらない場所に移りたいと思ったのだ。アカロンはすかさず跳びかかってきた。

「何をしてるのだ。休んでいる場合じゃないぞ」

もうほとんど捨て鉢になりながら、とつぜん逆上したアーサーは、もつれる足で相手に打ちかかった。そして腕の冴えというよりは、まったくの運の力によって、相手の兜《かぶと》を斜めに打ちすえた。そのため相手は地面に倒れそうになったが、あまりにはげしい一撃だったので、アーサーの方の剣も、刃《やいば》が砕けちって、数十のきらめく断片となってしまった。役にも立たない柄《つか》だけの剣が掌中にのこるのは、これで二度目だった。

そこでアカロンは後ろにさがって言った。

「これでそなたには武器がないし、血もかなり失った。そなたを殺したくはない。降参して、わが慈悲に身をゆだねるのだ」

「ならぬ。それは許されぬ。この身に命あるかぎり戦うと誓ったのだ。名誉を失って生きるよりは、名誉の死を百度死ぬ方がましだ。ただし武器を持たぬわたしを殺すなら、そなたの方が大恥をかくぞ」

「かまわぬ」

とアカロンは言い放ち、ふたたび猛烈な一撃をくわえた。しかしアーサーはそれを盾で受け止めるや、よろける足で突進すると、重い剣の柄《つか》を相手の面頬《めんぼお》に突っこんだ。捨て身の力がこもっていたので、相手はたまらず、よろよろよろと三歩後ろにさがる。

さて、試合場の縁《へり》を埋めつくした色とりどりの群衆の中に、一人の乙女が立っていた。乙女は戦いがはじまって、かなりたってから現われたが、誰も乙女が来るのに気づいた者はいなかった。この乙女とは、アーサーに剣を授け、マーリンをサンザシの樹の下で眠らせた湖の姫ニムエその人であった。

〝高貴な者たち〟にとって時間はほとんど意味をもたない。そのせいかどうか、ニムエはこの場に現われるのが遅れた。しかし、この日にアーサーが魔女の姉の手によって恐ろしい危険にさらされることは、ニムエにはあらかじめわかっていた。したがって、手遅れにならないうちにニムエはやってきたというわけであった。

アカロンがくずれた態勢を立てなおし、またつぎなる一撃をと、剣をふり上げたとき、ニムエは指の間でくるくるまわしていた草の葉を、ほんのわずかにはじくような動作をみせた。すると本物の聖剣《エクスカリバー》は、それをにぎっていた手の中でくるりとよじれ、アーサーの足もとにころがり落ちた。

アーサーは無用の柄《つか》を投げ捨てて、聖剣《エクスカリバー》に飛びついた。こうしてふたたび自分の剣を手にすると、相手のとどかない位置にまで跳びさがった。

「やっともどってきてくれたな。おまえに手ひどくやられたぞ」

アカロンの腰に、まだ鞘《さや》がぶらさがっているのを見ると、アーサーは盾を投げ捨て、虚をついて相手の下にもぐりこむと、鞘《さや》をつかんで、ベルト、留金ともどもひきちぎり、はるか後方に放りなげた。

アーサーはアカロンに跳びかかって、剣をふりかざしたかと思うと、頭上に渾身の一撃をたたきつけた。

相手はがしゃんと地面に崩れおち、口、鼻、耳から血潮が吹き出した。

アーサーは相手を見下ろしながら、剣をかまえた。

「今度はわたしがそなたを殺す番だ。それとも慈悲をこうかな？」

「殺せ」

とアカロンがうめいた。

「そなたのように腕の立つ騎士ははじめてだ。神はそなたの味方のようだな。だが、力のつきるまでそなたと戦うと誓ったのだ。だから、慈悲などこうわけにはいかん」

アーサーは相手の声に聞きおぼえがあるような気がした。そんなことを感じる余裕が、ここではじめて生じたのだ。

アーサーは剣をさげて、こう言った。

「そなたは勇敢な騎士だ。そなたの名は？　そして生まれは？」

「わたしはアーサー王の宮廷に属する、円卓の騎士だ。名前は、ゴールのアカロンだ」

これを聞いて、アーサーの胸に悲しみと落胆の気持ちがこみあげてきた。そして昨晩の魔法の船、今朝の目覚めの時のことが頭に浮かんでくるのだった。

「おお、アカロンよ、どうやって聖剣《エクスカリバー》を手に入れたのだ？」

「妖姫モルガンからわたされたのです。わたしはモルガンを、長年のあいだ、誰よりも愛してきました。今朝モルガンは、聖剣《エクスカリバー》をわたしのもとに送ってよこし、彼女のために、今日わたしと対戦する騎士と死ぬまで戦うよう命じたのです」

ひどい傷の痛みに、アカロンはふたたびうめき声をあげた。

「でも、教えてください。モルガンがわたしに殺せと命令したあなたは、いったい誰なのですか?」

「ああ、アカロンよ、そなたが仕えている王だよ」

アカロンはたかぶった声で叫んだ。愛する女性が何という大それたことを願ったのだと、悲しくてたまらない。

「お優しい王さま、いまこそ、わたしは慈悲をおかけくださいとお願いします。わたしたちは二人とも裏切られたのです。あなただとは知らなかったのです」

「わかるわけがなかろう。すべて姉のしわざだ。マーリンは幾度もモルガンに注意せよと警告してくれた。モルガンの邪悪な本性、悪だくみを教えてくれたのに、わたしはなおもあの女を信用して、宮廷に招きたがった。しかし、もはやこれまでだ」

アーサーは涙声でくりかえした。

「もはや、これまでだ」

野をとりまいていた人たちもすべて集まってきて膝をつき、アーサーの慈悲をこうた。アーサーは人々に許しの言葉をあたえると、ダマスとオンズレイクを呼びよせて、二人の間の争いを裁いた。ダマスは、弟が受け継ぐ権利のある荘園や領地をゆずらなければならない。そのかわり、オンズレイクは毎年一頭の婦人用の小さな馬を、兄に支払わなければならないというのだ。

「頑丈な戦馬《いくさうま》よりは、その方が」

と、アーサーは軽蔑を隠そうともしないで言うのであった。

「ダマスよ、そなたのようなご立派な騎士にはふさわしかろう」

さらにアーサーは、二十名の騎士たちに鎧《よろい》と武器をかえし、自由の身にするよう命じた。そうして、二度とふたたび、冒険の道すがら通りかかった騎士に手をだしてはならんと、厳命するのであった。

またオンズレイクには、すぐにも宮廷に来るよう告げた。

そうして、すぐ近くに尼僧院があることを知らされたアーサーは、馬にまたがって、そちらに向かった。横には、アカロンが鞍の上でぐったりと背を丸めながらついて来る。

修道院につくと、二人は傷の手当をしてもらって、休んだ。しかし聖剣《エクスカリバー》によってもたらされた最後のすさまじい一撃によって大量の血を失ったので、アカロンは三日目に息を引きとった。アーサーはあっというまに回復した。そして、氷のように冷たい憤怒で心をいっぱいにしながら、友の遺骸を棺馬車におさめて、ダマスの城から六人の騎士を呼んだ。

「さあ、これを姉の妖姫モルガンのところにもって行くんだ。そして、贈り物として献上すると口上を述べろ。それから、アーサーは聖剣《エクスカリバー》をとりもどしたと言うのだ」

いっぽうキャメロットでは、このような事のしだいを知らない妖姫モルガンが、てっきりアーサーはもういまごろ死んでいるだろうと、思いこんでいた。そして自分がゴールのアカロンと結婚すれば、二人でブリテンの王位を手に入れるのもむずかしくはなかろうと、ひとりほくそ笑んでいた。そう、モルガンはどす黒い肚《はら》の中に、そんなもくろみをずっと秘めていたのだ。

モルガンは横で眠っているウリエンス王をちらと見やった。そして、さあ、いまこそつぎなる行動をおこすべき時だと思った。そこで侍女の一人をそっと呼びよせ、

「王さまの剣を持ってきておくれ」

と命じた。

側仕《そばづか》えの乙女は、モルガンの顔をのぞきこんだ。すると顔には笑みが浮かび、目がぎらぎらと陰惨な光を放っている。乙女は背筋がぞうっと寒くなって、叫んだ。

「奥さま、いけません。およしになってください。お願いです。ご主人を殺《あや》めたりしたら、もはやぶじに逃れることなどできませんわ」

「そんなこと、おまえが心配することではない。この日のことは、もうずっと以前に決心していたのさ。さあ、剣を持ってくるのよ」

しかし乙女は、モルガンの息子であるウェインのところに飛んでいった。ウェインは、最近、円卓の騎士になったばかりであった。この人にむかって、乙女は訴えかけた。

「急いで、母上のところにおいでください。お父さまを殺そうとなさっています。わたくしに剣をとってこいと。寝首をかくおつもりなのです」

「早く言われたとおりにするのだ。あとはわたしが面倒をみるから」

というわけで、乙女はすばやく剣を持ってきて、震える手で前に突き出した。受けとろうと差し出されたモルガンの手は、微動だにしない。モルガンは剣を手にして、鞘《さや》から抜きはらった。しかし、乙女の後からウェインが入ってきて、寝室の扉のそばの壁かけの影に、こっそりと身を隠したことには気づかなかった。

息を三度《みたび》吸うぐらいのあいだ、モルガンは眠っている男を見下ろしていた。どこにふりおろせばもっとも効果があるだろう、と思案しているのだ。しかし、さあ、いまから死の一撃をみまうのだとばかりに、重い剣をふり上げたとたん、ウェインが影から飛び出してきて、剣をにぎった手をつかみ、横にねじまげた。そして邪魔者はだれだとばかりにモルガンがさっとふりむくと、そこには、それこそ死の一撃をくらったように蒼白の顔をした、息子の顔があった。ウェインは叫んだ。

「悪魔め。何と大それたことを！　もしも母親でなかったら、この剣がおまえの胸にぐさりと刺さるところだぞ！　ああ、おまえなんか母親でなければよかったのに！」

「いいえ、違うのよ。地獄の悪魔がそそのかしたのよ。わたしじゃない！　悪魔のせいよ。もう狂気は過ぎ去ったわ。ああ、赦《ゆる》しておくれ。もう二度と、悪魔のささやきには耳を貸しません。約束するわ」

「誓え！」

そこで、息子の冷たい視線の下で、モルガンはがたがた身を震わせながら誓うのだった。それを見とどけた息子は、父親の剣を鞘《さや》におさめて、立ち去っていった。

この同じ日が暮れようとするころ、アカロンの死骸と、大王の伝言をたずさえた六人の騎士が到着した。

妖姫モルガンは、胸がはり裂けそうになった。かの女はかの女なりに、アカロンのことを愛していたのだ。かの女には、ブリテンの王冠をいつか奪い去ってやろうという野心が、あるにはあった。しかし、そこに届けられてきた棺《ひつぎ》を見て、そんな野心の亡骸《なきがら》だけが悲しかったわけではなかった。

だが、いまは悲しみを隠さねばならぬ。さもなければ、自分の身が危うくなるのだ。もしもアーサーが帰ってきたときに宮廷でうろうろしていようものなら、世界中の黄金をもってしてもモルガンの命はあがなえないだろう。そこで六人の騎士の一人から、言葉たくみにアーサーの居場所を聞き出すと、夜が明けきらぬうちに、馬を用意させた。そして何人かの侍女だけを伴につけて、姿をかきくらませた。

モルガンはその日一日走りとおした。また夜になっても、なかなか休もうとはしなかった。こうして翌日の正午には、まだ十分に傷の癒えていないアーサーが休んでいる修道院にまでやってきた。

王さまはどこにお休みですか、とモルガンは院長にたずねる。ぐっすりお眠りになっていますという答えがかえってくる。

「では、起こさないでくださいね」

と、さも可愛い弟をいたわるような声で、モルガンは言った。

「わたしは実の姉なのです。傷を負ったときいて、はるばる駆けつけてきたのですよ。ですから、しばらく側に座らせてくださいな。たぶん、後でわたしが自分で起こしてみましょう」

身内ということなので、修道女たちも、アーサーの寝室を見張っている騎士も、モルガンをおしとどめることなど、思いもよらなかった。こうしてモルガンは中に入った。

殺すことはできない、とモルガンは思った。まわりにはこんなに人がいるのだ。きっと捕まって、わたしまで殺されてしまうわ。でも、聖剣《エクスカリバー》を盗み去ることはできる。そうしたら、いつか思いのままに料理する機会もあるだろう…

ところが、ベッドのわきまで行ってみると、アーサーはたしかに眠ってはいるものの、聖剣《エクスカリバー》だけは右手にしっかりとにぎられているのだった。こうなるとアーサーを害する手立てはただ一つ… アーサーの手にあるのは、抜き身の剣であった。モルガンはあたりを見まわした。するとベッドの足元に置かれた、彫刻つきの大だんすの上に、鞘《さや》がのっかっていた。この鞘《さや》の威力のことは、マーリンならざるモルガンも、よく知っていた。モルガンは鞘《さや》を手にとって、マントのひだのあいだに隠した。鞘《さや》を奪うだけでは不満だ。しかし、戦果が何もないよりはましであった。

モルガンはしばらくベッドのわきに座りつづけた。誰かがのぞきに来たときのための用心であった。

しかしまもなくモルガンは腰をあげて、部屋を出ていった。そうして扉の外の人たちにむかって、王さまはあまりに気持ちよさそうに眠っているので、起こすのはいかにも気の毒です、と言うのであった。こう言うとモルガンはまた馬にのり、お伴の侍女たちとともに立ち去っていった。

しばらくするとアーサーの目が覚めた。そして鞘《さや》のないことに気がついた。自分が眠っているあいだに誰がそばに来たのかと、アーサーは声を荒らげてたずねた。妖姫モルガンですと一同がこたえると、アーサーは怒鳴りつけた。

「それでは何のための見張りかわからないではないか」

「お言葉ですが、王さまご自身の姉上と言われて、お断わりする勇気はございません」

そこでアーサーは鎧《よろい》と馬をもて、と叫んだ。またオンズレイクも、戦う準備をしていっしょに来るよう命じた。そしてオンズレイクが大慌てでかけつけると、アーサーは妖姫モルガンの後を追いはじめた。

しばらく追跡すると、モルガンが、侍女たちに囲まれながら、はるか前方を駆けてゆく姿が見えてきた。

アーサーははげしく拍車を蹴りたてた。

しかし、モルガンはアーサーがすぐ後ろに迫ってきたことに気がついた。すると馬の耳の中に何ごとかをささやいた。馬は妖精の馬らしく、飛ぶように走りはじめた。そしてお付きの乙女たちも、流れるようについて行く。

しかしモルガンが、どれほど飛ぶように森の道を駆けてゆこうと、アーサーとオンズレイクとしても、そう簡単にふりはなされるわけにはゆかない。そんなわけで暗い湖の岸辺をめぐろうとして、モルガンは心の中でこう叫んだ。

「わたし自身はもうどうなってもよい。でも、弟に、あの身を守る鞘《さや》を二度と持たせてなるものか！」

そうしてきらきら輝く鞘《さや》を、えいとばかりに湖の真ん中をめがけて放りなげた。すると鞘《さや》は、黄金や宝石の重みによって、すぐさま沈んでしまった。

モルガンはどこに行けば避難できるかを知っていた。そこで、ぴったりくっついてくる追っ手と、しばらく必死の競走をくりひろげていたかと思うと、とつぜん樹々の間から抜け出して、開けた谷に飛び出した。そこには平らな草地の上に大きな岩が、ごろごろところがっている。そしてモルガンは、とっさの呪文をとなえた。瞬《またた》きするあいだに魔法が完成すると、谷の石はその前の瞬間より七個ふえていた。そうして、妖姫モルガンとお付きの乙女たちは、影もかたちもなかった。

追ってきたアーサー王は、何が起きたのかすぐに見てとった。そしてどの岩が姉で、どの岩がお付きの者たちだったのかすら見分けのつかないことがわかると、これは姉の身の上に神の罰が下ったのだと思い、怒りの中にも、姉たちの悲しい運命を気の毒に感じるのであった。

聖剣《エクスカリバー》の鞘《さや》が見つからないものかと、アーサーは谷の中のいたるところを探しまわった。オンズレイクも一緒に探した。しかし必死の捜索もむなしく、二人はついに重い足どりでひき返していった。勝利の喜びを感じてよいはずだとは思うものの、その実感はまるでなかった。

アーサーの影が谷から消えると、妖姫モルガンは自分たちをふたたびもとの姿にもどした。

「さあ、みなさん、これでもうどこへでも好きなところに行けますわよ」

いっぽうのアーサーは自分の鞘《さや》を、二度と発見することができなかった。そこで聖剣《エクスカリバー》をおさめるため、別の鞘《さや》を造らせなければならなくなった。今度の鞘《さや》もふるいものにおとらず豪華で美しいものではあった。しかし、魔法の力をそなえているわけではなかった。したがって、この時より後は、アーサーとて傷を負えば、生身の人間のように血を流さなければならなくなったのだ。

アーサーはオンズレイクをわきに従え、重い心をかかえながら、キャメロットにもどっていった。帰りつくと、グウィネヴィア妃をはじめとして、宮廷の人々が、そのぶじな姿に大喜びして迎えた。

しかしアーサー王が帰ってきた、まさにその日の夕方のこと。一同が大広間に座って食事をとっていると、そこに一人の乙女が入ってきた。乙女の手には、金糸の布のマントがあった。しかもこのマントには、やわらかな毛皮がたっぷりとついており、めずらしい宝石がびっしりと縫いこまれている。こんなに豪華なマントは、いままで誰も見たことがなかった。

このマントをささげながら、乙女はアーサー王の前までやってきて、頭を深々と下げるのだった。

「偉大なる王さま、姉君であらせられる妖姫モルガンさまより、これまでの邪悪な行ないのお赦《ゆる》しをいただくため、派遣されてまいりました。モルガンさまは、これまでそのかされてきた邪悪の気がすべて心からはらわれ、いまよりは、あなたさまを害することは一切行なわないことを、真心をもってお約束いたします。これまでの行ないへの反省のお気持をこめて、このマントを差し上げます。これをたびたびお召しになって、お楽しみいただきたいとのことでございます」

アーサーはマントをしげしげと眺めた。そして、なんて美しいのだろうと感嘆した。そして、姉の心から邪心が去ったというのは、きっとほんとうなのだろうと思った。いつもながらの、アーサーの人を信用しすぎる癖がまたもや出てしまったのだ。そうして贈り物を受けようと、手を伸ばした。

ところがそれにアーサーの手がとどこうとした時、広間にいた女性たちの間にすばやい動きがあったので、アーサーは手をおろし、さっとふりかえった。すると、いつのまに入ってきたのか、湖の姫ニムエがすぐそばに立っていた。

「王さま、そのマントを着てはなりません。指一本お触れになりますな。騎士たちに近づかせることも、なりません。その前に、それを持ってきた女の両肩の上に帯びさせるのです」

アーサーは、一瞬、ニムエに目を注いだ。そして、姿かたちこそ違え——ひょっとしてニムエがアーサーにそう理解させたのかもしれないが——この女性こそ聖剣《エクスカリバー》をくれた女《ひと》、マーリンが愛した湖の姫だということがわかった。

アーサーの頭の中に、ふたたび、「〝高貴な者〟たちは、悪魔でも天使でもない。雨が悪魔でも天使でもないのと同じじゃ。雨は麦を育てもするが、畑を根こそぎ流すこともあるだろう。〝高貴な者〟たちはたんにそこに存在する——ただそれだけのことなのだ」というマーリンの言葉が浮かんできた。しかしつぎの瞬間にはマーリン自身の声が、あらたに、こう耳の中でささやいているように、アーサーには感じられた。

「湖の姫を信じるのだ。どんな姿で現われても、つねに信じるのじゃ。姫はわしの運命じゃ。とうぶんの間、そなたの運命でもあろう」

声はやんだ。アーサーは、騎士たちがけげんそうな顔で、自分を見ているのに気づいた。誰も話していないのに、何に耳をかたむけているのだろう?とでも言いたそうだ。

そんな空気を引き裂くようにアーサーの声が響いた。

「姫よ、そなたの助言に従おう」

ついで、姉より遣《つか》わされてきた女に向かって、こう言うのだった。

「乙女よ、そのマント、まずそなたに着てもらいたい」

「めっそうもございません。それは王者のマント。わたしには似合いませぬ」

「ではあっても、王が肩の上に帯びるまえに、ぜひともそなたに着ていただこう」

アーサーはこう言って、すぐそばに立っている二人の従者に合図した。

二人は乙女とマントをつかむと、力ずくでそれを乙女の身体にぴったりと着せた。するとその瞬間、乙女がもがき、悲鳴を上げたかと思うと、従者たちの手の間に、大広間の天井までとどこうかというほどのまぶしい炎が、めらめらと立ちのぼった。そうして、乙女とマントは影もかたちもなくなり、あとの地面にはただわずかの灰が残っているばかり。そうして一筋の煙がゆらゆらと上がっている。

この時をさかいとして、妖姫モルガンはアーサーを害しようとする試みからすっかり手をひき、夫が治めるゴアの国にもどった。そして自分の城の防御をしっかりとかためてから、その中にこもるようになった。

こうして、アーサーの国から、またひとり敵がいなくなったのだった。

第6章　湖のサー・ランスロット

復活祭の前夜のこと。大王アーサーと騎士たちが夕食の席につこうとしていたところ、従者の一人が、アーサーのもとに歩みよってきた。そして、見知らぬ人物が扉のところまで来ていて、王さまとぜひお話がしたいとは言うものの、どうしても自分の名を明かそうとしないのだ、と告げた。そこでアーサーが広間の下手の方に目をやると、なるほど、一人の若者が扉のあたりに立っているのが見えた。

「連れてこい。わたしになら名前を言うだろう」

若者は上座の方に歩いてくると、一言もものを言わずにアーサーの足もとにひざまずいた。

それは痩《や》せこけた、とてもみにくい容貌の若者であった。顔の左右がなんともちぐはぐにできている。口のいっぽうの端はまっすぐ横にのびて不機嫌そうなのに、逆の側はつり上がっていて、何やら愉快そう——まるでいまにも笑いだしそうだ。黒々とした眉も、片方ははやぶさの翼のように水平だが、別の側はぎざぎ

ざな上にひどく踊っていて、まるでいまけんかしてきたばかりの野良犬の耳のようであった。しかし、そんな左右の眉の下からのぞいている灰色の切れ長の日をみて、アーサーは、こんなに真摯《しんし》な目は見たことがないと思った。アーサーはたずねた。

「そなたはだれだ？　どんな目的があって、わたしのもとに来たのだ？」

すると若者はこたえた。

「わたしの名はランスロット。ベンウィックのバン王の息子です。父はベデグレインで王さまとともに戦いました。わたしがここにまいりましたのは、それが物心がついたころからの宿願だったからです。また、王さまのお手によって騎士にとりたてていただくよう、マーリン殿に命じられたのです。マーリン殿は、ご自分からアーサーさまに差し上げる最後の贈り物がランスロットなのだ、自分はいまからサンザシの樹の下で長い眠りにつくのだと言われました」

「明日の朝、騎士に任じよう。復活祭の朝はまさにそれにふさわしい」

アーサーはこう言って、みにくい若者の方に手を差し出した。すると若者は、一瞬、頭を垂れて、額でその手に触れた。

「かたじけなく存じます」

とランスロットはこたえ、わずかに後ろをふりかえるような仕草を見せた。するとランスロットの後ろに、朽葉《くちば》色の髪をした若者がそっと近づいてきたのに、アーサーは気づいた。

「王さま、こちらはわたしの従弟《いとこ》にして友人のライオナルです。わたしの従者になってくれるというのですが、騎士の身分にすらふさわしいことは、わたしにまさるともおとることはありません」

アーサー王は黄色がかった褐色の髪の毛をした、この若者に目を注いだ。

「ライオナル自身の考えはどうなのだ？　そなたも復活祭の朝、騎士になりたいか？」

「わたしも騎士にとりたてていただきたいとは思います。でも、復活祭の朝というわけにはまいりません。明日は従兄《いとこ》のランスロットの従者をつとめなければなりませんから。ランスロットの鎧《よろい》の面倒を見知らぬ従者にまかせ、儀式の間ずっとつきそわせることなどまっぴらです」

「よくぞ言った。三日間ランスロットの従者をつとめてもらおう。よき従者であれば、四日目に騎士にとりたてよう」

わざわざこのように言ったのは、アーサーがこの若者を見て、すっかり気に入ってしまったからであった。それにまた、円卓のまわりにはまだふさがっていないランスロットの席、その他の三つの空席以外にも、すでに空になってしまった椅子が、ぽつりぽつりと目についた。それは、それらの席を占めていた騎士がこの一年の間に命を落としたからにほかならず、このような席をふたたび満たすことは、ぜひ必要なのであった。アーサーは心に衝撃を感じた。そしていまさらのように思うのであった。これからはつねに空席の消えることはないだろう。そしてたえず騎士を補充しなければならないだろう……

こうしてランスロットは、その夜をずっと城の礼拝堂ですごした。

ランスロットは内陣の階段のところで、祭壇にむかってひざまずいた。祭壇の前にはランスロットの剣と鎧《よろい》がそなえられてある。このような姿勢で、ランスロットは夜が果てるまで祈りつづけた。高窓からさしこむ月の光が鎧《よろい》の胴衣を銀色に照らしながら、ゆっくりと動いてゆく。そんな幻想的な光景にうっとりしながら、ランスロットは祈っては、心をさまざまの思いにゆだねるのだった。それは、決して誰にもうちあけることのできない思いであった。

ランスロットの顔のちぐはぐさは誰の目にも明らかであったが、誰の目にもつかないながらも、それにおとらずちぐはぐなものが、この若者の心の底には秘められていた。そして、たぶん、子ども時代のあの奇妙な失われた歳月のせいであろうか、ランスロットはいつもたえず何かを探し求めているようなところがあった。子どものころのランスロットは、自分が他の子どもとはどこか違うところがあるという意識がずっとぬけることがなかったし、大人になってからも、この思いは変わってはいない。

ランスロットの心の中には、一つの大きな夢、畏《おそ》るべき願いがあった。それは騎士というより求道者《ぐどうしゃ》にこそふさわしい願いというべきものであったが、もしも自分を高めるなら、神はきっといつしか自分に奇跡を演じさせてくれるはずだという思いであった。しかしこれを実現するためには、世界でもっともすぐれた騎士にならなければならないだろう……

というわけで、月光に一面白くさらされた礼拝堂の中に、一晩じゅうひざまずきながら、神よ、われをして、世でもっとも強く勇敢で腕の立つ騎士というばかりでなく、最高にすぐれた騎士にならしめたまえと、ランスロットは祈ったのだ。自分の行動によって、みずからの名誉も、他人の名誉をも汚すことが生涯なきよう、われをして奇跡を起こさしめたまえと祈ったのである。

月が沈み、日が昇ってきた。こうして復活祭の朝、沐浴《もくよく》と鎧《よろい》をまとう正式の儀式をすませたランスロットは、大広間で、アーサー王の手によって騎士に任じられたのであった。

それに続いて、王妃の側仕《そばづか》えをつとめる二人の女性が、ランスロットのために、騎士の拍車の締め金をとめてやった。しかし、ランスロットの剣帯の締め金をつける役割をおびたのは、誰あろうグウィネヴィア妃その人であった。

なぜまた、王妃がそんなことを行なったのであろうか？　ランスロットが王の子どもだということが理由の一つではあった。しかし、それよりも、グウィネヴィアの心に、ランスロットのことを気の毒に思う気持ちが大きかったのだ。それというのも、アーサーとは乳兄弟にして国の執事という要職にあるケイが、別の騎士にむかってランスロットのみにくい容貌をあげつらい、嘲《あざけ》りの言葉をもらすのを、グウィネヴィアははからずも耳にしたのだった。あのざまでは馬上槍試合や馬上模擬戦の晴れ舞台に立っても、兜《かぶと》につける愛の徽章を、ランスロットのために贈る乙女などとうていあるまいなどとケイは言うのであった。

それはとてもかたい締め金だった。グウィネヴィアはアーサーのために剣帯を締めることに十分に慣れていたが、それでも、この留め金をはめ込むのに手こずった。見かねたランスロットは、手助けをしようと、自分の手をそえる。そして二人の指と指がふれあった。と、その瞬間、二人の目は締め金を離れて、相手の目に吸いよせられた。こうして一度からまってしまうと、二人の目と目は、もはや離れることができなくなった。二人とも頬は真っ青。そして二人の黒い瞳は大きく、大きく開いて、うるんだようになった。

それは長い一瞬であった。その間、大広間ではすべてが静止し、すべてが沈黙したかのように感じられた。それまでぱちぱちと燃えていた暖炉の炎さえも、静かになった。この一瞬がすぎると、二人はお互いから目を引き離した。そしてグウィネヴィアは締め金をしっかりととめた。しかしその指の震えはやまない。

これにつづく三日の間というもの、騎士たちがケイにそそのかされたのだろう、不平不満の声がそこかしこから聞こえてきた。ランスロットみたいになま青二才で、しかも武勇においてもまったく未知数の人物が騎士に叙せられたばかりか、円卓に席までもらうというのは穏当《おんとう》ではないというのであった。

ランスロットがあんなに急いで初めての冒険の旅へと出発したのは、こんな批判の声があったからだと、人々は後になって考えた。自分の騎士としてのすぐれた資質を証明し、不満の声をしずめるのが目的で出かけたのだと、人々は思ったのである。そしてランスロットも、そう思われるがままにしておいた。しかし、ほんとうは、別の理由があった。

従弟《いとこ》のライオナルが騎士に任じられた日の、夕方のことであった。大広間での夕食がすみ、王とガウェインはチェスを楽しんでいる。知らず知らずのうちに、ランスロットの目は王妃の上に引きよせられた。王妃は椅子に腰をおろし、頬づえをつきながら、竪琴《ハープ》をもった楽人の歌う古い歌に耳をかたむけていた。王妃のつややかな黒髪には、松明《たいまつ》の放つ明かりがからまっている。

「ああ、とても美しい女性だね」

と隣に座ったライオナルが、ランスロットの耳にそっとささやいた。

「王妃でなければ、宮廷で最高の美女といって褒《ほ》めそやされるところさ」

するとランスロットは、

「ああ」

とこたえて、自分の手をしげしげと眺めはじめた。そうしてしばらくすると、

「冒険の旅に出るお許しを、王さまにお願いしようと思うんだ」

と言った。

「ぼくも一緒に行かせてくれ」

と従弟《いとこ》がかえした。

そこでランスロットはチェスの勝負がつく頃あいをみはからって、王の前にひざまずくと、翌朝、従弟《いとこ》のライオナルとともに冒険の途につくことをご許可いただきたいと願い出た。

王は一瞬の間ランスロットをまじまじと見つめたが、つぎの瞬間にはこう言うのであった。

「彼らの言うことは気にするんじゃない。ケイは昔から不満の多い子どもだった。いまでも不満の多い男だ。そんな性格は今後も直らないだろうよ」

「そのことですか」

とランスロットはかえす。

「わたしが騎士にふさわしいかどうか、円卓に席をいただく価値があるかどうか、サー・ケイが何を思われようと、わたしはあまり気にはなりません。しかしそれについて、自分の目で見てふさわしいと思えるかどうか、そこが問題なのです」

こう言われるとアーサー王も冒険に出る許可をあたえないわけにはゆかない。こうして翌朝、ミサをすませると、二人は自分たちをどんな波瀾万丈の冒険が待ち受けているのだろうかと胸をおどらせながら、路上の人となったのである。

そしてこの冒険というもの――それは、きっとたくさん待ち受けているだろうという予感があった。というのも、〝海の狼〟、〝冥《くら》い北〟や西の山岳地方の男たちはしたたかに懲《こ》らしめられ、故郷《ふるさと》に追い返されてしまったのではあったが、国がすっかり鎮まったとはまだいえないような状態にあった。戦乱が長くつづいたおかげで、各地にはまだ戦火の余燼《よじん》がくすぶっていたのだ。それにだいじなのは強い腕力だけだ、勝てば官軍なのだと考えるようになった、地方の有力な領主たちも大勢いた。

春、それから夏になってどんどん月が変わってゆく間に、ランスロットとその従弟《いとこ》は、このような敵とつぎつぎとわたりあい、つぎつぎに打ち負かしていった。そして敗けた相手が命乞いをすると、ランスロットは彼らにいまからは大王の家来になることを誓わせ、アーサーへの臣従を誓わせるために、キャメロットに遣《つか》わすのであった。

しかしときには、相手が死んでしまう場合も多々あった。たとえば、カラドスという名の騎士と戦った時がそうである。カラドスは命乞いすることを頑としてこばんだので、激しい戦いの後で、ランスロットは相手を殺し、身代金をとるためにカラドスが塔に監禁していた騎士たちを、自由にしてやった。そうして、つぎなる冒険を求めて、さらに旅をつづけるのであった。

しかし、いずれ、カラドスのことを思い出す日がやってくることになる。

とはいえ、それはまだまだ先の話だ。

夏の終わりごろ。熱くなった空気が、蚊柱のようによどんで見えるある日のこと。二人は生け垣のそばの、大きなりんごの古木が生えている場所にやってきた。りんごの果実は、なかば熟し、枝が重々しく垂れさがっている。そこは国境を越えて、ゴアの国にはるか深く入りこんでいる場所であった。しかし、二人はそのことに気がついてはいなかった。

樹の下には深い翳《かげ》ができており、いかにも涼しそうであった。ランスロットは旅枕に倦《う》み、戦いに疲れ、そうでなくともグウィネヴィアのことを思って心が痛んでもいたので、この樹の翳《かげ》に寝ころんで眠りたいという、あらがいがたい気持ちにとらわれた。そこで二人は馬をおり、馬の膝を縄でしばって自由に草を喰《は》ませるいっぽうで、自分たちはりんごの樹のもとの、丈の長い草の天国のような冷気のなかに、身を横たえた。

ほとんどすぐに、ランスロットはぐっすりと眠りこんでしまった。脱ぎ捨てた兜《かぶと》が枕だ。しかしながらランスロットの横に身をふせたライオナルは、眠りにつくことができなかった。そこでしばらくすると、ライオナルはまた起き上がった。そうしてりんごの樹にもたれかかり、草の茎を噛《か》みながら、しょざいなく、馬が草を食べるのをうち眺めていた。

やがて、かつかつという早馬の蹄《ひづめ》の音が聞こえてきた。ライオナルは目の前に広がる、平らな草原を見晴らした。すると三人の騎士が命からがら馬を駆ってくる姿が目についた。そしてその後ろから、もう一人の騎士が懸命に三人を追いかけてくる。この四人目の騎士はライオナルがいままで見たこともないほどに巨《おお》きな体躯《からだ》をしており、力も強そうであった。この男がのっている戦馬《いくさうま》に比べると、先の三人の馬などまるで小さな驢馬《ろば》ほどにしか見えない。

ライオナルが見ている目の前で、大男の騎士は逃げようとする騎士たちの一人に追いつき、蠅でもたたくように地面の上にはたき落とした。そしてそのまま猛然と馬を駆り、同じようなかたちで、二番目、三番目の騎士も落馬させた。大男はそこではじめて自分も馬をおり、手綱をひきながらいまきた道をもどりはじめた。その途中で点々と地面にのびている騎士をひろいあげ、それぞれの馬の背にかついで載せて、それぞれの手綱でくくりつけると、最後に自分も馬にまたがった。そうして、哀《かな》しくも恥辱にまみれた三人の騎士を前に逐《お》いながら、帰ってゆくのであった。

ライオナルはそっと起き上がり、従兄《いとこ》のことを起こさないように注意しながら、兜《かぶと》をかぶって紐をしばった。この夏中、戦うのはもっぱらランスロットの役割であった。だから、今度こそ自分が冒険する番がまわってきたのだと、ライオナルは思った。もしもわたしがこの騎士をやっつけて、人質たちを自由にしてやることができたなら、たいへんな名誉だ、と。そんなわけで、ライオナルは馬の縄をほどいてまたがると、懸命に追いはじめた。三人のグループはすでに、陽炎《かげろう》の立っている、はるか遠い風景の中に消えそうになっている。

しかし懸命に馬を走らせたおかげで、ライオナルはついに一行に追いつくことができた。そして、

「止まれ！」

と、大男の騎士にむかって叫んだ。

大男はものも言わずにふりかえり、槍をかまえると、ライオナルにむかって猛然と駆けてきた。槍は肩の部分にあたり、ライオナルは後方にはねとばされ、馬の尻を飛びこえるようにして落馬した。大男は馬からおりて、ライオナルを縛りあげ、他の騎士たちと同じように、ライオナル自身の馬の鞍に放り上げる。そうして四頭の馬を逐《お》いながら、道をつづけるのだった。

館にもどった大男は、いま捕えてきたばかりの騎士たちから鎧《よろい》をはぎとり、いばらの枝でしたたかに打ちすえた。そうして地下深くの石の牢屋に放りこんだ。そこには、これまで捕虜にされてきた騎士たちが大勢いて、みずからの不運をかこっているのであった。

さて、このことが起きた少し前に、時間がもどる。

ランスロットの腹違いの弟にあたる、〝沼のエクトル〟が、騎士にとりたててもらおうと、キャメロットにやってきた。ところがランスロットとライオナルが二人とも冒険の旅に出てしまったことを知らされると、エクトルは自分も二人の後を追いたいと、許可を求めた。こうして路上の人となったエクトルではあった

が、しばらくのあいだ二人の消息はまったくなかった。

ところがそんなある日のこと、エクトルは一人の樵夫《きこり》に出会った。ランスロットたちは、きっと、冒険の予感がありそうなところにいるはずだとエクトルは思っていたので、この男にむかい、

「ねえ、君、この辺で、おあつらえむきに冒険がころがっていそうなところを知らないか?」

とたずねた。

「ええ、ございますとも。ここから一マイルと行かないところに、強力に防御をかためた、サー・タークウィンの古い城館《やかた》があります。この城館《やかた》のすぐそばを川が流れ、渡し場――馬に水を飲ませるのに絶好の場所――があります。この渡し場の上に、柳の巨樹が枝を垂らしていますが、この枝には、たくさんの盾がぶら下げられています。タークウィンは大勢の騎士をうち負かして、館の地下にある牢に監禁しているのです。それから、この柳にはとてもみごとな銅のお盆が吊されています。あなたの槍の柄尻で、たたいてごらんなさい。さあ、一騎討だと、タークウィンが出てきますよ。あなたの魂に、神さまのご加護がございますよう」

エクトルは樵夫《きこり》に感謝の言葉をのべて、教えてもらった道を進んでいった。すると、やがて、川の浅瀬になっている場所が見えてきた。なるほど大きな柳の古木が、水面の上に身をのり出している。そして枝々からは、多数の盾が――古い錆《さび》だらけのも、ぴかぴかの新品も――ぶら下がっていた。そしてそんな中に、従兄《いとこ》のライオナルの盾があった。

エクトルの胸に、どす黒い怒りがこみ上げてきた。そこでエクトルは、銅の盆を目にするや、槍の柄尻でがんがんと乱打した。金属の響きが森中にこだまし、森の鳩たちが樹々の枝からいっせいに飛び立つ。しかし誰も来ないので、エクトルは膝がつかるまで、ずぶずぶと川に踏み込んで、馬に水を飲ませた。このよう

に水の中にいるエクトルの背にむかって、いきなり大きな声が飛んできた。

「騎士どの、わたしを呼んだのはそなただな。さあ、川から上がってこい。勝負だ」

拍車ではげしく馬を蹴ると、エクトルは浅瀬の水をばしゃばしゃと撥《は》ねかしながら突進した。そうしながら、槍をかまえる。そして、岸辺で待ちうけている巨体の騎士にむかって、猛然とおどりかかった。ものすごい勢いで槍があたったので、相手は人馬もろとも、ぐるりと一回転するほどであった。

「立派な一撃だ。さすがに騎士だな」

とタークウィンは言って、笑った。つぎは、タークウィンが攻撃する番だ。タークウィンの一撃はエクトルの脇の下をとらえた。そのためエクトルは鞍から浮き上がってしまった。タークウィンは相手を槍に刺したまま、早足で門を駆け抜け、中庭をすぎ、広間に入ったところで、イグサをまいた床にどすんと落とした。

エクトルは床の上で、大の字にのびてしまった。

「さあ、これでもう手も足も出まい。命乞いをするか？」

「するものか」

エクトルは歯をくいしばりながらかえす。

「そうか。だけど、命は助けてやる。殺さないで、監禁だ。お前の無謀さが気に入ったぞ」

タークウィンはこう言うと、召使や家来たちを呼んだ。

エクトルは鎧《よろい》をはがれ、いばらの枝で鞭打たれた。そうして、館の地下にある暗くじめじめした石牢に投げ込まれた。するとそこには、エクトルよりも以前に捕まった大勢の騎士たちがいた。柳の樹に吊られている盾の持ち主たちである。そうしてそんな中に、ライオナルの姿もあった。

二人は悲しい声で出会いのあいさつをかわした。そしてエクトルは、
「でも、教えてくれ。兄のランスロットはどこだい？　君たちは二人でいっしょに出たって聞いたぜ」
「おお。今日も今日、正午にはりんごの樹の下で眠っていたよ。ぼくはランスロットをこっそりと残して、この館の恐ろしい主人を追っかけたのだ。それっきりさ。だけど、まだ眠ってるんじゃないの？」

いっぽう、りんごの樹の下で、ランスロットはそのまま眠りつづけた。そうして午後の太陽がかなり傾いてくる時刻となってきた。

そこに、白い騾馬《らば》の背にのった四人の貴婦人が通りかかった。四人の騎士がお伴をつとめている。騎士たちは槍の穂先で支えながら、緑色の絹の天蓋《おおい》を、女性たちの頭上にさしかけている。貴婦人の白いやわ肌を、これによって陽《ひ》ざしから保護しようというのだ。

この一行が近づいてくると、臭いをかぎつけたのか、ランスロットの馬はひひいんといななった。馬の声にひかれて、そちらに顔をむけた女たちは、縄で膝をしばった馬の姿を目にとめた。そして、そのすぐそば、りんごの樹の下で、鎧《よろい》をまとった騎士が眠っているではないか。兜《かぶと》だけは脱いで、枕にしている。

女たちの一人——妖姫モルガン——は、魔法によって、これが誰かすでに知っていた。

「この人は湖のランスロットですよ。わたしの弟アーサーの騎士たちの中で、いちばんすぐれた騎士となるはずの人物です」

四人の貴婦人たちは眠っているランスロットの顔を見下ろした。女たちには——ランスロットの生涯にわたって、たいていの女がそう感じることになるのだが——そのみにくい容貌そのものが、とても魅力的だと

感じられた。そして、何としても自分の恋人にするのだと、口論をはじめるのだった。

しかし、妖姫モルガンはいさめた。

「こんなところで恋のさやあてをしていることはないわ。あと三時間は目が覚めないよう、眠りの蜘蛛《く》糸《も》を、この人の上にかけておきましょう。寝ている間に、わたしのお城まではこぶのよ。目が覚めたら、わたしたちのうちの誰を選ぶか、本人にまかせればよいことです」

妖姫モルガンは、そのどす黒い肚《はら》の中で、自分は他の三人よりも美しいし、もしもそれでうまく行かなくても、自分には魔法があるさと思っていたのである。

そこでモルガンは騾馬《らば》からおりて、ランスロットのわきにひざまずくと、眠りの呪文をとなえながら、左右の人差指で、ランスロットの両のまぶたに触れた。そしてモルガンがふたたび騾馬《らば》にのると、いまやサンザシの樹の下のマーリンにおとらぬ深い眠りにおちたランスロットを、騎士たちがランスロット自身の盾の上に寝かせ、四人でいっしょに支えながら、そして馬を後ろにしたがえながら、チャリオット城と呼ばれる妖姫モルガンの居城にまではこんでいった。こうして城につくと、数ある地下牢の一つの藁の寝床に、なおも眠りつづけるランスロットの身体を横たえたのであった。

目を覚ましたランスロットは、自分が見慣れない牢の中にいることに気づいた。またすぐそばには、うら若い乙女が立っていて、パンと肉がのった皿、それから盃に一杯の葡萄酒《ワイン》を手にささげている。

「騎士さま、ご気分はいかがです？」

と乙女はたずねた。暖かみのある声であった。

ランスロットは呆然として、きょろきょろとあたりを見まわす。

「わたしはどうしてこんな場所に来たのです？　りんごの樹の下で寝ていたのに」

「だめ。いまは話している暇《ひま》などありません。なんとか元気をお出しください。朝になったら、もっとお教えいたしますわ」

とても優しい声であった。というのも、妖《あや》しい主人と、仲間の貴婦人たちの毒牙《どくが》にかかった若い騎士の運命が、乙女には心の底から気の毒に思えたからである。

ランスロットは食物には一切手を触れなかった。そして、空腹で、頭が冴え、恐怖を感じつつも、その一方で憤怒の嵐に身をゆすぶられながら、夜をすごした。

朝になった。扉がひらき、四人の貴婦人が入ってきた。それぞれ、一張羅《いっちょうら》の絹をまとい、自分のいちばん美しい宝石を帯びている。そして、その中の一人がランスロットの前に立った。まだ色香《いろか》は失ってはいないものの、年齢でいえば、ベンウィックにいるランスロットの母親とかわらないほどの女性――それが妖姫モルガンだとは、この時のランスロットは知るよしもなかった――が、ランスロットにむかって、こう呼びかけた。

「おお、湖のランスロットよ。あなたはわたしたちのことをご存知ないでしょうが、わたしたちには、あなたのことがよくわかっております。あなたは王のご子息であり、アーサー王の騎士の中でも最高の騎士たるべく運命づけられています。また、あなたには、胸を焦がすただ一人の女性がいます。それはアーサーの王妃グウィネヴィアです。だけど、いま、あなたはグウィネヴィアを失い、グウィネヴィアもあなたを失うのです。なぜかといえば、グウィネヴィアのかわりに、わたしたちのうちの誰かを恋人に選ばないことには、あなたはここを永遠に去ることができないからです」

話しおえた女は、艶然《えんぜん》と微笑み、うなじを丸く曲げた。まるで育ちのよい猫のようにしとやかで、上品な物腰であった。

「さあ、優しい騎士さま、お選びくださいませ」

モルガンの心中には、選ばれるのは自分だという確信がみなぎっている。

「これはまた、ずいぶんむずかしい選択を迫られたものですね」

ランスロットは、女たちの前に立ち上がってこたえる。

「死ぬか、それともあなたたちのうちの誰かを恋人にしろというのですね？　しかし、結論は明らかです。もしそれが運命ならば、わたしはここでいさぎよく死んでゆきましょう。あなたたちを愛するなどもってのほかです。あなたたちはみんな、まやかしの心をもった妖術使いではありませんか。だから、たとえ死んでも、わたしは名誉を失うことなどないのです。王妃さま、わが愛するグウィネヴィア妃のために、わたしの馬と鎧《よろい》を返してください。あなたがたの側から、どんな騎士を連れてきてくれてもいい。どんな敵でもわたしはみごと打ち破って、グウィネヴィア妃が王さまに誠をつくす立派な妃だということを証明して見せましょう」

「そう、では、あなた、こばむのですね」

と妖姫モルガンは言った。そして、猫がうなり声をあげようとする時のように、目を細めた。

「わたしをこばむのね？」

四人はくるりと背をむけて、立ち去っていった。後には、むっとするような麝香《じゃこう》と、バラ油の香りだけが残った。そして、地下牢の扉がふたたびがしゃんと閉じられた。

時間がのろのろと過ぎていった。そして、小さな高窓からさす光によって、ようやく夕方が近づいてきたらしいと思われるころ、昨日の若い乙女が、また肉とパンと葡萄酒《ワイン》をはこんで来た。その盆をベッドわきの木の腰かけの上に置くと、乙女は、ランスロットにむかって、昨日とまた同じことをたずねた。

「騎士さま、ご気分はいかがです?」

「生まれてこのかた、こんなにひどい目にあったことはありませんね。わたしをここに閉じ込めている四人の女どもの、ご機嫌をそこねてしまった。さっさとここから逃げないことには、すぐにも卑怯な仕返しをされることだろう」

乙女は椅子の上におろしたばかりの食事をちらっと眺めた。そして小さくため息をついた。

「その通りですわ。あの人たちがそんな話をしているのが、聞こえましたわ。だいいち、愛をこばまれた男を、愛せるわけがありませんものねえ」

乙女はすうっと一つ息をして、それで決心が固まったかのように、ランスロットの顔にじっと視線を注ぐのだった。

「あのような女どもの罠《わな》に落ちたあなたを見ると、残念でなりませんわ。あの人たちがいままで転落させた立派な騎士が、どれほどたくさんいたことか。わたしはあの人たちが好きではないし、何ら義理があるわけでもないので、あなたをお助けしたいと思いますわ。でも、そのかわりに、わたしの力にもなってくれなければいけませんわよ」

この女は信用できるのだろうか?

ランスロットは探るような目で乙女を見つめた。ランスロットは信用してよかろうと思った。

「逃げ出す手伝いをしてほしい。わたしの方でもお力になろう。何なりと言うがよい。ただし、名誉を汚すことだけはごめんだが」

「では申しあげましょう。わたしの父バグデマグス王は、来週の火曜日に馬上模擬戦を行ないます。相手はノースガリス王、あなたを捕えた女たちの一人は、その妃です。大勢の騎士が参加するそのような馬上模擬戦は、これまでも幾度も行なわれてきましたが、前回のときにわたしの父を破った三人の騎士が、また火曜日にも出るらしいのです。ですから、父上の側に立って戦ってほしいのです。そうしていただけるなら、いま、あなたが逃げるお手伝いをいたしましょう」

「父上のお噂は聞きおよんでおります。立派な騎士、公正な王だと。ですから、今度の馬上模擬戦では、喜んでお父上の陣営に加わることにいたします」

「では、明日の朝、明るくなる前に、ここにきて、外に出してさしあげます。またその時、馬と鎧《よろい》を持ってまいりましょう」

翌朝になると、乙女は大きな鍵束を手に持って現われた。

「眠り薬入りの葡萄酒《ワイン》を門番に飲ませてきました。でも、そんなに長くはきかないわ。ですから、ねえ、早く！」

こうして乙女は鍵のかかった扉を十二もぬけて、ランスロットを外へと導いた。最後にくぐったのは、城の外壁をくりぬいた細い裏門であった。そこをぬけて外に出ると、早朝の森のさわやかな香りが押し寄せてきた。ランスロットは自由の香りを胸いっぱいに吸いこんだ。

しかし、ぐずぐずしてはいられない。乙女は大きくひらけた空間をよこぎり、森のはずれの、ニワトコや、スイカズラなどの藪の奥にある、人目につかない場所へと、ランスロットを連れていった。そこに、ランスロットの馬と鎧《よろい》を隠してあるのだ。ランスロットの戦さ支度を、乙女が手伝う。

「ここから北に十二マイルのところに、ドミニコ派の修道院があります。そこで待っていてください。父をお連れします」

「神の恩寵に誓って、かならず行くぞ」

ランスロットはこたえ、森の道へと馬を進めていった。

夕方近くになって、ランスロットは修道院についた。修道僧たちはランスロットに歓迎の言葉を述べると、馬を厩《うまや》につないでくれた。そして食事をさせ、寝るべき場所に案内してくれた。こうして二日の間ランスロットは修道院ですごしながら、バグデマグス王が来るのを待った。

三日目になると、乙女と父親のバグデマグス王、それに立派な騎士たちの一団が到着した。これが日曜日のことで、週がかわり火曜日となると、一行はうちそろって、ノースガリス王ならびにおかかえの騎士たちが待っている試合場にむけて出陣した。

そこは美しい広々とした草地であった。周囲にはところせましとばかりに、夏の庭よろしく色とりどりに縞模様、碁盤目模様などに塗られた天幕《テント》が立てられている。

試合がはじまった。ランスロットはバグデマグス王の騎士たちにまじって、とりわけみごとに戦い、圧倒的な力を見せつけ——ただし誰もランスロットの正体を知らない。ランスロットは、まだ自分の紋章のない騎士が持つような、〝処女盾〟と呼ばれる、真っ白な盾で戦ったのだ——ランスロットが倒した大勢の騎士の中には、円卓の騎士が三人もふくまれていた。こうして、バグデマグス王が今日の馬上模擬戦の勝者だと判定されたのであった。

ランスロットは打ち倒した騎士たちの命を助けるさい、アーサー王のもとにおもむいて臣下の誓いを行なうのだ、ただし王さまには〝名なしの騎士〟に命じられたのだと申し上げるのだぞと言いわたした。わざわざこのように、あくまでも正体を隠しとおしたのは、この先自分と円卓の仲間たちとの間に、悪い感情が生じないようにという配慮であった。

一日が終わると、ランスロットは、バグデマグス王、その娘である若い乙女とともに、王の居城へと帰っていった。乙女が、モルガンの侍女というそれまでのつとめにもはやもどることができないというのは、ランスロットの逃亡に手を貸した以上、当然の話である。父と娘は、ランスロットにあついねぎらいの言葉をかけて歓迎し、たくさんの豪華な贈り物をあたえようとした。ランスロットは、しかし、これを頑として断わるのだった。

「ちょうだいするわけにはまいりません。娘さんとわたしの間の、単純明快な契約だったのです。そしてどちらの側も、ちゃんと義務を果たしたのですから」

というしだいであった。

翌朝になると、ランスロットは二人にいとまを告げた。ランスロットは従弟《いとこ》のライオナルを探さなければという思いで、頭がいっぱいであった。しかし別れぎわに、ランスロットは王の娘にむかって、

「もしも、ふたたびわたしの力が必要になったら、ぜひお知らせください。この身に命のあるかぎり、かならずかけつけますよ」

と約束するのだった。

こうしてランスロットは立ち去っていった。しかし、いつまでもランスロットの後ろ姿を見送る若き乙女が、しおからい涙の味を口に感じていることを、ランスロットは知らなかった。

何日も、何日もランスロットは森の中をさまよった。円屋根のように盛り上がったいばらの茂みに、やぶいちごの実が熟し、緑のわらびの葉と葉の間に、黄金色の穂が顔をのぞかせるようになっても、あいかわらず、従弟《いとこ》の消息はまったく聞かれなかった。ところがそんなある日のこと、樹々の間の細い小径《こみち》をたどっているうちに、ランスロットは樵夫《きこり》に出会った。この樵夫《きこり》というのは、以前にエクトルが出会ったのと同じ人物であった、この人にむかって、その時のエクトルと同じような質問を、ランスロットもまたむけた。すると、エクトルの時とまったく同じような答えが返ってきた。

こうして、ようやくのことに、ランスロットは川の浅瀬のそばに立つ古い城館《やかた》にたどりついたのであった。あいかわらず、川の上に柳が身をのりだし、だらりと垂れた枝々からは、奇妙な果実のように盾がぶら下がっている。そしてそんな中に、従弟《いとこ》のライオナルと、腹違いの弟エクトルの盾がまじっていたのだ。

ランスロットは柳の枝の間に馬を進めた。すると銅の盆がそこにあったので、槍の柄尻でくりかえしたたいた。やがて、盆の底が抜けてしまった。しかし依然として誰も出てこない。浅瀬で馬に水を飲ませると、ランスロットは舘の門の前を、幾度も、幾度も行ったり来たりした。そのため馬はじれて、小刻みに背をゆすりはじめた。

そうこうしているうちに、ついに、はるか遠方、森の周縁に沿うようにして進んでくる人物の姿が目にはいった。それは鎧《よろい》兜《かぶと》に身をかためた、とても巨大な騎士であった。のっている馬も、あんなに大きいものは、いままで見たこともないほどだ。この大男は自分の前に、馬を逐《お》い立てていた。そしてその鞍の上には、騎士がだらりと伏せて載せられ、そこにしばりつけられている。だんだん近づいてくると、囚《とら》われの騎士の鞍の前に吊り下げられている盾の紋章が、はっきりと目に見えるようになってきた。あれには見覚えがある！　そう、ガウェインの弟、ガヘリスだ！

ランスロットは館の門をあとにして、大男の方へと馬をむけた。

「騎士どの」

とランスロットは大声で怒鳴った。

「その傷ついた騎士を馬からおろして、休ませていただきたい。その間に、わたしと勝負しようではないか。そなたは円卓のわが同胞を、たっぷりと痛めつけ、辱《はずか》しめてくれたようだな。だから、容赦はせんぞ」

「願ってもないことだ」

とタークウィンが怒鳴りかえした。

「お前も円卓の騎士なら、さらに大歓迎だ。円卓の騎士どもは、わしの天敵なのさ」

「口先ばかりの大ぼらはもうたくさんだ。さあ、腕にものを見せてやる」

タークウィンは、ガヘリスを載せた馬を自由にしてやった。ついで、タークウィンとランスロットは、それぞれ、館の前にひろがる広い草原の幅いっぱいのところにまで引きさがった。そうして槍をかまえると、勢いよく拍車を蹴った。ごおっとばかりに蹄《ひづめ》の音を響かせながら、馬が全速力で駆けてゆく。二人の槍は、それぞれの盾の中心に命中した。あまりに衝撃がはげしかったので、どちらの騎士も、人馬もろとも地面にどうと投げ出された。

二人はごろりと身を転がして、空を蹴る馬の蹄《ひづめ》をよけた。二人はさっと剣を抜きはらい、十月の牡鹿のように、がしっと組み合った。二人はぶるんぶるんと剣をふりまわしながら、打ち合った。そのため、どちらも鎧《よろい》が割れ、継目という継目から血が流れだした。こうして、たっぷり二時間がたった。双方ともにくたくたに疲れたので、わずかに後退し、剣によりかかって立った。

「お前のように強くてすぐれた騎士と戦うのは、生まれてはじめてだ」とタークウィンが言った。面頬《めんぼお》の隙間から、重い息がぜいぜいと洩《も》れている。

「わしは、いつだって、強い騎士が好きだった。そなたとは手を打とう。わしの地下牢に飼っている連中は、すべてそなたに差し上げる。ただし、この世でたった一人だけ、手を打つわけにはゆかない騎士がいる」

「どこの誰だ?」

「湖のランスロット。兄のカラドスを殺された。だから、かたきを討つと誓ったのだ」

「おお。わたしが、その世界でたった一人の騎士だ。わたしはカラドスを殺したが、卑怯なまねをしたわけじゃない。しかしそなたが復讐を誓ったというなら、それを果たさないわけにはゆくまい」

「いかにもその通りだ。われらが別れるか、この場を去るのは、どちらかが死んだときだ」

そんなわけで、ふたたび二人の戦いがはじまった。二人とももう目がまともに見えず、足もふらふらといったありさまだ。そしてついに、タークウィンの上体にかまえていた手がぐらりと揺れ、下にだらんと落ちた。すかさずランスロットは、自分の盾を投げ捨てるが早いか、相手のふところに飛び込み、その兜《かぶと》のいただきをぐいとにぎり、うなじを狙って剣をぶるんと一ふりした。すると首は、ほとんど肩から落ちそうになった。タークウィンはどうと倒れ、鎧《よろい》がぐしゃんと地面にぶつかる音は、森の樹々の葉末にまでこだました。

ランスロットはガヘリスのところに行って、いましめを解いてやった。するとひどい負傷をこうむっているわけではないことが判明したので、館に行って、そこに囚《とら》われている騎士たちを自由にしてやるよう、命じた。

「どうか、湖のランスロットからだといって、ねんごろにあいさつしてくれたまえ。また、来年の復活祭の前にはアーサー王の宮廷に集まるよう、お願いしてほしい。復活祭のときには、わたしももどるからと」

こうしてガヘリスは館に行き、道をふさごうとする門番を投げ飛ばして、虜囚たちを自由にしてやった。大勢の騎士の中にはライオナルも、エクトルも、それからケイまでもがまじっていた。その間にランスロットは浅瀬の清らかな冷水で傷を洗ってから、馬を呼ぶと、さらなる冒険を求めて旅をつづけるのであった。

ランスロットは東におもむき、また西に走った。そんな間に秋の森は炎のように燃えたち、それがやがて冷却して、白と黒だけの冬へとうつっていった。ランスロットは幾度も困っている乙女を助け出し、大勢の邪《よこし》まな騎士を打ち破り、数多くのめずらしい冒険にも出会った。しかし、冬の寒さがひどくなってくるいっぽうで、ランスロットには凍てつく氷雨《ひさめ》をしのぐ屋根も、眠るために頭をあずける枕さえなかった。

クリスマスがまぢかにせまった、ひどく寒いある夕方のこと。太陽が樹々の後ろに落ちようとし、はやくも地面が凍って馬の蹄《ひづめ》の音がかつかつと硬く響きはじめてきたころ、ランスロットの行く手に、美しい館が見えてきた。

ランスロットが門をたたくと、品のよさそうな老婦人が現われた。どうやらこの人がこの屋敷の主人らしいので、今夜一晩、どうかとめていただきたいとランスロットは頼んだ。老婦人は暖かい歓迎の言葉とともにランスロットを迎え入れ、馬に餌をあたえて、寒くない厩《うまや》に寝かせてやるよう、指示をあたえるのだった。そしてランスロットには、美味しい夕食をたっぷりと出してくれた。というのも、この婦人は少年の食欲がどんなに旺盛なものか、よくわきまえていた。そしてランスロットといえば、見るからに、まだ少年に毛のはえたようなものだったのだ。

夕食がすむと、ランスロットは、門の上の、暖かでからっと乾いた屋根裏部屋へと案内された。そこには、この夏の干し草でつくられたベッドがあった。いまだにクローバーと、甘い芝草の香りをぷんぷんと漂わせている。その上に清潔な麻の敷布、厚手の毛布が何枚もかかっていた。婦人が行ってしまうと、ランスロットは鎧《よろい》を脱ぎ、シャツとズボンに着替えて、シーツの間にもぐりこむと、すぐさま眠ってしまった。

眠りについてからほんのしばらくすると、ふいに物音がして、ランスロットは目が覚めた。鉄のようにかちかちに凍った地面の上に、かつかつかつと蹄《ひづめ》の音がこだましている。馬が猛烈な勢いで駆けてきたかと思うと、そのつぎに、門を乱暴にたたく音が聞こえた。ランスロットは寝床からまろび出て、窓の下をうかがった。あたりは月明かりに照らされて、一面真っ白であった。そして地面も、門楼の壁の水平な段の部分も、氷のせいできらきらと輝いている。すぐ下に、門を背にした、馬上の騎士がいた。三人の敵を相手に、がむしゃらに防戦している。

「三対一とは、フェアじゃない。どちらの言い分が正しいかは別の問題だ」

とランスロットは心に思った。

しかし、屋敷の人々を起こしている余裕はなかった。昨夜《ゆうべ》見かけた人たちは、みな老婦人と同じような年寄りばかりで、耳も遠そうだ。ランスロットは何枚も重ねられたシーツをさっとベッドからはがし、それぞれの端と端を結び合わせた。そして片方の端を窓の横木に縛りつけ、残りの部分を窓から放り出した。つぎにランスロットは、ベッド脇に寝かせてあった愛剣ジョワイユをひったくった。さらに自分の盾を、攻撃側の騎士たちのあいだに、がらんと投げ下ろした。そうして窓にのぼり、まにあわせのロープをつたいながら、騎士たちの方にむかって、まっしぐらに下りていったのだ。

「三対一で戦いたいのなら、わたしがお相手つかまつるぞ！」

ランスロットの、喉《のど》の奥から絞り出すような声がとどろいた。

こんなランスロットの登場におどろいて、騎士たちは少し後ろにさがった。そして怯《おび》えて暴れる馬からおりると、ランスロットに攻めかかってきた。そうしてランスロットと、もともとの敵を囲むようにして、じわじわとにじり寄って来るのだった。

しかしその前に、ランスロットは自分の盾をひろい上げていた。そしてこの盾をとてもたくみに用いるので、まるで剣がもう一つ増えたようなもので、その後ろにいるランスロットは、あたかも鎧《よろい》をまとっているかのように、安全であった。ランスロットはがっしりとした木の門を背にすると、大声で笑い、三人の騎士を押し返した。追われてきた騎士も手を貸そうとしたが、ランスロットはふりむきざま、

「よせ。あいつらは三対一がお望みさ。わたしが望みをかなえてやる」

と叫ぶのであった。

すると声をかけられた騎士は、（なさけないはなしではあるが）それは何ともありがたいという顔で、馬をわきの方によせ、それ以上戦いに加わろうとはしなかった。

さらに六度《むたび》、ランスロットは愛剣ジョワイユをふるった。剣は敵の兜《かぶと》のいただきをちょんぎった。そのため、騎士たちの上下の歯ががちがちと激しくぶつかり合った。ただそれだけのことではあったが、三人の騎

士は地面の上に長々とのびてしまった。

騎士たちは痛みをこらえながら、そろりそろり、なんとか膝をつく姿勢にまでもどろうとする。その間ランスロットはふだんより少し息をはずませながら、剣によりかかって立っていた。三人は声をそろえて、こう叫んだ。

「われらはあなたのご慈悲に身をゆだねます。あなたは古今無双の力の持ち主です」

しかしランスロットは、その前に、追われてきた騎士の盾をちらりと見た。そしてそこに描かれた紋章から、持ち主がケイであることを知ってしまった。これにより、なぜあの騎士はあんなにすたこらと逃げていたのだろう、なぜあれほどあっさりと一緒に戦うのを遠慮したのだろうという疑問が、いっきに氷解した。執事のケイは戦うのが得意ではないのだ。こんなことを思っていると、ランスロットの喉《のど》もとまで、笑いがこみ上げてきた。しかしランスロットはそれをむりやりに呑《の》み下して、こう言うのだった。

「いいや。わたしに降伏などしてもらいたくない。そちらのケイに降伏するんだ」

三人の騎士はとてもげんなりとした顔になった。そして、一人がこう言った。

「われわれは、ここまでケイを追いつめてきました。もしもあなたのご加勢がなければ、手もなく負かしていたはずです。なのに、そんなケイにどうして降参しなければならないのです？」

「もしも降参しなければ」

と、ランスロットがそっけなくかえした。

「そなたらは慈悲に身をゆだねるのを拒否するのだとみなす。そなたらを殺す」

そんなわけで、騎士たちはケイに降伏したのであった。

「では、復活祭のおりに、キャメロットの王さまの宮廷に、そなたらは行かなければならない。そしてグウィネヴィア妃に、臣下の誓いを立て、すべて妃のご意向、ご慈悲に身をゆだねるのだ。ケイに派遣されたというのだぞ。さあ、馬にもどって、立ち去れ」

三人が姿を消すと、ランスロットはくるりと身体をめぐらせて門にむかい、剣の柄《つか》で扉をどすんどすんとたたいた。やがて、ここの主人である老婦人をはじめとして、屋敷中の人々が起き出してきて、二人のために扉をあけてくれた。

「寝床でお休みになっているものとばかり思っておりましたわ」

と、びっくりした老婦人が言った。

「そうだったのですが、窓から飛び出して、困っている友人にして仲間でもある人物に、加勢したのです」

明かりのともったところにくると、はじめて、ケイはランスロットの顔を見た。そして、かたい口調でこんなふうに言った。

「命を助けてくれてありがとうと、君に言わざるをえないようだな」

感謝の言葉は、なかなかケイの口を気安く通過してくれないものと見える。とはいえ、暖かい気持ちがこもっていないわけではなかった。

「お役に立てて幸いです」

感謝するケイにおとらず、感謝されるランスロットの方も、何だかきまりが悪そうであった。

すぐにケイは鎧《よろい》を脱がせてもらい、食事を持ってきてもらった。それがすむと、二人は門の上の屋根裏部屋へともどり、あたたかな干し草に深々と身を沈め、上から毛布をかぶって、眠りについた。

しかし朝になると、ランスロットは早く目が覚めた。ケイはまだいびきをかいている。そして、薄れゆくランプの光のもとで、あらためて、王の乳兄弟にあたるこの人物を見ていると、アーサーの言った言葉が頭に浮かんできた。

「ケイは不満の多い子どもだった。いまでも不満の多い男だ。そんな性格は今後も直らないだろうよ」

ランスロットは、多くの騎士がケイのことを馬鹿にしていることを知っていた。彼らは、ことあるごとに、ケイに恥をかかせてやろうとするのだった。

ランスロットは声をもらさぬようにしながら、一人くつくつと笑う。けっして冷たい笑いではなかった。そして、ケイを起こさないように気をつけながら、ランスロットはケイの鎧《よろい》を身につけた。肩紐を少しゆるめなければならないが、そう合わないわけではない。二人はほとんど同じような背恰好だったのだ。これで今度ばかりは、ケイも、うるさくちょっかいを出されることもなく、威風堂々と旅ができるだろうよと、ランスロットは思った。そしてケイの盾を手にした。ただし剣だけは自分のものを持った。こうしていでたちが整うと、館の老主人に別れを告げ、厩《うまや》からケイの馬を引っ張りだしてきて、立ち去った。あとで目を覚ましたケイには、ランスロットの鎧《よろい》を、そしてランスロットの馬を使ってもらおうというわけであった。

森に入って何マイルも進んでしまってから、とつぜん、このような冗談をケイは善意に受けとってくれるだろうかという疑問が、ランスロットの頭にわいてきた。善意のつもりではあったが、ひょっとして、いままでやったこともないほどの、残酷で思い上がった行ないではなかったろうかという心配が、ランスロットの胸にわだかまってきた。しかし、引き返そうにも、いまとなってはもう遅すぎた。

さっそくその翌日、ランスロットは樫の樹の下に集まっている、四人の円卓の騎士に出会った。ランスロットの腹違いの弟である〝沼のエクトル〟、セグラムア・レ・ディザイラス、妖姫モルガンの息子ウェイン、そして円卓騎士団の筆頭騎士であるガウェインの四人である。

四人は一人の騎士が近づいてくるのを目にした。ケイだと思い、顔を見合わせて笑った。そしてセグラムアが、これが出迎えのあいさつだといわんばかりに、打ちかかってきた。これに対してランスロットは、槍先で相手を鞍から持ち上げ、地面に投げ落とした。セグラムアは腹ばいにひしゃげてしまった。

「まちがいなく、あいつの肩幅はケイより広いよな」

とエクトルは言った。

「まあいいさ。わたしに太刀打ちができるか、おてまえ拝見といこうじゃないか」

しかしエクトルもあえなくはたき落とされてしまい、セグラムアにおつき合いと相《あい》なってしまった。

「あいつは、ぜったいにケイなんかじゃないぞ。きっと、あいつケイを殺して、鎧《よろい》を奪ったのだな」

こう言うと、ウェインははげしくランスロットにむかって突進してきた。そして――失神して、しばらくは何もわからずのびていた。

最後にガウェインが、槍をかまえ、全速力でむかってきた。ランスロットは激しく衝突する直前の瞬間に、馬をひねった。こんな芸当ができる者はランスロットの他には、ほとんどいない。その結果、敵は人馬ともに、地面にころがってしまった。

ランスロットは涼しい顔をして立ち去っていった。しかしじつは兜《かぶと》の中でにやにやと笑いながら、さあ、これでともかく、ケイに落馬を四度まぬがれさせてやったぞ――などと、思っている。それにまた、こんなに素晴らしい槍は手にしたことがない。これを作った者に神のご加護のあらんことを！と思うのであった。

四人の方ではしだいにショックから立ち直り、お互いに手を貸しながら、自分たちの馬をつかまえた。

「ケイじゃない。それだけはまちがいない」

とセグラムアが口を切った。

するとガウェインが、こう答えるのだった。

「あれはランスロットじゃないかという気がしてならないんだ。騎士になってから三日しか宮廷にいなかったけど、二日目にあった馬上槍試合での戦いぶりのことが忘れられないんだ。それに、あの馬の乗り方でわかるんだ」

四人は旅をつづける。そしてアーサーの宮廷でクリスマスを祝おうと、キャメロットをめざすのであった。

ランスロットは、つぎにどんな冒険がふりかかってくるのだろうと期待しながら、冬枯れた森を進んで行った。冬はどんどん深まって雪がふり、地面をあつくおおい、樹々の枝を押しさげた。また長く暗い夜のあいだは木枯しが吹きすさび、まるで群れた狼のような咆哮《ほうこう》が響きわたるのであった。

もうすぐ冬が終わろうとしている、ある日のこと。ランスロットは冒険に出会った。それは、長々と旅をつづけてきたこの一年の中でも、とりわけ不思議な冒険であった。じっさい、あまりに不思議なので、あとでふりかえってみると、すべてが夢だったとしか思えないほどの出来事であった。

ことの起こりはこうだ。森の道をランスロットがたどっていると、寒さにそなえてたっぷりとした衣にくるまった乙女に出会った。乙女はランスロットの顔をのぞき込むと――ランスロットは面頬《めんぼお》を開けていた。戦いの時以外、たいていの騎士はそうするものだ――とつぜん叫び声を上げた。

「まあ、ランスロットさま。こんなところでお会いできるなんて、イエスさまの親切なおはからいですわ」

「どうしてまた、わたしの名前をご存知なのです?」

ランスロットはきき返した。このごろランスロットは、盾の紋章のせいでケイとまちがえられてばかりいたのだ。

「去年の復活祭のとき、わたしはアーサー王の宮廷におりました。あなたさまが騎士にとりたてられた、そのつぎの日に、兄が馬上槍試合を戦う姿を見物にまいったのです」

乙女はひどく熱心に願うあまり、自分の両手をランスロットの手綱にからませて、引いてゆこうとするような仕草をした。そのため、ランスロットの馬はびっくりして、踊りはじめた。

「まあ落ち着きなさい。わたしに、何をしてほしいというのです」

「おお、騎士さま、ぜひともあなたのご助力がいただきたいのです。いま申した兄のためです。今日も今日、兄は、庶子ギルバートという名の悪い騎士と戦いました。兄はギルバートを殺しましたが、その際、ひどい傷を負ってしまい、そこから流れ出る血がとまらないので、兄はいま生死のはざまをさ迷っているのです。

ここからほど近い森の中に、アレウェスという名の魔女が住んでいます。もうこれが最後の頼みの綱かと思いつめ、この魔女のところに行ってみたところ、アレウェスはわたしのことをせせら笑ってこう言うのです。

勇敢な騎士を見つけて、いまギルバートの遺体が安置されている〝危険な礼拝堂《チャペル》〟に入ってもらい、そこにある剣と、遺体をおおっている布を持ってきてもらいなさい。この剣で傷に触れ、そのまわりにその布を巻けば、出血は止まり、兄はまたもとどおり元気になるだろう、と」

「世にも不思議な話だ。で、お兄さんというのは誰です?」

「サー・メリオット・デ・ロギュールです」

これを聞いて、ランスロットは一瞬黙ってしまった。それはある若い騎士のことが頭に浮かんだからだ。この騎士は、ランスロット自身がベンウィックからやってくる直前に、やはりキャメロットに来ていたらしく、湖の姫ニムエと何らかの血縁の関係にあるのだと、噂されていた。ランスロットのうなじの毛がざわざわと動いた。そして、周囲の、自分をとりまいているものすべてにたいして、夢の中から見ているような感覚がいっそうひどくなった。

ランスロットは、しかし、こうこたえるのであった。

「ならば、円卓の騎士団で、いわばわたしの兄弟にあたる人なのですから、およぶかぎりのお力ぞえをするのは、当然のことです」

「ならば、この道をずっとお行きください。〝危険な礼拝堂《チャペル》〟まで通じています。わたしは、あなたがおもどりになるまでここで待っておりましょう。ああ、神さま、この方がかならずもどってこられるよう、おはからいください。この方以外に、この冒険に成功する騎士など、いないのですから」

ランスロットは馬を進めた。道についた轍《わだち》の中で氷が融けはじめている。そして樹々の枝からは、ときどき、半分融けた雪がばさっと落ちてくる。こうしてしばらく行くと、道のわきに、樹のとりはらわれた草地が見えた。この空間の中央に、夜のように真っ黒なイチイの樹の林に囲まれて、灰色の陰気な礼拝堂《チャペル》があった。

ランスロットは馬からおりて、狭い門のところにつないだ。そして境内に入っていった。すると礼拝堂《チャペル》の扉のわきに、ひときわ古く、丈も高いイチイの樹が生えており、そのねじれた枝から、たくさんの盾がぶらさがっていた。しかもそれがすべてさかさまであった。これは死を物語っているのだ。これにくわえて、イチイの樹々の間に、三十人からの、真っ黒な鎧《よろい》の騎士が立っている。みんな手に、抜き身の剣をかまえていた。どの騎士も、普通の人間の騎士にくらべて頭一つ分背が高く、すべて面頬《めんぼお》を開いているので、素顔が見えているのだが、その顔というのが、死人の顔――死んで何日もたったような人間の顔ばかりであった。

そしてランスロットが近づいてゆくと、騎士たちはにたりと笑い、歯をぎりぎりと嚙《か》みしめた。しかし空気は冷たいのに、口から白い息の出てくる気配がまったくない。ランスロットの心に、白い霧のような恐怖が立ちのぼってきた。そしてまたもや――さっきよりもっと激しく――うなじの毛がさか立った。しかしランスロットは剣を抜き、身体の前に盾をかまえた。そしてあたかも戦闘の渦の中に飛びこんでいくかのように、騎士たちに迫っていった。

ランスロットが近寄ると、騎士たちは後ろにさがり、ちりぢりになった。ただし融けかけた雪の上には、足跡も何も残らない。ランスロットは騎士たちの間をぬけて、礼拝堂《チャペル》に入っていった。

中は、丸天井から吊されたたった一つのランプによって、ぼんやりと照らされていた。そしてこのランプの下に、棺台に寝かされた騎士の遺骸があった。遺骸は深紅の絹布によっておおわれている。ランスロットにとって、この場所の寒さは、外のじとじととする冬の寒さどころの比ではなく、十倍も寒く、冷たく感じられた。それは魂そのものにかみついてくるような、そんな寒さであった。

ランスロットは剣を抜きはらった。そして、棺台の前に腰をかがめると、硬直した身体を包んでいる深紅の絹布を、細長く切りとった。しかしこんなことをしていると、ランスロットの下の敷石が傾いた。まるで礼拝堂《チャペル》の下の地面そのものがぐらぐらと震えたようであった。またそれと同時に鎖にぶら下がったランプがゆらゆら揺れたので、不気味な影が壁や天井に舞い踊り、暗黒の翼の生き物が千匹も飛びまわっているかのようであった。そして一瞬、ギルバートの遺骸が真紅の屍衣の下で動いたようにも見えた。ランスロットの心臓は、どっくんと打って、喉《のど》まで跳び上がった。

しかしやがて地面の揺れはおさまり、ランプも静止した。黒い影は去り、死んだ男は屍衣の下でじっと寝たままであった。ランスロットは剣を鞘《さや》におさめた。するとその時、すばらしい剣が棺台の横にあるのが目についた。ランスロットはそれを手にとった。そして細長い絹布を、盾の内側の把手にぐるぐるとまきつけると、雪に埋もれた境内の、灰色の光の中に出ていった。

黒い騎士たちはまだそこにいた。イチイの樹の茂みの中で待っているのだ。ランスロットの姿を見ると、騎士たちは声をそろえて言った。それはとても不気味な声であった。

「騎士よ、ランスロットよ、その剣を下に置くのだ。さもなくば、死だぞ」

「生きようが死のうが、そのような言葉で、わたしから剣は奪えんぞ。ほしけりゃ力づくで奪うんだ。それだけの勇気があればな」

しかし、最初にランスロットが現われた時と同じで、騎士たちは、ランスロットが近づくと、雪の上に何の痕跡も残さずに、後ろにさがった。そんなわけで、ランスロットは、馬をつないである門のところまでぶじにたどりつくことができた。ところが馬の横に奇妙な女が立って、ランスロットの帰りを待っていた。この女の顔はほとんどがフードにおおわれてしまい、見えているのは、二つの大きな暗闇のような眼だけだ。女は、柔らかくて冷たい――そう、まるで雪のような声で言った。

「ランスロット、お願いです、その剣を残していってくださいまし。そうしないと、あなたの命はありませんよ」

「せっかくのお願いですが、残して行くわけにはまいりません」

するとと女は短く笑った。つららをたたいて響かせたような、まるで音楽のような笑い声であった。

「なんて賢いお方でしょう。わたしの願いにほだされてその剣を置いていったなら、あなた、もう二度とアーサーの宮廷にももどれないし、グウィネヴィア妃にだって会うことができなかったでしょうよ。さあ、わたしたちの間には何のわだかまりもないって証拠に、一度だけ口づけをしてくださいな。それから、お行きになってください」

「いやだ」

と、すでに馬の手綱に手をのばしながら、ランスロットが言い返した。

「そんなこと、とんでもない」

すると女は、甲高い、ひきずるような悲鳴をあげた。そして、まるで風が骨の間を吹き抜けたかのように、やせ細り、身体をがたがた震わせた。

「おお、これですべての苦労が水の泡になった。昼間は激しい水の流れの中で、夜は火の中で過ごしながら、幾度あなたのことを夢に見たことでしょう。そして、愛するようになりました。危険な礼拝堂《チャペル》を作ったのはわたしです。あなたのことを罠《わな》にはめ、女郎蜘蛛《じょろうぐも》が迷いこんできた蠅に糸をぐるぐるからめるように、あなたの身体をわたしの呪文でがんじがらめにしようと思ったのです。そして、あなたが口づけさえしてくれたなら、あなたはいまごろこのわたしの腕の中で息たえていたはずなのです。あなた、アーサー王の宮廷の騎士の中の騎士、騎士道の華《はな》であるあなたを、永遠にわたしのものにできたはずなのです。なのに、あなたの中には、わたしの力ではとうていかなわない何かがおありなのでしょう、みごとわたしの呪文をすべて破ってしまいましたわ。おお、憐れんでくださいな。わたしの心は破れ、砕け散り……」

この女は、メリオットの妹が話していた魔女のアレウェスだろうと、ランスロットは思った。そこでランスロットは激しく十字をきって、

「おまえの妖しい術《わざ》から、神さまがお守りくださいますよう」

と言いざま、くるりと馬の方に向きなおり、鞍にまたがって、立ち去っていった。

ランスロットは、来た時の道をそのままひき返していった。やがてメリオットの妹が見えてきた。別れたままの場所に立っている。ランスロットの姿を目にすると、乙女は歓喜のあまり、両手をぎゅっとにぎりあわせ、涙にくれた。

しかし気をとりなおした乙女は、手を――まえとはちがって、今度は軽く――ランスロットの馬の手綱にかけた。そうして、すぐそばにある兄の城へと案内してゆくのだった。城では、メリオットが病床に臥《ふ》せっており、薬師《くすし》と従者たちがなすすべもなく、まわりをとり囲んでいた。そして真っ赤な命の血潮が、いまも脇腹の傷からどくどくと流れ出ているのだった。

ランスロットはベッドの脇にゆき、危険な礼拝堂《チャペル》から持ち帰ってきた剣を鞘《さや》から抜きはらい、刃《やいば》を血の流れ出している傷に圧《お》しあて、つぎに深紅の絹布で傷をぬぐった。するとその瞬間に、血がとまり、傷口がぴったりと閉じ合わさった。そしてメリオットは、はあとため息をついたかと思うと、むっくりと起き上がった。もう、もとの元気な身体にもどっている。

ほんの一瞬——鼓動を一つ打つほどの時間——ランスロットは、これが、自分がかねてから神さまにお願いしてきた奇跡なのだろうかと思った。しかしランスロットには、これが、それとはまったく種類のことなるものであることがわかった。これは魔法であり、妖術なのだ。それに、もしも自分が奇跡を行なうことを許されたとすれば、自分の中に何かを感じているはずだと、ランスロットは思った。神さまのお力が、自分の身体を通りぬけたことがわかるはずだ。きっと烈火のように、暴風のように感じられるはずだ。

ランスロットは呪文を解いた、ただそれだけの話であった。

とはいえ、円卓の仲間であるメリオットを救うことができて、ランスロットが喜んだのはもちろんのことである。兄と妹、そしてランスロットの三人はともにうれしさをわかち合い、ランスロットは二人のもとで数日の間すごした。しかし雪が融けてくるとともに、ランスロットはメリオットにこのように言うのであった。

「わたしはまた旅をつづけなければなりません。冒険の旅に出た者が、七日間も鳥の羽根の寝床で寝るなどもってのほかです。それに、復活祭にアーサー王の宮廷にもどる前に、かたづけなければならない冒険がまだまだあるでしょう。復活祭のおりには宮廷においでください。また、きっとお会いしましょう」

ランスロットは森を縦横に駆けめぐった。沼や湖の地方にも行った。そこでは地面の半分が水浸しで、夕暮れ時ともなると地も空も真っ赤に燃え上がり、そろそろ旅立ちをはじめた雁がなきながら、北の空をめざすのであった。そこを過ぎると道は上りとなり、丘陵の荒れ野、西の山岳地帯を進んで、そうしてふたたび、森の道へともどってきた。

そんな間に、世界はふたたび目を覚まし、あたりは冬のまといを脱ぎ捨て、すっかり春の装いとなった。

道端の土手にはキンポウゲが星屑《ほしくず》のように咲きみだれ、野桜が、湧きあがる雲のように花をひらいた。そして耕されたばかりの畑の上に舞い飛ぶ揚げ雲雀《ひばり》が、甘い歌声でランスロットの心をとろけさせるのだった。ランスロットは数多くの冒険に出会った。もしも物語の語り部がそのすべてを話そうなどとくわだてようものなら、いつまでたっても終わることはないだろう。こうしてランスロットは、まだ若干十八歳の若者ではあったが、人々の口の端にのぼるような名声をうちたてた。それは、宴《うたげ》で武士《もののふ》どものために男たちが吟唱する英雄物語にも、それから炉辺《ろばた》で女たちが子どもに語り聞かせるお話にも登場する、輝かしい名前であった。

こうして復活祭を数日後にひかえた、ある日、ランスロットはキャメロットに帰った。ランスロットが大広間に入ってきた。兜《かぶと》は脱いでいるが、まだケイの鎧《よろい》を身につけたままだ。これを見たガウェイン、沼のエクトル、ウェイン、セグラムアは、たった一本の槍で自分たちすべてを落馬させた男の正体がわかり、嵐のような大笑いとなったのだった。

つぎに、ケイは、左右の頬を赤く染めながら、ランスロットの加勢をえて助かったこと、鎧《よろい》を交換したこと、さらに、ランスロットの鎧《よろい》を着た自分にむかって手を出す勇気のあるものはおらず、ぶじにこともなく宮廷に帰ってきたことを話した。このような自分の名誉にならぬ話を、ケイは、笑いとばすことはできなかった。しかし、ケイはそれを隠すことはせず、堂々と話した。ランスロットは、自分のやったことの一部は赦《ゆる》されたのだと感じ、一瞬、執事ケイの肩のまわりに、自分の腕をまわした。

そうこうするうちに、バグデマグス王、メリオット・デ・ロギュールが到着した。また、踵《かかと》を接するようにして、ランスロットのおかげでタークウィンの地下牢から救い出された騎士たち、ランスロットが打ち負かして、アーサー王、もしくはグウィネヴィア妃のもとに伺候するように命じた騎士たちなどが、つぎつぎとやってきた。そのため、いかに立派な大広間といえど、ほとんど立錐《りっすい》の余地もないほどになってしまった。

このような大勢の騎士たちに見つめられながら、大王アーサーの前に進みでてひざまずいたその瞬間こそ、ランスロットの人生にとって、もっとも誇らしく、勝利の輝きに満ちた瞬間であるはずであった。

しかし、大広間にはグウィネヴィア妃も同席して、ランスロットの帰還を暖かく歓迎するとともに、解放された騎士、降伏した騎士たちを、ランスロットから受けとった。グウィネヴィア妃は黄金のダマスク織りのガウンを着て、王のわきの席に座った。妃の瞳は、松明《たいまつ》の光に照らされて、首のまわりの宝石よりも、なおも明るく輝いている。

アーサー王はランスロットの労をねぎらった。

「この何か月というもの、そなたの活躍の噂がつぎつぎと聞こえてきた。そなたは、申し分なく、自分の価値を証《あか》したぞ。若くして騎士にとりたてられたことを、とやかく言うものは、もはやおるまい」

つぎに王妃が、ほんの気持ちばかり身体を前に傾けて、こう言った。

「そなたの不在の間は、時間がとても長く感じられました。帰ってきてくれて、わたしたちはほんとうに喜んでいるのです」

とつぜん鼓動が速くなったランスロットは、王妃の前に移動して、膝をついた。一年という長い冒険の旅に出たのは、このお妃のためであった。こうしていま、その一年が過ぎ去り、ランスロットは帰ってきた。グウィネヴィアはやはりここにおり、何も変わってはいなかった。

第7章　サー・ガウェインと緑の騎士

アーサー王の円卓に席をあたえられた騎士たちのうちで、他の者に比べて一風変わったところのある人物はといえば、まずサー・ガウェインの名前があがるだろう。ガウェインの髪の毛は燃え立つような赤。そしてガウェインの性質も、いかにもこの髪の色にふさわしく、すぐに燃え上がるたちであった。このように、ガウェインは炎のようにすばやく燃え上がり、炎のように危険でもあったが、その反面、冷めるのもあっというまだった。

これは、ガウェインが〝古い人々〟、すなわち〝黒い矮人《こびと》たち〟の血をひいていたからだろうか？　しかし、そういうならば、弟のガヘリスだってそうだし、さらにその下の弟で、最近宮廷にやってきたばかりのアグラヴェインもそうだった。それにまた、いとこのウェインもそうだし、アーサーその人も母方では血がつながっているのだ。

だから、それぱかりとはいえないのだ。ガウェインのことで、いろいろと奇妙な噂があった。たとえば田舎の人々の間では、ガウェインの力は昇る日とともに増し、沈みゆく日とともに衰えると、ささやかれていた。そんなわけなので、円卓の騎士が経験したうちで一等風変《いっとう》わりな冒険が、ガウェインにふりかかったというのは、まことに、物事の機微《きび》のよろしきを得たことであった。

ランスロットがまだ冒険の旅に出ていて、不在であったクリスマスを、アーサーは宮廷の人々とともに、キャメロット城で祝った。後にはクリスマスはカーライル城で祝うのが習慣《ならい》となったが、当時はまだキャメロット城であった。

クリスマスの祝いがさまざまに催されてゆくうちに、大晦日となった。

さて、クリスマスは主として教会の行事であったが、大晦日の方はひたすらに祝って、飲めや歌えやで楽しめばよいということになっており、夕闇がせまると、宴《うたげ》に加わろうと、宮廷中の人々が一人のこらず大広間に集まってきた。円卓の騎士たちが、各々の席についた。格下の騎士たち、従者たちが横に並べられたテーブルにつく。そして王妃、お付きの女官たちまでもが宴《うたげ》に加わるためにやってきて、広間の奥の端にしつらえた絹の天蓋《てんがい》の下に座っている。というのも、今日は、晩餐が終わったあとで、ダンスが行なわれることになっているからであった。

すでに、給仕役の従者たちが、鵞鳥や鹿肉を盛りつけた大皿を持って、席の間を忙しく立ちまわっている。また、アーモンドと蜂蜜でこしらえた白鳥や、船や、そびえるお城がはこばれてきた。葡萄酒《ワイン》がなみなみとつがれたガラス杯は紅《あか》くつややかに輝き、広間全体が揺れる松明《たいまつ》の炎とともにおどり、王妃の足もとに座った竪琴弾きのつまびくメロディーに合わせて身を揺すっているかのようであった。

さあ、おつぎは晩餐の目玉料理の登場だ。ラッパの前奏とともに、香りをつけた月桂樹の枝の環でかざられた、みごとな猪の頭が、四人の従僕の肩に高々とかつがれて、大広間に入ってきた。ところが、それがテーブルの上に置かれたその瞬間に、大扉がぎいいと開き、一陣の風がさあっと吹き込んできた。そのため松明《たいまつ》の火はしゅるしゅるとま横に流れ、巨大な丸木をなめる炎も、炉の床にはいつくばった。そして、黒い風の翼にのって、少しばかりの雪が舞いこんできた。

竪琴《ハープ》の演奏が、曲の真ん中で、ぷつんととぎれた。酒盛りにうち興じていた人々の声もふうっとやみ、どの顔も扉、そのむこうの暗夜へと向けられた。こうして、にぎやかな笑い声がさんざめいていた大広間の空気が一瞬にして凍りつき、深い沈黙がおりた。

この沈黙の中に、中庭のがちがちに凍った敷石を踏む、かつんかつんという馬の蹄《ひづめ》の音、それに、がらんがらんという鐘の音が響いてきた。そして暗闇から、松明《たいまつ》と炉の明かりの中へと——一瞬、歓迎するかのように、炎がぴんとまっすぐに跳ね上がったかと思うと——ほとんど巨人といってよいほどの、大きな男が馬にのったまま入ってきた。その馬はといえば、これまた乗り手の巨体にみあった、とてつもない体格の戦馬《いくさうま》であった。

こんな闖入者《ちんにゆうしや》の姿に、あっけにとられて息を呑《の》む声が、大広間中を走った。こんなに奇妙な姿の人物は、前代未聞だ。丸太のような腕と脚《あし》をもちながら顔立ちはしごく立派で、背筋をぴんとのばして鞍の上に座っているさまはといえば、まるで王侯のような威厳がそなわっている。鎧《よろい》はまとわず、頭のてっぺんから足の先まで緑づくめの装束であった。それもとても美しい、鮮烈きわまりない緑だ。これは尋常の人間がまとう色ではなく、〝神々しき者〟のみが放つことのできる色であった。

もさもさの毛皮マントの下に見える胴着も、長靴下もすべて緑。腰をめぐる宝石付きのベルトも緑だ。鞍はきらびやかな緑の皮に黄金の装飾をあしらったもので、その他の飾り馬具も、すべてそれと同じ。そしてこの大きな馬が動くごとにカラン、チリンと澄んだ音を放つので、まるでたくさんの小さな釣鐘が鳴っているようであった。男の長靴は、古い樫の樹の根もとに生えた苔《こけ》の色、またその踵《かかと》には黄金の拍車がついていて、緑がかったきらめきを放っている。男のふさふさとした髪の毛、くるりとカールした鬚までが、緑であった。また男がのっている馬も、誇らしい頭の先から、ゆさゆさと揺れる尻尾の末にいたるまで一様に緑で、たてがみは、黄金の紐によって美しく編み上げられている。男の片方の手には、途方もなく大きな戦斧《おの》がにぎられていた。刃は緑色の鉄鋼《はがね》でできていて、同じような緑がかった黄金の象嵌がほどこされている。もう一方の手には、実のぎっしりとついたヒイラギの若枝が高くかかげられていた。この実ばかりは、松明《たいまつ》の光をうけて、深紅の宝石のように輝いている。しかしクリスマスにちなんだこのヒイラギの枝を別にすれば、その他のものは一切が――馬の蹄《ひづめ》が大広間の敷石を踏んで飛び散る火花でさえ、緑であった。燃え立つような緑であった。春とくゆうの、萌《も》えいずる命の緑なのだった。

男は、大広間の真ん中あたりまで馬を進めると、手綱をひき、ヒイラギの枝を床の上に投げ捨てて、四方八方をぐるりと見まわした。その時、上は王から下はもっとも若い従僕にいたるまで、男の緑がかった金色の視線が、まるで森の中の強くふてぶてしい野獣のように、自分自身の眼の中に深くずしんと突き刺さったような感じにとらわれた。

男が口を開いた。ろうろうたる声が壁から壁へと響き、天井にこだまし、びっくりした蜘蛛《くも》が垂木の間からぶらんと落ちてきた。

「ここの主人は誰だ？　わしが話すのは主人だけじゃ。他の者とは話さん」

かみなりのような声が響くと、心臓が三つ鼓動を打つ間、一同は驚きのあまりぴくりともせず座っていた。沈黙の中に、炉で燃える炎の音だけがしゅるしゅると聞こえてくる。しかし、ついにアーサーがこたえた。

「わたしがこの館の主人だ。そなたを、主人として歓迎いたす。さあ、馬を下りられよ。従者どもが馬の世話をするから、そなたはこちらに来て、宴《うたげ》に加わってくだされ。今夜は、去りゆく年の最後の夜だからな」

「いいや、それはお断わりじゃ」

「わしは宴《うたげ》のためにまいったのではない。さりとて、戦うために来たのでもない。それは、わしが鎧《よろい》をまとっておらんことでも、緑の枝をたずさえておることでもわかるだろう。そなたの騎士たちの、武勇の噂がわしの田舎の館にまでとどいた。だから、それがほんとうかどうか試してみたいと、ずっと思っておったのじゃ」

「おお、それなら、お望みどおり、一騎討のお相手をぜひともつかまつりたいという騎士は、はいてすてるほどおりましょう」

「そのとおりじゃろうよ。だが、ここにおるのは鬚も生えぬ若造ばかりのようじゃな。イバラの小枝をさっと一ふりすれば、地面にのびてしまおうぞ。いいや、わしがクリスマスの娯《たの》しみにと思ってここにもってきた肝だめしは、まったく別のものじゃよ。わしの相手として、代表を一人出してもらいたい。その人物は、重さにおいても、刃の鋭さにおいても世に二つとないこの戦斧《おの》をわしの手から受けとり、わしにむかって一撃を加えるのじゃ。ただし、わしの選んだ場所を打たねばならんぞ。それから、今日からちょうど一年と一日が経過した日に、わしが同じ場所にお返しの一撃を加える権利を認めると、誓わなければならぬ」

　またもや、大広間に沈黙がおりた。騎士たちはお互いに目を見かわしては、大急ぎでそらした。そうして、こちらの者が息を荒くすれば、あちらの者は下唇をなめるといったぐあいであった。しかし、この美しくも恐ろしい騎士の挑戦をあえて引き受けようという者は、一人もいない。

　すると、緑の騎士が笑いはじめた。大きな声で、いつまでも、嘲《あざけ》るかのように笑うのであった。

「一人もおらんのか？　ここは本当にアーサー王の宮廷かね？　そなたらは、宴会には一番のりでも、こんなささやかな挑戦にもしりごみをするのか？　それでも、円卓の騎士といえるのか？　騎士の華《はな》と誇れるのか？　どうだ？　恥ずかしくて顔も上げられないか？　どうやら、わざわざ来たのは無駄だったようじゃな」

　アーサーが椅子を蹴って、勢いよく立ち上った。そして、このような挑戦を受けて立つのは大王のなすべきことではないと心得てはいたものの、たまらず、相手の顔にむけて挑発の一声《ひとこえ》をたたきつけるのだった。

「いや。ここに一人おるぞ。さあ馬をおりろ。戦斧《おの》をこちらによこして、覚悟するのだ。わたしが、その一撃とやらをみまってやる」

　しかし、それとほとんど同じ瞬間に、ガウェインが立ち上がっていた。

「王さま。貴《あて》なる叔父さま！　この挑戦、わたしが受けて立ちます。あの恥ずかしくも、貴婦人の首を落としてしまった落度のつぐないが、まだすんではおりません。わたしは、まだ、円卓に席をいただくのがふさわしいかどうか、証明しなければならない身なのです」

　ガウェインがアーサーを〝叔父〟と呼ぶことは、きわめてまれであった。というのも二人はほとんど同じ年齢だったからで、わざわざ〝叔父〟と呼ぶときは、それは二人だけでわかりあう冗談としてであった。いま、そんなおなじみの冗談が憤怒のかたまりとなったアーサーの心に割ってはいり、奥まで達した。こうしてわずかに冷静さをとりもどしたアーサーには、ガウェインの言葉の正しさがわかった。そこでアーサーはひとつ大きく息を吸って、にぎっていた手を開き、こう言うのであった。

「可愛い甥よ。この冒険、そなたに託したぞ」

ガウェインは自分の席をあとにして、つかつかと広間の真ん中へと歩いて行った。すると緑の騎士がさっと馬からおりたので、二人は正面からにらみ合うかたちとなった。

「アーサーの館で、わしと手合わせをしようという勇者が現われて、うれしいぞ」

と緑の騎士が言った。

「そなた、名前は何と申されるかな?」

「わたしはガウェイン、オークニーのロト王の息子にして、忠誠を誓えるわが王アーサーの甥だ。で、そなたは、何と呼ばれているのだ?」

「わが北の国で、人はわしのことを緑の礼拝堂《チャペル》の騎士と呼ぶ」

と客人がこたえた。

「さあ、このとり決めを守ると誓うのだ。そなたは、わしが選んだ場所に、戦斧《おの》をふりおろす。一度だけだ。そして、一年と一日の後に、今度はそなたが、わしの一撃に身をさらすのだ」

「騎士の身分にかけて、誓おう」

「戦斧《おの》をとれ。わしの言うように、打ちおろす準備をするのだ」

ガウェインはただ見ただけでも恐怖をそそられそうな戦斧《おの》を、手にとった。そして、軽くそれをふって、重さやバランスを確かめる。緑の騎士は床の上に膝をついた。そして上体を前にかがめると、燃えるがごとき緑色の長い髪の毛をばっさりと前方にほうり投げ、うなじをむき出しにした。

一瞬、広間の中が凍りついた。ガウェインは石になったかのように、じっと立ちすくむ。

「わしの選んだ場所を」

と緑の騎士がうながした。

「さあ、打つのだ」

ふたたび、ものに動きが蘇った。激情にかられたガウェインは、うおーという声とともに、戦斧《おの》を大きくふり上げた。そして全身のもてる力をふりしぼって、ひゅうとふりおろした。

刃は肉を切り、骨を砕いて、床の敷石にはげしくぶつかったので、鍛冶屋のかなとこのように、火花がさんさんと飛び散った。そして緑の騎士の首は肩から跳ねとび、ごろごろと床をころがり、ほとんど王妃の足もとにまで達した。

一同の口から、恐怖と嫌悪の入りまじったあえぎ声があがった。そしてそんな人々の視線の下で、巨大な身体はいったん前につんのめりはしたが、すぐに肩をわずかにゆすって立ち上がり、首の方へと歩きはじめた。緑の騎士はこうして自分の首をひろいあげ、ぐいと髪をつかんで持ち上げると、そばで静かに待っていた馬にまたがった。男は首をたかくかかげ、その顔をガウェインの方にむけると、その首の口から、

「かならず誓いを守るのだぞ。今日から一年と一日後に、わしのところに来るのだぞ」

と叫んだ。

「どうやって、そなたを見つければよいのだ?」

と、唇まで真っ白になったガウェインがたずねる。

「ウェールズをつききり、ウィレルの森に入って探すのだ。もし肝っ玉を家に置き忘れなければ、かならずや、約束の日の正午前にはわしを見つけられるはずじゃ」

こんなセリフとともに、男は馬の首をめぐらせた。そして踵《かかと》の拍車を馬の腹に蹴り込むと、髪の毛をつかんだ自分の首をぶらぶらとさせながら、またたくまに暗闇と、舞いおどる雪の中へと姿を消してしまった。あとには、しだいに冬の夜闇にまぎれてゆく、かつかつかつかつという蹄《ひづめ》の響きだけが、一同の耳の底に残っているばかり。

広間はしばし沈黙に閉ざされた。しかし、しばらくすると、竪琴弾きの手がばららんとかき鳴らしたのが合図となって、ふたたび笑い声がはじけ、人々はにぎやかに飲み、食べることをはじめるのだった。


雪が融け、森のきわの樹々の芽が膨らみはじめた。そして復活祭の時節となると、すでに物語ったように、長らく冒険の旅に出ていたランスロットが帰ってきた。カッコウがやって来て、ジギタリスが森の道々にすっくと伸び、楚々とした花を咲かせ、やがて消えていった。いたるところの農場や荘園で、刈りとりが行なわれ、ふたたびやぶいちごの黒い粒々の実がたわわに実り、樹々が紅《あか》や黄に色づく季節となった。そして聖ミカエル祭[九月二十九日]となり、ガウェインが恐ろしい冒険の旅に出発しなければならない時がめぐってきた。

この年のミカエル祭を、アーサー王は宮廷をカールレオン城に移してむかえた。そこには、ガヘリス、アグラヴェイン、ランスロット、ライオナルおよびその弟で、小ブリテン［ブルターニュ］からやってきたばかりのボールス、ウェイン、ベディヴィエール、バグデマグス王、ラモラク、グリフレットなどをはじめとして、その他にも大勢のアーサー王の騎士たちが集まった。しかし皆の心は重く、せっかくの宴《うたげ》だというのに、喜び楽しむことができない。それというのも、遠くに旅だとうとしているガウェインのことが一同の気持ちの上に重くのしかかっているからであった。もはや二度とガウェインの顔を見ることはあるまいと、皆が心に確信していた。

さて、そのガウェインのことである。

ガウェインは従者の助けを借りながら、甲冑に身をつつみ、剣の帯をつけた。そうして、大きな糟《かす》毛の愛馬グリンゴレットにまたがって、旅の人となった。

幾日も、ガウェインはウェールズの国境地帯の古道を進み、ついに、北ウェールズの暗く、荒れた山国にたっした。ガウェインは、谷の急な斜面、ごうごうたる渓流、山の斜面にはいのぼっている鬱蒼《うっそう》たる森を進んで行った。そして幾度となく、荒々しい野獣に襲われた。さらに、野獣よりもっと荒々しい人間どもの攻撃をも受けた。そんな時ガウェインは命がけで戦って身を守ったが、戦いながらも、この旅の末には死の運命が自分を待っているのだという意識がかたときも離れることがなかった。

秋が逝《ゆ》き冬となり、ガウェインは山国の果てまでやってきた。そうしてクルイドの道を下って、ホリヘッドの町に入った。そこからは灰色に輝くディー川の河原にある〝聖ウィニフレッドの井戸〟が、もう、すぐそこだ。潮のひいた河口を、ガウェインは渡った。そして塩分の染み込んだ砂をかろうじて渡りおえたかと思うと、また、潮が洪水のように満ちてきた。こうして、ようやくのことに、ガウェインはウィレルの、暗い古代の森の中に立った。

ガウェインはさらに馬を進めた。ときには、森の住人、旅の托鉢僧、たきぎを集める老婆などに出会うことがあった。また、豚飼いのあばらや、炭焼きの小屋などで、夜を過ごせることもあった（ただし、それはよほどのつきに恵まれた場合で、ふつうはわらびの枯葉の下や、幾冬も前の嵐で倒れた樹の洞《うろ》の中で、マントにくるまって夜を過ごした）。ともかく人に出会った場合には、かならず緑の礼拝堂《チャペル》のこと、緑の騎士の消息をたずねるのであったが、ガウェインの知りたいことを教えられる人は、誰一人としていなかった。

こうして、疲れきった馬にのった、疲れきった男が腰まで泥にまみれながら、森のぬかるみ道を進んでいた。年ふりた樹々が、苔《こけ》や茸《きのこ》でびっしりの枝を、くねくねと男の目の前に垂らしてくる。まるで男をつかまえて、自分たちの中にひきずりこもうとでもするかのようであった。

クリスマス前夜のこと。そんな森がようやく果てた。すると、とつぜん、ガウェインの目の前にすがすがしい草原がひろびろと広がった。樹といえば、やさしく、しなやかな樹々がところどころにはえているていどで、大きな広がりの真ん中を、柳にふちどられた小川が流れている。そして小川を越えたあたりから、土地はゆるく傾斜してゆき、上がりきったところに城が見えた。城は、冬の一日の最後の光にたゆたいながら、強く、そして美しくそびえていた。

ありがたや、ありがたやとガウェインは心の中で思い、ぴくぴくと動いているグリンゴレットの耳をやさしく引っ張る。あそこには食物も、泊まるところもあるだろう。よりによって、今日のような夜に、われわれに宿をこばむようなことはないだろうよ……

ガウェインは小川を渡り、城の門にたっした。そして剣の柄尻で、木の門をどしんどしんとたたいた。

待ちかまえていたように門が開き、入口に門番が立った。

「お願いだ。アーサー王の騎士が冒険の旅の途中でこちらにまいった。自分と馬を一晩泊めてほしいと願っていると、ご主人にお伝えいただきたい」

「ここのお城のご主人は、訪れていらっしゃる方はどなたでも歓迎いたします。とくに一年の中でも、今日のような日ならばなおさらです」

と門番は述べ、わきにのいて道をあけた。

ガウェインは門をぬけて、城の中庭に馬を進めた。従者たちがきびきびと出てきて、グリンゴレットを厩《うまや》にひいてゆく。また別の従者たちがガウェインを案内して、お城の広間の中へとみちびいた。するとそこには、ごうごうと燃えさかる暖炉を前にして、お城の主《あるじ》その人が立っていた。そしてその足もとには、主人をとり囲むようにして、三匹の大きな猟犬が寝そべっていた。みな、腹を火の方に向けている。

城主は大がらな人物であった。肩幅がとても広く、ほんの気持ちばかり腹が出はじめているようだ。日焼けした顔はあけっぴろげで、親切そのもの。ふさふさとした髪はガウェインと同じような、燃えるような赤だ。客が広間に入ってくるのを見ると、主人は犬たちをわきに押しのけ、両手を広げながら、のしのしと歩いてきた。

「騎士どの、ようこそ。ここはご自分の家とお考えください。お好きなだけここにご滞在いただきたい。その間、わたしのものは、すべてあなたのものです」

「かたじけない、貴《あて》なるご主人どの」

とガウェインがかえす。その瞬間、友情の焔《ほのお》がぽっと心に燃え上がった。

「そなたに、神のお恵みがありますよう。暖かきご歓待、骨身にしみます」

二人はお互いの肩をたたき合った。まるで古くからの友だち同志が久しぶりに再会したかのようであった。

従者たちは、お城の上の方の階にある客間まで、ガウェインを案内していった。そうして鎧《よろい》を脱ぐのを手伝い、生成《きな》りウールでできた厚手の長衣《ローブ》をもってきてくれた。長衣《ローブ》にはこの上もなく柔らかな、山猫の毛皮がついている。着替えがすむと、従者たちはふたたびガウェインを広間まで連れていった。そこでは、主人の席の向かいに、椅子が用意されてあった。そして一匹の猟犬が誇らしげに尻尾をふりながら近づいてきて、ぺたんと寝そべり、顎《あご》をガウェインの膝の上にのせるのだった。

いっぽう、従者や従僕たちは食卓を組み立て、その上に高級な白麻のテーブルかけを広げた。そうしてつぎつぎと食物をはこんできて、酒杯の用意をととのえる。そんな光景をまのあたりにし、料理の臭いがぷーんと鼻孔にせまってくると、もうたまらない。ガウェインの口には、暖かな生唾《なまつば》が湧いてきた。そしてぱちぱちと燃える暖炉の火と、もこもこの毛皮によって、疲れきり、冷えきっていた身体に暖かみがじわりとしみとおってきて、ガウェインはほんとうにくつろいだ気分になってきた。

夕食が終わると、城の主《あるじ》は言った。

「さあこちらへ、サー・ガウェイン。まだ、わが妻をご紹介していなかった。妻はごあいさつを述べたくて、うずうずしているだろう」

こうして二人はうちそろって、広間の背後の階段をのぼり、奥方の私室へとむかった。そこは美しい部屋だった。壁はすべて緑に塗られ、あちこちに小さな金色の星が描き加えられてあった。

奥方は小さくて真っ白な犬を膝の上にのせ、暖炉のわきに座っていた。まわりにはお付きの女たちがたたずんでいる。ガウェインを見ると、奥方はにっこりと、あでやかに微笑んだ。その時、こんな美人にはいままでお目にかかったことがない、グウィネヴィア妃よりも美しいぐらいだとガウェインは思った。

奥方はやさしく歓迎の言葉を述べた。その間に女中たちは、主人と客人のために、チェス板と、銀と水晶の駒をはこんできた。こうして夕べの時間が過ぎていった。ガウェインは、こんなに幸せな気分で夕べを過ごしたことはいまだかつてなかった。そんなわけで、このほんのささやかなひととき、ガウェインは果たさなければならない冒険のことをすっかり忘れ去ることが――ほとんど――できたほどであった。

やがて眠る時間となると、従者たちがガウェインを客間に連れて帰ったが、それはそれはおごそかなもので、まるで蠟燭《ろうそく》をともした行列のようであった。そうして従者たちは、ベッドの脇テーブルの上の大きな盃《さかずき》に、香料入りの葡萄酒《ワイン》を満たして去った。

こうして四日がたった。クリスマスの季節にふさわしい歌あり、宴《うたげ》あり、楽しい催しありの四日間であった。お城の奥方は、つねにガウェインのそばによりそって過ごした。そしてしょっちゅうガウェインに話しかけ、ガウェインに微笑みかけ、ガウェインの世話をかいがいしくやくのであった。

しかし四日目の夕方になると、さすがに、これ以上冒険の旅を休むわけにはゆかないと、ガウェインは思った。そのことを城の主人と奥方に話すと、二人は大いに悲しんで、ぜひとも、もっと泊まってゆくようにと勧めるのであった。しかしガウェインの決意はゆるがない。

「すでにもう、楽しく迎えていただくままに、長く泊まりすぎました。いまは冒険がわたしを呼んでいます。新年となる日の正午までに、緑の礼拝堂《チャペル》の騎士に会わねばならないのです。なのにまだ、その緑の礼拝堂《チャペル》とやらがどこにあるのかさえ、わたしは知らないのです」

　すると城の主《あるじ》は大声で笑って、大きな手で太い腿《もも》をぴしゃりとたたいた。

「そいつは傑作だ。緑の礼拝堂《チャペル》なら、よく知っているぞ。ここから、楽な道を二時間ほど行ったところにある。だから、新年の朝まで、ここに居ればいいじゃないか。その時になったら、従者にそこまで案内させよう。それでそなたは、太陽が正午の位置に昇るまえに、ぶじそこに立っているというわけさ」

「そういうことなら、ここに泊めていただきましょう。あなた方のご親切にぬくぬくと暖まって、すべて、あなた方のお望みに従いましょう」

（というのも、この三日間が人生で最後の時間なのだから、気心の知れた人たちの間で過ごせるならば、それ以上に幸せなことはない、とガウェインは思ったのである）。

「では、さらにまだ三日のあいだ、楽しい日がおくれるわけだ」

と城の主《あるじ》が言った。

「今日からの三日は、年の最後の三日を過ごす、いつものやり方ですごそう。狩猟《かり》をするのだ。だけど君は、はるばる苦難の道をやって来られたことだし、きっと緑の礼拝堂《チャペル》で辛い試練が待っていることだろうから、城に残って、気楽に過ごしていただきたい。そして奥方の相手をしてやってほしい。わたしが猪や紅鹿を追いかけてばかりいるから寂しいと、いつも文句がたえないのさ。それで、夕方には、一緒に盛り上がろうじゃないか」

「喜んでそういたしましょう」

　城主は、日焼けした顔の眼をきらりと光らせて、笑った。

「それから、いまはゲームや戯れにふさわしい時節だし、わたし自身、とても楽しい気分なので、ひとつ我々の間で約束を結ぼうじゃないか。毎日夕方に帰ってきたら、わたしがその日の狩猟《かり》で仕留めたものを、君に差し上げよう。そのかわり、君も、城の中で手に入れたものを、わたしによこすのだ。はたしてどのような結果になるかわからないが、まあ、ともかく、そんなふうに交換すると誓ってみようじゃないか」

「それは素晴らしい約束ですね。喜んで誓いましょう」

とガウェインはこたえた。そして二人は、契約を固く結ぶかのように、手を拍《う》った。

つぎの朝、城の主《あるじ》はお伴の者たちと猟犬を呼んで、ウィレルとデラメアの森に、紅鹿の狩猟《かり》に出かけた。これにたいして、ガウェインはベッドに寝たままだ。およそいままで経験したことのないような気怠《けだる》さが、ガウェインの身体ぜんたいの上にのしかかっている。ガウェインは遅くまで寝ていることに慣れていないというのが原因であろうか。

しかしまもなく、城の奥方がそっと足音をしのばせながらやってきて、ベッドの縁《へり》に腰をおろした。まるでサンザシの細枝にヒワが止まるような、軽やかな身のこなしだ。そうして奥方は、ガウェインにからかいの言葉をかけはじめた。ほんの少しずつ、このようなからかいの言葉は、愛の語らいへと移ってゆき、奥方は、なかば戯れのように、甘い言葉をささやきはじめた。そのような言葉を、ガウェインはまったくの戯れとして受けとった。そして、いかにもゲームを行なっているような具合に、軽く、礼儀正しく受け流すのであった。

ついに根敗けした奥方は立ち上がった。そしてこう言った。

「楽しいひとときを、どうもありがとうございました。でも、あなた、ご自分のことをサー・ガウェインと名のっていらっしゃるけど、ほんとうなのかしらって思ってしまいますわ」

「それはまた、どうして?」

びっくりしたガウェインがたずねる。奥方は笑って、こうかえした。

「サー・ガウェインともあろうお方が、婦人とこんなに長く一緒にいながら、ただの一度も口づけを所望なさらないなんてこと、あるかしら?」

「いかにも、奥さま。あなたのご気分をそこねることが怖かったのです。でも、奥さまの方からそのお許しをくださるようですので、口づけをただ一度だけくださるよう、平身低頭、伏してお願いいたします」

これにたいして奥方はガウェインの顔を両手の間にはさみ、とても甘い口づけをして、そうして立ち去った。そこでガウェインは起きることにして、部屋付きの従者を呼んだ。

夕方になった。城の主《あるじ》が帰ってきた。狩猟《かり》用の小馬《ポニー》の背に、立派な紅鹿の死骸をのせている。中庭で出迎えたガウェインの前にこの獲物をおろすよう、主人は狩人たちに命じた。

「さあ、ごらん、これがわたしの今日の成果だ。約束どおり、君に差し上げよう」

「心より感謝の気持ちをこめながら、お受けいたしましょう。そして、ここはあなたご自身のお館ではありますが、明日の夕べ、その獲物が料理されたら、あなたにもご相伴いただきましょう。さて、ではわたしの方からもお返しをいたします。今日このお城の中で手に入れた成果を、あなたに差し上げます」

ガウェインはこう言って、城主の両肩に手をのせた。そうして城主に口づけをした。たった一度だけであった。

「なるほど。こいつは素晴らしい贈り物だ。ありがとう。感謝するぞ」

「ただ、その口づけを君が誰からもらったのか、教えてくだされればうれしいのだが」

「いいや。それは約束にふくまれていませんよ」

まもなく二人はテーブルについて、和気あいあいと夕食にとりかかったのであった。

つぎの朝、城の主《あるじ》は猪を追うための猟犬を呼びよせ、ふたたび狩猟《かり》に出かけていった。ガウェインは、今日も、どうしてなのかわけのわからないままに、とても甘美な気怠《けだる》さを全身に感じて、ベッドに寝ていた。

すると、またもや、城の奥方がやってきて、ベッドの縁《へり》に腰をおろした。奥方を追って、小さな犬がとことこと走ってくる。そして、床をこすっている奥方の化粧着の裾とたわむれている。

今日も奥方はガウェインにむかって、そっとからかいの言葉をかけはじめた。そして言葉で戯れながら、ガウェインからお返しの愛の言葉をもぎとろうとするのであった。しかしガウェインは、終始、そんな攻撃をいなしつづけた。決してつっけんどんになったり、頭ごなしにはねつけたりはせず、あくまでも軽やかにふるまい、そして礼儀を忘れることもなかった。しばらくすると、奥方はあきらめて立ち去っていった。ただし今日は、昨日とは違って、口づけが二つとなった。

その夕べ、日暮れ時になって城の主《あるじ》がもどってきた。狩人たちはガウェインの足もとに、うす気味の悪い猪の死骸をどさりと置いた。

「さあ、客人よ、これがわたしの今日の戦果だ」

「狩猟《かり》のご成果、ありがたくちょうだいいたします。明日の夜、ご一緒に食べていただきましょう」

「で、お返しに何をくれるのかな?」

「今朝あなたが出かけてから、わたしが手に入れたのは、これです」

とガウェインは言い、両手を相手の左右の肩にのせると、二度《ふたたび》口づけをした。

「手に入れたのはこれだけです。あなたに差し上げます」

こうして二人は、城の騎士たちとともに、豪華な夕食をとった。主料理は紅鹿であった。昨晩ガウェインが受けとった贈り物だ。奥方がお付きの女たちと広間にやってくると、ガウェインにむかってあでやかに微笑んだ。そして甘く、暗い視線を送ったが、ガウェインは見て見ぬふりをするのであった。

その夜、ガウェインは、目の前にひかえている冒険のためというわけではなく、別の理由で、つぎの朝旅をつづけた方がよいのではないかと思いなおした。そこで、そのことを主人に話すと、大がらな主人は

「え？　なぜだい？」

とたずねる。

「明日は今年最後の日です。そして、そのつぎの日の正午には、緑の騎士と約束した場所に行ってなければならないのですよ」

「騎士の名誉にかけて誓ったじゃないか。その場所はここからわずか二時間の距離だ。約束の日の正午のはるか前に、かならずそこに行かせてやるさ。それに、われわれの約束が、まだ一日分残っているぞ」

そんなわけで、つぎの朝――すなわち大晦日の朝――になると、城の主《あるじ》は狩人たちと猟犬を呼び集め、暗い森の中へともぐっていった。いっぽうのガウェインは、まだ眠っている。そうして緑の騎士と対決する、もつれにもつれた夢にうなされていた。こんな夢を見るのも、残酷な運命の時がもうほんのまぢかに迫っているからであろうか。

ガウェインは目を覚ました。冬の弱々しい陽《ひ》ざしが部屋の中に流れこんでいる。そして、城の奥方がガウ

ェインの上に、上体をかがめていた。

ガウェインが目覚めたことに気づくと、奥方は、軽く口づけをし、ほんのしばらくそのまま顔を近づけていたが、やがて身体を起こして、ガウェインの顔を笑いながら見下ろした。しかし笑顔の底に、悲しい影がのぞいている。

「あと一度《ひとたび》の口づけを。冬の冷気に、あなたの心まで凍ってしまったのですか？　それとも、宮廷でよい乙女《ひと》が待っているのですか？」

「よい乙女《ひと》などおりません。わたしの心は、まだ、誰に捧げようと自由です。しかし、奥方さま、こよなく美しく優しい奥方さま、わが心をあなたに差し上げるわけにはゆかないのです。あなたのご主人、このお城のご主人に、わたしはもてなされている身です。恩ある方の奥方を愛したりすれば、わが騎士の誓いに泥をひっかけることになります」

「でも、わが主人は狩猟《かり》に出て、夕方まで帰っては来ないのですよ。誰にもわかりはしません。ええ、あの人にもね。ですから、心に何の痛痒《つうよう》も感じなくてもよいではないですか。今日、この日だけ、わたしを愛しては下さいませんか？　オークニー国のガウェインさまが私を抱いて下さったと、わたしは生涯思い出して、うれしい気持ちになれますわ」

ガウェインは首を横にふった。

「誰にも知れないとしても、悪いことは悪いことです。いいえ。むりです」

長い間、奥方は切々とガウェインに訴えた。しかし、ガウェインは奥方の願いをすべてうっちゃるのだった。ようやくのことに、奥方は自分の敗けを認めて、ふうとため息をついた。

「ガウェインさま、世の騎士で、あなたほど騎士の誓いに忠実な方はおられませんわ。ですから――もはや、あなたを悩ませますまい。でも、あなたの思い出に、何か記念の品をいただけないでしょうか。それを胸に抱いて、悲しみを少しでもまぎらせますわ」

「残念しごくですが、差し上げるものは何もありません。今回の冒険の旅には、ごく軽装でまいったのです」

「では、かわりに、わたしから何か差し上げましょう。この緑の帯をお受けとりください。わたしのために身におつけください」

「奥さま、あなたからの記念の品を身に帯びるわけにはまいりません。そんなことをしたら、あなたを崇拝する騎士ということになってしまうではありませんか」

「でも、ごくささやかな物ではありませんか。それに、わたしの贈り物だというふうに、おおっぴらに身につけなくてもよいではありませんか。誰にも見えないところに帯びてくださいませ。わたしだけがそのことを知っていればよいのです。どうぞ、お持ちになってください。あなた、きっと恐ろしい危険に飛び込んでゆくのでしょう? わたくし、知っておりますのよ。その帯には呪文が織り込まれているのです。ですから、それを帯びているかぎり、あなたの命は魔法で守られるのです。ただし、隠しておくのですよ。それのことを主人に言っては駄目ですよ」

恐るべき緑の騎士との対決が、ほんの目の前に迫ったいま、このような誘惑には抗しがたいものがあり、ガウェインは、ついに、黄金をまじえた緑のリボンでできたその帯をもらい、首のまわりのシャツに隠れたところに巻いた。

すると奥方は三度目の口づけをして、立ち去った。

その夕べ、暗くなってきたころ、城の主《あるじ》が狩猟《かり》からもどってきた。獲物はといえば、一枚の狐の皮を手にぶらぶらと下げているばかりであった。

「残念無念。今日はしけた猟だった」

と、中庭で出迎えたガウェインにむかって、主人は言った。

「今日は約束の三日目だが、君に差し上げられるものはといえば、たったこれきりしかない」

「そういうことなら、わたしの方が大戦果ですね。あなたに差し上げるべきものは…」

と言いながら、ガウェインは主人の両肩に手をのせて、三度《みたび》口づけをした。

こうして二人は、楽しげに冗談を言いあいながら、肩と肩をくんで、大広間へともどった。そこにはすでに、夕食の用意ができていた。一同は城の主《あるじ》が昨日狩猟《かり》から持ち帰った猪で、大宴会を開いた。

しかしガウェインは、首のまわりに巻いた緑のリボンのことは、一言も話さなかった。

新らしい年の朝が明けた。ガウェインは――ほとんど眠れなかったので――早く起き出した。そして従者たちに身づくろいを手伝わせた。ただし、緑のリボンはシャツの襟の下に、しっかりと隠したままだ。

食事がはこばれてくる。皮がぱりぱりの黒パン、冷えた茹豚《ゆでぶた》、一杯の葡萄酒《ワイン》、それから、去年の夏に収穫した、黄色くしなびた姫りんごが皿に盛られてあった。しかし、ガウェインには食欲などまったくなかった。葡萄酒《ワイン》を少し飲み、りんごを一つ食べた。たったそれだけであった。そしてこんなささやかな食事がすむと、ガウェインは中庭におりていった。下では、厩《うまや》番の従者たちがすでにグリンゴレットの用意をととのえてあった。グリンゴレットはぴかぴかに毛並がととのい、栄養も十分のようだ。

自分の主人を見たグリンゴレットは、うれしそうにいなないた。ガウェインの方でも馬をちょっとなでてやってから、鞍に跳びのった。

「ご機嫌よろしゅう。太陽と月が、いつまでもお館の敷居を照らしますよう」

と、ガウェインは城の主《あるじ》に暇《いとま》を告げた。別れを惜しむため主《あるじ》は庭まで下りてきたが、奥方の姿は影もかたちもない。

「もしもできるなら、あなたのご親切に報いるため、力の及ぶかぎりのことを行ないたいところですが、わたしは、もう一度日の昇るのを見ることはあるまいと、覚悟しているのです」

門の扉が大きく押し開かれ、ガウェインは城の外に出た。案内役の従者が、ぴったり後ろについてくる。城に入ってくる坂道をすぎ、陰鬱《いんうつ》な夜明けの灰色の光の中を、風に鞭うたれて舞い飛ぶ氷雨《ひさめ》にうたれながら突き進んでいった。ガウェインと従者は、やがて、森と沼と蕭条《しょうじょう》とした曠野《あらの》のそばを通りすぎ、傾斜の急な岩山にはさまれた、広い渓谷の入口までやってきた。二人は手綱をひき、そのまま馬上から、下の方に広がる風景を眺めやった。谷は全体が渦巻く霧にとざされている。

「騎士さま。お伴はここまでです。これ以上にはまいれません。あちらの霧の中に、お探しの緑の礼拝堂《チャペル》があります。そこで緑の騎士が待っているでしょう。通りかかった者を、誰彼《だれかれ》なく一騎討にさそって殺してしまいます。いったんかかわりあいになったら、生きては逃《のが》れられませんよ。おお、騎士さま、行ってはなりません。誰かに知られるはずなど、ないじゃないですか。わたしは他言しませんよ。わたしもいつかは騎士になりたいと願っている人間ですから、ご信用ください」

「ご親切はありがたいが、もしも、いま、約束に背をむけたら、わたしは名誉を失い、騎士の勲《いさおし》も恥にまみれよう。神は、自分に仕える者をどうやって救うかご存知だ。すべて神の御意《ぎょい》のままだ」

「そういうことなら、どうぞ、ご自分の手で死をおつかみくださいませ。あの崖道をおつたいください。あれを下りて行けば、谷のいちばん深い部分にたっします。そこには小川が流れていますが、緑の礼拝堂《チャペル》はむこう岸にあります。ガウェインさま、では、これにて。これ以上ご一緒する勇気はございません」

ガウェインは馬をやさしくなでて、崖道に鼻先をむけた。そうして、右手には岩壁が垂直にそびえ、左手は崖が霧のなかへ垂直に落ちているのにおののきながら、細い道をただひたすらおりていった。霧の中からは、岩をかむ奔流の音が、まるでガウェインを出迎えるかのように聞こえてくる。

こうしてしばらく霧の中を下ってゆくと、その下の澄んだ空気のところに出て、谷の底にたっした。あらためて眺めてみれば、なるほどそこには、深く細い水流が、真っ白に泡立ちながら、ごろごろの岩や、苔《こけ》の生えたハンノキの根っ子のあいだを蛇行している。しかし、礼拝堂《チャペル》らしいものは、まったく見あたらない。しかし、しばらくきょろきょろと眺めまわしているうちに、流れにそった道が見つかり、それを少しさかのぼれば、むこう岸の側に、ハンノキやハシバミの藪におおわれた、低い緑の塚があるのに気づいた。ガウェインは半信半疑で、それをめざして馬を進めた。すると、ほとばしる水の音にまじって、大鎌を砥石で磨《す》るような音が聞こえてきた。どうやら、あの緑の塚の真ん中から響いてくるらしかった。

あれが緑の礼拝堂《チャペル》にちがいない、とガウェインは思った。たしかに緑は緑だ。ただしキリスト教の礼拝堂《チャペル》というよりは、〝虚ろな丘〟の秘密の会合場所といったふぜいだ。あの中で、緑の騎士が刃を研いでいるのだろう。そしてそのために、今日この日に、このわたしがまちがいなく命を失うのだ…

しかしガウェインは、川幅が広くなっている場所で、水の流れの中に馬を進めた。そして数ヤードの浅い砂利の川底をざくざくと踏んで渡りおえると、そこはもう、緑の塚のすぐ下だった。ここでガウェインは、馬からおり、グリンゴレットの手綱をハンノキの枝にひっかけた。そして、霧にとざされた空間の、奇妙に灰色がかった明かりの中に立って、

「緑の礼拝堂《チャペル》の騎士よ。新年の出会いの約束を守るため、かつて誓ったとおり、ここにやってきたぞ」

と呼ばわった。

「戦斧《おの》を研ぎおわるまで、待て」

と聞き憶えのある、大きな声がとどろいた。塚の中の洞穴から響いてくるようだ。

「もうすぐだ。研ぎおわったら、約束どおりのごあいさつをさせていただくことにしよう」

男の声が響くと、グリンゴレットは耳を立て、頭を上にはねあげて、白眼を見せた。しかしガウェインは、みじろぎもせずにに立ったたまま、待ちつづけた。

しばらくすると、大鎌を研ぐ音がぱたりとやんだ。そしてハシバミの枝がからんだ下にぽっかりと開いた闇の中から、緑の騎士が出てきた。一年と一日前にアーサーの城の大広間にずけずけと入ってきたときとぜんぜん変わることなく、美しくも恐怖をさそう姿で、手に持った長い戦斧《おの》を軽がるとふりまわしている。戦斧《おの》の刃は緑色の鋼鉄《はがね》で、風を切っても血が吹き出てこようかというほど、鋭く研ぎすまされてあった。

「サー・ガウェインよ、よくぞまいられた」

と緑の騎士が叫んだ。

「これほど勇敢な騎士は、三倍も歓迎だ。さあ、兜《かぶと》を脱いで、わしの一撃にそなえるのだ。一年前の昨晩、アーサーの城でそなたからちょうだいした一撃の、お返しをさせていただかねば」

ガウェインは締め具をゆるめて、兜《かぶと》を脱いだ。ついで、鎖を編んだフードをのけて、首を露出した。そして周囲の冬枯れの世界を、今生《こんじょう》の名残とばかりに一瞥《いちべつ》すると、その場にひざまずいて、首を前に突きだした。

「さあ、こい」

とガウェインが言った。

緑の騎士は戦斧《おの》を大きくふり上げる。

刃が弧を描いて落ちてきた。地上で餌をついばむ小鳥が、鷹の急降下の翼の音を聞くように、ガウェインの耳には、とがった刃のしゅるしゅると空気を切り裂く音が聞こえた。そして思わず、ガウェインは身を縮めて、戦斧《おの》の刃先から首をひっこめてしまった。

緑の騎士は長い戦斧《おの》の柄によりかかって、ガウェインにむかってにやりと笑った。森の野獣のような、すごみのある笑いであった。

「ほんとうに、これが武勇でなるガウェインかね？　そなたが戦斧《おの》をふりおろしたときには、わしはみじんも逃げなかったぞ」

「これはなにとぞお赦《ゆる》しを。そなたに切られてしまった首が、もう一度肩の上にすえなおせるとわかっておれば、もっと勇気が出るのだが」

ガウェインはこう言うと、心中にめらめらと燃え上がってくる何かを、暗い笑いの声に託すのだった。

「だが、もう身はひかん。さあ、こい。早くやってくれ」

「そうしよう」

もう一度恐ろしい刃が宙に高くふり上げられ、ついで、しゅるしゅると落下してきた。今度は、ガウェインは川岸の岩にでもなったように、じっと身をこわばらせている。しかし刃《やいば》は、ほんの草の葉の幅ほどそれて、首をはずし、わきの芝土の中に深くめりこんだ。

「何をしているのだ！　こんな風にもてあそばれることは、とり決めの中にはないぞ」

「ああ、そのとおりだ」

と緑の騎士もうなずく。

「さあ、もう少し首を伸ばして…」

三度《みたび》緑の騎士は戦斧《おの》をふり上げた。そして頭上でぶんぶんふりまわすと、えいとばかりにふりおろした。今度は、ガウェインも、首の横に虻《あぶ》に刺されたような痛みを感じた。そして血がちょろちょろと流れて、鎖のフードの中に落ちた。戦斧《おの》は芝土の中にめりこんで、ぶるぶるんと震えている。

ガウェインはさっと立ち上がって、跳び下がり、そうしながら、剣を抜きはらった。

「さあ、これでお前に打たせたぞ。お前に、わたしの赤い血を流させてやったぞ。もう一度打つ気なら、わたしはもはや誓いからは自由だ。存分に自分を守らせてもらうぞ」

緑の騎士は戦斧《おの》によりかかりながら、おとなしく笑っている。そしてとつぜん、ガウェインは、相手の服はなおも緑ではあるものの、狩猟《かり》をするときの服にすぎないことに気がついた。そして、そこにいるのは緑の騎士などではなかった。なんと、この一週間手厚いもてなしをしてくれた城の主《あるじ》ではないか。いや、やはりそうではない。両方なのだ！

「ガウェインよ、ガウェインよ、よく耐えたな。もう一度打とうなどという気はさらさらないぞ。その気があれば、わしが最初に戦斧《おの》をふり上げたときに、君の首はわしの足もとに転がっていたさ」

「では、なぜ三度も打ちおろすお遊びをやったのです?」

とたずねるガウェインの息は、荒くなっていた。

「最初の二度は、君の身体に触れなかった。そなたが忠実に約束を守ったからだ。わしが狩猟《かり》に出ていたときに、妻が初日には一度、二日目には二度の口づけをそなたにあたえ、そなたは、夕方帰ってきたわしにそれを差し出した。三度目にふりおろしたとき、血が流れた。それは、そなたが約束を破ったからだ。そなたは妻からもらった三度《みたび》の口づけは差し出したが、腰に巻いていた緑のリボンは出さなかったろう」

これを聞いて、若い騎士ガウェインの顔に浮かんだ表情を見ると、主人は顔を大きくほころばせた。

「ああ、君と妻の間で何があったか、わかっているとも。妻が君を誘惑したのは、わしのさしがねだ。もしも君が妻の誘惑に屈して、自分の騎士の名前とわしの家を汚したりしようものなら、君はいまごろ首を失って転がっていたところさ。緑の帯を君が受けとって、隠したのは、命が惜しかったからだ。君はまだ若い。若い身空で、神さまから授かったたいせつな命を少しも惜しいと思わないような者は、むしろ残念な輩《やから》だ。ともかく、そのことは血でつぐなってもらったから、帯のことは赦《ゆる》そう」

ガウェインは緑のリボンの帯を、隠していた場所からひっぱり出し、その手を前につきだした。

「赦《ゆる》していただいても、恥ずかしいことにかわりはありません。わたしは円卓の席にふさわしくない男です」

「いや、それは違う」

と、もてなしてくれた緑の騎士がなぐさめた。その言葉は優しさにあふれていた。

「君はまだ若い。身体の中に命が熱くたぎっておるのだ。それに、わたしはそなたを赦《ゆる》すと言ったろう？　君以上に円卓に座るのにふさわしい騎士など、そうそういるもんじゃない。今度の冒険の記念に、緑の帯はとっておきたまえ。さあ、そろそろ、わしと一緒に城にもどろうじゃないか。クリスマスの十二日間のお祝いを、終わりまで楽しく過ごそうではないか」

しかしガウェインは、緑のリボンはふたたび首のまわりに巻いたものの、城にとどまることには、どうしても同意しなかった。

「服従をお誓いした大王さまのもとにもどらなければなりません。しかし、去る前に、どうか教えてください。あなたは、どういうお方なのです？　あなたはお城のご主人として、この一週間わたしをもてなして、楽しませてくれました。だけどそればかりか、あなたは身の毛もよだつ緑の騎士でもあり、首が肩から落ちても死なないお方です。どうして、そんな二役が可能なのですか？」

「わしの名は、サー・ビルティラック。こんな辺鄙《へんぴ》な北の曠野《あらの》にまで、大王の宮廷の評判が伝わってきた。大げさな噂ばかりさんざん聞かされたので、アーサー王の円卓の騎士たちの勇気を、自分の手で確かめてみようと思い立ったのだ。その他のことについては……魔法についてはお答えできかねる」

こうして二人は、親しい生涯の友人として別れた。ガウェインはウィレルの森をぬけ、ウェールズの荒れた国境《くにざかい》をすぎ、ふたたびアーサー王の宮廷に帰ってきた。そして、円卓の騎士団の中でもひときわ高く貴い自分の席に――いまやその資格を十二分に証《あか》して――もどったのであった。

第8章　台所の騎士ボーマン

聖霊降臨祭［復活祭の後の第七日曜日］のおりには、毎年、冒険などで手のふさがっていない円卓の騎士たちがキャメロットの宮廷に集まって来るのが例となってたが、そんな時には、何か不思議なことが起きたり、奇跡が見られたり、何か冒険がはじまったりというようなことがあるまでは、ご馳走の席につかないのが、いつしかアーサー王の習慣《ならわし》となった。

ある聖霊降臨祭の時のこと。正午になる少し前に、ガウェインが大広間の窓から外を眺めていると、馬にのった三人の男が、中庭に入ってくるのが見えた。それとともに、小人《こびと》が一人、歩いてきた。三人の男は馬をおり、それぞれの馬を小人《こびと》の世話に託した。そして三人は、城の建物にむかって真正面に立った。そのうちの一人は、他の二人の肩に寄りかかっている。二人より、頭ひとつ分か、ひょっとするとそれ以上も長身であった。

「王さま、わたしの目に狂いがなければ、あなた好みの不思議な出来事が、ほら、やってきたようですよ」と、外を見ていたガウェインは言いざま、アーサー王と騎士たちが首を長くして待っている方に、ぐるりとふりむいた。そしてその数秒後に、三人の男が広間に入ってきた。中央ののっぽの若者は、依然として二人の肩に寄りかかったままだ。まるで、あまりに長身すぎて支える力がたらず、二人がいなくては立てないといった風情であった。

三人ともみすぼらしく、旅でくたびれたような衣服をまとっているが、のっぽの男は、弱々しい外見とは裏腹に、その場の人々がちょっと見たこともないほど器量のよい若者であった。濃い肌色、大麦のような髪の毛、そして眼は三月の空のように、すっきりと晴れた青色だ。手足は長く、肩幅も広く、手はといえば、巨大な大きさで、立派な剣士の手、巧みな馬術家の手であることは、若者を一目見たランスロットが見ぬいた。このようなことを見ぬくことにかけては、ランスロットの右に出る者はいないのだった。

三人の男は広間をどんどん奥に進んできた。そしてアーサー王が座っている台座の前までくると、立ちどまった。そうして長身の若者は、二人の肩から腕をおろすと、まるで槍のように、ぴんとまっすぐに立った。そしてアーサー王がまず口を開くのも待たずに、こんな口上を述べた。

「さて、王さま、あなたさまと立派なご家来の皆さまに、神さまのご加護がありますよう。わたしは、三つの贈り物を王さまからいただきたくて、まいりました」

ここで男の横長の口の両はじが、ぴくんと上にまきあがった。

「けっして無理難題の贈り物ではありません。わたしに下されたとて、何ら名誉が傷つくものでもございません。第一の贈り物は、いま、申し上げます。そして残りの二つは、十二か月後にお願いすることにいたします」

「申し述べよ」

とアーサーが言った。この若者の顔が一目で気に入ったからだ。

「望みのものをつかわそう」

「十二か月が過ぎるまで、食物と宿る所をくださるよう、お願いいたします」

「いいや、若者よ、もっとましなものを所望せよ」

「ほしいものは何もありません…十二か月後の今日までは」

「では、そうするがよい。食物と宿所をつかわそう。どんな者にも、それをこばんだことは、いままでないのだ。では、そなたの名前を言うがよい」

「適当な時がくるまでは、言わないでおきたいのです」

「好きなようにするがよかろう」

「だが、そなたがどこの誰なのか、ほんとうは知りたいところだ。そなたほど見目《みめ》のよい若者は見たことがない」

アーサーはこう言うと、若者をケイの世話に託した。そうして、貴族の子どもにするように、食物と宿をあたえよと命じるのであった。

「そんな素性の者でないことはまちがいない」

とケイは鼻をふんと鳴らして言った。

「まともな地主の息子ですらないぞ。そうなら、馬と甲冑をほしがったはずだからな。この坊やには、台所の中に、暖かい寝床をやろう。食べたいものは何でもやるさ。一年が過ぎたころには、一歳の小豚みたいに、丸々と太らせてみせるぞ。きっとな。それから、どうしても名前を言いたくないようだから、わたしが名前をつけてやろう。こいつはいまからボーマン――〝美しい手〟――だ。こんなに大きくて、美しい手は見たことがない。それに、こんなに仕事から縁遠いような手にはお目にかかったことがない」

こんなケイの言葉を聞いて、ガウェインは、左右の赤い眉毛の間に深い皺《しわ》を寄せた。ガウェインはこの若者の面がまえが気に入ったいっぽうで、ケイのことはふだんからあまり好いてはおらず、ケイの薄っぺらで刺《とげ》のある冗談にはうんざりしていたからだ。

するとランスロットはこう言うのだった。

「執事どの、どうか、その少年はわたしにめんどうをみさせてほしい。どうやら薪を割ったり、焼き串をまわしたりなどというのとは違った仕事のために、手をもちいてきた人物のように見えます。いつの日か、少年がその手をもちいて、そなたのそのような嘲《あざけ》りを後悔させるようなことをするのではないかと、思われてならないのです」

ところがアーサーは黙して、一言もしゃべらない。というのも、心の中で、その少年は忍耐強そうな顔をしている、つらい道をとおって騎士とならねばならないにしても、それは少年自身の選んだことであろうし、それで何か害をこうむるということもあるまい、と思ったからであった。

また、ボーマン自身も何もしゃべろうとはしなかった。

こうして、丸々一年というもの、ボーマンは台所で働いた。他の召使たちは、自分たちにとってはおなじみでごく簡単なことに、ボーマンがとまどっているのを見て、嘲《あざけ》りの言葉をあびせた。ただし、それはボーマンが彼らの技術を習得するまでのはなしで、ボーマンがそれを会得してしまえば、そのような嘲《あざけ》りがいかに愚かであったか、彼らは悟るのであった。

また、ケイのくだらない罰や、いやみな物言いによって、ボーマンの生活はいやが上にも惨《みじ》めなものとなった。見るに見かねたガウェインとランスロットは、氏素性も知れないながらも、ボーマンを従者にとりたててやろうと言った。しかし、ボーマンは――まるで堂々とした猟犬のような悠揚《ゆうよう》せまらぬ物腰で――慇懃《いんぎん》に礼を言いはしたが、決して台所を去ろうとはしなかった。

ボーマンは、たしかに、腹がいっぱいになるだけの食事をもらい、夜寝るのに炉のそばの暖かい場所をあたえられた。しかし、優しくしてくれた者はといえば、犬ぐらいなものであった。それから、ガウェインが通りがかりにぽんぽんと肩をたたいてくれたのと、ランスロットが、暖かいマントを買うようにと、クリスマスに銀貨を三枚くれたぐらいのものだ。しかしそのいっぽうでボーマンは、ケイにたいして意地の悪い言葉を返したり、不平不満を言ったり、同僚の者たちを怨んだりというようなことは、まったくなかった。ただし、とくに悪質な連中の一人か二人については、馬の水桶の中に頭を押しさげて、たっぷりと礼儀を教えてやったことは、なくもなかった。

こうして月日がたち、ふたたび聖霊降臨祭の日がめぐってきた。

聖霊降臨祭の朝、騎士たちが大広間に集まったところに、一人の乙女が駆け込んできた。そしてアーサー王の前に膝をついて、力ぞえがほしいと言った。

「誰のためだ？　そなたか？　いったいどんな冒険なのだ？」

「姉の、リオネス姫が困っております。横暴で残虐な〝赤い国の赤い騎士〟によってお城を包囲され、自分の城ながら、囚《とら》われの身をかこっているのです。赤い騎士のせいで、姉の国はすっかり荒れ果ててしまいました。そして、いま、赤い騎士は姉その人をよこすよう要求しているのです」

女の話が終わるか終わらないかのうちに、台所の階段から通じている丸天井の通路のそばに立っていたボーマンが、目を輝かせながら歩みよってきて、王の前に立った。

「わが主アーサーさま、この一年の間、台所でちょうだいした食物、飲物、ここちよい寝床に感謝申し上げます。さて、お約束くださった三つの贈り物の、残りの二つを、いま、お願いしたいと思います」

「言うがよい」

「まず、この乙女の冒険を、わたしに引き受けさせてください。それだけの働きは十分にしたという気持ちが、わが心中にはございます」

「その気持ちはわたしの心の中にもある。で、三つ目の贈り物は？」

「湖のサー・ランスロットに一緒に来てほしいのです。そして、わたしが騎士にふさわしい働きをしたと判断するまで、いてもらいたいのです。騎士にしていただくなら、サー・ランスロットにお願いしたい。他の人ではいやなのです」

王はどうだという顔をして、友人ランスロットの方に目をやった。名だたるアーサーの騎士団の中でも、ランスロットは第一の騎士であった。ランスロットはうなずいた。

「そなたの望みどおりにしよう」

と王が言った。

しかし、その時までひざまずいていた乙女が、急いで立ち上がった。

「では、わたしの力ぞえとして、料理番の見習いしかくださらないのですか？　この広間には、世にも一流の騎士たちがきら星のようにそろっているというのに」

こう言うと、乙女の左右の頬骨の上には、焔《ほのお》のような丸く赤い斑点がくっきりと浮きだし、眼にはきらきらと悔し涙があふれはじめた。

「そんなことなら、お力ぞえなど願い下げですわ！」

乙女ははげしく言い捨てると、憤然として広間を後にした。そうして中庭で馬を行ったり来たりさせていた従僕をヒステリックに呼ぶと、馬にまたがり、めらめらと心に怒りを燃やしながら立ち去った。

乙女の馬の蹄《ひづめ》の音がまだ遠くでぽくぽくと聞こえているとき、小姓が王に伝言をつたえてきた。去年ボーマンと一緒にやって来た小人《こびと》が、戦馬《いくさうま》と立派な剣をたずさえて、中庭に来ている、ご主人が出てくるのを待っているところだと述べているというのであった。

そこで、広間にいたほとんどの騎士たちにつきそわれながら、ボーマンは外に出ていった。そして昔からの忠臣のように小人《こびと》に声をかけると、剣を受けとって腰につけ、大きな戦馬《いくさうま》にまたがって立ち去っていった。そして小人《こびと》は、脚《あし》の太い荷馬にのってついてゆくのだった。

そこでランスロットも、自分の馬を呼び、武具ひとそろいを持ってくるよう命じた。そしてまたたくまに鎧《よろい》をまとい、馬にまたがると、二人を追った。

しかし、後にしたがったのはランスロットだけではなかった。なぜかというと、ケイもまた、自分の馬と甲冑を持ってこいと叫んだからだ。

「わたしも、料理番の小僧を追いかけてやろう。騎士にしてやるためなんかじゃない。たっぷり鞭でお仕置してやろう。まったく、あんなふうにしゃしゃり出やがって」

「ケイ、あなたは家にいて、飯でも食ってる方が身のためだ」

とガウェインが忠告した。

しかしケイは怒りのあまり、耳をかそうともしない。ランスロットはほんのかすかに微笑んだ。悲しみ半分に、兜《かぶと》の中の口の端をちょいと上げたのであった。

ケイは一人で懸命に馬を走らせた。ランスロットは少し離れていた。何が起きるかようすを見ていようと思っていたからだ。そんなわけで、ボーマンが乙女に追いついた、ちょうどその時に、ケイもボーマンに追いついた。

「おおい、料理番の騎士さんよ、鍋をおるすにして騎士ごっこをやりたけりゃ、わたしが、遊び方を教えてやるぞ」

呼びかけられたボーマンは、くるりと馬の首をめぐらせた。そして、いままでとはがらりと違った声で、こう言うのだった。

「遊び方とやらは、まず自分が習ってはどうだ。サー・ケイ、あなたは不作法な騎士だ。だから、わたしには気をつけた方がよいぞ」

ケイは、そこで、槍をかまえ、ボーマンめがけてまっすぐに突進した。しかしボーマンは、槍をもっていないので剣を抜き、そして最後の瞬間に、自分のわきに馬をひねって、相手の槍を剣の側面ではたいた。ついで剣のとがった先を、相手の肩あての縁《へり》の下にぐいと差し込む。相手は鞍からまっさかさまに落ちた。傷からはぽたぽたと血が垂れて、夏の乾いた土に染み込んでいった。そこでボーマンは、馬をおりてケイの槍と盾を手にとると、また自分の鞍に飛びのって、道をつづけるのだった。

いままで散々いじめられ、いいがかりをつけられてきた怨みが、この一撃にはこもっていたのだった。

さて、ランスロットも馬をおりた。そしてたいした傷ではないことを確かめると、ケイをかついで、ふたたび馬にのせ、

「家まで連れ帰ってくれ。おまえの方が、よっぽど分別があるさ」

と、馬の首をたたいて言った。

こうしてランスロットもまた馬にまたがり、先を急いだ。

その間に、ボーマンはふたたび乙女に追いついた。しかし乙女からは、優しい言葉など、一言もかけてもらえなかった。というのも、この乙女、見ためはとても美しく、おまけに、小鳥の〝ヒワ〟を意味するリネットという名前だけを聞けばいかにもたおやかそうであったが、名前とはうらはらに、その性質には優しさのかけらもなかった。このような乙女リネットは大きな声で怒鳴った。

「よくもまあ、ついて来るわね！　もう台所に帰ったらどう、ボーマン？　ええ、あんたの名前、知ってるわ。さっきあんな卑怯な手を使って倒した、あの騎士につけてもらったようね。あんたの手がとても大きくて、がさがさに荒れていて――鵞鳥《がちょう》の毛むしりや焼き串の世話ばかりしてる手だから、そんな名前になったんだそうね？」

そして、さらにきいきい声になって、

「どうしてもというのなら、わたしからもっと離れてなさい！　料理の臭いがぷんぷんしてるわ！」

「何とでも言うがいいさ」

と、ボーマンは落ち着いたものだ。

「わたしは帰らない。あなたの冒険は、わたしが解決すべき冒険なんだ。大王さまが下されたのだ。命がこの身体の中に宿っているかぎり、わたしは逃げないぞ」

「解決するですって？　あんたみたいな台所の騎士が？」

と女は嘲《あざけ》った。

「いまに恐ろしい敵が出てきて、こんな敵にはむかうんだったら、アーサー王の台所でいままですすった美味しいお粥を、ぜんぶお返しします——なんて、きっと泣きごとを言い出すわよ」

「あらんかぎりの力をつくすだけです。まあ、どうなるか、ようすを見てはどうですか」

と、ボーマンは優しく言った。そして——乙女から少し遅れるようにして——馬を進めるのだった。

しばらく行くと、枯れたサンザシの樹があった。その枝には、黒い槍と、黒い盾がつり下がっている。そして樹の根もとには、全身を真っ黒な甲冑につつんだ大男の騎士が座っていた。そしてこれまた真っ黒な馬が、すぐそばで草を喰《は》んでいる。

「さあ、あの騎士が馬にのるまえに、谷を下って逃げるのよ。あれは〝黒い国の黒い騎士〟よ。誰もたちうちなどできやしないわ」

「ご忠告ありがとう」

とボーマンは言ったものの、まるで何も聞かなかったかのように、まっすぐに進みつづけた。

距離がちぢまると、黒い騎士は立ち上がってたずねた。

「乙女よ、これが、アーサー王の宮廷から連れてきた、そなたの騎士か？」

「とんでもない。この人は、脂じみた料理人なの。わたしは嫌だっていうのに、おかまいなしについて来るのよ。だから、お願い。痛い目にあわせて、追い返して。台所の臭いには、もうあきあきだわ」

「ほう、そんなことなら」

と騎士は言って、自分の黒馬にむかってひゅうと口笛を鳴らした。

「あのけっこうな鞍からはたき落としてやるわ。料理番の見習いが、馬になどのっていてはいかんのだ。それに、そいつの馬はやけに立派じゃないか。わたしが使わせていただくことにしよう」

「わたしの馬について、ずいぶん勝手なことを言ってくれるじゃないか。手に入れることができれば、むろん、そなたのものだ。さあ、かかってこい。それとも、わきにのいて、こちらの乙女とわたしを通すか？」

「いや。そいつはまずい。一介の料理番が、いやがる上流の令嬢につきまとうのを、許すわけにはいかん」

「台所の騎士といってもどんな騎士か、上流の令嬢といってもどんな令嬢かわからぬではないか」

と、いつもは冷静でおだやかなボーマンが、めずらしく色をなして言い返した。

「しかし、わたしは一介の料理番などではない。貴族の生まれで、お前なんかより、よほど立派な血筋の人間なのだぞ」

黒い騎士は馬にのり、サンザシの枯木から盾と槍をとった。二人はお互いから遠ざかっていった。こうして適当な距離があくと、ふりかえり、相手をめがけてごう然と駆けだした。

黒い槍はボーマンの盾をこなごなに打ちくだいた。しかし、ボーマンの槍先は、相手の鎧《よろい》のつなぎ目をとらえ、鎖かたびらと肉に突きとおった。黒い騎士は鞍からまっさかさまに落ちた。まるで弓に射られた鳥のようであった。黒い騎士が息たえていることがわかると、乙女は馬の首をねじるようにして向きをかえ、狂ったように拍車を馬の腹に蹴りこんで、一言も口をきかないで行ってしまった。

しかしボーマンは馬からおりた。そして黒い騎士の鎧《よろい》——美しい黒一色の鎧《よろい》で、陽《ひ》の光に照らされて青紫の色に輝いている——をはぎとると、それを身につけた。ただし剣は自分のもの、槍はケイのものをそのまま持った。こうしてボーマンが小人《こびと》の助けを借りながら最後の留め金をしめているところに、少し離れたところで、黙って馬上に座っていたランスロットが、近づいてきた。

「これで、騎士になるのにふさわしい働きをしたと、自分でも思うかね?」

面頬《めんぼお》が上がり、ボーマンはまっすぐにランスロットの奇妙にねじれた顔を見て、にっこりと微笑んだ。

「ええ」

とボーマンは答える。そして自分は正しかったのだと、あらためて思った。騎士にとりたててもらうのに、ランスロット以外の人などとうてい考えられない。

「わたしも、心からそう思う」

とランスロットが言った。

「しかし、その前に名前を聞かせてくれ。聞いても、そなたが望むなら、いつまでもこの兜《かぶと》の中にしまっておくつもりだ」

「ランスロットさま。わたしはガレス、オークニーのロト王の末息子です。モルゴース妃の、下から二番目の息子なのです」

森の空き地に、しばし沈黙の時間が流れた。どこか遠くの方で、仲間に危険を知らせるカケスの声が響いている。

「ガウェインも、ガヘリスも、アグラヴェインもみな、そなたの兄だ。なのに、はじめて宮廷にきたとき、そなたとわからなかったのはなぜだ」

「別れてから、まる八年以上がたっていました。いくら兄弟でも、九歳と十七歳では、まるで違って見えるものです」

とボーマン――いまではたんにガレスであった――がこたえた。

「でも、じつをいって、ガウェインは最初から何かわたしに感じるところがあったようです。この一年の間、とても親切にしてくれました。あなたも、もちろんそうですが」

「では、オークニー国のガレスよ、ひざまずくがよい」

若者は、ランスロットにむかって膝を地面につけ、明るい砂色の髪の頭をたれた。ランスロットは首と肩の間を、剣で軽くたたいた。騎士に叙される前に行なう、夜を徹しての祈り、それから当日の儀式をはぎとってしまえば、一人前の騎士をこしらえるのに必要なものは、たったこれだけのことであった。

「サー・ガレスよ、立ち上がるのだ。そして路をつづけるのだ。帰ってきたら、かならず円卓にそなたの席があるだろう。そなたは、もうすでに、立派な騎士なのだから」

ガレスは立ち上がり、兜《かぶと》をかぶり、黒い馬にまたがった。それまでの馬は小人《こびと》が引いてゆく。こうしてガレスとランスロットはたもとをわかった。ランスロットはキャメロットに帰ってゆく。対するガレスは、リネット姫のあとを追って、馬を進めるのであった。

ガレスが追いつくと、乙女は鷹のように甲高い声で叫んだ。

「自分よりまともな騎士を、卑怯な一撃で殺したのね。それでわたしを守る騎士になれると思ったら、大まちがいよ。とんでもないわ！　風下を通りなさい。臭くて吐きそうになるわ。でも、嫌な気分を味わうのも、もう長くはないわ。もうすぐ、強い騎士と出会うわ。あなたが着ているその鎧《よろい》の持ち主みたいな目に、今度は、あなたがあわされるの。だから、逃げるのならいまのうちよ」

「わたしは、いかなる男からも逃げない。それに、命がこの身体に宿っているかぎり、この冒険をなしとげるまでは、そなたを追うことをやめないぞ」

ぷんぷんと怒っている乙女が先頭、すこし遅れてガレス、そして小人《こびと》がしんがりをつとめるという奇妙な布陣で、しばらく路をつづけるうちに、かつかつと馬の蹄《ひづめ》の音が聞こえ、やがて下生えの草に何かがどさりと落ちる音が聞こえた。そして道のはるか前方に、緑ずくめの騎士の姿が現われた。鎧《よろい》の上に着ているコートが緑なら、盾と槍も緑、馬の鞍も緑、そして、兜《かぶと》のてっぺんでひらひらしている絹の飾りも、春のブナの新芽のような緑であった。

「乙女よ、そなたに神のご加護を」

と騎士は言い、道の真ん中で手綱を引いた。

「そなたとともに行くのは、わが弟の黒い騎士かな？」

「まさか。ただの料理番の男なのよ。黒い騎士を、とても汚い手を使って殺したわ。それで、鎧《よろい》を盗んだの」

「では、おまえは立派な騎士を殺したのだな。おまえを殺す。汚い仕業《しわざ》のお返しだ」

「何が汚い手なものか。フェアな戦いで殺したまでだ。それどころか、あいつの方に利があった。わたしには鎧《よろい》がなく、胴着だけだったからな。だから、あいつの鎧《よろい》をいただいたのだ。勝った者には、当然手に入れる権利があるだろう」

二人の騎士は槍をかまえ、この森の道の上で、すさまじい一騎討をはじめた。やがてどちらも槍がこなごなにくだけたので、剣の戦いとなった。そしてガレスが緑の騎士を落馬させると、こんどは、地面の上での戦いとなった。このような壮絶な戦いを眺めながら、リネットは、終始、緑の騎士を馬鹿にしてやじり、相手はたかが料理番の下人で、盗んだ鎧《よろい》を着ているだけなのに、何をぐずぐずしているの――などと叫ぶのだった。そのために、怒り心頭に発した緑の騎士は、ガレスにむかって渾身の一撃をみまった。ガレスの盾は真っ二つに割れてしまった。

するとガレスは、半分半分になった盾を腕からふり落とすが早いか、両手で剣をつかんで、相手のふところに飛び込んでいった。そしてぴかぴかの刃《やいば》を大上段にふりかざすと、つぎの瞬間にはひゅるるるとふりおろしていた。緑の飾りつき兜《かぶと》にこの強烈な一撃が炸裂すると、緑の騎士は石のつぶてが命中した兎みたいに、へなへなと倒れ、意識は朦朧、ほとんど気を失ってしまった。こうして前後もわからなくなって横たわりながら、ガレスにむかって命乞いをするのであった。

「そなたの命を助けるかどうかは、こちらの乙女に決めていただこう」

とガレスは、男を見下ろしながら言った。

「そなたのために乙女がとりなさないかぎり、そなたの命はない」

「では、その方の命はないのだわ。下人にたいして、お願いなどするものですか」

「立派な騎士さま」

と倒れ伏した男が言った。

「命ばかりはお助けください。助けてくださったら、弟を殺されたことも忘れましょう。わたしはあなたの家来になります。わたしに従う三十人の騎士ともども、家来になりましょう」

「助けてやりたいのは山々だ。しかし、こちらの乙女がわたしに頭をさげて、そう願うのかどうか……」

こう言うと、ガレスはとどめをさそうとするかのように、剣をふり上げた。緑の騎士の目は、宙たかく上がってゆく刃《やいば》を、吸いつけられたようにじっと見ている。

「やめて！」

とリネットが叫んだ。

「殺さないで！　お願いです！　たかが料理番の見習いに、なぜお願いなんかしなきゃいけないの！」

ガレスは剣をおろした。そして、慇懃《いんぎん》このうえもなく、リネットにむかって頭を下げた。

「もっとていねいな口をきいてもらってもよいところだが、乙女よ、ともかくそなたが願ったので、喜んでそれに従おう」

そしてさらに、ガレスは地べたに倒れたままの男に向かって、こう言った。

「緑の鎧《よろい》の騎士よ、そなたに命をあたえよう。自由にしてやるから、キャメロットに行くのだ。そなたと、それに三十人の騎士もだ。アーサー王に忠誠を誓い、台所の騎士がそなたを派遣したと、お伝えするのだ」

「ご慈悲のほど、まことに痛みいります」

と緑の騎士がこたえる。

「されど、すでに日が傾き、夕闇がせまってきました。わが館に、ご一緒においでになり、今晩はお泊まりください。明日の朝、それぞれの目標にむかって出発しようではありませんか。わたしと騎士たちはキャメロットにむかい、そなたと乙女は冒険の旅を続けられるというので、いかがでしょう？」

このようなしだいで、その夜を、二人は緑の騎士のもとで過ごした。しかし乙女はガレスへの軽蔑を隠そうともせず、自分と同じテーブルで食事することを、なんとしても許そうとはしなかった。

「この下人を、名誉の客としてもてなすなんて、あなた、恥を知りなさい」

と、乙女はたしなめた。しかし緑の騎士は、

「この方をもてなすのに名誉を欠くのは、もっと恥です。この方は、ご自分が少なくともわたしよりも腕の立つ人物であることを証明されたのです」

こう言うと、緑の騎士はガレスをわきのテーブルで食べるよう、てはずをかえた。しかし、自分もその同じテーブルで、夕食を食べるのであった。

翌朝、彼らはそれぞれ別々の道へと、わかれて行った。そしてあいかわらずリネットは、台所の臭いがするとか、大きいがさがさの手だなどとガレスを嘲《あざけ》り、自分の風下を通行するようにと、命じるのであった。そしてガレスの方でもかわることなく、そうした言葉に黙々とたえ、怒った声で言いかえすこともせず、ただこう言うのであった。

「そのような嘲《あざけ》りは、礼を欠くではありませんか。いままで、ずいぶん、あなたのためにつくしてきたのに。それに、いまから、もっとつくすことになるかもしれないではありませんか？」

「そんなこと、わかりゃしない！」

と乙女は言いかえした。しかし、この時はじめて、乙女はガレスのことを人間を見るような目で見て、自分で自分の心がわからなくなったとでもいうような顔をした。そして、下唇をぎゅっと噛《か》みしめるのだった。

ほどへずして、ふたりがたどってきた道は樹々のあいだからぬけて、遠くに、城壁や城の櫓《やぐら》や、美しい城市《まち》の、重なり合ったたくさんの屋根が現われてきた。森のはずれから城市《まち》までは、美しい草原がひろがっている。刈られたばかりの草の、すがすがしい香りがただようこの草原の周囲には、濃い青の絹の天幕《テント》が立ちならんでいた。そして天幕《テント》の間には、同じく輝くような紺色の絹やダマスク織りの衣服をひきずりながら、騎士や、貴婦人たちがぞろぞろと歩いている。また小姓たちが、ほっそりとした猟犬を散歩させている。この犬たちはみな、美しい青の皮でできた首環をつけていた。また、従者たちが馬を運動させていたが、馬たちもまた、同じような色の豪華な衣装をまとっているのだった。

そして草原の中央には、他と比べてひときわ大きく、美しい天幕《テント》があった。青い槍が入口の横にまっすぐに立てられ、それに青い盾をもたせかけてあった。

「さあ今度こそ、ほんとうに逃げなければ。ほら、インドのサー・パーサントの天幕があるでしょ。サー・パーサント、またの名を青い騎士といって、世界最強の騎士の一人だわ。まわりに野営しているのは、青い騎士に仕える五百人の騎士たちよ。サー・ランスロットとサー・ガウェインでさえ、矛《ほこ》をまじえれば苦戦することでしょう。ですから、悪いことは言わないから、逃げるのよ。まだ時間があるわ」

乙女の口調から、さきほどよりほんの心持ち刺々《とげとげ》しさが消えていた。

「わたしの身のことを、ほんとうに心配してくれているような口ぶりですね」

とガレスはかえした。ガレスの声には、かすかながら、ほがらかな笑いがきらきらと輝いているようにさえ感じられた。

ガレスはがしゃんと面頬《めんぼお》を閉じた。

「まさか。あなたの身なんて、誰が気にかけるものですか。そうじゃなくって、包囲されているわたしの姉のお城まで、もう七マイルもないのよ。これだけ接近してくると、ひょっとしてあなたが敗けるんじゃないかしらって、心配がつのってくるのよ」

乙女の口から、〝台所の騎士〟を自分に仕える騎士として認めてしまうかのようなセリフが飛び出した。乙女は思わず口にしてしまってから、耳に聞こえてくる自分の声をきいて、はじめて、自分が何を言ってしまったのかわかったようだった。乙女はさっとガレスに目をむけた。しかし、面頬《めんぼお》が閉じられているので、相手がどんな表情なのかまったくうかがうことができない。そこで、なかば怒りをふくみながら、喉《のど》に息がつまったみたいな声で、こう言うのだった。

「ねえ、あなたはいったいどんな人間なの。ほんとうに、身分のある人なの？　それとも、やっぱりお粥作りの、しがない料理人なの？　いままでのわたしみたいに、騎士をひどく扱った女はいなかったでしょうね。でも、あなたは、いつもていねいにこたえたし、わたしに奉仕することをやめなかったわ」

「乙女よ、あなたの刺《とげ》のある言葉は、とても役に立ちました。おかげでとても腹が立ったので、戦うべき相手にたいして、こめる力が倍増しました。わたしが身分の高い生まれなのかどうかということについては——そのような者として、わたしはあなたに仕えました。実際にそうなのかどうかは、いずれ時がくればわかります」

この時、ひときわ大きな天幕《テント》から、従者が姿を見せた。従者はガレスのところにつかつかと歩みより、黒い騎士は戦いのために来たのか、それとも和睦のためにきたのか、たずねるよう、主人からおおせつかったのだと言った。

「主人のところにもどって、それはそちらしだいだと告げよ」

従者は帰っていった。そしてしばらくすると、別の従者が天幕《テント》の後ろから出てきた。鉄灰色の大がらな戦《いくさ》馬《うま》を引いている。馬は蹄《ひづめ》で、下の地面をむずむずと踏みまわり、くつわを嫌がって口をふがふがと動かした。そして、つぎに、天幕《テント》からパーサントが出てきた。陽《ひ》の光に照らされた鎧《よろい》は、甲虫《かぶと》の羽のような、青い色に輝いている。パーサントは馬にまたがった。そして盾と槍を手にとって、ガレスが待っている方に向き直った。

「ということは、戦いを選ぶのだな」

とガレスは言った。そして拍車を黒い馬の横腹に蹴りこむと、青い騎士にむかって猛烈な勢いで駆けだした。

衝突した衝撃で、二人とも、槍が三つに砕けてしまった。そしてどちらの馬も倒れてしまった。二人の騎士は、ばたばたと空をける馬の脚をさけて、跳ね起きた。そして剣を抜きはらうと、相手にむかって跳びかかった。こうしてしばらくの間、二人はちょうちょうはっしと剣を切りむすんだ。刃《やいば》からは火花が盛んに散りはねた。しかし、けっきょくは、ガレスが青い騎士の頭頂部に剣を打ち込むと、締め紐がちぎれて相手の兜《かぶと》がはねとび、青い騎士は地面にたたきつけられた。

すると、こんどは頼まれもしないのに、乙女が倒れた騎士のために、命乞いをするのであった。ガレスは、その瞬間に、上にふり上げた剣をおろしてこう言った。

「この乙女が頼むから、命は助けてやろう。そなたのように立派な騎士には親しみをおぼえるから、そのような者を殺さねばならぬのは心が痛む。だから、家来たちをつれてキャメロットに行くのだ。そしてアーサー王に仕えることを誓うのだ。台所の騎士が派遣したのだと言え」

「きっとそうしよう。だが、その前に、すでに影が長くなってきたから、そなたと、ともに旅しておられる乙女のお二人に、わが客人としてここで晩餐をともにし、夜を過ごしていただきたい」

そんなわけで二人は、その夜、青い騎士の賓客となってもてなしを受けた。

乙女リネットはもはや、ガレスのことを嘲《あざけ》ろうとはしなかった。しかし晩餐が終わると、リネットは、〝赤い国の赤い騎士〟によって包囲攻撃されている姉を救うために、ここまでやってきたいきさつを、パーサントに説明した。また、同行してきた人物が、これまでどんな戦いぶりを見せたか、くわしく話した。そうして、最後に、こうつけくわえた。

「パーサントさま、お願いです。これ以上進むまえに、この人を騎士にしてあげてください。同等の身分の者が赤い騎士に挑戦するというかたちに、ぜひともしていただきたいのです」

「わたしとしては願ってもないことだが、ただ、この方がわたしの手から騎士の称号を受けとってくださるかどうか」

「それはわたしにも願ってもないことだが、昨日すでに、湖のランスロットの手で、騎士にしていただいたのだ」

「ほう。ではどんな名前で、騎士となられたのです？」

「わたし自身の名前だ。わたしはオークニー国のガレス、ロト王とモルゴース妃の子どもなのだ」

これを聞いた乙女は、目をまるくしてガレスを見つめた。そして何かしゃべろうとするかのように口を開きかけたが、けっきょく、何も言わずに閉じてしまった。

そして青い騎士はそんな二人を眺めて、かすかに微笑むのであった。

つぎの朝、彼らはたもとをわかち、それぞれの目標をめざした。パーサントは家来の騎士たちとともにキャメロットへ、そしてガレスとリネットはリオネス姫の城へと向かった。そして正午までかなり時間を残して、最後の七マイルを行きつくすと、大きく平らな草原の端までやってきた。

さほど距離のないところに、美しい城が見えた。たくさんの櫓《やぐら》が高々と、そして誇らしげに、朝の陽《ひ》ざしをあびながらそびえている。そして彼らと城のあいだには、緋色の天幕《テント》がずらりとならんでいた。天幕《テント》の間を大勢の騎士たちが行き来している。この騎士たちの鎧《よろい》ばかりでなく、武具の一切、馬がまとっているものにいたるまで、すべてがまるで麦畑に咲いた芥子《けし》の花のように真っ赤であった。

これはただ眺めている分には、美しい光景であっただろう。しかし、もっと近寄ってよく見れば、この野営地の真ん中に鬱蒼《うっそう》たる灌木《かんぼく》の茂みがあり、その枝からは、およそ四十人ほども、騎士の遺骸が絞首台さながらに吊り下げられてあった。なおも完全無欠の鎧《よろい》をまとい、盾を首のまわりにつるし、踵《かかと》にはぴかぴかの拍車が輝いている。しかし、すべて死人であった。死んでなお、いつまでも恥ずかしめを受けているのだ。

「見苦しい光景だ」

「おお、悼《いた》ましいこと。あそこに吊されているのは、姉を助けようとして、あなたの前にやってきた人たちの亡骸《なきがら》なのです。みんな失敗したのに、ご自分なら成功してみせようという勇気がおありですの？」

「それは、やってみるだけだ」

とガレスは歯を食いしばりながら言った。

「それもすぐにだ」

ガレスは、大きな象牙の角笛が、茂みでいちばん背の高いシカモアの樹からぶら下がっているのを見つけると、そちらに歩いて行こうとした。

「だめ！」

と乙女が叫ぶ。

「その角笛に触っちゃだめ！　まだよ！」

ガレスがけげんそうにふりかえると、乙女は言った。

「角笛が鳴ると、それを鳴らした人と戦うために、赤い騎士が出てくるわ」

「望みどおりだ」

「でも、朝の間は、赤い騎士の力がだんだん強くなってきて、正午には七人の男を合わせたよりも強くなるの。でも、正午を過ぎると、力が弱まって、夕暮れ時になると、それでも強くて恐ろしい相手ではあるけど、それ以上ではないわ。だから、正午が過ぎるまで角笛はそのままにしておいて。さもないと、あなた、日が暮れる頃には、あの樹にぶら下がった騎士たちの仲間になってるわ」

「それが当然のむくいだろう。もしもわたしが、相手のいちばん弱くなる時まで、こそこそと逃げ隠れなどするならばね」

こう言うとガレスは角笛を樹から下ろした。こんな大きな角笛はいままで見たことも、手に触れたこともなかった。それは、象の牙をまるまる一本くりぬいて、巧みに細工したものであった。この角笛を、ガレスは唇に押しあてて、力いっぱいに息をそそぎこんだ。ものすごい音が鳴りひびき、城壁からこだまが返ってきた。いったい誰が鳴らしたのだろうと、城の人々が一人残らず窓ぎわに駆けより、赤い騎士の家来たちも天幕から出てきた。そして最後に、赤い騎士その人が、悠然とした足どりで天幕から出てきた。手に持った武器も、身におびた鎧も、すべて血のように真っ赤であった。二人の従者が、糟毛の戦馬を引いてくると、騎士は鞍の上にひらりと跳びのった。

しかしガレスの視線は、城の窓の一つに向けられていた。その窓には、じっとガレスの目を見返している、少女の顔があった。その顔はアネモネのように蒼白であったが、とつぜん降って湧いた希望に、ぱっと焰《ほのお》がともったように明るく輝いていた。青白い両手が、ガレスにむけて懇願するようにふられている。ガレスは、胸の中の何かが翼を得て、その窓の少女のところまで飛んでいってしまったように感じられた。そして、それはもう二度ともどっては来ないだろう。

「あれが姉のリオネス姫よ」

ガレスの視線に気づいたリネットが説明した。

「きっとそうだろうと思った」

なおも目をそらすことなく、ガレスがかえした。

「あの人のために戦い、あの人をわが貴婦人と呼ぶことができさえすれば、それ以上もう何も望むことはない」

「ほら、赤い騎士が来るわ」

そこではじめて、ガレスは窓ぎわの小さな顔から、むりやりに視線を地上に引きもどした。そしてふりかえって、赤い騎士が猛然と駆けよってくる姿に、目をやった。澄んだ朝の陽《ひ》ざしのもとで、真っ赤に燃えさかっているかのようであった。

「そうだ。女など見ていないで、わしを見るのだ」

赤い騎士が叫んだ。

「わしの姿が、貴様のこの世の見納めだ。すぐに、あの枝にぶら下がっている屍肉《しにく》の、仲間入りだぞ」

ガレスは自分の馬を前に進め、悲しくもおぞましい肉塊が垂れ下がっている樹々の、暗い翳《かげ》から出た。そして野営地と城の間の草地で、二人の騎士は、おたがいに適当な距離までさがった。そして槍をかまえると、二人は相手にむかって、飛ぶような速さで突進をはじめた。

二人が衝突すると、白昼のかみなりのような音がとどろきわたった。それぞれの槍が相手の盾の中央にまともに命中し、槍はばらばらに割れて裂けた。また馬の鎧《よろい》の紐も、まるで絹のささくれのようにはじけとび、馬、騎士もろとも一つの塊《かたまり》となって地面に倒れふした。馬は両方とも即死だ。二人の騎士も気を失なって、しばらくのあいだぴくりともせずに横たわっているので、見物の人たちはみな、二人とも首の骨を折って死んでしまったのだろうと思うほどであった。そして黒い鎧《よろい》を着た見知らぬ騎士の強さに、あらためて、驚き、感心するのであった。けっきょくは相討ちになってしまったとはいえ、黒い騎士は自分が死ぬまえに赤い騎士にうち勝ったのだ。しかも、正午までまだ一時間も残しており、赤い騎士の身体に満々の力がみなぎっているときに、そんなことができたというわけであった。

しかし、やがて、どちらの騎士も身体を動かしはじめ、ついには立ち上がった。そして剣を抜いて、よろめく足で相手にむかっていった。まるで手負いの二頭のライオンが、雌雄をかけて最後の戦いをしているかのようであった。一時間にわたって戦いがつづいた。城の石壁には、剣と剣が切りむすぶ音が、まるで槌をかいかなとこに打ちつけているかのように響いた。また、真昼だというのに、赤い火花のふりそそぐのがありありと見えた。

そして正午の鐘が鳴るころ、赤い騎士の一撃がガレスの手から剣をもぎとると、赤い騎士はガレスの上にどさり身体をあずけ、体重そのもので相手を押しつぶそうとした。

ガレスにとって、世界がぐるぐるとまわりはじめ、あたりが真っ暗になってきた。しかし、その時、ぼうっとかすんだ頭の中を、リネットの鋭い声がつらぬいた。リネットはこう叫んだのだ。

「あら、ボーマン、あなたの勇気とやらはどうなったの？　窓の姉は泣いてるわ。あなたが倒れたら、あなたに託した明るい希望が消えてしまうわ」

こんな嘲《あざけ》りを耳にして、ガレスの身体に最後の力が湧いてきた。ガレスは赤い騎士の下敷になっていたみずからの身体をぐいぐいと持ち上げ、逆に、相手を強烈に締めつけた。そして手から剣を奪いとると、勝負をつけるべく、相手の兜《かぶと》を引きちぎった。

「慈悲を！」

と赤い騎士がうめいた。

「命は助けてくれ。そなたが真の騎士ならば、殺さないでくれ」

「おまえは、敵を殺さなかったのか？　あの死の樹からぶら下がっている死骸は何だ？」

ガレスは一喝し、剣を上にふり上げた。

しかし相手は、喉《のど》をつまらせながら言った。

「ちょっと待ってくれ。理由を話させてくれ」

「ほんとうにちゃんとした理由でなければだめだぞ」

「判断は、そなたにまかせる。かつてある乙女を愛した。世に、わしほど激しい情熱で愛した者はあるまい。だが乙女は、わしの言うことには耳もかたむけないのだ。兄のカラドスが湖のランスロットに殺されたので、まずもって、アーサー王の騎士を百人殺して屍肉《しにく》のように吊し、怨みを晴らしてほしい。それでなければ、わが愛に報いることはないというのだ」

その時、リネットが男の訴えに加勢した。

「このことはすべて、妖姫モルガンによって仕組まれたことです。そんな謀《たくら》みによって、アーサーと、アーサーの騎士の精華に、恥と悲しみを味あわせようとしたのです。でも、あなたの力と勇気によって、モルガンの謀《たくら》みは、ついえました。それに、いままでは中し上げませんでしたが、あなたの足もとにひれ伏しているる男の所行《しょぎょう》も、もとはといえば、すべてモルガンの妖しい呪文にあやつられてやらされたことなのです。この人を殺しても、この人が殺した騎士たちが生きかえるわけではありません。ですから、どうか、命を助けてあげてください」

ガレスはふり上げていた剣を、下にさげた。そしてなおも息をはずませながら、その剣に寄りかかって、こう言った。

「そなたの命は助けよう。アーサー王の宮廷にゆき、王の御前で臣下となることを誓うのだ。そして、台所の騎士がそなたを派遣したと言え」

赤い騎士はよろよろと立ち上がった。

「ご命令のとおりにいたします。フェアな戦いで、あなたはわたしに打ち勝ったのですから」

こうして、二人は赤い天幕《テント》に行った。さんさんと照る午後の陽光が絹布の壁をつらぬいてくるので、すべてが輝かしく、まるで宝石のルビーの真ん中にいるようであった。リネットは二人の騎士の傷に膏薬をぬり、かいがいしく包帯をまいた。その間に、城からは司祭が出てきて、くずれはてた哀れな遺骸を、暗い茂みからおろし、キリスト教徒にふさわしい埋葬をほどこしてやるのだった。

馬が引かれてきた。うなだれながら、赤い騎士が馬にまたがる。そして、騎士たちをしたがえながら、キャメロットにむかって旅立っていった。

騎士たちが姿を消すと、

「さあ、こちらへ」と、リネットがガレスにむかって言った。

二人は一緒に城の方へと、坂を上がっていった。そして二人のために下ろされた跳ね橋を、うつろな音をひびかせながら渡ると、外壁に面した城の中庭に入った。城の人々は二人のまわりに群らがり、大きな声で喜びをあらわした。しかし、リネットにしたがって奥の庭へと歩いてゆくガレスには、まるでふわふわと夢の中を歩いているように感じられた。

城の広間の入口のところに、リオネス姫が立っていた。身をつつんでいる緑のガウンには、まるで夏の草原のように、かわいい草花の模様がいっぱいあしらわれている。

「姉上、あなたを救ってくれた騎士を、ここにお連れしましたわ」

するとリオネス姫は手を差し出して、

「騎士さま、あなたのことを何とお呼びすればよいのでしょう?」

「わたしはオークニー国のガレス。父はロト王、母はアーサー王の姉にあたる者です。ガウェインはわたしの兄です」

とガレスは言い、ひざまずいた。そうして自分に方に差し出された姫の両手を、自分の手の中につつみこんだ。そして、なんて小さな手だろう、柔らかな手だろうと思った。しかし地面がぐるぐるとまわっているような感じにとらわれ、ついで、リオネス姫が泣いている——それもとても遠いところで泣いているような声が、耳に聞こえてきた。

「まあ、なんてひどい傷なのでしょう。気が遠くなったわ。死にかけてるんだわ。どうしましょう?」

するとリネットの声が、こうこたえていた。

「従者たちを呼んで、客間にはこばせましょう。それから台所から熱いお湯と、清潔なリンネルを持ってこさせるの。それから、後でお粥を。わたしが介抱するわ」

何日もの間、ガレスは傷の痛みに苦しめられながら、ベッドですごした。その間リネットは、いやな臭いのする膏薬を傷につけて、世話をしてくれた。そのかいあって、傷のほてりがひいてゆき、治癒しはじめた。

すると、スイカズラの小枝と、オダマキの花束を手にもって、リオネス姫が見舞いにきて、ガレスのそばに腰をおろした。窓の外では、ガレスのつれづれを慰めるため、楽人たちが演奏している。

しかし、じつのところ、ガレスにとってはベッドに臥《ふ》せったままリオネス姫を眺めることができるなら、それこそ無上の喜びで、つれづれどころではなかった。

ある日のこと。傷が快方にむかったころ、ガレスは乙女にむかって、こう言った。

「お姫さま、この何日かは、わが生涯で最高に幸せな日々でした。ですから、元気になってここを去ることになれば、わたしは、わが人生の喜びをすべてあとに残して去ることになります。ですから、これからわたしがお願いすることをかなえると、ぜひお約束いただきたいのです」

「いったい何でございましょう?」

と言って、リオネスは長いまつげの下の目をふせた。

「わたしといっしょにアーサー王の宮廷にもどり、結婚してほしいのです」

リオネス姫はガレスの首のまわりに両腕をまわし、真剣な顔で口づけをするばかりで、一言もかえさない。しかし、こんな場合に、言葉など必要であろうか?

その夜、二人の姉妹がともにくつろぎながら、髪を編んでいる時、リオネス姫は妹のリネットにむかって、こんなふうに言った。

「あなたも、わたしのように幸せだったらいいのだけれど。あの人は、ほんとうはわたしではなくて、あなたを愛すべきなのよ。わたしを救ってくださるために、あなたたちはひどい苦難を一緒にのりこえてきたんですもの」

「あれだけひどい言葉を浴びせかけたのに?」

とリネットは言って、大笑いした。

「いいえ。あの人、とても大柄で、強くて、勇気もあり、操《みさお》も正しいけれど、わたしにはちょっと優しすぎる。一年もたったら飽きあきしてしまうわ」

「でも、あなたも一緒にアーサー王の宮廷に来るのでしょう?」

「それは、そうするわ。あそこで、わたしの性格にあった騎士が見つかるかもしれないもの」

こうしてガレスの傷が十分に癒えたころ、三人はキャメロットにむかって旅立った。ガレスの従者の小人《こびと》が後からついてきた。

キャメロットにつくと、緑の騎士、青い騎士、赤い騎士が、それぞれ家来の騎士たちをともなって、すでにキャメロットに来ていた。皆、すでに、台所の騎士に来るように命じられたのだと言って、大王アーサーに忠誠を誓っていた。

王、妃、その他の円卓の騎士たちは、もどってきたガレスを、心から歓迎した。そしてランスロットは、

「もうそろそろ、そなたの正体を皆に明かしてもよい時がきたのではないかな？」

とうながした。

そこで、一同に向かい合うように立ちながら、台所の騎士、ボーマンは、ただそっけなく、

「わたしはオークニーのガレスだ」

とのみ言った。ガウェインの口から、思わず叫び声がもれた。

「ケイよ、あんたの台所の騎士とやらはどうなったんだい？　そう、最初からわかりきった話だったのだ。初めて見て、何となく親近感を覚えた。どこかよいところの出身だと、はじめから言ったろう？」

ガウェインはこう言って腕を弟の身体にまわし、そうしてさもうれしそうに肩をぽんぽんとたたくのであった。ガレスとアグラヴェインもそれにならった。

この喜ばしい騒動が幾分おさまり、ガレスの冒険がつぎつぎと披露され、話が一段落したところで、ガレスはリオネスの手をとり、結婚の許可をくださるよう、王に頼んだ。

「親愛なる甥にして、もっとも若き騎士のガレスよ。乙女がもしそれでよければ、三日後に婚礼の儀式をとりおこなおうではないか」

この言葉どおり、三日後にガレスとリオネス姫はめでたく結ばれた。そして、聖ステパノ教会で式がぶじに終わると、大広間で披露の宴《うたげ》が張られた。そして宴《うたげ》が終わると、こんどは、従者たちが広間の下座の椅子やテーブルをかたづけ、楽人による演奏とダンスがはなばなしくはじまった。

このようにして、楽しい夕べの時間が過ぎて行った。そしていつしか、葡萄酒《ワイン》の盃を片手に、吹き寄せられたように広間の隅《すみ》に立ち、ガレスとリオネスが先導する踊り手たちの群れにじっと目を注いでいる、ガウェインとランスロットの二人の姿があった。まずガウェインが口を切った。

「わたしだったら、妹の方をとるな」

「あの、金髪のおてんばを?」

「ああ、そうだな。心が何を選びとるか、それは時にはかりしれないものだ」

まるで、二十四歳の若者ではなく、四十男のような口調であった。しかしランスロットは、自分の視線が、絹の天蓋《テント》の下に座って、ダンスを見物している王妃の方にさまよっては行かないよう、心を強く引き締めたのであった。

ランスロットは花嫁と花婿の後ろで踊っている、ガヘリスとリネットのペアに目を注いだ。そして、くるりくるりとまわるダンスの動きによって、この二人の身体が接近すると、お互いが相手にたいして、きらきらと輝く目を注いでいるのに気づいた。この二人だったら、嵐のような熱烈な求婚になるだろうと、ランスロットは心の中で思った。ただし、口に出して言ったのは、

「樹の葉が色づく前に、きっと、リネットも君の親戚になると思うよ」

という言葉だけであった。

そしてこの予言は、みごと的中したのだった。

第9章　ランスロットとエレイン

　ガヘリスとリネットの婚礼の儀式が行なわれる前に、ランスロットはキャメロットを後にして、またもや、あてどのない冒険の旅に出た。
　大勢いる円卓の騎士たちの中でも、もっとも頻繁に旅に出たのはランスロットであった。アーサー王から賜わった、北ウェールズの〝喜びの城〟に行くことも、ときにはあった。しかし、たいていは、行き先も告げずに、ただぶらりと曠野《あらの》の中に姿を消して、危難や冒険をもとめてさまようというのが、ふつうであった。こんなランスロットの姿を見て、人々は、名誉を求めての放浪なのだろうと思った。しかし、じつのところ、これは自分自身と王妃の名誉を汚さないためというのが、いちばん大きな動機だったのだ。
　というのも、幾度も夏が来て、冬が過ぎ去るうちに、ランスロットがグウィネヴィアを愛し、グウィネヴィアがランスロットを慕う気持ちは、いよいよもって強くなってきた。宮廷にいれば、毎日顔を合わせて話をしなければならないし、ともに鷹狩りに出かけたり、ダンスをして手を触れ合ったりしないわけにもゆかない。しかもそんなことをしながら、いつも、この女性はアーサーの妻なのだという苦い意識が心を去るときがない。こんな宮廷での生活が苦しくてやりきれなくなると、ランスロットはきまって鎧《よろい》の用意を命じた。そうして痛む心はそのまま宮廷に残したまま、ひとり、去ってゆくのであった。

このようなわけで、ガヘリスが結婚した秋、ランスロットは宮廷から遠くはなれ、放浪に身をまかせていた。

そこは、不自然なほど植物に活気がない、荒れ野であった。ほんの数か所、農場があるにはあり、その周囲には畑や草地がなくもなかったが、いかにもうらぶれた印象がそこかしこにただよっていた。また森の樹も、ほかのところでは葉っぱが燃えたつような銅や黄金の色に染まっているのに、ここでは、バターミルク色の空を背景に、ほんの数枚ほど、茶色にしおれた葉をひらひらさせているばかりであった。

あてどもなくさまようランスロットの行く手に、コルベニックの橋が目に入ってきた。そしてこの橋がかかっている川のむこう側には、背の高い塔がそびえ、その塔をとり囲むようにして、コルベニックの町の家々の屋根が群らがっているのが見えた。

ランスロットが橋を渡ろうとすると、人々が家から、仕事場から飛び出してきてランスロットのまわりに押し寄せてきた。そうしてランスロットの馬の手綱やあぶみにしがみついて、いかにもよく知っている人物であるかのように、口々に、大声で叫ぶのであった。

「ようこそ、騎士の華《はな》、ランスロットさま。これで、われわれのお姫さまも、ひどい運命から救われるぞ!」

「それはどんな運命なのだ」

とランスロットがたずねた。大勢の人々が口々にしゃべっているので、何を言おうとしているのか、さっぱりわからない。

「ここの塔では、姫君が、火傷《やけど》しそうな風呂の中に囚《とら》えられているのです」

町の人たちがランスロットに説明した。

「もう五年もの間、ずっとそうでした。妖姫モルガンとノルスガリスの妃の呪文にかけられているのです。お姫さまはとてもお美しく、〝百合の乙女エレイン〟と渾名《あだな》されるほどなのですが、二人の魔女はそんなお姫さまの美貌が妬《ねた》ましいのです。そこで、世に最高の騎士が来て解放してくれるまで、そのままでいなければならないという、呪いをかけたのです」

こんな話をしながらも、人々はランスロットの馬を、塔の方へと導いてゆくのだった。

「他の立派な騎士たちが、いままですべて失敗してきたのなら、わたしが成功するとはとても思えないが、あるだけの力はつくしてみよう」

とランスロットはこたえた。

ランスロットは、塔の、アーチ屋根になった入口のところで馬をおりた。そして中の螺旋階段をのぼっていった。町の人々はなおも群らがって、ランスロットの後ろからぞろぞろとついてくる。こうしてランスロットは、階段をのぼりつめて、鉄の扉のところまでやってきた。扉には内側からかんぬきがかけられ、横木が下ろされていた。しかし、ランスロットが扉に手を置くと、かんぬきも、横木もすんなりとはずれた。そこでランスロットは、勢いよく扉を押しあけ、中に入っていった。

部屋の中には蒸気がたちこめており、ランスロットをむうっとつつみこんだ。しかしそんな蒸気の雲の中に、かろうじて、大きな樽のような容器が見えた。容器の中には湯が煮えたぎっており、この熱湯の中からエレイン姫がランスロットにむかって、懇願するように両手を差しのべている。ランスロットは渦巻く蒸気の中に、すたすたと歩いて行った。入口が開けっぱなしなので、風が入ってきて、しだいに蒸気が薄まってくる。ランスロットが姫の手をとると、姫は立ち上がって、しゅうしゅうと煮えたぎる熱湯から出てきた。するとランスロットの後ろにいた女たちが、すかさず、女をとり囲んだ。そして一人が自分の上っ張りを脱いで姫の頭の上からすっぽりとかぶせた。それからまた別の女が、姫を自分のマントにくるんでやった。あわれ、姫は、まったくの生まれたままの姿だったからである。

こうして服を着せてもらうと、姫はまたランスロットの手をにぎって、あらためて礼をのべた。

「騎士さま、お救いいただき、ありがとうございます。さあ、よろしければ、すぐそばの礼拝堂《チャペル》にご一緒にまいり、ともに、神さまに感謝の祈りを捧げてはいただけないでしょうか」

そこで二人は階段をおりていった。そして細い道をたどって礼拝堂《チャペル》へと向かった。人々は感無量の思いにひたりながら、なおも、二人の後についてくるのだった。

礼拝堂《チャペル》につくと、ランスロットと百合の乙女エレインは、一緒に祭壇の前に膝をついて、感謝の祈りをささげた。その時、ほんの一瞬、はたしてこれが神さまが自分に起こさせてくださった奇跡なのだろうかという思いが、ランスロットの頭をよぎった。しかし、そうでないことを、ランスロットは最初から知っていた。これはただ、魔法の呪文を解いたというだけの話にすぎないのだ。

また太陽の光のもとに出ると、ランスロットは乙女の姿をあらためて眺めた。すでに煮え湯のほてりは消え、髪も乾いてきて、あわい金色になってきた。そしてランスロットには、なぜ人々がこの女性のことを〝百合の乙女エレイン〟と呼ぶのかがよくわかった。こんなに美しい女性は見たことがない、とランスロットは思った。ただし、グウィネヴィア妃だけは特別であったが…

乙女はランスロットの方に顔をむけて、にっこりと微笑んだ。とても重々しく、それでいて甘美な微笑みだった。

「騎士さま、感謝の祈りがすみましたから、家《うち》まで送ってくださいますかしら」

「喜んで、そういたしましょう。お家《うち》がどこなのか、教えてくださいますか」

「あら、ほんの近くですわ。町の、あちらのはずれですわ。コルベニック城ですのよ。父は、この国の王なのです」

これを聞いて、奇妙に枯れた樹々や、全体に荒廃したような雰囲気の原因がランスロットには理解できた。

ランスロットは、(いや、ランスロットにはかぎらず、誰でも耳にしたことがあるはずだが)、コルベニックのペレス王の噂を聞きおよんでいた。ペレスは、別名〝手負いの王〟とも称される、有名な王であった。このような渾名《あだな》がつけられたのは——ずっと、ずうっと以前にペレス王は負傷したが、その傷がいつまでたっても癒えることなく、それどころか、国そのものがそこなわれ、それ以来、旱魃《かんばつ》と作物の不作のたえる年がなく、暗い悲しみの翳《かげ》が国全体をおおいつくしているという事情が原因であった。そればかりか、コルベニック城そのものについても、ランスロットは奇妙な噂をいろいろと耳にしていた…

しかし、いまはそんなことを考えながら、ぼんやり立っているべき時ではなかった。乙女が、自分の手をランスロットにあずけて、じっとこちらを見つめながら立っているのだ。そうして家に一緒に帰ってもらおうと、待っているのであった。

そこでランスロットは、まず自分が馬にまたがり、つぎに乙女を自分の前に引っ張りあげた。そうして町の中に馬を進めた。大勢の人々がなおも、黙ったままあとについて来たが、なかにはそれぞれの場所に散りはじめた人々もいた。こうしてランスロットは、高々とそびえる灰色の城にまでやって来た。城は坂をのぼりきった、町でいちばん高い岩山の上に建っている。急峻《きゅうしゅん》な崖の下を望めば、はるか下に、大きく環を描いて城のまわりをめぐっている川の、半分かわいた川底が見えていた。

城に入ったばかりの広い中庭のところには、城の人々が二人を出迎えようと、大勢待ちかまえていた。そしてエレインの侍女たちがうれしいやら、心配やらで、声をおし殺して泣きながら迎えに出てきて、姫をかの女自身の部屋へと連れていった。また厩《うまや》番の従者たちが出てきて、ランスロットの馬を厩《うまや》に引いてゆくのだった。それから別の従者たちが、ランスロットを客間に連れて行き、鎧《よろい》を脱がせた。こうして着替えがすむと、ランスロットは大広間へと案内された。

大広間にはすでに夕食のために、テーブルが並べられ、白い麻布がひろげられていた。そしてさらに、ペレス王その人が宮廷の騎士や貴婦人に囲まれながら、まるでやせ衰えた幽鬼のような姿で、黄金をほどこした寝椅子に寝ていた。この王のすぐわきにはエレイン姫が座り、父親のしなびた手を自分の両手に包んでいる。

「おお、湖のサー・ランスロットよ」

とペレス王が言った。この町では下々の人々ばかりか、王までが、この異相の騎士のことを知っているものとみえる。

「神の祝福が、そなたの上にあらんことを。わたしから、永遠《とこしえ》の感謝を君にささげる。あれほど大勢の騎士にできなかったのに、そなたはわが娘を救い出して、わたしのもとに返してくれた、大恩人なのだ」

このような王のお言葉につづいて、そこに集まった人々が、一人として例外なく、ランスロットにたいして感謝と歓迎の言葉を述べた。ランスロットは王の食卓の、いちばんの上座に席があたえられた。つづいて皆がそれぞれの席についた。

ところが、食卓の上に料理がはこびこまれてくる前に、奇妙な出来事が起きた。あるいは起きたように、ランスロットには感じられた。すべてが夢ではなかったのだと、ランスロットは後になってもはっきりと断言することができなかった。少年のランスロットは、目を覚ましていながら、ときどき奇妙な白昼夢の中に迷いこむことがあった。それは子ども時代の失われた数年間と、何か関係があるのではないかと、ランスロットはよく思うことがある。そんなわけで、ランスロットには、どこか他の人たちとは違ったふうに物事を感じることがあったのだ。

さてランスロットが、自分の目に映ったと思ったのは、このような情景であった。

ランスロットは視線をあげて、正面の壁の切り妻部分にもうけられた大きな窓に目をやった。すると、夕陽《ゆうひ》の赤い輝きを背景にして、一羽の鳩が大きく翼を広げて、宙に浮かんでいるのが見えた。くちばしからは、小さな黄金の香炉が吊りさがっている。そして、そこから漂ってくるほのかな煙は、世にまたとないほどかぐわしい香料の薫《かお》りを、大広間のすみずみにまで満たしていた。そのときとつぜん、窓の下の大扉がぱっと開け放たれ、全身が白い衣にくるまれ、白いヴェールをかぶった乙女が、入ってきた。乙女は両手に酒盃をささげているが、それもまた白の銀襴織りのヴェールをかぶっている。そしてこの酒盃からは、厚いヴェールにもかかわらず、とても明るい光が輝き出ていた。あまりにまぶしくて、とうてい、まともに目をむけることなどできない。そして乙女は、酒杯を目の前に高くささげながら、地面の上を歩いているというよりは、まるで宙を漂っているような足どりで、広間を進んできた。そうしてテーブルの間をめぐって、ふたたび扉から出て行った。乙女の姿が消えると、扉はひとりでに閉まった。

酒杯がテーブルの間をめぐったあとの沈黙の中で、どんな生身の人間も経験したことのないようなかたちで、ご馳走を食べ、飲んだような気がした。じっさい、その夜、これ以上に何か食物が出てきたという記憶が、ランスロットにはない。また誰かが、食物がたりないと感じているようにも、思われなかった。

ランスロットは、酒杯がそばを通りすぎるとき、両手の中にうずめていた顔を上げて、王にたずねるのだった。

「荒れ地の王さま、この奇跡はいったい何でございましょう?」

「そう、まさに奇跡といえるな」

とペレス王はこたえた。

「そなたの目の前を通っていったのは、聖杯なのだよ。最後の晩餐のときに主がお使いになった酒杯、後に、磔《はりつけ》のときに、主の聖《きよ》い血をお受けした器なのだ。そなたもご存知だろうが、この酒杯はアリマタヤのヨセフがブリテン島に持ちきたって、最初は、りんごの樹の生えたアヴァロンの、ヨセフが礎《いしずえ》をきずいた聖なる建物に安置された。しかしその後、聖杯はここコルベニックにもたらされ、アリマタヤのヨセフの血縁で、〝手負いの王〟と呼ばれるこのわたしが、守っているのだ。やがていつの日か、聖杯は、今晩わたしのテーブルのまわりを進んだように、キャメロットのアーサーのテーブルのまわりをめぐり、すべての円卓の騎士たちを、最高にして最後の冒険へといざなうだろう。その時こそ、アーサーが治めるブリテン島が最盛の時をむかえ、ログレスの焔《ほのお》はもっとも明るく輝くことだろう。それは、ふたたび暗闇にとざされる直前に、ひときわ明るく輝く最後の光芒《こうぼう》なのだ」

数日の間、ランスロットはコルベニック城に滞在した。ただし、聖杯を目にすることは、もう二度となかった。

ランスロットがキャメロットを後にしたのは、グウィネヴィア妃への愛から逃れるためであった。ところが、ランスロットは、ただそれを、ここまでもってきただけの話であった。こうして、ただ走るだけでは、グウィネヴィアへの愛を征服できないことがわかったので、少しばかり道草をして、見知らぬ土地を走っていても、何もまずい理由はなかろうと、ランスロットには感じられた。

さてエレイン姫は、そんなランスロットとともに馬を駆って出ることが、よくあった。あるいはチェスの相手をしたり、秋の最後の暖かい陽《ひ》ざしのもとで、雑草が生え放題になった城の庭を散策しながら、話をすることも、たびたびであった。ランスロットは、胸がグウィネヴィアのことであまりにいっぱいなので、エレインが自分を愛するようになったことに、まるで気がつかなかった。そして夜ごとかの女が泣きながら眠りについていることも、まったくランスロットの知るところではなかった。

しかし、子どものころからエレインの乳母《うば》をつとめてきたブリーセンには、よくわかっていた。

ブリーセンはペレス王に話した。そしてペレス王の側からも、話を聞いた。

ブリーセンは、〝古い人々〟、すなわち〝黒き矮人《こびと》たち〟の血をひいている女性であった。したがって薬草を調合したり、女がよくもちいる呪文などは、お手のものだった。そればかりか、かの女の一族の多くに共通することであったが、未来を見通す能力に恵まれてもいたのである。

ブリーセンは王の居室を出て、エレインのところにもどった。そして、このように話した。

「わたしの可愛いお姫さま。そのように、激しくお泣きあそばすものではありません。あの方が愛するのはグウィネヴィア妃だけですが、ほんのしばらくの間、あなたを愛する殿方に変えてさしあげます。あなたは、あの方のために男の児を身ごもるでしょう。その子には、父親の名前をとって、ガラハッドと名をおつけなさい。いずれ、世に最高の騎士となるでしょう。そしてあなたの父上の傷を癒し、荒れ地を曇らせているこの翳《かげ》を、追いはらってくれるでしょう」

ブリーセンはこのように予言すると、その最初の部分を実現させるべく、みずから行動にうつるのだった。

つぎの日の夕方、エレインと、老いた乳母《うば》は内密のうちに城をぬけ出した。そしてしばらくすると、ある男（ランスロットは知らなかったが、ブリーセンの夫であった）がランスロットのもとにこっそりとやってきて、手の平に何か小さなものをのせた。ランスロットは目を落として、それを見た。グウィネヴィア妃がよくはめている指輪だとランスロットは思った。するとランスロットの鼓動はいきなりどきどきと打ちはじめ、胸の肋骨ぜんたいが震えはじめた。ランスロットは顔も上げずにたずねる。

「わがお妃さまは、どこにいるのだ？」

「カーゼ城におられます。森をぬければ、五マイルもありません。お妃さまは、おひとりです。あなたをお連れするようにとのご命令です」

ランスロットは、ただちに、馬をもてと叫んだ。そして馬がくると、馬丁の一人に道案内をさせながら、夜の闇と秋の大風をおかして、狂ったように駆けていった。葉のおちた樹の枝がしきりと頭上をはらい、悩ましげな呻《うめ》き声をたてる。しかし、柔らかな髪があふれんばかりに流れているグウィネヴィアの顔が、たえず目の前の暗闇に輝いているように、ランスロットには感じられた。

カーゼ城の中庭につくと、ランスロットはころがるようにして地面におり立ち、目についた最初の人間にむかって、息せききってたずねた。

「王妃はどこだ?」

「王妃さまはお疲れのため、すでにおやすみになりました」

とブリーセンが告げた。しかしランスロットは激しい風と自分自身の胸の鼓動によって、耳が聞こえず、頭も混乱しきっていた。またコルベニック城にいながら、ブリーセンの姿はほとんど見ていなかったので、この女がエレインの乳母《うば》だなどとはつゆ疑うこともなく、さらにこんなところにグウィネヴィア妃がいることがそもそも妙だなどと、まったく思うこともなかった。

「まず、広間にお入りください。そうして暖炉にあたりながら、葡萄酒《ワイン》でもお上がりくださいませ。あなた、ずぶ濡れでございますわよ。このように荒れる夜に、一生懸命に駆けてこられて、さぞお疲れのことでしょう」

ランスロットは老女について、広間に入っていった。広間は暖かく、静けさがすみずみまで行きわたっていた。そして明かりはといえば、炉の中で燃えているりんごの樹の薪の上で、ちらちらとゆれる炎があるばかりだ。

ランスロットの両手には、スパイスをきかせた一杯の葡萄酒《ワイン》があった。これを、ランスロットはいっきに飲みほした。そうすると、一瞬にして、輝かしくも暖かいものが身体中に広がったような感じがした。そうして、まるですべてが黄金の霞《かすみ》に包まれているような――そんな感覚にとらわれ、すばらしい法悦《ほうえつ》が胸の中でふくらんできた。なにしろグウィネヴィアがこんなに近くにいるのだから……

「さあ、こちらでございます」

とブリーセンは言って、螺旋階段を導いていった。

広間の上にある大きな寝室の中は真っ暗だった。窓がどこにあるのかさえわからない。ランスロットは、

「グウィネヴィア？」

と言って、暗闇の中に歩んでいった。

朝になり、ランスロットは目が覚めた。灰色の夜明けの光が、よろい戸の隙間から洩《も》れてくる。ランスロットは横で寝ているはずの、愛する王妃の姿を見ようと、顔を横にむけた。そして、そこに、王妃ではなく――エレインのなおも眠っている顔を見た。大きな困惑が、ランスロットの心に広がった。そして昨晩のことを思い出すにつれて、困惑は、悲しみと怒りにかわった。

「裏切り者め！」

ランスロットは鋭く叫んで、ベッドから跳びおりた。そしてたんすの上の剣をにぎると、鞘《さや》から抜きはらった。

「そなたはわたしを裏切った。殺してくれよう！」

そんな声を聞いて、エレインは目を覚ました。そしておびえたような目で、ランスロットを見上げるばかり。ランスロットはエレインにのしかかるような姿勢で、刃《やいば》をぎらぎらと光らせているが、エレインは動こうともしない。

「早く死ねばよかった。こんな恥をかかされようとは」

ランスロットは叫んだ。しかしそれでも相手がこたえないので、ふたたび、生きるか死ぬかの苦痛にさいなまれているかのように、大声で叫ぶのだった。

「エレインよ、どうしてわたしをこのような目にあわせたのだ」

すると、ここではじめて、エレインが口を開いた。

「予言をかなえるためです。あなたとわたしとで、ガラハッドを生まなければならないのです。ガラハッドこそ、父上の傷を癒し、この国から暗い翳《かげ》を除き、聖杯の探求を達成してくれる者なのです。それに、あ、もちろん、ランスロット、あなたを愛しているからですわ。あなたなしでは生きられないのに、あなたは、お義理でしかわたしの方に目をむけてくれないではないですか」

こう言ってエレインはベッドの上でひざまずいて、泣きはじめた。

ランスロットは剣を部屋のすみに放りなげた。そして口を開こうとしたが、まるで言葉が喉《のど》につっかえて困るといったようすであった。

「そなたを殺しはしまいぞ。そなたが悪いのではないのだ。赦《ゆる》そう。ほら、ごらん。その証拠に、口づけをしよう」

ランスロットはこう言うと、エレインを抱きしめて、眉毛のあいだに、ぎこちなく口づけした。

しかし、エレインがお返しに口づけしようとすると、悲しみと嫌悪がふたたびこみ上げてきて、何やら大声で叫ぶと、窓に駆け寄り、よろい戸をさっと開け放って飛び出した。

ランスロットはバラの花壇の上に落ちた。そこには遅咲きの悲しい花がぱらぱらと咲いていた。すぐに立ち上がったランスロットは、刺《とげ》のせいで顔からも身体からも血を流しながら（ランスロットは下着のシャツしか身につけていなかったのだ）、そして、あいかわらず奇怪な、傷心の叫び声をあげながら、城の庭園のきわの、半分くずれた城壁をめがけて走っていった。そうしてその上を乗り越えて、さらに走りつづける。こうして岩でできた山腹をおりて、干上がった川底を渡り、秋の森のくすぶったような翳《かげ》のなかへと消えていったのである。


クリスマスが過ぎた。そして復活祭もすぎ、森にはカッコウの声がにぎやかに響いている。しかしランスロットの消息は、キャメロットに聞こえてはこなかった。

一年がたった。いとこのボールスはもうこれ以上待ってはいられないと思い、ランスロットを探しに行くことを決意した。そしてたずね歩くうちに、たまたま、コルベニック城にやってきた。ボールスはペレス王の歓迎を受けた。また、娘のエレイン姫からも、暖かい歓迎の言葉をかけられた。

その時、エレイン姫はとても小さな赤ん坊を、腕に抱いていた。

ボールスは、エレイン姫にむかって、とてもていねいに頭をさげた。すると赤ん坊の顔が、まぢかにせまった。それまで眠っていた赤ん坊は、目を開いて、ボールスをまじまじと見つめた。目が覚めたばかりで、まだくしゃくしゃの顔ながら、その灰色の切れ長の眼に、ボールスは、もしやと思った。そして、胸騒ぎのするボールスは、あらためてエレインの顔を見なおした。いや、これは母親からもらった眼ではない！

エレイン姫はかすかに微笑んだ。誇らしげでも、悲しそうでもあった。

「ええ、騎士さま、わたしと、ランスロットさまの子どもなのです。名前はガラハッドと申します。父親よりもすぐれた騎士となるはずです。いずれ、世にも完全無欠の騎士と呼ばれることになる運命を背負っている子どもです」

「ランスロットだって」

とすかさずボールスは聞きかえした。

「ここに、いるのですか」

「ここに、いたのです。でも、もう過去の話ですわ」

こうしてエレイン姫はボールスにむかって、ランスロットがコルベニックの国に来た時のこと、しかし気が触れて森の中に走りこみ、その後、姿を見たり噂をきいた者はいないのだと、話すのだった。

これを聞いたボールスの悲しみは、とても言葉に言いつくせるものではなかった。そしてつぎの朝になると、ミサをすませてから、ボールスは悲愴な気持ちをいだきながら暇《いとま》をこい、馬の首をキャメロットにむけたのであった。

ボールスがもどると、待ちかまえていた王妃が、ランスロットの消息があったのかとたずねた。ボールスは、いいえと答える。自分が聞いたことをそのまま話せば、王妃がひどく悲しむだろうと思ったからだ。

しかし、ことはあまりに重大で痛ましく、ボールスは自分だけの胸にしまっておくことができなかった。

そんなわけで、しばらくするとボールスは沼のエクトルと、庶子オウェイン、その他数人の人々に話をもらしてしまった。二人、三人へと打ち明けられた秘密は、もはや秘密でも何でもない。誰がどうしたのかはわからないが、やがて、ランスロットがペレス王の娘に息子を生ませ、気が狂ったという噂は、宮廷中にひろまってしまった。そして、ついに、王妃の耳にも入った。

しばらくの間、グウィネヴィアは悲しみと怒りで、半分気が狂いそうになった。そしてそんな激しい感情を、自分ひとりの胸に押し込めておかねばならないだけに、よけいに苦しみが増した。しかし、そんなグウィネヴィアの姿をま横に眺めながら、アーサーは、王妃はただ友人を失って悲しんでいるだけなのだと思っているふりを――とりわけ、自分自身にたいして――装わねばならなかった。こうしてアーサーは、誰の目にもとまりはしないものの、ほとんど胸のつぶれる思いにうちのめされるのであった。

このようにしてまた一年がたち、さらに三年目の年も、何か月か過ぎた。エクトル、ガウェイン、その他の円卓の騎士たちが、ランスロットを探す旅に出るには出たが、いずれもわずかの消息さえつかめないままに、帰ってきた。

そんなある日のこと――それは聖燭節［二月二日。聖母マリアの潔めの祝日］の祝日で、植物がぼうぼうともつれあうコルベニック城の庭園で、スノードロップの花が咲きそめた日でもあったが、エレイン姫と侍女たちが、暇な午後のひとときをすごそうと庭園に出てきた。彼らは金糸を縫いこんだ皮ボールを持っている。なにぶんにも、樹の茂りすぎたあずまやに座ったり、半分なくなりかけている小径《こみち》をぶらぶらと散策して過ごすには寒すぎるので、ボール遊びをしようというわけであった。

ところが、ボールを互いにむかって投げ合いながらしばらく遊んでいると、庭の奥の、水の干上がりかけた古井戸のそばに生えている、こんもりとした茂みの中へと、ボールがころころところがりこんだ。一人の乙女が走って、それをとりにいったが、すぐに、手ぶらでもどってきた。しかもあまりの驚きに、目がまん丸であった。

「お姫さま。井戸のそばに、野蛮人が寝ています。おお、お姫さま、きっと〝森の男〟ですわ。早く逃げなければ！」

「いいえ。まず、わたしが自分の目で確かめてからよ」

突如として、大いなる心の落ち着きが、エレインの上におおいかぶさったかのようにみえた。茂った枝をかきわけて、井戸の前に立つまでもなく、かの女にはわかっていたかのようであった…

一目見て、エレインにはそれが誰であるかがわかった。そう、ランスロットが、片方の腕を枕にして、ぐっすりと眠っているのだ。まるで、遠くから猟犬に全速力で追いかけられてきたかのように、ぐったりと疲れているようすであった。ランスロットは飢えた冬をすごした狼のようにやつれていた。森の中に姿を消した時に着ていたシャツはすでにぼろぼろで、それにくわえて何やら動物の皮を腰に巻きつけてはいるものの、この寒空のもとで、身につけているものといえばただそれだけであった。そして、髪は真っ白だった。

エレインは地べたにへなへなとひざまずき、胸がはり裂けそうな、悲痛な声で泣きはじめた。

その時乳母《うば》のブリーセンが横にきた。そしてエレインの上に身をかがめて、こう言った。

「起こしてはだめです。狂気の残りかすが、まだあるかもしれません。いまあなたが目を覚まさせたら、また狂ってしまうかもしれません」

「ああ、どうしよう」

とエレインが心細くささやく。

「愛する人よ。どうしてあげればよいの？」

「わたしが眠りの呪文をかけましょう。一時間は目覚めぬようにするのです。それで、眠っているあいだに、屋根の下にはこびこんで、塔のお部屋に寝かせましょう。そこで暖めてあげて、お世話するのです」

ブリーセンはこう言って魔法をつむいだ。指の先と、歌う呪文で行なう、ささやかな魔法であった。侍女たちは立派な鹿皮の敷物《ラグ》をもってきて、ランスロットをくるんだ。そして塔の裏階段をのぼって、ランスロットを上の部屋までかつぎあげ、そこのベッドに寝かせた。そしてランスロットの身体を暖めるため、侍女たちが火鉢に香りのついたりんごの樹の薪をくべるいっぽうで、エレインとブリーセンはぼろになったシャツをはぎとり、身体中についた傷を洗って、膏薬をつけた。ランスロットの身体は、見れば見るほど傷だらけであった。傷跡が、まるで老いた猟犬のようにいたるところにあり、深い切傷も多数見える。銀色の細い傷は、騎士であった時にこうむった槍傷が癒えた跡だ。また、青あざや、かすり傷は、今朝ついたばかりだった。さらに脇腹には大きな切傷があった。この傷はまだちゃんとふさがってすらおらず、青紫色に膨れている。

「それは、猪の牙ですよ。きっと、危うく命を落とすところだったのでしょうね」

とブリーセンが言った。

こんなランスロットの姿を見ていると、エレインの目からふたたび涙があふれ出してきた。目の前で鹿皮の上に横たわっている人物は、痩《や》せおとろえ、肋骨の下は極度の飢えのためにげっそりとくぼみ、全身が傷だらけ、おまけに眠っている顔の上にさえ、悲しみの表情が浮かんでいるのだ。

彼らはランスロットを暖かいおおいの下にくるんだ。そしてブリーセンをそばに残して去った。エレインは父親のところに行って、ランスロットがまたもどってきたことを告げた。

このエレイン自身、父親である王、老いた乳母《うば》、それに侍女たちを除けば、塔の部屋に寝ているのが誰なのか、コルベニックで知る者は誰一人としていなかった。

ブリーセンがランスロットにかけた魔法の眠りは、ほんものの眠りへとかわり、つぎの日もはるかに晩《おそ》くなってから、ようやくランスロットは目を開いた。ランスロットはベッドの上であおむきのまま、まっすぐ上の天蓋《てんがい》を眺めた。そこには絹糸の刺繡で、みごとな角の間にきらきらと黄金の十字架を輝かせた白い鹿が、白い猟犬たちに追われて鬱蒼《うっそう》たる緑の森を永遠に逃げつづけている姿が描かれてあった。

ランスロットの眉間には深い皺《しわ》がよった。とまどいの気持ちが色濃く浮かんでいる。しかし、この二年間というものランスロットを虜《とりこ》にしていた狂気はすっかり影をひそめ、すっきりと澄んだ目がそこにはあった。

しばらくすると、ランスロットは首を左右にむけて、まわりを見まわしはじめた。そして壁を深くうがった窓に座っていたエレインが、機敏にそばまで歩みよって、身をかがめると、ランスロットはもがきながら肘を立て、上体をおこしたかと思うと、

「わたしはどうやって、ここに来たのだ？　姫よ、お願いだ、教えてくれ」

と、大きな声で叫ぶのだった。

「ランスロットさま、それはよくはわかりません。この何か月かというもの、〝森の男〟の噂がたびたび聞こえてまいりました…　もしもそれがあなたのことであったとするなら——ええ、いかにもそのように思え

ますが――あなたは正気を失って、まるで狂人のように荒れ地をさまよっていたことになります。でも昨日、あなたはどういう具合にかコルベニック城にやってきて、わたしたちが、井戸のそばで眠りこけているあなたを見つけたというわけです。でも、もう狂気は去ったのですから、よく食べて、よくお眠りになって、こちらで静かに寝ながらお過ごしになればよいのです。きっと、またすぐにお元気になることでしょう」

こんなエレイン姫の言葉が終わるか終わらないうちに、ランスロットはまた眠りに落ちていた。

二週間のあいだ、ランスロットは大きなベッドで寝てすごした。そしてエレイン姫とその老いた乳母《うば》が、かいがいしく世話をした。その間ランスロットは、ベッドの天蓋《てんがい》に描かれた白い猟犬たち、それに永遠に追いかけられている白い鹿の刺繍を、ものも言わずにじっと眺めているのだった。

こうして二週間がすぎ、体力の回復してきたランスロットは、窓ぎわの、彫刻つきの、柔かいクッションの椅子に座って、外の冬枯れた野の風景を眺めながら過ごすようになった。ランスロットはエレイン姫にたいして、つねに礼儀と感謝の気持ちを忘れることはなかった。しかしエレイン姫にしてみれば、今度こそ礼儀や感謝以上のものを自分に見せてくれるだろうという期待が、完全に裏切られてしまった。それに、ランスロットは一度として自分の息子の顔が見たいとは、言いださなかった。

馬にのれるほど回復すると、ランスロットは、服と馬がほしいと言いだした。そして、ペレス王と百合の乙女エレインに別れを告げた。

「きっと父上は、わたしたちにお城をくださいます」

とエレインは、言葉のかぎりランスロットを思いとどまらせようとした。

「それにわたしも、あなたのことをいつまでも愛します。あなたにほんの少しでも喜んでいただけるなら、わたし、あなたにつくすために生きます。もし死ぬことであなたのお役に立てるなら、死にます」

「わたしのために生きることも、死ぬことも、なさらないで下さい。わたしにはあなたを愛することができませんが、いつの日か、あなたを愛する騎士がきっと現われるでしょう」

〝手負いの王〟は金箔つきの寝椅子に横になったまま、何とも言わなかった。というのも、すでにガラハッドが生まれており、王にとってだいじなのは、もっぱらそのことだったからだ。

馬を駆りながら、小さくなってゆくランスロットの姿を、エレインは城壁の上からいつまでも見つめていた。エレインはもう泣かなかった。すでに涙は枯れ果ててしまった。このあたりの荒れ地に、生きた雨がまったく降らないように……


ランスロットはまっしぐらに宮廷をめざした。宮廷中の人々が、長い不在の闇をぬけて、こうしてもどってきたランスロットの姿を見て、びっくりするとともに、大喜びした。ただ一人グウィネヴィア妃だけは、しかし、夫君の横に立ってランスロットに歓迎の言葉をかけはしたものの、まったくうれしそうなそぶりを見せることがなかった。

三日間というもの、グウィネヴィアは、ランスロットにむけたこのように冷淡な表情をくずさなかった。しかし、ついに我慢ができなくなり、グウィネヴィアはランスロットのもとに侍女をやって、王妃さまからお話があるので、ご自身のお部屋でお待ちしているという言葉を伝えさせた。

グウィネヴィアがこのように騎士を呼ぶことは、けっして異例のことではなかった。というのも、お気に入りの円卓の騎士を招いて自室で話をしたり、楽人の竪琴《ハープ》をともに聴いたり、鷹狩りに誘ったりということは、よくあることだったからだ。しかしランスロットは、いまはそのようなゆったりと楽しい時間が自分を待っているのではないことを知っていた。したがって、王妃の部屋に通じる階段をのぼるランスロットの胸は、早鐘のように鼓動が打ち音が耳に聞こえるほどであった。

お付きの女たちは暖炉のそばに集まっていた。猟犬の仔犬とふざけながら、小さなウェールズの竪琴《ハープ》をもった、白髪の老人の奏でる曲を楽しんでいる。しかし王妃は、ひとり、西側の壁を大きく、高くうがった窓のくぼみに引きこもっていた。そうして、夕方の最後の光を受けながら、刺繍をしていた。ランスロットが部屋に入ってくると、グウィネヴィアは顔を上げた。そして自分の正面の壁の腰かけに、手まねきした。しかしグウィネヴィアはそのまま刺繍をつづける。ダマスク織りの上に、焔《ほのお》のように真っ赤な竜が、半分姿をあらわしていた。これはアーサーの、新しい盾のおおいとなるはずであった。

城の壁がぶ厚いので、この窓のくぼみは、まるで一つの小部屋といってよいほどであった。そしてここだけは、青ざめた冬の夕陽《ゆうひ》の、澄んだ光がまだいっぱいに満ちているが、部屋のもっと奥の部分はすでに翳《かげ》に沈んでいた。竪琴《ハープ》の音でさえ翳《かげ》って聞こえる。

ランスロットは王妃の足もとにひざまずき、じっとそのままの姿勢をたもった。しばらくすると、ついに、王妃が刺繍から目を上げた。そして、澄んだ小さな声で——まるで見知らぬ者に話しかけるような声で、こう言うのだった。

「ようするに、あなたはわたしたちのところに帰って来たのですね、サー・ランスロット」

「もどってまいりました。とても長くかかりました」

ランスロットの白い髪と、その奇妙に歪んだ顔にきざまれた悲しみの痕跡を見て、グウィネヴィアの心に

は、咽《むせ》び泣きの声が幾重にもこだまして、たえがたいほどになった。しかしグウィネヴィアは、表面では、

「ええ、とても長かったわね」

と、ただ相手の言葉をくりかえすばかり。そして横においた糸山から、真紅の糸をあらたに一本ぬきとった。

「じつをいって、なぜまた帰ってきたのかと、気が知れませんわ」

「帰らないではいられなかったのです」

「どうしてでしょう？　正気にもどったとき、あなた、コルベニックには何でも望むかぎりのものがおありだったのでしょう？　ペレス王の娘御はとてもお綺麗だというではありませんか。きっと、そうでしょうよ。そうでもなければ〝百合の乙女〟などという渾名《あだな》がつくはずがありませんものね」

「とても綺麗な方です。でも、わたしが愛するのはあなたなのです」

このような言葉が、二人の間にはっきりとかわされたのは、これがはじめてであった。

そしてとつぜんおりた沈黙の中に、楽師が和音を、三度、長くひきずるようにかき鳴らした。

最後の音が糸のように細くなって消えてゆくと、グウィネヴィアが言葉をつづけた。

「でもエレインに子を授けたというではありませんか」

するとランスロットは、こう返した。

「グウィネヴィアさま、あなたがお考えになっているようなこととは、ぜんぜん違うのです。彼らはわたしのところにあなたの指輪のようなものを持ってきて、あなたがわたしを呼んでいると言って、だましたのです。それからわたしに何やら飲物をあたえてから部屋に連れていった。しかもそこは墨を流したように真っ

暗な部屋で、何一つ見えやしないのです。ですから、てっきり、あなただと思ったのです」

グウィネヴィアの手の中で、深紅の絹糸がぷつんと音をたてて切れた。グウィネヴィアは顔を上げて、ランスロットの目をじっと見つめた。二人はずっとそのままお互いの目を見かわした。そして、この日別れるまで、それ以上一言も言葉をかわさなかった。

しかし、この日を境として、ランスロットとグウィネヴィアの愛は、それ以前とはまったく違ったものとなってしまった。前よりも強くなったということはまちがいない。しかしそればかりか、以前のような単純なものではなくなってしまった。疑い、嫉妬、後悔の感情がそれにくわわったのだ。そしてほどをへずして、罪の意識すらもまじることとなった。というのも、この時を境として、二人はお互いに近づかないようにしようとする努力を、すっかり捨ててしまったからである。

二人がこうして結ばれることにより、やがて悲しみ、喪失、暗黒の闇が生じることとなった。ただ自分たちの上ばかりではなかった。二人は、アーサー、それからアーサーの王国全体の上にまでこうした災厄《わざわい》を招きよせてしまったのだ。そう、魔法のサンザシの樹の下で闇に姿を消すまえに、まさにマーリンが予言したとおりとなったのであった。


では、いっぽうのエレインはどうなったのだろうか？

ランスロットが去ってしまうと、エレインは悲しみに打ちひしがれ、まるで日光と雨の恵みを断たれた百合のように衰弱していった。こうして春が逝《ゆ》き、夏が熟して落ち、お城の庭園にふたたびスノードロップの花が咲く時節となった。そうしてさらにつぎの夏がめぐってくるころとなると、エレイン本人はおろか、周囲にも、かの女の命がほとんどつきかけているということを、知らない者は一人としていなかった。

そこでエレインはガラハッドを、とある修道院に入れた。そうしてそこの尼たちに、ガラハッドをよく世話し、神の道を正しく教えるよう命じた。また、大きくなってきたら、騎士にふさわしい訓《おし》えが身につくよう、しかるべき男性を教師としてあてがってほしいと頼むのであった。

それからエレインは、父親と老いた乳母《うば》をはじめとして、周囲のすべての人々にたいして、自分が息たえたらどのようにしてもらいたいか遺言した。皆は涙にくれながら、望みのとおりにしようと約束するのだった。するとエレインは羊皮紙とインクと鵞ペンがほしいと言った。そしてそれらが届くと、一通の手紙をしたためた。手紙が完成すると、もうそれ以上エレインが行なうべきことは残っていなかった。そのためかどうか、その直後に、まるで小鳥が飛ぶようにエレインの魂は身体から抜けだして、空に昇っていった。

エレインのお付きの者たちは、すべてエレインの指示にしたがって、弔いの準備をととのえた。エレインはいちばん美しい絹の衣に包まれた。そして巻いた羊皮紙を手に持ったまま輿《こし》に寝かされ、ペレス王の〝荒れ地〟の国を出て、晩夏の森を通りぬけ、大きく湾曲した小川に出会うまで、かついで行かれた。この小川は、やがて大きな別の川に注ぎこむ。そしてその川は、海にむかう途中、キャメロットのそばを通るのであった。

小川のほとりで、人々は、全体を黒い布でおおった屋形舟を用意し、エレインの亡骸《なきがら》をその中に横たえた。そして晩《おそ》い夏の花で、舟の中をすっかり埋めつくした。そして舵《かじ》をとるための、唖《おし》の老人をただ一人のせて、舟を川の流れにゆだねた。

やがて、エレインをはこぶ川は、キャメロットのそばを流れるもう一つの川に合流した。舟はなおも流れつづけ、ハンノキが枝をのばした丸天井の下の暗い空間をとおり、ついで開けた草原に出て、かぐわしい草の香りの中を、紫のミソバギがぎっしりと茂った土手の間をぬけ、ついにキャメロットの町のふもとの土手にとまった。

その時、アーサーとグウィネヴィア妃は川をはるか下に見下ろす窓のところで話をしていた――それは長い不在のあとで、ランスロットとグウィネヴィア妃が話をしたのと同じ窓だった。――二人は、黒い布におおわれた屋形船が静かな銀色の流れの上をすべるように流れてきて、橋の手前の土手にへさきを突っこむのを見た。アーサーはケイに、大声できいた。

「あの黒い屋形船を見たか？　ちょっと気にかかることがあるから、ベディヴィエールとアグラヴェインを連れていって、よく見てきてくれ。そしてようすを知らせてくれ」

そこでケイは、指名された二人とともに川の方へと下りていった。そしてしばらくするともどってきて、こんな報告をした。

「あの屋形船には、美しい乙女の亡骸《なきがら》が寝ています。他には舵のところに老人が一人いるだけです。この男は、何も話そうとはしません。きっと啞《おし》なのだろうと思います」

「そいつは、まことに奇妙だ。では、われわれも行って、その乙女の亡骸《なきがら》とやらを見てこようじゃないか」

アーサーはグウィネヴィアに手を差しのべて、二人は一緒に城を出た。大勢の騎士たちも、当然ついてくる。一行は、燕《つばめ》がなおも軒のあたりを舞っている、キャメロットの町の狭い街路《みち》を下ってゆき、湿原をわたって、川の土手までやってきた。

そこには黒い屋形船が、ひっそりとうずくまっていた。そしてその中には、身分賤《いや》しからぬ乙女の亡骸《なきがら》が、銀糸まじりの衣につつまれて寝ている。乙女の金色の髪の毛は真ん中で分けられ、きちんとくしけずられて、胸の上に流れていた。乙女はまるで笑みを浮かべながら、眠っているかのようだ。

「見るも悲しい光景だ」

とアーサーは言って、どこの乙女なのか老人にたずねたたが、答えは返ってこなかった。

するとグウィネヴィアも、

「なんて綺麗な女《かた》なんでしょう。まるで、ときならぬ霜に手折《たお》られた百合の花のようです」

と言うのだった。

このとき二人は、乙女の手が一通の手紙をにぎっているのに気づいた。アーサーは舟にのり、羊皮紙の手紙を優しくとって、封を開けた。そして、なかに書かれている文章を読み上げた。

「いと気高き騎士にして、わが最愛のお方、ランスロットさま、あなたさまはついにわたしを抱こうとはなさりませんでしたが、いま、死がわたしを抱きとろうとしています。このわたし――人々は〝百合の乙女エレイン〟と呼びます――は、心の底よりあなたさまを愛しました。ですから、あらゆる女の方にむかってわたしは苦悶のうめきをあげ、わたしのためにお祈りくださるよう、お願いいたします。ランスロットさま、どうかわたしの身分にふさわしい墓に葬ってください。そしてわたしの魂のために、お祈りください。あなたは騎士の中の騎士なのですから」

書かれてあったのは、ただそれだけであった。

さて、王や王妃とともにやって来た騎士たちのなかに、ランスロットもいた。ランスロットは乙女の顔を一目見ると、石になったように、そしてあたかも川べりの草のあいだに深くのめりこんだように、その場に呆然と立ちつくした。そしてアーサーが手紙を読みおえて、その場の人々がみないちように悲嘆のつぶやきをもらしはじめると、ランスロットは両手で顔をおおい、胸の底から絞り出すような声でうめくのだった。

しかし、やがて顔をおおっていた手をおろして、アーサーの方にむきなおった。

「わが王アーサーさま、この乙女が亡くなったことは、心の底から悲しく感じます。神もご照覧あれ、わたしはこの乙女の死を望んだことなど、ただの一度《ひとたび》もありません。しかし、この乙女がわたしを愛してくれたように、この乙女を愛することは、わたしにはどうしてもできなかったのです」

「愛は、来るも来ないもみずから選ぶものだ。軛《くびき》にはめてむりに牽《ひ》いてくることなど、できるものではない」

という言葉がアーサーの口をついて出てきた。ランスロットを慰めながらも、なかばは、自分の心に語りかけているような言葉でもあった。そしてアーサーは、埋葬の時まで遺体を大事に安置するよう命じ、宮殿にもどろうと、舟に背をむけた。

そして王妃も城の方に向きなおりながら、ランスロットにむかってこう言うのだった。

「あの女《かた》に、少しぐらい優しさを見せてあげてもよかったのではないですか。その命を救うために」

ランスロットは自分の足の下で地面がぐらぐらと揺れて、立っていられないような気分にとらわれた。ランスロットはいろいろな意味で単純な男であった。だから女心など、からっきしわからなかった。とくに、王妃の心にはとまどうばかりであった。

つぎの日、エレイン姫は聖ステパノ教会に、手厚く葬られた。そしてランスロットは姫の魂のやすらぎを願って、ミサの献金を行ない、夏の最後のバラと、スイカズラの花枝を墓の上にささげた。

すべてが終わると、唖《おし》の老人はふたたび、屋形船の待っている川べりまでもどった。そうして舟を土手から押し出し、川に竿《さお》をさして、流れをさかのぼっていった。

ランスロットの心には、あらたな悲しみと、あらたな罪の意識が残された。ランスロットはそれを心の奥深くにとじこめたので、あいた傷口はきれいにふさがったかに見えた。しかし、その痛みは生涯背負うこととなったのだ。

第10章　トリスタンとイズー

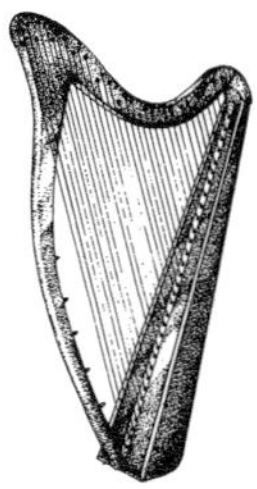

歳月がどんどん流れていった。

円卓のそれぞれの席の椅子の背に刻まれた名前は、騎士たちが戦いや危険な冒険で命を失って、新たな騎士が入ってきた結果、どんどん入れ替わっていった。こうして失われた中には、ペリノア王とその子息ラモラクの名前もあった。これはガヘリスとアグラヴェインが、父であるオークニーのロト王を殺されたことを遺恨《いこん》として、敵討《あだう》ちをしたからにほかならない。

この後しばらくは、〝危険な席〟の他に、四つの席が満たされないままに残された。というのも、血族殺害の怨みを敵《かたき》の血であがなうことを許す古来の法を尊重すべきことは、アーサー王も十分に心得ていたが、それでも、ペリノア父子を殺したガヘリスとアグラヴェインを、長く困難な冒険に出すことによって、罪滅ぼしをさせないではいられなかったのだ。しかし、それはそれで、アーサーの心は痛みを覚えた。そんな時、マーリンさえいてくれて相談にのってくれたらどんなに心強いことだろうと、アーサーはあらためて感じるのだった。

その年、諸聖人の祝日［十一月一日］の前夜に円卓のまわりに集まった騎士たちには、自分たちの真ん中にぽっかりとあいた空席が、ひときわ意識された。というのも、一年のうちでもこの日には、野に放牧されていた家畜たちが冬をすごすための畜舎に入れられ、またその夜には、食卓に一つ特別な席をもうけ、食事をならべながら、空のままにしておく習慣《ならわし》があった。当時は、一族の死者の霊が、きたるべき暗い冬の数か月をぶじにすごすために、宿をもとめて帰ってくるのだと信じられていたのである。

この年の諸聖人の祝日の日に、大風と猛雨の襲来とともに、冬がとつぜんやってきた。激しい雨が黒い翼さながらに、キャメロットの城壁にたたきつけてくる、そんな嵐のさなか、ちょうど一同が夕食を終えようとしているところに、一人の従者が広間に入ってきて、見知らぬ客がおもてに立っている、自分と馬をかくまってほしいと願っていると伝えた。

「中に入れなさい」

と王がこたえた。

「一年のうちでも今日の夜ばかりは、どこの家でも客は大歓迎なのだ」

というわけで、客人が入ってきた。松明《たいまつ》の明かりの中に入ってきたその姿を見ると、長身で、色黒の若者であった。外の嵐もかくやと思われるくらい、真っ黒だ。また全身ずぶ濡れな上に、風にもさんざんもてあそばれたようすなので、さながら嵐の申し子とでもいいたくなるような姿だった。しかしこの人物には、どことなく、どっしりとした落ち着きが感じられた。

広間を歩んできた男は、幾重にも皺《しわ》のよった、重々しいマントをさっとふり脱いだ。するとマントの下から、細やかな刺繍をした馬皮の袋におさめられた、一張《いっちょう》の竪琴《ハープ》が出てきた。

「そなたに、神の祝福あれ」

と、足もとにひざまずいた男にむかって、王が言いった。

「そなたにも、それからそなたがかかえている竪琴《ハープ》にも、神のご加護が下されんことを。新たな歌をうたい、めずらかな話をかたる者は、このような夜にはことにありがたい。せいぜい食べて飲むがよい。しっかりと身体を暖めよ。その礼として、そなた、竪琴《ハープ》の魔法の弦をわれらのために目覚めさせてくれるかな」

「喜んで、そうさせていただきましょう」

男は暖炉のそばに席をあたえられた。そして台所からはこんで来たばかりの食物、一杯の葡萄酒《ワイン》が男の目の前に置かれた。男がすっかり食べ終わり、暖炉の火であぶられたマントから蒸気が立たなくなったころ、男は袋から竪琴《ハープ》をとり出した。それは黒い樫材を細工した、とても美しい竪琴《ハープ》で、フィンドリム——すなわち、アイルランド産の白ブロンズの弦が張ってあった。男は調弦をはじめた。そしてすべての弦が正しい音にととのうと、こうたずねるのだった。

「さて、王さま、何をご所望になりますか？　戦さの歌でしょうか？　それとも狩猟《かり》の歌でしょうか？　それとも愛の歌でしょうか？」

「どれでもよい。新しいものであるなら」

と王がこたえる。

「愛の歌を聴きたいものですわ」

とグウィネヴィア妃が言った。楽人の物語を聴こうと、さきほどお付きの女たちとともに広間におりてきたのであった。

竪琴弾きの男は、顔を炉の焔《ほのお》にむけながら、しばし黙ったままだ。そしてじっと耳をかたむけている。まるで遠くから聞こえてくるものを、あるいは自分の心の底から聞こえてくるものを、とらえようとしているかのようであった。そうして竪琴《ハープ》の上に手を走らせながら、さぐるような指で、そぞろに、あの音、この音とかき鳴らし、輝く弦を目覚めさせる。

やがて男は言った。

「では、トリスタンとイズーの物語にさせていただきましょう」

演目が披露されると、広間のあちらからも、こちらからも、興味をそそられたつぶやきや、拍手が聞こえてきた。というのもサー・トリスタンの名前と、武人としての名声は、広く知れわたっていたからだ。

広間の人々はさあ物語を楽しもうと、しんと静まった。

竪琴弾きが、物語をはじめた。ある部分は物語として語り、それがそのまま、心にとりつくような竪琴《ハープ》の伴奏にのりながら自然に歌へと流れ込んでゆき、そしてまたいつのまにかまたもとのような物語にもどってゆく。そんなふうにして、男はこんな話を紡ぎだした。

コーンウォールのマルク王の若かりしころ、王位についてまもなく、コーンウォールとアイルランドの間に戦いがあった。その噂は、ロジアンのリヴァリン王の耳にもとどいた。すると、いまが航海に適した季節であったこと、それに若い家来たちの槍がそろそろ血を欲していそうだとリヴァリン王が感じたという、たったそれだけの理由で、王は船団と軍隊を組織して、マルク王の助太刀にと、ブリテン島の沿岸に派遣した。こうしてマルク王とリヴァリン王の軍団が力を合わせて戦い、アイルランド軍を圧倒する大勝利をあげることができた。戦さが終わると、マルク王は自分の妹をリヴァリンの王妃としておくった。二つの国が仲むつまじく結ばれるようにとの、願いをこめてのことであったのはいうまでもない。

一年の間、リヴァリンはコーンウォール生まれのお妃と幸せに暮らした。ところがこの一年が果てるころ、王妃は男の子を産んで、死んでしまった。リヴァリンにとって、それはまるで太陽の光が消えてしまったほどの衝撃であった。長い間リヴァリンは、子どもの顔を一目見ることにさえ、耐えられなかった。そうしてリヴァリンは、子どもに〝悲しみ〟を意味するトリスタンという名をつけて、王妃が連れてきた老いた乳母《うば》にあずけて、育てさせた。

子どもが七歳になった。リヴァリン王は子どもを乳母《うば》のもとから引きとり、今度はゴルヴェナルという騎士にあずけた。王子にふさわしい教育と訓練を受けさせるためであった。

最初からゴルヴェナルは、トリスタンを実の弟のように愛した。そして、馬術、剣術、槍術、鷹狩、猟犬の扱いを教え、どこでもぐっすりと眠ること、ひるむことなく苦痛に耐えること、自分の頭で考えること、約束はかならず守ること、その他王子にふさわしい徳目をみっちりとしつけた。それから、どこか心の奥深くからぴったりくるものがあったのであろうか、トリスタンは竪琴《ハープ》がとても巧みに弾けるようになった。技《わざ》神《かみ》に入《い》るとはこのことか、トリスタンが弾けば、まるで心の琴線《きんせん》がじかにかき鳴らされているかのように、人々は感動するのだった。

トリスタンが十六歳になったある日のこと、トリスタンとゴルヴェナルは炉のそばに座っていた。ゴルヴェナルは焔《ほのお》のむこうのトリスタンに目をやった。少年は、膝の上に両肘をついて、焔《ほのお》の中心をじっと見つめている。

「火の中に、何が見えるのだ？」

ゴルヴェナルはたずねた。

「遠くの国々です」

トリスタンが答えた。

これを聞いて、ゴルヴェナルはずっと待っていた時が、ついにやって来たことを知った。

「トリスタンよ。わたしも、遠くの国々のことを考えていたのだ。ここロジアンには、王子の修練でそなたにかなう者は、もはや一人もいない。しかし、王子が父親の家臣たちの間でいちばんとなるのは、安易な栄光だ」

「安易な栄光など、いりません」

トリスタンが毅然《きぜん》としてかえした。

つぎの日、トリスタンは父親のもとにゆき、船を一艘《そう》いただきたいと願いでた。冒険の旅に出たいからというのが理由であった。

父王は承諾した。

こうして船の準備がととのい、何度か冬の嵐が荒れ狂ったあとで、航海日和の風が吹きはじめると、トリスタン、ゴルヴェナル、そしてつきそいの数人の若者をのせた船が、銀色に輝く海面の上にすべりだした。

さて、トリスタンの心の中には、ずっと以前から、母親の生まれ育った国をおとずれてみたいという気持ちがあった。というのも、老いた乳母《うば》がその国のこと、そこで行なわれる魔法のことなどをしょっちゅう話して聞かせたからだ。そんなわけで、一行ははるばる沿岸にそって南下して、ついにコーンウォールの南岸にまでやってきた。そこで彼らは上陸して馬を買い、北のティンタジェル城をめざすのであった。

黄昏《たそがれ》の灯点《ひとも》し時になって、一行は、海面に屹立《きつりつ》する岩山の上に築かれたティンタジェル城に到着した。そうして大広間で、マルク王の前に立った。マルク王とトリスタンはお互いをまっすぐに見つめあった。その瞬間、二人の心は、どちらも、相手にたいする好感に満たされた。

まず王が客人たちを歓迎する言葉をのべ、どこの国から来たのかとたずねた。

「ロジアンです」

とトリスタンがこたえる。

すると王は、食い入るようにトリスタンの顔を見つめた。まるで、とつぜんその顔の中に、別の顔が見えたかのようであった。

「わたしの妹に会ったことがあるかね？　ロジアンの王妃だった」

王はとっさに言ってしまったものの、つづいてため息が出てきた。

「おお、なんと馬鹿げたことを。妹が死んだとき、そなたはまだ生まれてもいなかったろうに」

「わたしは、その方が亡くなった日に生まれました」

とトリスタンがかえす。

「その方の息子です」

これを聞いた王は、両腕でトリスタンを抱きしめた。ただし涙は流さない。マルク王は涙の出やすい人物ではなかった。

二年の間、トリスタンとその家来たちはマルク王の宮廷ですごした。ここでもロジアンと同じことで、狩猟《かり》のさいにトリスタンの馬に追いつける者、それから剣術の試合でトリスタンを負かすことのできる者は、一人もいなかった。また、王の竪琴弾きですら、トリスタンほど甘い音楽を奏でることができなかったし、格闘技ともなれば、トリスタンはこの国のどんな猛者《もさ》でも投げとばすことができた。

しかしその時、まことに困った事態が、コーンウォールの国にふりかかってきた。それは、このような事情であった。

ロジアンのリヴァリンをはじめてひっぱり出してきたのは、コーンウォールとアイルランドの紛争であったが、その数年後にふたたび戦いの焔《ほのお》がめらめらと燃え上がった。そしてなんとか大急ぎで和睦が結ばれはしたものの、その条件として、コーンウォールが、毎年、小麦と家畜と奴隷の貢ぎ物をアイルランドに差し出さなければならないという一項があった。しかしこれについては、その後どちらの国も格別にこだわることなく、ずっと実行されていなかった。

ところが最近になって、アイルランド王妃の弟であるモルホルトが、国の擁護者として登場し、コーンウォールにたいしてそろそろ長年の借りを返せ、十五年も滞納しているので、すべてを奴隷で支払うようにと通告してきた。しかもその間にコーンウォールで生まれた子どもを、三人に一人の割合でよこせという、まことに法外な要求。もし支払うつもりがないなら、戦さで国を守る準備をせよ、艦隊をつれて参上する。もしくは、国の代表としてモルホルトさまと一騎討ちをする騎士を用意せよ、というようなしだいであった。

そこでマルク王の戦士たちは、戦いの準備をはじめた。ただし、モルホルトが国を導くようになってから、アイルランドは強国となってしまったので、自分たちに勝ち目があろうなどとは、ぜんぜん思っていない。

コーンウォールの女たちは泣きながら、子どもを隠す場所をさがしはじめた。

こんなありさまをつぶさに目にしたトリスタンは、伯父にあたるコーンウォール王に面会して進言するのだった。

「このような戦さ準備をするよりは、モルホルトと一騎討ちをする人物を送った方がよいのではないですか」

「そのような人物が見つかるなら、それはとてもけっこうなことだ。しかしモルホルトには四人力が備わっているのだぞ」

「わたしには、まだあなたにご披露していない、すばらしい腕前があります。ですから、コーンウォールの代表として、わたしが行きたいと思います。どうかお許しください」

「そなたはまだ子どもではないか。そなたを行かせるのは、そなたの命を投げ捨てるようなものだ」

「でも、それはわたしの命なのです」

と、トリスタンはあくまで言い張るのだった。

「それに、わたしはあなたの甥です。いちばん近い血縁です。だから一騎討ちを引き受ける権利があります」

マルク王は、この言い分の正しさを認めないではいられなかった。そこでモルホルトにたいして、コーンウォールの王家を代表する者が一騎討の勝負に出てゆくことになろうと伝えた。

場所が設定された。コーンウォールの海岸沖の、小さな島であった。

こうして定められた日に、トリスタンとモルホルトがともに島にやってきた。島に上がったのは二人だけであった。トリスタンは海岸の側から、そしてモルホルトは沖合いで待機しているアイルランドの艦隊から漕ぎわたってきた。モルホルトは、ハマカンザシの花が群れて咲く黒い岩々が、波打ちぎわまでおりてきているところに、自分の小舟をもやった。いっぽうトリスタンは浜に上がると、舟を押しもどして、その行方を波にまかせた。

モルホルトはじっとつっ立って、こんな相手のしぐさを見つめていた。その黒い鎧《よろい》に身をつつんだ姿は、さながらかみなりのように、腹の底から恐怖をさそう。そしてトリスタンが近くまでくると、

「陸に上がったら舟を波に押しもどすとは、気でも違ったのか?」

と言った。

「この島に来るは二人」

とトリスタンがかえす。

「しかし、帰る舟の必要なのはただ一人だけだ」

これを聞いたモルホルトは、喉《のど》の奥で一瞬笑ったかと思うと、剣をさっと抜いた。二人はともに、島の中央の平らな場所へと歩んでいった。

戦いがはじまった。そして、それは一日中つづいた。

剣をふるう時に、身のこなしの敏捷なのはトリスタンであった。しかし、なにぶんにも、モルホルトは四人力の持ち主である。あまりに繁《しげ》く、あまりにすばやく剣を打ち下ろしてくるので、たびたび、トリスタンにとって盾の後ろで身を守るのが精いっぱいというありさまとなった。しかし、ついに、トリスタンが頭を守ろうとして、盾を高く上げすぎたところ、モルホルトは下にあいた隙をついて、切りつけてきた。剣先が

腿を直撃し、肉を切り裂き、骨が露出した。

しかしこの傷の焼けるような痛み、あふれくる血はトリスタンの力を弱めてもよいところだったが、逆に、いままでは出てこなかった自暴自棄な勇気を、身体の奥底から呼びさましたようであった。

えーい！　トリスタンは気合いのこもった一声《ひとこえ》を放つと、高々とふり上げた剣とともに相手のふところに飛びこんでいった。そして、びゅうん！　空気を切り裂く音とともに、剣を打ち下ろす。刃《やいば》は鎖かたびらを断ち、その下の頭蓋骨の中に深々とおさまった。そして、トリスタンがぐいと引き抜いたときに、刃《やいば》の微細な小片《かけら》が、アイルランドの守護神の頭の骨の中に残されたのであった。

ものすごい悲鳴を上げながら、モルホルトはトリスタンに背をむけて、逃げはじめた。深紅の血糊が、地面のうえに点々と落ちてゆく。こうしてふらふらとした足どりで、モルホルトは小舟をもやった場所までもどった。アイルランド艦隊の他の船からも、モルホルトのために差し向けられた迎えの小舟が、多数、すでに島に到着していた。

トリスタンはコーンウォールの陸側に面した浜辺へと、ゆったりとした足どりで下りていった。通りすぎた道にはやはり点々と血痕がついている。トリスタンの耳に、コーンウォールの兵士たちのにぎやかな歓声が聞こえてきた。しかし、それはとても遠くから響いてくるように感じられた。そしてトリスタンの血は、灰色の砂浜にどくどくと吸い込まれてゆくのだった。

モルホルトをのせた船がアイルランドに到着すると、ただちに、王の娘であるイズー姫を呼ぶために、使いの者が送られた。アイルランドで、この姫ほど癒しの術にたけた者はいなかったからだ。しかし、いかに癒しの名人といえども、死者をこの世に呼びもどすことは、かなうはずもない。イズー姫があたふたとモルホルトのところに駆けつけたとき、モルホルトはすでに傷がもとでことされていた。しかしイズーは、モルホルトの頭蓋骨から、剣の刃《やいば》のぎざぎざの断片《かけら》を引き抜き、それを大事にとっておいた。万が一、この断片《かけら》にぴったりとあう剣をもっている男に出会おうものなら…

いっぽうのトリスタンは、長い間傷に苦しみながら、ティンタジェル城で臥《ふ》せっていた。そしてついに傷が完全に癒えると、感きわまった王は、トリスタンを騎士に叙して、かつ自分の後継者にすることを決意した。しかし家臣の者たちは、王が妃をむかえて、自分の子どもをこしらえるよう強く勧めた。ところが王はそんな助言に耳をかそうとしなかったので、ある者たちは、トリスタンを嫉妬するあまり、これはすべてトリスタンの仕組んだことなのだとささやきはじめた。このような話がトリスタンにも伝わってくると、トリスタンは伯父に妃を迎えるよう、勧めるのであった。そこで王も、ついにこのように言った。

「三日だけ、よくよく考える時間をくれ。四日目の朝になったら、わたしの結論を話そう」

いよいよ四日目の朝となった。マルク王は決心のつかぬままに、大広間の入口の前の陽《ひ》だまりの中にすわって、家臣や貴族たちがやってくるのを待っていた。その時、王の頭のはるか上のほうで、二羽の燕《つばめ》が何かを奪い合いながら突進し、ぐるぐるまわりはじめた。あまりにうるさいので、王が見上げると、ちょうどその時、その争いの種となったものが、落ちてきた。

それは細い糸のようだった。クモの糸のようだが、焔《ほのお》のように真っ赤だ。ふわふわと落ちてきて、王の伸ばした手にひっかかった。それは、女性の長い髪の毛であった。しかし、そのような色の髪の毛を、王はいままで見たことがなかった。とても濃い色で、影に入ればほとんど紫色に見えるが、陽《ひ》の光があたると、焔《ほのお》のように明るく輝き出す。きっと、こんなめずらしい髪の毛の持ち主は、世に二人とはいないだろう。そして世に二人といない女性をさがし出すのは、さぞかし至難のわざであろう。

そこでマルク王は、貴族たちが王の返事をききにきた時に、この髪の毛を見せながら、このように話した。

「そなたらの望むように妃を迎えよう。ただし、相手はこの髪の毛の持ち主だ」

するとトリスタンが一歩前に出て、こう言うのだった。

「伯父さま、その髪の毛と、船を一隻、わたしに授けてください。わたしが、その女性を探しにまいります。そしてもし生きているものなら、あなたのもとまでお連れしましょう」

そんなわけで、長い航海のための船の準備が行なわれ、トリスタンは、ゴルヴェナルをふくめ、もっとも親しい仲間たちとともに、船出した。見つかるまで、世界中のあらゆる国をめぐることも辞さない覚悟であった。ただし、例外が一つだけあった。それはアイルランドである。モルホルトが死んで以来、王はアイルランドの岸辺に一歩でも足をつけたコーンウォール人は処刑するよう、命じていたからだ。

しかし、運命は、避けられないがゆえに運命というのではないだろうか。

トリスタンの船は大嵐にまきこまれ、海上でまるで小さな樹の葉のように翻弄された。そして風が吹くだけ吹いて、ようやくのことに風波がおさまったとき、船は大きな河口の岸辺に、座礁していた。はるか遠くには船が何隻も見え、さらにその向こうでは、炉の煙がゆらゆらと立ちのぼり、家々や教会の尖塔がうすい陽《ひ》の光のもとで、きらきらと輝いている。

さてゴルヴェナルには、若かりしころ――トリスタンを生徒にする以前――に、世を広く旅してまわった経験があった。さっきからあたりを見まわしていたゴルヴェナルは、こう叫んだ。

「神よ、われらを助けたまえ。あれはウェクスフォードの町です。われわれはアイルランドの岸に、がっしりと抱きこまれてしまったのだ！」

近くの漁村の人々がいったい何事がおきたのだろうと興味しんしんで、はやくも浜におりてこようとするのを見て、彼らは大急ぎで相談し、自分たちは〝小ブリテン〟の商人で、嵐のせいでここに吹き寄せられたのだというふうに、話を合わせることにした。

このような話を、人々は信じてくれた。そしてこの人たちに手伝ってもらいながら、馬に船端《ふなばた》をまたがせて、陸のほうにむかって浅瀬の上を引いてゆこうとした時、ウェクスフォードの教会の鐘が鳴りはじめた。

すると一人の村人が仲間にむかって、

「王女さまのために、立派なお方がまた一人亡くなったんだ」

と話した。

トリスタンは、それはいったいどういうことなのかとたずねた。すると村人たちは、つぎつぎと話を引きつぎながら、こんな事情を教えてくれた。というのは——焔《ほのお》を吐《は》く恐ろしいドラゴンがこの国を荒しまわり、手のつけられない状態になっている。モルホルトの亡きあと、ドラゴンと戦ってくれるような国の守護者がいなかった。そこで思いあまった王は、この怪物を殺した者には、自分の娘であるイズー王女との結婚をゆるすと宣言したのであった。

「いままで立派な騎士が、大勢、われこそはと名のりでて、失敗してきました」

とさきほどの男が、悲しい声で説明した。

「いまウェクスフォードの教会の鐘が鳴っているのは、いままた騎士が命を落としたからなのです」

そこでトリスタンは思った。――仲間たちをこんな恐ろしい危険にひきずり込んだのは、わたしだ。でも、もしもわたしがドラゴンを殺すことができたなら、たとえコーンウォールから来たことがばれても、王さまはわれわれを殺すことなどできまい……

つぎの日、まだ夜が明ける前の真っ暗な時間に、トリスタンは鎖かたびらを身にまとって、仲間たちに別れを告げた。そうして、すぐ近くで草を喰《は》んでいる馬たちの中から自分の馬を見つけると、闇の中に駆け出していった。

トリスタンは、自分が正しい方向にむかっていることを、知っていた。というのもだんだん明るくなってくるにつれて、草原の焼けただれ、荒れ果てているようすが、手にとるようにわかったからだ。やがて、はるか前方で、ごうごうという恐ろしいうなり声が聞こえてきた。そして、数人の馬にのった男たちが団子のようにかたまって、大急ぎで駆けてきた。男たちは、トリスタンの姿を見ると、命がおしければ、はやく逃げろ！と叫ぶのだった。

しかしトリスタンは、逆にこの男たちが逃げてきた方に馬の鼻をむけて、さらにぐんぐんと進んでいった。そのあたりは、まるで野焼きの火が舐《な》めて通ったかのように見えた。しかも、いたるところ真っ黒に焦げた樹の切株だらけで、食い散らされた牛や羊の死骸がごろごろところがっている。

やがて、地面に露出している岩の塊にそってぐるりとまわると、真正面に、山腹にぽっかりと開いた洞穴の入口が見えた。そしてこの洞穴の前に、怒りに身をくねくねと曲げているドラゴン――一群れの馬のように長く、悪魔のように罪にまみれたドラゴンがいた。

トリスタンは鞍の上で身を低くかがめ、槍を水平にかまえて、馬の腹に拍車を蹴りこんだかとおもうと、猛然と突きかかって行った。槍の先が、トリスタンをむかえ打とうと立ち上がったドラゴンの喉《のど》につき刺さり、ひどい傷を負わせた。しかし馬も乗り手も勢いあまって、ドラゴンのまわりに雲をなす熱気と毒ガスの塊《かたまり》に、そのまま突っ込んでしまった。そしてドラゴンの、刺々《とげとげ》のある灼熱の胸の鱗《うろこ》に激突した馬は、即死して崩れ落ちた。しかしトリスタンはひらりと馬からとび離れる。そしてなおも、槍を喉《のど》につき立てたままのドラゴンが苦悶にうめきながら、湯気のたつ血潮の奔流を、咳とともにごぼごぼと吐き出すのをしりめに、岩肌を露出している山腹をめざして駆けた。そうして、剣をふり上げながら、ふたたびドラゴンにむかって突進した。

黒焦げの藪が残っている岩だらけの斜面で、トリスタンとドラゴンは衝突した。トリスタンの盾は、最初の一撃で焼けただれ、灰になってしまった。また熱くなった鎧《よろい》で、トリスタンの肌が焼けた。しかし喉《のど》から胸にだらんと垂れ下がったままの槍のせいで、ドラゴンはだんだん弱ってきた。そしてドラゴンの吐く焔《ほのお》も、勢いが失せてきた。こうしてついに、好機をつかんだトリスタンは、ドラゴンのふところに飛び込んで、剣の刃《やいば》を胸の鱗《うろこ》のあいだにぐいと押し込んだ。剣はドラゴンの心臓をえぐった。

ドラゴンは大きくのけぞり、いまわのきわの咆哮《ほうこう》を放った。この声は連なる丘々にかみなりのように響いていった。ついでドラゴンは尾をふり、どうもうな鉤爪《かぎづめ》で空《くう》をかきむしると、地面にどうと倒れた。それと同時に、ドラゴンの火が消えた。

トリスタンは最後の力をふりしぼって、ドラゴンの顎《あご》を押しひらき、毒にまみれた黒い舌を切り落とした。しかしトリスタン自身もひどい傷を負っていたので、ドラゴンの巨大な死骸《むくろ》から、槍を投げたほどの距離のところまでよろよろと歩くのが精いっぱい。そこまでくると、足の下の地面が持ち上がってくるような感じにとらわれ、暗黒の闇がトリスタンを呑《の》みこんでしまった。

さてさきほどトリスタンは、ドラゴンの棲処《すみか》から飛んで逃げてくる数人の男に出会ったが、その一人は王の執事をつとめている人物であった。この男はずっと長い間、イズー姫となんとか結婚できないものかと考えていた。ただし、姫の方では、この男のことを、むしろ、蛇かなんぞのように嫌っているのだった。

この男は、トリスタンが自分の警告をものともせず、そのまままっすぐに進んで行ったのを見ると、ただひとりこっそりと仲間の群から抜けて、ひき返してきた。結果がどうなるか興味があったのと、何か自分のとくになることがないものでもあるまいと、卑しい動機を心の中にひそませていた。

そんなわけで、ドラゴンが死の絶叫を放ったとき、じつはこの男もすぐ近くにいたのだった。そんなドラゴンの苦悶の声と、それにつづく沈黙によって大胆になった男は、どんどん前に進んでいった。するとまず岩の間に馬の死骸があり、ついで、ドラゴンの死骸が見つかった。しかしドラゴンを殺した人物の姿は、影もかたちもなかった。そこで男は考えた——きっとドラゴンは死ぬ前にあの若造を食べてしまったのだろう。しめしめ、こいつはすごいチャンスだ！

男は剣を抜いて、ドラゴンの死骸にむかって斬《き》りかかった。しかしまもなく、剣は柄《つか》のところまで真っ赤になってしまった。そこで男はウェクスフォードの町まで大急ぎで帰り、家来をかき集め、荷車をひきながら、ふたたびドラゴンの死骸までもどってきた。こうして男はドラゴンの首を切り離し、荷車にのっけて町へとむかったのだ。町につくと、男はその足で王の館にゆき、めった切りにされたドラゴンの首、血だらけの自分の剣を見せ、王女さまを妻にいただきたいと、申し出たのである。

王の心は、真っぷたつに引き裂かれた。アイルランドをさんざん荒廃させた怪物からようやく解放されてうれしいいっぽうで、忌み嫌う男のもとに娘を嫁にやらねばならないというのが、なんとも情けなかったからだ。しかし、約束は約束。王は女たちのもとへ人を遣《や》り、娘にたいして、執事と結婚しなければならなくなった、すぐにおりてくるようにと伝えさせた。

命令を聞いたイズー姫は、これまで一度もなかったほどのものすごい速さで、頭を働かせた。そして、気分がすぐれないので、今日の夕べも、明日の夕べも結婚式にのぞむのはむりだが、明後日であればなんとか応じることができようと、伝えさせた。姫がこんな小細工をしたのは、執事がドラゴンを自分で殺したはずがない、誰か別の人物の手柄を盗んだにちがいないという、確信があったからだ。したがって、しばらく時間を稼ぐ必要があるというわけであった。

つぎにイズー姫は、侍女頭のブランギアンを呼んだ。そして、明朝、夜が明ける前に、裏門《からめて》のところに馬を用意するよう、命じた。馬を駆って、ドラゴンの殺された場所を一目見てこようというつもりだ。

「いま一つよくわからないところがあるの。行ってみれば、きっと自分で答えが見つけられるわ」

とイズー姫は言うのであった。

「ぜったいに答えを見つけなければならないのよ。あんな男と結婚するぐらいなら、いっそのこと死んだ方がましよ」

こうして翌朝、まだ真っ暗な空の下を、イズー姫と侍女頭のブランギアンが城を抜け出し、山にむかって馬を走らせる姿があった。

二人はぐちゃぐちゃになった馬の死骸を見つけた。それからもう少し先までゆくと、首のないドラゴンの死骸があった。そして、もっと遠くをさぐりまわると、岩と、黒焦げのサンザシの藪の間に倒れているトリスタンを見つけたのであった。

最初、二人は、死んでいるのだと思った。しかし鎧《よろい》を脱がせると、頭からつま先までかき傷だらけ、火傷《やけど》だらけではあったが、見たところ、どこにも致命傷は見あたらない。そしてイズー姫は、鎖かたびらのシャツの胸のところに、何かがだいじそうにしまわれているのに気づいた。それは先が二つに分かれていた。これはドラゴンの舌だ！　イズー姫もブランギアンも、ぴんときた。

「お姫さま、これで明日、執事のところにとつがずともすみますよ」

とブランギアンが言った。

「明日だけじゃないわ。ずっとよ」

イズー姫はこう言うと、トリスタンの額から髪の毛をかきわけて、目をとじているその顔を、じっと見つめた。それから二人は力をあわせて、トリスタンの身体をブランギアンの馬に腹ばいに載せた。ブランギアンはその後ろにまたがる。こうして二人の主従は、さわやかな夜明けの光の中を、城にひき返していった。

やがてトリスタンは意識をとりもどした。見も知らぬ部屋に寝ている。そして二人の女が自分の上に身をかがめているではないか。一人はぬばたまのような漆黒《しっこく》の髪、もう一人は、熱く焼けた石炭のような髪の色だった。

これを見て、トリスタンは思った——誰だか知らないが、この人こそ探し求めていた乙女だ。このような髪の色の持ち主は、世界中をさがしてもまたといないだろう…　たしかに、それはトリスタンが首のまわりに下げた絹袋の、たった一本の髪の毛と寸分たがわぬ色であった。トリスタンは肘を立てて上体を起こし、まわりを見まわした。ベッドの横に、銀の丸い器があるのが見えた。その中には、ドラゴンの、先の割れた舌があった。

かすれた声で――これが自分の声かといぶかりながら――トリスタンは言った。

「その見苦しいものを見つけて、とっておいてくれたのは、まことにありがたい。それはドラゴンを殺したのがわたしだという、まぎれもない証拠なのです」

「わたしにとっても、ありがたいことですわ」

と赤い髪の乙女がかえした。

「わたしの父である王が、アイルランドからその怪物をとりのぞいてくれた者に、わたしをとつがせると約束し、執事が自分こそ、その人物だと述べ立てているのです」

乙女はこのようにしゃべってしまってから、自分の言葉の意味が、あらためて胸に深く沈んでいった。トリスタンとイズーは、びっくりして顔を見合わせたまま、黙りこんでしまった。

王女イズーはトリスタンの傷に膏薬をぬり、さらに癒しの粥《かゆ》を食べさせてやった。トリスタンが食べて、眠ってしまうと、イズーとブランギアンはトリスタンの鎖かたびらのシャツと剣を、となりの部屋に持っていった。トリスタンを起こさぬように、そこできれいに磨こうと思ったのだ。

イズーは剣を鞘《さや》からぬいた。真ん中のあたりに、わずかに刃こぼれがあった。

イズーは黙ったまま、剣をテーブルの上に置いた。そして彫刻つきのたんすの前にゆくと、そこから、真紅の絹布に包まれた、小さな紙包みをとり出した。そしてこの紙包みから、イズーは、モルホルトの頭蓋骨から抜きとった、刃《やいば》の断片《かけら》を出して、それをトリスタンの剣の刃こぼれの部分に合わせた。まさに、ぴったったりであった。

テーブルをはさんで、イズーとブランギアンは顔を見合わせた。

「あの人は、わたしの血縁を殺した」

と、イズーは圧《お》し殺した、冷たい声で言った。

「そしていまは、あの人を殺そうと生かそうと、わたしの意のままなのだわ」

するとブランギアンは、思わずたかぶった声を出すのだった。

「だめ！　いいえ、いけませんわ。あなたのお手の中に、力なく臥《ふ》している人を殺すことなどできません！」

「いいえ、できるわ。でも、そんな必要もないわ。これをお父さまにお見せすればよいだけのはなし」

「それで、ドラゴンの舌を毀《こぼ》って、なきものにするのですか？　モルホルトを殺したあの男《ひと》が、ドラゴンをも殺したのだということが判明したら、王さまはお赦《ゆる》しにならないではいられませんわ。それに、おお、お姫さま、よくお考えくださいまし。あの男《ひと》がいなければ、あなたはお父上の執事と結婚しなければならないのですよ」

イズー姫はじっと立ったまま剣の刃《やいば》に目を注ぎ、しばらくみじろぎもしなかった。しかしやがて、姫はこのように言った。

「ええ、それは考えておくだけのことはあるわ」

そして、はじけるように笑いはじめるのだった。

その夜、晩《おそ》くなってから、イズーは父親のところに行って、かの女とブランギアンが見つけた騎士のことを話した。そして執事の申し立てはぜったいに嘘だと、断言した。

「そのことについては」

と、イズーの話が終わると、王がこたえて言った。

「ここに二人の男がいる。どちらも、同じことを主張していて、両立しない。双方の言い分を、議会で述べてもらわねばならないだろう」

「では、三日後に議会を招集してください。三日もあれば、あの男《かた》がドラゴンからこうむった傷を癒してみせます。そのときには、あの男《かた》は、ご自分がドラゴンを殺したのだと証明できるでしょう」

いっぽう、王の執事がドラゴンを殺したという噂が、船のそばで待っているトリスタンの家来たちのもとまで届いた。しかし、トリスタン自身については、まったく消息が知れなかった。ゴルヴェナルはひそかにドラゴンの棲処《すみか》まで行ってようすを見てきた。しかし、仲間たちのために持ち帰れるほどの手がかりをつかむことはできなかった。こうなると、トリスタンのドラゴン退治の冒険は、トリスタンの死をもたらしたのだと考えるしかなかった。

ところが、では、いまからどうすればよいのだろうと一同が議論をしている真っ最中に、執事とは別の騎士が自分こそドラゴンを殺したのだと申し立てている、この男の主張と、執事の主張が明後日に試されることになったという、宮廷からの知らせがとどいた。そしてさらに、こんな驚くべき知らせを聞かされて人々が息をつくまもなく、トリスタン自身からの手紙が、ゴルヴェナルにとどいた。傷で臥《ふ》せりながらとても苦労して書いた手紙であったが、その中でトリスタンは、いままで起きたことを伝え、裁きの場にはいちばんの礼装をして、皆で来てほしい、そして〝小ブリテン〟の商人にふさわしく、臆することなく正直にふるまってほしいと書いてあった。

いよいよその日となった。木造の大きな大広間が、議会のために準備された。そして貴族や豪族の人々が集まってきた。〝小ブリテン〟の商人と称する連中も皆集合した。やがて怪物の首が荷車に載せられてきて、ホールの真ん中に置かれると、すべての人の目がそれに吸い寄せられた。さあ、つぎは王さまの入場だ。しずしずと入ってきた王さまは、一段と高い、裁きの席についた。つづいてイズー姫が入ってくる。イズーは髪の上に黄金の宝冠をかぶって、誇らしげに歩いてきた。

つぎに、当事者たちの入場をうながすラッパが鳴り響いた。

するとホールの右の扉から、執事が気どった足どりで歩いてきた。そして左の扉からは、トリスタンが入ってきた。トリスタンはまだ傷のせいで弱々しげに見えるが、それでも、商人というより王侯の息子らしい、威風堂々とした物腰であった。

二人の入場が終わると、王が手に持った銀の笏《しゃく》を上げて、沈黙をうながした。人々の話し声がおさまり、しわぶきひとつ聞こえなくなると、王は、まず、これまでドラゴンがさんざん国を荒らしてきたこと、この災厄《さいやく》をのぞいてくれた者には王女を嫁にやると約束したことを話し、さらにどれほど多くの、勇敢で、すぐれた騎士たちがドラゴンに戦いを挑んで死んでいったのかを切々と語った。

「いまは、災いに終始符がうたれ、ドラゴンの首は、このとおり、みなの前にある。しかし、ドラゴンを殺したのは自分だと、二人の男から申し立てがあった。そこで、みなの前でみずからの申し立ての義《ぎ》を証《あか》すよう、二人に命じたのだ。さて、最初に申し立てをしたのはわが執事なので、こちらにまず話をさせることにする」

執事は自信たっぷりのようすで、つかつかと前に出てきた。

「畏《おそ》れおおき王さま、王女さまを愛するがゆえに、わたしはドラゴンを相手に、長く苦しい戦いのすえ、殺しました。ここにあるドラゴンの首がゆるがぬ証拠でございます。首はまるで生きていて、そのことを物語っているようではありませんか」

「されども、別の人間が殺した死骸を見つけ、首を切り落として、自分が殺したと主張することもできるのではないか」

「このようなドラゴンを殺して、そのまま立ち去る者がどこにおりましょう?」

「では、もう一人の男に、こたえてもらおう」

そこでトリスタンが前に進み出た。

「畏《おそ》れおおき王さま、わたしは一介の商人ではありますが、いささか剣のたしなみがございます。この国を悩ます災禍《わざわ》いのことを聞くに及んで、もしもわたくしめにドラゴンを退治することができれば、商売が有利に行なえるのではないかと考えました。神さまのご加護により、わたしがドラゴンを殺したのでございます。しかし、わたし自身もひどい傷を負ったので、真っ暗な闇がわたしの頭を占めてしまいました。そうして頭が闇に閉ざされているあいだに、この男がやってきて死んだドラゴンを見つけ、別の人間が血を流してかちえた手柄の報酬を、横どりしようとたくらんだのでございます」

「嘘だ! 嘘っ八だ」

と執事が叫ぶ。

「われわれのどちらかが嘘をついていることはまちがいありません。でも、わたしではありません。畏《おそ》れおおき王さま、この首にはしっかりと見張りがつけられておりましたか？　不審の者が近づくことはありませんでしたか？」

「夜に昼をついで、見張りが立っておった」

「では、ご家来に命じて、顎《あご》をこじ開けさせて下さいませ。その首は、たしかに、執事どのの主張を証《あか》すことを、物語ってくれたかもしれません――もしも、舌の先が欠けていなければ！」

四人の筋骨りゅうりゅうたる男が、顎《あご》をこじ開けた。すると、先端が切りとられた、ドラゴンの真っ黒な舌の切株が、一同の目にさらされた。するとトリスタンは、荷車の上に跳びのって、ナプキンに包んでもってきた舌の、裂けた先端を、高々とかかげるのだった。

「畏《おそ》れおおき王さま、アイルランドの貴族のかたがた、これが十分な証拠ではないでしょうか？」

「十分だ」

と王が言い、集まった大勢の人々も、王の言葉をくりかえした。そして一同が執事の方に目をむけようとすると、執事はすでに雲隠れしたあとだった。

しかし、もう一つかたづけておかなければならない問題があった。トリスタンは王のそばに行き、足もとにひざまずいた。

「王さま、いま一つお話しすべきことがあります。別のかたちで王さまのお耳に入るよりは、いまわたしの口から申し上げたほうがよかろうかと思います」

「話すがよい」

「それはこういうことでございます。四日前、わたしはドラゴンを殺しました。そして二年前、わたしは王さまの血縁であるモルホルトを殺しました」

はっと息をのむ声が、広間のいたるところから聞こえた。そして王は、くっつかんばかりに眉根を寄せた。

「そなたがアイルランドの守護者たる戦士を殺したというのか？　いま自分が何を言ったか、わかっているのだろうな？」

「あれはフェアな戦いでした」

「それは真《まこと》だ。しかし、モルホルトは商人ふぜいではなく、コーンウォールのトリスタンに殺されたというのも、真《まこと》だぞ」

「このわたしこそが、そのコーンウォールのトリスタンでございます」

「では、よりによって、どうしてそなたがわが島にやってきたのだ？」

そこでトリスタンは、燕《つばめ》がくわえてきた髪の毛の持ち主である王女を、探す旅に出たいきさつをすべて語った。

「それでは」

と、すべての事情がのみこめた王がたずねた。

「もしそなたに娘をあたえたら、そなたは自分の嫁でなく、コーンウォールの王妃として、娘を連れてゆくのだな？」

「いかにもその通りでございます」

とトリスタンはこたえ、姫の方に目をやった。しかし、トリスタンが大広間に入場していらい、イズーはずっとトリスタンに目を注いでいたのに、いまは、ただの一瞬も、視線をかえそうとはしなかった。

王は顎《あご》を手にのせて、しばらく考えこんでいた。そしてついに、こう言うのだった。

「そろそろ、古傷が癒えてもよいころだ。もう一度アイルランドとコーンウォールの間に、友好の絆を結びたいものだ……」


事はそのように決められた。そこでトリスタンの船のほかに、アイルランド側の船がもう一隻用意され、コーンウォール王妃を国に連れかえるために、豪華な品々がととのえられた。こうして三日間の祝宴が終わると、一行は港を出た。

最初は好天にめぐまれたが、一日もたたないうちに波が荒くなり、イズー姫、ブランギアンをはじめとして、お付きの女たちもひどく気分が悪くなった。トリスタンはやむをえず、ウェールズ沿岸の最寄りの港に避難するよう、船長に命じた。いっぽうコーンウォールの船にのっていたゴルヴェナルは、アイルランドの船があとに続いているのだという報をマルク王に伝えるために、予定の航路をつづけた。

正午、アイルランドの船は長く突き出た岬の内側に入りこみ、小さな入江に錨をおろした。この入江には、樹々でおおわれた急な斜面から小川が流れこんでいた。トリスタン、その他の男たちは、女たちを陸に上げるために船端《ふなばた》を飛び越えた。トリスタンは船端《ふなばた》に立ったイズーにむかって両腕を差し出した。そうして抱いたまま浅瀬を歩き、波の模様のついた白砂の浜におろしてやった。

さて、トリスタンとイズーの二人がお互いの身体に触れ合うのは、これがはじめてであった。もちろんイズーがトリスタンの傷の手当をしたときにも触れたといえなくもないが、それは、このようなものとはまったく違っていた。そして、トリスタンがイズーを浜に下ろすと、二人の手は自然に重なりあい、目もしっかりとからみあうのだった。この瞬間に、イズーの何かがトリスタンの中に入りこみ、そしてトリスタンの何かがイズーの中に入りこんだかのようであった。それは二人が生きているかぎり、もはや呼びもどすことはできないだろう。

夕方になる前に、トリスタンの一行は、緑の樹の枝をもちいて、流れのそばに小さな小屋をこしらえた。姫とブランギアンのために一つ、それから侍女たちのために一つという具合であった。

朝になった。嵐はすぎ去り、からりと晴れた空に太陽が輝いているが、あいかわらず海は荒れている。こんなありさまでは、波が静まるまでもう一晩待たねばならないだろう。トリスタンは、ふたたび姫と顔を合わすことのないよう注意していたが、このような事のなりゆきには心が踊った。そしてひとりで海辺をさまよって、岬の砂丘に腰をおろした。

しかし、けっきょく、イズーがトリスタンを見つけてしまった。イズーは手に深紅の絹の、小さな包みをもっている。

「お見せするものがあるのです」

とイズーは言って、包みを開いた。こう言いながら差し出した手の平の上には、金属のかけらがのっていた。

「あなたが臥《ふ》せっている間に磨いてさしあげた、その剣を抜いてみてください」

トリスタンが言われたようにすると、イズーは手の平の鋭いかけらを、刃《やいば》の欠けたところにはめた。二人は剣を間にはさんで、たがいをじっと見つめ合った。

「そうか。あなたにはわかっていたのだ。わたしが父上に打ち明ける前から、わかっていたのだ」

「ええ」

「イズー、なぜわたしを殺さなかったのだ?」

「殺して、父上の執事と結婚しろとおっしゃるの?」

しかし、それだけではないということが、二人にはわかっていた。もうこんなものはどうでもよいといわんばかりに、イズーは剣のかけらを砂の上に投げた。そうして去ってしまった。

その日の夕方のこと。いまちょうど空に月が上がろうとするところで、流れのそばでは、枝を組み合わせたまにあわせの小屋から、小さな蠟燭《ろうそく》がやわらかい光を投げかけている。男たちの野営地のはずれを散歩しているトリスタンに、船長が近づいてきて言った。

「風は一段とおさまり、海もおとなしくなってきました。明日はきっとすばらしい航海日和になるでしょう」

「そうか。朝の潮にのって出る準備をしておけ」

とトリスタンはこたえて、そのことを姫に伝えに行った。

小屋の中にいるのは、イズー姫だけだった。姫は蜜蠟の蠟燭《ろうそく》をたよりに、髪をすいている。

「来てくださらぬかと、思っていたところですわ」

「波が静まってきたので、明日、朝の潮にのって船出すると申し上げにきただけです」

イズーは髪をすくのをやめた。

「波なんかいつまでも静まらなければよいのだわ」

とイズーは言って、クッションの自分が腰をおろしている横に、隙間をあけた。トリスタンは座った。

「姫よ、そんな思いは、きっぱり忘れるのがいちばんです。きっとあなたはコーンウォールで幸せになれます。それにマルク王は、愛情深く思いやりのある伴侶となるでしょう」

「愛情深く思いやりはあるかもしれませんが、わたしの幸せは、もう今日で終わりなのです。ああ、もう月が昇ってしまった」

「今日のことはすっかり忘れるでしょう」

「生涯忘れません」

「誰がわたしを妻にむかえようと、生あるかぎり、わたしの夫はあなたです。そんなこと、あなたにもわかっているはず」

トリスタンは頭を垂れ、両手の中にうずめて呻《うめ》いた。

「あなたは、わたしのことを愛しているのですね？」

とイズーがたたみかけるように言った。

「イズー、わたしはマルク王の家来なのですよ」

「でも、わたしを愛していらっしゃるのでしょう？」

「そのせいで、われわれのどちらも生きてはいかれないかもしれない。しかし、イズーよ、わたしはあなたを愛している」

トリスタンは両腕でイズーを抱きしめた。二人はそのまま、スイカズラの蔦《つた》がハシバミの樹にからみつくようにじっと抱きあっているのだった。

しかし翌日になると、朝の上げ潮とともに、船は入江を出た。

こうして一行は、ついに、ティンタジェル城のふもとの波止場に到着した。王その人をはじめとして、宮廷の人々が総出で、〝燕《つばめ》の髪の王女〟を出迎えるために、水際までおりてきた。

「いまのいままで」

と歓迎の口上が、イズーの手をとったマルク王の口からあふれ出てきた。

「このたびの婚儀は、コーンウォールとアイルランドの間の裂けた友情を、ふたたび縫い合わせるための方《ほう》便《べん》だと思っていました。しかし、いま、こうしてそなたを見ていると、じつは、わが胸を楽しく踊らせるためのものであったのだということが、あらためてわかりました……そなたの髪は焔《ほのお》のように真っ赤だが、そなたの手はとても冷たい。しかし、わたしの手は大きいから、そんなそなたの手を暖めてあげることができよう」

トリスタンは、昔の友人、昔の敵たちとあいさつの言葉をかわすため横を向きながら、心の中でこうつぶやいていた。

おお、何ということ！　マルク王は、イズーのことがすっかりお気に入りだ！

婚礼の日がやってきて、過ぎ去っていった。アイルランドのイズー姫は、いまや、コーンウォール王妃となった。そして長い間――と、少なくとも二人には感じられたが――トリスタンはイズーの方に目をむけることがなく、イズーの方でもトリスタンを見ることもなかった。

秋となり、冬がすぎ、また春がめぐってきた。

ある日のこと、トリスタンはお城の下のほうの、岩の上にこしらえた小さな庭園で、ばったりと王妃に出くわした。王妃はアイルランドの方に顔をむけて、さめざめと涙を流しているのであった。その瞬間、トリスタンが心の奥底の暗い場所に押しこめておいた、イズーへの熱情が、ふたたび日のあたる場所へと噴き出してきた。トリスタンは両腕でイズーの身体を抱きよせ、口づけをした。こうなると、どちらももう、もとのような状態にひき返すことができなくなってしまった。

しかも、運の悪いことに、この時の二人はアンドレットという名の男に見られていた。アンドレットもマルク王の甥にあたるが、かねてからトリスタンにたいして嫉妬の気持ちをいだいていた。そしてこの日以降、アンドレットは二人を監視しながら、秘密を暴露する機会をうかがいはじめたのだ。

ふたたび夏が秋にかわり、冬が過ぎて、黄金色のハリエニシダの花が、まるでめらめらと燃えるがごとく岬の浜をふちどった。しかしトリスタンとイズーの愛は、二人をそっとしておいてはくれなかった。月が海の潮を引くように、二人の愛はつねに互いを引きつけようとして、やむときがない。二人の決意など風の前の灯火《ともしび》も同然で、やがて、ついに二人がまたもや密会する時がやってきた。

そしてその間、アンドレットはずっと目を光らせていたのであった。

初夏のある夜のこと。王妃は早く自室にひきこもった。ときどきかみなりの鳴る夜で、空気がよどんでいるせいか頭痛がするので、ひとりになりたいというのであった。やがて、大広間のトリスタンの席が空になっていることに、アンドレットは気づいた。そこでアンドレットも抜け出し、その直後に、手に金貨をにぎらされた召使が王のところまできて、直ちにお部屋に来てほしいとお妃さまがお望みです、と伝えたのだった。

そして、とどめようとするブランギアンを押しのけて、マルク王がずかずかと王妃の私室に入ってゆくと、トリスタンとイズーがしっかりと抱き合っていたというわけである。

王の怒りは恐ろしいほどであった。みずから王妃とトリスタンの両方を愛しているがゆえに、その憤怒にはなおさら激しいものがあった。王は言い訳をする暇《ひま》をいっさいあたえず、声をはりあげて衛兵を呼んだ。トリスタンは山猫のように激しく抵抗したが、捕えられ、引かれていった。王妃の方は自分の部屋に監禁された。そして翌日、貴族たち、教会人、法律家たちからなる弾劾法廷の前に、トリスタンとイズーは引き立てられた。

そこでイズーは火刑に処せられることとなった。王を裏切った妃にはそれが妥当であると、国の法律に定められていた。またトリスタンは、大きな石臼の上で圧し潰されることとなった。

定められた日の、夜明け前には、すべての準備がととのっていた。

国民の悲しみは大きく、嘆きの声にはとても激しいものがあった。トリスタンはコーンウォールの守護者にして人々の期待の星だったからだ。またイズーの優しい人柄により、祖国アイルランドでもそうだったように、コーンウォールの人々はかの女を愛さずにはいられなかったからである。

トリスタンは朝のうちに死ぬことになっていた。イズーの処刑は午後の予定だったので、まずトリスタンのところに王の護衛の兵たちが来て、牢から出した。さて、トリスタンの処刑のために選ばれた場所は、城からやや離れたところにあった。そしてそこまで行く道の途中、急な断崖のへりに小さな礼拝堂《チャペル》がそそり立っていた。一行がここに通りかかると、トリスタンは礼拝堂《チャペル》に入って祈らせてほしいと頼んだ。今朝牢から連れ出される前に、神の御前《みまえ》で前非を悔い、後生を願うだけの暇《ひま》がなかったからと言うのであった。

兵隊たちはしばらく額を寄せて相談していたが、ついにはトリスタンの願いを聞き入れてやることとなり、縄をといて、一人で入れてくれた。というのも、入ろうにも出ようにも、この礼拝堂《チャペル》にはたった一つしか扉がなかった。また高窓があるにはあったが、その下は垂直の崖になっていて、そんなところから逃げることなど思いもよらなかった。

しかしトリスタンは身軽な身体の持ち主で、しかもいまは絶体絶命の窮地に立たされていたのだ。トリスタンは窓をのりこえて、一か八か、えいとばかりに飛び降りた。すると運よく崖下のハリエニシダの藪の上に落ちて、落下の衝撃がやわらいだ。ついでトリスタンは、足と手の指を総動員しながら黒い岩壁に張りつき、垂直の崖を横むきにじわじわと進んで行くのだった。こうして、礼拝堂《チャペル》からかなり離れた地点で、崖の上にはいのぼることができた。ここからだと、礼拝堂《チャペル》の扉を見張っている護衛兵たちから姿を見られることもない。こうしてふたたび崖の上に立ったトリスタンは、一路ティンタジェル城をめざして、駆けはじめた。

ところがほんの少し進み、いかにも海辺の強風にさいなまれているような、いじけたイバラの藪に沿ってぐるりとまわったところで、トリスタンはゴルヴェナルとばったり顔を合わせた。二人はのんきに驚きの叫びをあげたり、あいさつをのべたりなどしない。

「追われているのか?」

ゴルヴェナルがいきなりたずねた。

「まだだ。後でくわしく話す」

「そうだな。ここからなるだけ遠く離れなければ。ほら、剣と竪琴《ハープ》だ。わたしもティンタジェルに居つづけることなどできなくなった。そなたの剣と竪琴《ハープ》を残して去るのはしのびなかったのだ」

トリスタンは剣を受けとり、はやる手でベルトに着けた。

「竪琴《ハープ》はそなたにあずける。たぶん、ぶじもどってこれるだろう」

トリスタンはこう言って、一瞬、ゴルヴェナルの肩に手をのせた。そうして、先にむかってすたすたと歩きはじめるのだった。

ゴルヴェナルはふりかえって、トリスタンを追った。

「気でも違ったのか？　それはティンタジェルにもどる道ではないか！」

「イズーを火の中で死なせるわけにはいかない。救い出すか、いっしょに死ぬかのいずれかだ」

ゴルヴェナルはふうっと大きく息を吸い込んだ。

「剣は一本より、二本の方が心強いだろう。そなたがティンタジェルに行くなら、わたしも行く」

こうして二人は行動をともにすることとなった。

まもなく城が見えてきた。また同時に、門の外にしつらえられた、王妃の処刑場も目にはいった。すでに薪《たきぎ》の山が組まれ、大勢の人がまわりに群らがっている。トリスタンとゴルヴェナルは、サンザシの藪の後ろに隠れて、ただひたすら待った。もはやどんな計画を練ってもむだであった。その時が来たら、何をすればよいか神が教えてくれるだろう――ただこのように信じるしかなかった。

やがて城門が開き、マルク王が護衛兵たちとともに出てきた。

するとちょうどその時、森の道をおりてきて、トリスタンとゴルヴェナルの後ろに姿を現わした人々の、小さな集団があった。フードつきの長いマントを身におびて、拍子木を持っている。これを見れば、かれらが癩《らい》を患っている者たちだということが一目でわかる。

ゴルヴェナルは道のわきに身をよせた。このような人々を見ればそうするのが世のつねであった。しかしトリスタンは、これこそ神のお導きだと思った。そうして、彼らの行く手に立つと、長老らしい人物にむかって話しかけた。

「そなたらは、どこにゆくのだ?」

「ティンタジェル城です。お妃さまが処刑されるので、気が重いのですが」

相手の男がひび割れた声でこたえた。

「もしできるなら、お妃を救いたいと思うか?」

「もちろんですとも。それに、もしも労に値するだけの実入りがあるなら、なおさらのことです」

「そなたのマントと拍子木を、貸していただきたい。今日の火あぶりは、これで中止だぞ」

とトリスタンが言った。そして、今度はゴルヴェナルにむかって、

「金は持っているか?」

とたずねる。

ゴルヴェナルが上衣の胸から金貨をとり出すと、トリスタンはそれを、男が前に差し出した包帯を巻いた手の平の上に、ぽとりと落とした。

男が悪臭ふんぷんのマントを脱ぐと、トリスタンはそれをさっとまとい、フードを前に引いて、顔を隠した。

「ここに隠れて待っていてくれ。わたしは、君の仲間とともに行く」

「わたしも」

とゴルヴェナルが言うと、

「いや。もしわたしが失敗したら、そなただけでも残って、お妃を救わなければならないのだ」

こう言い残して、トリスタンは男たちの群れにくわわった。そして歩を進めながら、拍子木をふって、〝不浄、不浄〟と大声で叫ぶのであった。

処刑場についた時、すでに王妃は外に連れ出され、火刑の柱に縛られている真っ最中であった。王は横に立って、凍りついたような顔で見守っている。

「さあ、来るんだ」

トリスタンは、自分の後ろについて来た悲しい人々にむかって声をかけた。癩《らい》の人々は王の方へと進んでいった。群衆はさっと身をひいて、一行を通した。トリスタンは王の前にひざまずくと、かすれ、ひび割れた声をよそおいながら叫んだ。

「いと畏《おそ》れおおき王さま、お恵みを！」

「いまは恵みを求める時ではない」

と王が、石のようにかたく冷たい声でかえす。

「いいえ、いまこそその時なのでございます。お妃さまを、われわれの仲間にいただきとう存じます」

人々ははっと息をのんだ。

「もしもお妃さまが恥ずかしい死をしのばねばならぬとすれば、火よりももっと恥ずかしい死を差し上げることができます。もっと時間がかかり、もっと醜い死です」

癩《らい》の人々はここぞとばかりに、声を合わせた。

「お妃さまをください！　ぜひ、お願いです！」

すると王の石のような顔がくずれて、とつぜん、苦悶の表情となった。そうして、処刑の執行人たちにむかって叫んだ。

「縄を切れ。王妃を、この者たちにくれてやるのだ」

イズーはかなきり声で悲鳴をあげはじめた。一瞬のとぎれもなかった。そしてトリスタンが薪《たきぎ》の上に跳びのって身体をつかむと、イズーは野生の動物のように、あばれまわった。腹を立てた群衆は、怒号を放ちながら抗議する。しかしその時、イズーの耳に、トリスタンの早口のささやき声が聞こえてきた。

「イズー、わたしだ。正体をばらしちゃだめだ」

イズーは叫びつづけた。しかし、あばれることはやめた。それはいかにも、絶望に身をまかせたというふうに見えた。そうして、薪《たきぎ》から下ろされ、癩《らい》の者たちの真ん中に連れてゆかれるがままになった。一行は坂をのぼって、森をめざした。群れ集まった人々は、気味悪そうにふたたび道をあけて、癩《らい》の一行を通すのだった。

トリスタンが逃げたという知らせが王のもとにとどくと、王は激怒し、四方八方に追手をさしむけた。彼らは癩《らい》の人々を見つけた。しかし王妃は、もはや一緒ではなかった。彼らの言うのに、恐ろしい武人が王妃をむりやりに奪いとり、馬の鞍の前にのせて走り去ったとのことであった。トリスタンとイズーの行方は、まったくわからなかった。この二人とゴルヴェナルは、陽《ひ》が昇ると朝靄《あさもや》の名残が消えるように、きれいさっぱり姿を消してしまったのだ。

三人は朝陽《あさひ》の出てくる方をめざして、東へ東へと進んで行った。そうして、やがて、人目につかない、小さな渓谷にたどりついた。真ん中を、荒れ果てた高原からの小川が走っている。そして谷全体がうっそうと茂ったサンザシとニワトコの藪におおわれており、また、下からは小さな樫の樹がみっちりつまった古代の森が生えのぼっている。上の荒れ野をぬけた小川は、ふたたび下の森に入り込む前に、この谷の中で大きくひろがって、ちょっとした水たまりになっているので、夜明けや日暮れ前に、野生の動物たちが水を飲みにくることもよくあった。

「ここなら、まず安全だろう。ティンタジェル城から丸々三日の距離があるし、王は、もうずっとこのあたりでは狩猟《かり》をしていないからね」

とトリスタンが言った。

「狩猟《かり》にはよい場所だな」

とゴルヴェナルがかえす。

「狩猟《かり》をしないことには、生きてゆけないぞ」

そこでイズーも言った。

「ここは、アイルランドにあるわたしたちの谷によく似ているわ。ここにいれば、幸せに暮らせるでしょう。しばらくのあいだはね」

三人は流れのそばに、小屋をたてた。そしてトリスタンとゴルヴェナルは、森のイチイの樹を切って、弓をこしらえた。弦は、イズーが自分の頭の赤い毛を抜《ぬ》いて、撚《よ》りあわせて作った。こうして食糧が必要になると、二人の男が狩猟《かり》に出かけていった。いっぽうイズーは、薬草の心得があったので、食べられる草花、樹の葉、樹の実などを集めた。

彼らは幸せであった——しばらくのあいだは。

彼らがこの秘密の渓谷にやってきたのは、初夏のころだった。それ以来、三度《みたび》蕨《わらび》が朽葉色に変色し、三度《みたび》冬がめぐってきた。三人は火のまわりに身を寄せ合い、トリスタンが竪琴《ハープ》の弦を目覚めさせ、二人のために、ロジアンとアイルランドの心にしみる物語や歌をうたい、話して聞かせるのだった。そして三度《みたび》、ハシバミの花の穂が三月《やよい》の風に舞いおどり、サンザシの樹が真っ白の花でおおいつくされ、そうして花が落ちた。

ふたたび秋の気配が濃厚となってきた、ある夕べのこと。

トリスタンとイズーはうす暗がりの中で、小屋の前に座っていた。いまは二人きりだった。ゴルヴェナルはしばらく一人で、狩猟《かり》の旅に出ていたからだ。とつぜんイズーは、トリスタンに身体を寄せてきた。

「何か感じる?」

「風がかすかに動いているね」

「いいえ、そうじゃないの」

「蛾が、頬にふれた」

「いいえ、それじゃない」

「じゃあ、イズー、何なのだ?」

「影よ」

とイズーがこたえた。

「影が、わたしたちの上に落ちたのよ。しっかりと抱いて」

さて、まさにこの同じ日のできごとであったが、はるかに離れたティンタジェル城では、マルク王が、つぎの日の夜明けに狩猟《かり》に出るので、馬と犬を用意せよと命じていた。そのとき王は、狩猟頭《しゅりょうがしら》にこうたずねた。

「おなじみの狩猟《かり》場には、もうあきあきだ。まだ狩猟《かり》をしていない山は、コーンウォールには残ってないのかね？」

「東に行けば、タマール川のむこうに、荒れた高原があります。この前あそこで狩猟《かり》をしたのは、さあ、もう何年前になりましょうか。なにぶんにも遠いもので」

このようなわけで、マルク王の一行は東へとむかった。そして三日後、高原の荒れ野の下に、狩猟キャンプをしつらえた。

すばらしい狩猟《かり》であった。大物を三頭もしとめた。ところが夕方になって猟犬の数をかぞえると、一頭たりない。しかもそれは優秀な犬で、王の大のお気に入りだった。そこで狩猟頭は何人かの部下を呼んで、ただちに捜索に出かけた。

捜索は夜を徹して行なわれた。そして、夜明けの少し前ごろに、一行は高原から流れてくる川に行きあった。そして川沿いに生えたハシバミやニワトコの茂みの間に、火がゆらゆらと輝いているのが見えた。狩猟頭は馬の手綱を低く垂れた枝にひっかけ、明かりの方をめざして、川をのぼって行った。きっと誰かいるだろう、迷子の猟犬を見なかったか、声を聞かなかったかと、たずねてみようと思ったのだ。

それは消えかけた焚火《たきび》の、最後の赤い燃えさしだった。小さな小屋の戸口の前で燃えていた。男は小屋の中をのぞきこんだ。シダの葉を重ねた寝床の上で、男と女が眠っている。乱れた女の髪は、消えかかった焚《たき》火《び》に照らされて、焔《ほのお》のように赤く輝いている。そして男がすぐ手にとれる場所に抜き放ったまま寝かされている剣には、わずかな刃こぼれがあった。

狩猟頭はあわてて、馬のところにもどり、キャンプをめざした。そして、三度矢《みたび》を放ったほどの距離もゆかぬまに、下生えの中でごそごそという音を聞いた。それと同時に迷子になっていた犬が跳びだしてきて、馬のあとを追ってきた。

男がもどったとき、キャンプはまだ眠りの中にあった。しかし男は王の従者を起こした。そして王の御前に参上すると、いま見てきたことをつぶさに話した。

男が話しおえると、王はしばらく口を開かなかった。しかし、やがてこう言うのだった。

「馬の用意をさせろ。その男と、その女を見てみたい」

馬が来ると、王と狩猟頭の男は出かけた。流れのところにまで来たころには、夜が明けそめていた。王は、馬とともにそこで待つよう、男に命じた。そしてただ一人で、流れにそって登っていった。抜きはらった剣が、きらきらと輝いている。

小屋についた王は、中をのぞきこんだ。

灰色の夜明けの光の中で、二人が寝ていた。

王は思った。二人はあまりに無防備だ。生かすも殺すも、わたしの手中にある。ほんの一歩しきいをまたいで、すばやく剣をふるうだけで事が終わるのだ……

王はじっとたたずんだまま、小屋の中に視線をおくっていた。こんなに美しいイズーを見るのははじめてだと思った。そして、イズーと、甥のトリスタンへのかつての愛情が、かたまりとなって喉《のど》にせりあがってくるのを感じた。

王は腰をかがめて、トリスタンの剣をひろいあげると、そのかわりに自分の剣をそこに置いた。それから狩猟用の手袋を片方だけはずして、イズーの乳房の上にそっと載せた。王は二人に背をむけると、去っていった。そして刃のこぼれた剣を、自分の鞘《さや》にしまうのであった。

やがてトリスタンとイズーが目をさますと、王の剣と手袋を目にして、ついに発見されたことを知った。イズーは、ゴルヴェナルが追ってくるための手がかりを残して、すぐにでも逃げたいという気持ちであった。しかし、トリスタンはこのように言うのだった。

「たとえ逃げても、わたしたちが一緒にいることを王さまに知られてしまったのだから、きっと居所をつきとめられるだろう。それにしても、王さまはわたしたちを見つけて、殺そうと思えば殺せたのに、そうしなかった」

「それは、どういうことでしょう？」

このときトリスタンの頭には、過去のある場面が浮かんできた。それは、はじめてイズーをティンタジェル城に連れてきた日のことだった。マルク王はイズーの両手をとって、ずいぶん冷たい手だが、自分の手は大きいから暖めてあげることができるだろう――と言った。

「イズー、君にとっては、すべてが赦《ゆる》されてお城に帰ることを意味するのだよ」

「で、あなたは？」

「ぼくには剣だ。それは、王さまの慈悲にすがれということを、意味しているのだ」

「それで、慈悲をかけてくださるの？」

「そのつもりでなければ、さっさと殺していたはずだろう」

「ここにいることができて幸せだったわ。ほんのしばらくのあいだだったけど」

それからしばらくすると、ゴルヴェナルが帰ってきて、射とめた雄鹿をどさりと投げ下ろした。しかし、留守中に何がおきたか、トリスタンの話をきくと、ゴルヴェナルも、そろそろティンタジェル城に帰る潮時ではないかというのだった。

このようなわけで三人は帰っていった。

「わたしの真意を正しく読みとったのだな」

マルク王が言った。そこは大広間。帰ってきた三人が、玉座に座ったマルク王の前に立っている。

「あなたの真意を読みとりました。だから、帰ってきたのです」

「それはけっこうなことだ。よいか、よく聞くのだぞ。わたしは王妃を、わが館、わが心にもう一度暖かく迎えようと思う。しかし、トリスタン、お前にはこう言っておこう。世界は広いのだ、と。三日の猶予をあたえる。コーンウォールを去れ。もう絶対にもどってくるな」

これにたいして、トリスタンはこたえた。

「三日後には、かならずコーンウォールを後にしましょう。しかし、もしもイズーがあなたによって傷つけられたり、悲しみをあたえられたりして、それがわたしの耳に入ったら、かならずやもどってきましょう」

ここで、それまで一言もしゃべっていなかったイズーが、はじめて口を開いた。

「もしもあなたが、もう一度、わたしを妻に迎えようとなさるのなら、わたしは、いままでわが君トリスタンとの間にあったことに、けりをつけなければなりません。ちぎれた袖のように、そのまま風にのせて飛ばしてしまうわけにはまいりません。どうか、すこし暇《いとま》をください。お別れをする間だけ」

王は炉にくべた丸太を指さした。それは、すでに白い灰になって、くずれかけている。

「その丸太が燃えつきるまでだ」

こう言うとマルク王は立ち上がって、奥の部屋にさがった。しかし、丸太が燃えつきてくずれる音に、王が耳をすましているのだということが、二人には痛いほどわかっていた。

イズーは自分の指から、指輪を抜きとった。それは重い金でできていて、蛇のとぐろのようにねじった、奇妙なかたちをしていた。

「もしも、どうしてもわたしが必要となったら、この指輪を送り返してください。あなたのもとに駆けつけるわ。でも、その時は、覚悟をしておいてくださいね。もし指輪を見たら、わたしはかならず来るわ。それによって、二人とも死ぬことになろうとも」

トリスタンは指輪を受けとって、それに口づけした。そして自分の指にはめた。

その時、燃えている丸太ががさがさと崩れおちた。そして最後の火花が、赤く燃える焔《ほのお》の真ん中にふりそそいだ。


キャメロットでも、炉の上に丸太がすべり落ち、赤い火花をまきちらした。そして竪琴弾きの声が、ぱたりとやんだ。嵐の暗黒の翼さえ、はばたきをとめたかのようであった。

大王アーサーは座ったまま、じっと暖炉の火に見いっている。ランスロットは、膝の上ににぎりしめた、骨ばった両の手を見つめている。知らぬまに、大粒の涙が一つ、ぶかっこうな鼻の横をころがり落ちた。

「それで、物語はおわりですか?」

王妃が、悲しそうにたずねた。

「そのようです」

「サー・トリスタンは、その後どうなったのです?」

「その直後にロジアンで戦さがもち上がりました。そしてトリスタンの父親が殺されました。トリスタンは敵を追いはらい、父親のかたきを討つと、国の統治《まつりごと》を、ゴルヴェナルにまかせてしまいました。トリスタンは、いま、剣と竪琴《ハープ》をもって、国から国へと漂泊《ひょうはく》しているのです。イズーを思うがゆえに、虚《むな》しい心をいだきながら、さまよっているのです」

楽人は、竪琴《ハープ》を刺繡のついた袋にしまおうとして、手を動かした。そのとき、手の指輪が、きらりと鋭い光を放った。それは蛇のとぐろのようにねじった、奇妙なかたちの、金の指輪だった。

「竪琴《ハープ》の弾き語り、かたじけなかった」

アーサー王が、優しく言った。

「そして、キャメロットならびに、団結したわが騎士の仲間のもとによくぞまいられた、サー・トリスタンよ」

ささやきがざわざわと広間中をかけめぐった。そしてベディヴィエールが、

「あれを!」

と叫んで、指さした。

ぴんとのばした指の方向に、人々が目をむける。するとどうだろう。それまで空席だった椅子の背に、ぴかぴかの金文字で記されたサー・トリスタンという名前が、松明《たいまつ》の光に照らされて、燦然と輝いているでは

ないか。

こうしてトリスタンは、アーサー王の円卓の騎士となった。そしてしばらくの間は、毎年きちんと、聖霊降臨祭の集まりにやって来るし、他の騎士たちも、ブリテン島および狭い海をはさんだ〝小ブリテン〟でのトリスタンの縦横無尽の活躍物語を、ひんぱんに持ち帰ったものであった。

しかし、ある年、トリスタンは現われなかった。そしてトリスタンの武勇の物語もぱたりととだえた。それ以降、トリスタンの噂はまったく聞かれなくなった。しかしある日のこと、ライオナルが、コーンウォール、それから生まれ故郷の〝小ブリテン〟へと足をのばした大冒険旅行から帰ってきて、悲しみをふくんだ重々しい声で、何のてらいもなく言った。

「みなさん、トリスタンの墓を見てきました」

大広間にいたすべての顔が、さっとライオナルの方にむけられた。

「なぜ死んだのだ？　事情を知っているのか？」

と王がたずねると、ライオナルは頭を下げた。

「あれこれの断片を、つなぎあわせました。

トリスタンは〝小ブリテン〟をさまよっているうちに、ホエル王の城にたどりついたようです。ホエル王は、ヨヴェリン公爵なる人物に包囲されて、激しく攻撃されていました。それというのも、この公爵がホエル王に娘をよこせと要求したのですが、娘が公爵を嫌っていたので、応じなかったのが原因です。

トリスタンはホエル王と息子のカルヘルディンを助けて、ヨヴェリンと戦いました。そのおかげでホエル王は勝利をおさめることができたので、王は感謝の気持ちをこめて、娘をもらってはくれまいかと、トリスタンに申し出ました。トリスタンにしてみれば、娘に恥をかかせるわけにはゆきません。また、とても美しい乙女でもありました。しかも、こちらもイズー――〝白い手のイズー〟――という名前で。それにたぶん、トリスタンは幸福に飢えていて、ほんのちょっぴりでも幸せになれればと思って……」

「で、結婚したのですか？」

グウィネヴィアが、なかば息をひそめてきいた。

「結婚したのです。そしてトリスタンは、妻を裏切らない立派な夫でした。ただし、妻に愛されたほどには、妻を愛することができませんでした…　老王が亡くなり、カルヘルディンが新しい王となりました。カルヘルディンとトリスタンは、かたい友情の絆で結ばれておりました。

しかしけっきょく――昔の遺恨《いこん》がありました。かつてカルヘルディンには愛する乙女がいたのですが、むりやり引き裂かれてしまったというような出来事があり、その怨みがずうっとくすぶりつづけていました。それがまた燃え上がって流血の争いとなり、カルヘルディンは命をおとし、肩をならべて戦ったトリスタンも、ひどい傷を負いました。

妻の必死の手当もかいがなく、また遠近《おちこち》から呼び集めた医師たちの治療もみのらず、傷は膿み腐り、トリスタンは日ましに衰えてゆきました。

死が自分にとりついていることを、トリスタンは知っていました。そして、自分を癒すことのできるのは、この世でただ一人だと思いました。しかし癒せるかどうかは別にしても、トリスタンは死ぬ前にもう一度イズーの顔が見たいと思いました。トリスタンは、ついに、従者を呼んで、イズーの指輪をたくしました。そして内密のうちにコーンウォールのイズー妃のもとを訪れてそれを見せ、もしもトリスタンの命を救いたいなら、すぐに来てほしいと伝えるよう、命じました。そして、こう言いたしました。

『こちらにもどって来るときに、イズーが一緒なら船に白い帆を張るのだ。さもなければ、帆は黒にせよ。すぐに、わたしの死を悼《いた》まねばならぬだろうから』

従者は商人に扮してコーンウォールにわたり、内密に王妃と話す機会をえました。そして指輪を手わたし、トリスタンの言葉をつたえました。するとイズーは、ただちにさまざまの膏薬と薬草をかき集め、従者とともに船にのりました。ただの一度も、後ろをふりかえることがありませんでした。

しかし海峡で凪にひっかかったせいで船足はひどくのろく、時間ばかりが刻々とすぎてゆきます。その間、傷が発する熱に焼きつくされ、トリスタンはいよいよ衰弱するいっぽうです。トリスタンを生につなぎとめているのは、イズーに会いたいという強烈な願望——船がきっとイズーをはこんできてくれるだろうという切ない期待でした。

白い手のイズーは、夫のトリスタンの心がコーンウォールに置き去りにされていることを、とうに知っていました。また、夫の手から指輪が消えていることにも気づいておりました。そして、枕辺に座って長い夜の看病をつとめるあいだに、熱にうかされた夫のつぶやきから、船が来るはずのこと、白か黒の帆が上がることになっていることを知りました。嫉妬が、妻の胸を引き裂きました。ただし、夫にはその片鱗も見せません。窓の外を見てくれ、港に入ってくる船がいないかどうか教えてくれと、日に何十回も夫からせがまれても、顔色ひとつ変えずに耐えました。

しかしついに、ある朝、妻が窓の外に目をやると、一隻の船が港に入ろうとしているのが見えました。帆の色は、白鳥の翼のような純白です。妻は、船が見えたと、トリスタンに告げました。しかしトリスタンから、帆はどんな色だと、これがもう残された最後の息ではないかと思われるほど、か細い声できかれると、まさに生死をわけるその重大な一瞬に、苦い嫉妬の焔《ほのお》がめらめらと胸を焦がしました。そして、黒よ、と答えました。

これでトリスタンにとって、生にしがみつくよすがはすべて消え去りました。トリスタンは顔を壁にむけ、大きなため息を吐きました。命がふわりとトリスタンの身体を離れました。

妻はあわてて、帆は白よ、白鳥の羽みたいに真っ白よと叫びましたが、とりかえしのつくことではありません。

そのようなわけで、陸に上がったコーンウォールのイズーが最初に耳にしたのは、弔いの鐘の音でした。大きな教会に、トリスタンが横たえられています。頭と足のところに蠟燭《ろうそく》がともされ、もう一人のイズーが、遺骸のそばに立っています。

コーンウォールのイズーは教会に入って、こんな光景を目にすると、

「奥さま、お願いです。その人からもっと離れてください。その人は、あなたよりもわたしの方が、もっと深く愛したのです」

こう言うと、イズーはトリスタンのわきに身を横たえました。そうしてトリスタンの身体を両腕にかき抱くと、口づけをしました。この口づけとともに、イズーは胸がはり裂けて息たえました。

この話がマルク王のもとに伝えられると、王はみずから〝小ブリテン〟に船で渡り、二人の亡骸《なきがら》をコーンウォールにはこんで来ました。マルク王は悲しみや赦《ゆる》しの一言ももらさなかったといいます。しかし王は、二人を一つの墓に葬ってやりました。

わたしはお墓を見てきました。すでに、墓のトリスタンが眠っている側からはハシバミの若樹が生え、イズーの側からはスイカズラが伸びてきて、はやくもお互いの方に枝をのばして、からみあおうとしているようでした」

「それが、この物語のほんとうの終わりなのですね」

とグウィネヴィア妃が言った。とても優しい声であった。

第11章　ジェレイントとイーニッド

歳月がどんどん流れていった。

毎年、聖霊降臨祭のおりには、アーサー王の騎士たちは、老いも若きも、大広間に円卓のあるキャメロットの城に集まるのが、いまだに習慣《ならわし》となっていた。しかし、それ以外の時には、カーライル、ロンドン、カールレオンなど、他の地方に宮廷を移動するのがふつうであった。アーサーは、王国のすべての地方と、たえず緊密にふれあっていることがだいじだと考えていたからだ。

ある年の復活祭のころ、宮廷がカールレオンにあった。そして復活祭の当日に、アーサー王と騎士たちがお祝いのご馳走の席につこうとしていると、広間の中に、長身の若者がつかつかと入ってきた。若者は、赤っぽい金色の髪を、まるで松明《たいまつ》のように高くかかげながら、歩いてくる。高価な絹の衣をまとい、美しい色染めの皮ブーツをはき、わきには、黄金の柄《つか》の剣をつり下げていた。若者は広間のいちばん奥の上座に歩み

寄ると、王の足もとに膝をついた。しかし、ここまできても、頭を下げることもなく、まっすぐに王を見つめている。

「いと畏《おそ》れおおき大王さま、ご機嫌うるわしきごようす、何よりでございます」

「そなたにも、神のご好意が下されますよう」

と王があいさつをかえす。

「そなたの顔には見覚えがあるが、どうしても名前が浮かんでこない」

「わたくしはジェレイント、エルビンの息子でございます。父は、コーンウォールのマルク王の、隣国を治めております。大王さまは、子どものころのわたしを一度ご覧になったことがございます。またわが父は、大王さまのために戦ったことが幾度もございます」

「それで、エルビンのご子息、ジェレイントよ、そなたが今日わたしのもとに来たというのは、いったいどういうわけだ？」

「ここのところずっと、ディーンの森で見張りをしておりました。そして今朝も今朝、森の道で、いままで見たこともないような、みごとな雄の鹿を見かけました。身体の色はといえば処女雪のような純白、他の鹿どもを圧倒するかのように、威風堂々としています。そこでわたしは、この鹿がどこに棲《す》んでいるか見届けてから、王さまにお知らせしようと、すみやかに駆けつけてきたのでございます」

「よくやったぞ。明日の朝まだきに、そのみごとな鹿をしとめにゆこう」

アーサー王は狩人と馬番たちに指示を出した。

これにたいして、王妃が言った。

「王さま、わたくしにも明日の狩猟《かり》を見物することをお許しください」

「それは大歓迎だ。侍女たちも、望む者は連れてくるがよいぞ」

こうして事が決まり、竪琴《ハープ》を伴奏に、飲めや歌えやの楽しい時となり、やがて眠る時間となった。

しかし朝となり、猟犬が犬舎から連れられてきても、ジェレイントの姿はそこにはなかった。また、グウィネヴィア妃も朝ねぼうをきめこんでいる。

「寝かせておこう。来たいのなら、目が覚めてから追いかけてくるだろう」

とアーサーが言った。

こうして、狩猟《かり》の仲間として、ケイ、ガウェインをはじめとする大勢の騎士とともに、アーサーは馬にのると、白い鹿をもとめて森の中に入っていった。

その直後、グウィネヴィア妃の目が覚めた。妃は侍女たちを呼ぶ。そして女どもに着替えを手伝わせるかたわら、従僕を厩《うまや》にやって、婦人がのるにふさわしい馬が残っているかどうか、調べさせた。しかし狩猟《かり》の一行は、婦人用の小さな馬もあらかた連れ出しており、残っているのは王妃の馬のほかには、ただ一頭あるばかりだ。そこで王妃は、半分笑いながらも、不機嫌な声で、侍女の一人を選んでこう言うのだった。

「男の人というのは、まあなんて自分勝手な生き物でしょう。あなたとわたしで、あの人たちの後を追いましょう」

馬が引かれてきて、王妃と侍女は鞍の上にのった。そして城の門をぬけ、道の上にありありとついている男と犬と馬の行った跡をたどって、森へとむかった。

しばらく進むと、後ろから勢いよくせまってくる馬の蹄《ひづめ》の音が聞こえてきた。急いでふりかえると、緑灰色の馬にのったジェレイントが、もう、すぐ横に来ていた。昨夜と同じ絹のダマスク織りの衣を、鎧《よろい》の上にまとい、さらにすみに黄金のりんごを刺繍した、青紫のマントをはおっている。馬の足が速いので、マントはひらひらと、ほとんど水平になびいていた。

「王妃さま、おはようございます。寝すごして、出発にはまにあいませんでした」

「わたしもそうなのです。でも、もうすぐ追いつけるでしょう。あそこの嶺の上に立てば、あの人たちの鳴らす角笛が聞こえるのではないかしら。それに、犬たちの合唱もね」

そこで三人は嶺にのぼった。するとその先には、開けた原野がひろがっていた。彼らは、森が果てるところに立ちどまり、狩猟《かり》の音が聞こえないものかと、耳をすました。三人がそのままたたずんでいると、蹄《ひづめ》の音が響いてきた。そして馬にのった三人の人物が、下の方の道を進んできた。

先頭は小人《こびと》だ。大きな、飛び跳ねるような足どりの馬にのっていて、手には、長い、痛そうな鞭を持っている。つぎに来るのが、全身青と金色の絹をまとった貴婦人。つんとすました足どりの、クリーム色の馬にのっている。そしてその後ろには、長身の騎士がつづいていた。鎧兜《よろいかぶと》をまとい、糟毛《かすげ》の大きな戦馬《いくさうま》を御している。

「ジェレイントよ。あの騎士が誰か、知っていますか」

「いいえ。面頬《めんぼお》が閉じていますし、盾の紋章にも見覚えがありません」

「アンガラド」

王妃は侍女に声をかけた。

「あなたあそこまで下りていって、ご主人はどなたですかと、あの小人《こびと》にきいてらっしゃい」

そこで侍女は小人《こびと》のところまで馬を進め、見知らぬ騎士の名を、ていねいしごくにたずねた。

「あんたにゃ教えないよ」

小人《こびと》がつっけんどんにかえした。

「じゃあ、ご本人にきくだけだわ。おまえのように無礼なお方じゃないでしょう」

「そんなことさせるものか。ぜったいにね」

「どうして」

「おまえみたいな卑賤《ひせん》の者は、ご主人と口をきいちゃいけないのさ」

小人《こびと》のこんな言葉は無視して、乙女は馬の首を騎士の方にむけた。すると小人《こびと》は持っていた鞭で、乙女の顔をまともにたたいた。真っ赤な鮮血が飛び散った。

乙女はすすり泣きながら王妃グウィネヴィアのもとにもどり、いま起きたことを話すのだった。

「くそう、小人《こびと》め。ご主人がだれか、しゃべらせてやるぞ」

乙女が気の毒でいきり立ったジェレイントはこう言って、自分の馬の横腹を、拍車で蹴りつけた。そして全速力で草の生えた斜面を小人《こびと》のところまで駆けくだると、後ろからくる騎士の名を、居丈高にたずねた。

「あんたにゃ教えないよ」

小人《こびと》はそう言って、通り過ぎようとした。

「じゃあ、ご本人にきくだけだ」

「そんなことさせるもんか」

「なぜだい」

「おまえみたいな卑賤《ひせん》の者は、ご主人と口をきいちゃいけないのさ」

「わたしは、おまえの主人などよりも、いくらでも偉い人物と話したことがあるぞ」

ジェレイントはこう言うと馬の首を騎士の方にねじむけて、進みはじめた。

すると小人《こびと》もさっとふりかえって、きいきい声で叫びながら、後を追ってきた。そして長い鞭がしなると、ジェレイントの顔をぴしりとたたいた。乙女の時と同じで、真っ赤な鮮血が飛び散る。

ジェレイントはガウェインにおとらず短気で、あっというまにかっとする性質《たち》なので、手が、さっと剣の黄金の柄《つか》にかかった。しかし、ジェレイントの心の中には、ほんの一片《ひとかけら》の平常心が残っていた。そして、こんな虫けらを殺して怨みを晴らすなんて大人げのないことだ。それに、わたしは鎧《よろい》がないのだから、あいつの主人には殺されてしまうだろう、と思った。

そこでジェレイントはグウィネヴィア妃のところへともどり、

「お妃さま、お願いがあります。あの騎士を追跡させてください。どこか鎧《よろい》兜《かぶと》と槍が借りられそうなところまで来たら、あいつに、どこの誰なのかを言わせてみせます。それから、あなたと、侍女の乙女がこうむった侮辱をつぐなわせてやりましょう」

「追跡なさい。でも、そなたから何か知らせがあるまでは、心配でなりませんわ」

「もし殺されなければ、二日のうちに、何かお伝えいたします」

こうしてジェレイントは小人《こびと》と騎士と貴婦人の一行の後を追っていった。一日中、けわしい谷をいくつも抜け、荒れた高原を通り、復活祭のおりから野桜が満開になっている森の縁《へり》にそって進み、夕方になってから、川ぞいの、城壁で囲まれた町へとやってきた。この町の中央には、頑丈そうな城が、誇り高くそびえていた。

一行が狭い街路を通って城の方へとむかってゆくと、町の人々が寄り集まってきて、口々にあいさつした。どの家にも、どこの中庭にも男がおり、ぴかぴかに磨かれた盾、丹念に手入れされた鎧兜《よろいかぶと》、蹄鉄をつけた馬がそろっているように見える。そしてジェレイントには、どこに行っても、喧騒の中で人々がお互いにむかって、幾度も、幾度も「鷹、鷹」と叫んでいるのが聞こえた。

城に到着すると、門が大きく開き、小人《こびと》と騎士と貴婦人が中に入っていった。

しかし、ジェレイントに好意的な顔をむけてくれる人間は誰一人としていない。町中どこに行っても、見知った者は皆無で、鎧兜《よろいかぶと》はいたるところで見たが、借してくれそうな家などどこにもなさそうであった。そこで、すでに夕闇が濃くなりはじめたので、ジェレイントはさらに馬を進めて、町のはずれへとむかった。

そこには広々とした草原がひろがっていた。そして草原のむこう、森がまたはじまろうかというぎりぎりのところに、なかば廃虚と化した、古い屋敷が見えた。屋根のない塔は、もつれあった長い蔦《つた》にすっぽりとおおわれている。しかし崩れかけた建物の中で、ただ一か所だけ、雨露をふせげそうな場所があり、そこにはまだ誰か人が住んでいそうだ。そこから、一筋の光がきらりと洩《も》れていた。

あそこだったら、少なくとも町のように騒がしくはないだろう。それに、どこで鎧《よろい》と槍が借りられるか、誰か教えてくれるかもしれない。こう思ったジェレイントが屋敷に近づいてゆくと、一人の老人の姿が見えた。老人の頭は真っ白だった。また身にまとっている服は、色があせ、ぼろぼろにはなってはいたが、かつてはジェレイントの衣におとらず豪華なものだったらしいことがうかがえる。老人は、上の部屋に上ってゆくための、くずれた大理石の階段の足もとに座っていた。

ジェレイントは馬の手綱をしぼった。そして鞍の上から、じっと老人を見下ろした。しばらくすると老人は目をあげて、微笑んだ。

「お若い方、ずいぶんお悩みのようですな」

「いかにもその通りです」

ジェレイントは、微笑みかえして言った。

「このあたりにはまったく知人がおらず、今晩どこに行けばよいかもわからないのです。あなたのお顔は、町に入ってはじめてお目にかかる、親切なお顔です」

「わたしと一緒にいらっしゃい。わたしにできるかぎりの、最高のおもてなしをしましょう。あなたも、馬も、どちらもね」

「ご親切かたじけない。そなたに神のご加護がありますよう」

こう言うと、ジェレイントはずり落ちるように鞍からおりて、馬を引きながら、老人の後について行った。まず、なかば崩れた広間に入り、そこに馬を残しておいて階段を昇り、明かりが洩《も》れていた部屋に入った。

昔はとても綺麗な部屋だったのだろう。しかし、いま暖炉の火と、わずか数本の獣脂の蠟燭《ろうそく》に照らされた部屋の中は、寂《さび》れ、うらぶれ、煙でまっ黒にいぶされていた。壁にもかつては美しい壁飾りがかかっていたはずであったが、いまは、じめじめとして、しみだらけだった。

暖炉のわきに背もたれの高い立派な椅子があり、人品卑しからぬ老婦人が座っていた。すりきれてよれよれになった絹のドレスをまとっている。これも老人の服と同じことで、むかしはさぞかし立派なものだったのだろうが、いまはもう見る影もなくなっていた。こんな婦人を見て、ジェレイントは思った。いまだ悲しみに冒されない若かりし頃は、きっと路に咲く野バラのように美しい女性だったのだろう、と。

この老女の横には、床にクッションを敷いた上に、これもやはり古くていたんだ服とマントをまとった、うら若き乙女が座っていた。乙女の顔は暖炉の火に照らされ、左右には柔らかな髪がカーテンのように垂れている。娘時代の老婦人もかつて美しかったのだろうが、この乙女は、さらにもっと美しいと、ジェレイントは思った。

「娘や、お連れしたこちらの騎士さまのお世話をする従者も、馬の面倒をみる馬丁もいないのだよ」

「心づくしのお世話をさせていただきます」

乙女は立ち上がりながらかえした。

「騎士さまも、馬も」

ジェレイントは、乙女の指示にしたがって、テーブルわきの長椅子に腰をおろした。すると乙女は、ジェレイントの立派な皮ブーツを脱がせた。それから乙女は階段をおりてゆき、広間の馬に水をやり、藁と、少しばかりの小麦をあたえた。これがすむと乙女はもどってきて、食事のためにテーブルの上を整えた。そして一同の前に茹でた肉と、質素な黒パンを並べた。それから上等な白パンを、ほんの少しそえた。これはお客があるので特別に出してくれたのだろうと、ジェレイントは思った。それから、水っぽい葡萄酒《ワイン》が、小さな酒盃に一杯。

横で乙女がかいがいしく世話を焼いてくれるのをしりめに、三人の食事がはじまった。ジェレイントは失礼にならぬよう気をつかいながらも、どうしてあなたと奥方、それに娘さんがこのようななかば廃虚と化した屋敷に、召使もなく暮らすようになったのかと、主人にむかってたずねた。

「もちろん、最初からそうだったわけじゃありますまい」

「もちろんですとも。以前、あそこの町も城も、わたしのものだったのです。それに、広大な領地もありました」

「いったいぜんたい、なぜそれを失ってしまったのです？」

「心の傲《おご》りが原因なのです。わたしには一人の甥がおりました。兄の息子です。この男にも領地がありましたが、子どもだったので、わたしが自分の領地と合わせて管理しておりました。ところが、この子が長じて強くなり、自分の領地をかえしてくれと言いだしましたが、まだそのような大きな責任をもたせるには早すぎると思い、こばんだのです。すると甥はわたしに戦さを仕かけてきて、なんと、自分の方が強いことを証明してしまったのです。そして自分の領地ばかりか、わたしの領地まで奪ってしまい、わたしには、この崩れかけた屋敷だけをあてがって、妻と、そのころまだほんの子どもだった娘を、ここで養えといったわけです」

「それはとても残念なお話ですね。心からお気の毒に思います。でも、教えてください。さっき町を通ったら、人々は騒然としており、しかもみんな武具を整えているようでしたが、いったい何があるのです？

それから騎士と貴婦人と小人《こびと》が大歓迎を受けながら城に入りましたが、どういうことなのです？」

「武具の用意は、明日開かれる予定の、馬上槍試合のためです。毎年、復活祭の翌々日に、若い公爵――すなわちわたしの甥――が、町の下にひろがる草地にある、二本のハシバミの樹の股《また》の間に銀の棒をわたし、このとまり木の上にみごとな鷹をのせ、足を紐で結びつけます。この鷹を手に入れようと、領内のあちこちから、騎士が馬上槍試合のために集まってきます。勝者は、自分の愛する女性に、この鷹を献上しようというわけです。あなたがご覧になった騎士は、鷹を二年連続で手に入れました。今年も手に入れれば、それはもうたいへんな名誉で、今後は〝鷹の騎士〟という名誉の称号で呼ばれることになるのです」

「そんなことなら、その騎士と勝負したいところですが、いかんせん、鎧《よろい》と槍がありません。その鷹の話は初耳ですが、そんな事情を知らないままに、ここまで騎士を追ってきたのも、じつにそれこそが目あてだったのです」

ジェレイントは、頬の傷をさすりながら言った。そしてジェレイントは、ここの主人であるインウル公爵に、王妃とその侍女、それから自分がこうむった侮辱のことを、説明するのだった。

「わたしの鎧《よろい》でよければ、よろこんでお使いいただきたいところですが」

公爵は、首を横にふりながら言った。

「少々旧式で、ずいぶんへこみ、傷んでもいるし、錆《さび》や黴《かび》だらけかもしれませんよ。もうずっと、それを見る勇気すらないのです。しかし、いまでこそ年をとって、心がやつれ腰も曲ってしまいましたが、こうなる以前はあなたの体格にそっくりでした。しかし、そんなことといってもしょうがありません。あなたには、一緒に行くべき乙女がいない。試合場に入れてもらうには、愛する乙女がそなたとくつわを並べてゆき、その乙女こそ世にも最高に美しい女性であると高らかに宣言し、その乙女の名において戦うのでなければならないのです」

ジェレイントは一瞬言葉がなかった。しかしすぐに顔を上げて、暖炉の火に照らされている、みすぼらしいドレスを着た乙女──イーニッドの姿を見た。

「公爵どの。もしあなたの娘御《むすめご》のお気持さえよろしければ、明日、わたしとともに試合場に行かせてはくれますまいか。明日試合にのぞみ、もしも生きてもどれるなら、わが愛と誠意は、このわたしに命あるかぎり、娘さんにささげましょう。もしも生きてもどらなくても、娘さんは、以前よりまずい境遇に落ちるわけではありません」

「イーニッドだって？」

と公爵は言った。そして老公爵婦人は、「で、あなたどうなの」といわんばかりに、わずかに微笑みながら、娘を見るのだった。

イーニッドはまるでジギタリスのように、頬をピンクに染めた。そしてジェレイントにむかって返事をした。ジェレイントに直接話しかけるのは、これがはじめてだった。

「喜んで、ご一緒させていただきます」

そんなわけで老公爵は、虫食いで穴だらけの櫃《ひつ》から、鎧《よろい》を引っ張りだしてきた。そして寝るまえに、公爵と娘とジェレイントの三人は、あまりにひどい錆《さび》をかき落とし、あちこちの弱った革紐《かわひも》をとりかえた。イーニッドがもしも女でなければ、ずいぶんと役に立つ騎士の従者になるだろうなとジェレイントは思った。そして、傷んだ鎧《よろい》の上で二人の手が触れ合うと、二人は顔を上げて、お互いに微笑みをかわすのだった。

つぎの朝、一家は早く起き出した。ジェレイントは、老公爵の手をかりながら、鎧《よろい》を身にまとった。その間にイーニッドはジェレイントの馬の毛並をとかし、小さな年寄りの馬を引き出してきた。この一家には、馬といえばこれしか残っていなかった。

まだ影が長くのびている早朝のうちに、彼らは城の下にひろがる大きな草地にやってきた。そこはすでに騎士と、貴婦人たちでごったがえしており、従僕がそれぞれ、主人の大きな戦馬《いくさうま》を引いて、短い道を折り返し行きつもどりつさせている。そして城の下には絹布を垂らした見物台がならび、見物人がいっぱいであった。そして草地のはるか向うには、二本のハシバミの樹の股にわたした銀の棒の上に、鷹がすでに足をくくられてのっていた。

朝の冷たい空気をつんざくように、ラッパの黄金の音色が響いた。糟《かす》毛の馬の騎士、つまり昨日ジェレイントが追ってきた騎士が、絹の天蓋《てんがい》の下に座っている愛する女性のところまで出てきて、皆に聞こえるような大声でよばわった。

「姫さま、わたしとともに来て、そなたを待っているあの鷹を手に入れましょう。そなたのならびなき美貌ゆえに、鷹はそなたのものです。異を立てんとする者は、いざ、わたしと勝負しようぞ」

「待て」

ジェレイントが叫び、挑戦を引き受けた。

「鷹に手を出すな。わが姫は、そなたの姫にもまして美しい。わが姫の名において、鷹はわがものと宣言するぞ」

相手の騎士はせせら笑った。

「おまえが？　田舎者めが。そんなぼろの鎧《よろい》を、どこの溝からひろってきたのだ？　よし、かかってこい。いざ勝負だ。きさま頭をかち割られたいようだな」

二人はそれぞれ、草地の端と端までさがっていった。そして、馬の首をめぐらしたかと思うと、どおっと一目散に相手にむかって駆けていった。あまりに強烈に衝突したので、どちらの槍も折れ砕けてしまった。すると小人《こびと》がかわりの槍を騎士にわたし、老公爵も別のをジェレイントにあたえた。二人はふたたびぶつかり合い、ふたたび槍が折れた。三度目も同じであった。しかし四度目のために公爵がジェレイントにわたした槍は、それまでのもののように新しい槍ではなかった。傷だらけ、しみだらけの古い槍だった。

「よいかな。この槍はわたしが騎士に叙せられた日にもらった槍ですぞ。これを持ってのぞんだ一騎討では、敗けたことがない」

ジェレイントは公爵に感謝して、槍をかまえた。そして二人の騎士は、四度《よたび》、草地の端と端から相手にむかって突進した。しかし今度は相手の槍がいままでと同じくこなごなに砕けたのにたいして、ジェレイントがにぎった古い槍の方は、敵の盾の中央を強烈にとらえた。すると相手の騎士は、馬の腹帯がちぎれ飛び、鞍もろとも馬の尻の上をすりぬけて、地面にどしんと落ちた。

ジェレイントも馬から飛びおりる。相手がもがきながら立ち上がろうとすると、ジェレイントは黄金の柄《つか》の剣を抜きはらい、跳びかかっていった。二人は刃《やいば》と刃《やいば》をまじえながら、草地を縦横にかけめぐる。そうして最後には、どちらも鎧《よろい》がでこぼこ、よれよれになり、血と汗がしたたり落ち、目もうつろになってきた。そして、挑戦をたたきつけた騎士の方がしだいにジェレイントを押し込めてゆくかのように見えた。そこでジェレイントにむかって、老公爵が叫んだ。

「そなたと、グウィネヴィア妃のこうむった侮辱を忘れたのか！」

すると真っ赤な憤怒の焰《ほのお》がジェレイントの胸にめらめらと立ちのぼってきて、目をおおっていた闇の幕がすっぽりとはがれた。そこで最後の力をふりしぼり、ジェレイントは剣を上段にふりあげて、相手の頭上にひゅうと打ちおろした。ぐしゃんと響いた一撃は、兜《かぶと》を割り、鎖帽を断ち、肉を裂いて、頭蓋骨にくいこんだ。

騎士は地面に倒れ伏し、剣がくるりくるりと旋回しながらはねとんだ。そして騎士はその場に起き上がるなり、膝をついて命乞いをし、ジェレイントの慈悲にすがるのだった。

「よし、慈悲をかけてやろう」

ジェレイントが、相手を見下ろしながら言った。

「ただし条件がある。王妃グウィネヴィアのところにゆき、侍女がお前の小人《こびと》からこうむった傷をつぐなうのだ。エルビンの息子ジェレイントに命じられて来たのだと言え。わたしがこうむった傷は」

と言いながら、ジェレイントはへこんだ兜《かぶと》の中で、暗い微笑みを頬に浮かべる

「もう十分に、つぐないを支払ってもらった。しかし、もう一つ条件がある。そなたの名を教えるのだ」

「ご指示のとおり、王妃のもとにまいります」

と騎士がうめきながら答える。

「それからエルビンの息子ジェレイントよ、わたしの名前は、ナッドの息子エデルンだ」

その時、ご主人の傷の手当をしようと、従者たちがやってきた。それがすむと、エデルンはまた馬の背にのせてもらい、首を垂れながら、小人《こびと》と乙女とともに、カールレオンめざして旅立っていった。

いっぽうジェレイントは、イーニッドにむかって言った。

「さあ、銀の棒にとまっている鷹をもらっておいで。そなたのものだ」

そこに、若い公爵が家来どもを伴って現われた。そしてジェレイントにむかってあいさつし、自分といっ

しょに城にもどろうと誘った。

「お気持はありがたくちょうだいいたしますが、昨夜すごしたところで、今晩もすごしたく存じます」

「思い通りになさるがよかろう。しかし少なくとも、昨日の晩のような不自由は味わわずともすむようにしてさしあげよう。伯父と、家内のご婦人がたもな」

このようなわけで、ジェレイントが老公爵インウル、その妻、娘とともに古びた屋敷に帰ってくると、若い公爵の召使たちが近道をして先に到着し、階段の上の部屋を、まるで宴会でも行なわれるようにととのえているのだった。また、かんかんと熾《おこ》っている暖炉の火の上には、すでに湯が沸いていた。これはジェレイントが戦いで得た血と汗を洗い落とすためだ。

ジェレイントが風呂から出てくると、そこに、若い公爵がいた。馬上槍試合の時にいた公爵家の騎士たちや賓客たちも来ている。そして新しい毛皮つきの衣《ころも》に身をつつまれた老公爵が、これは夢ではあるまいかというような表情で、きょろきょろとあたりを見まわしていた。テーブルの上にはすばらしい料理や酒がいっぱいだ。床の上にはかぐわしいハッカ草がまかれ、お粗末な家具の上には豪華な布がかぶせられ、いたるところで、かつては老公爵のものであった黄金の飾りものが、きらきらと輝いていた。

しかし老公爵婦人と、娘のイーニッドの姿がなかった。どこにいるのかと、ジェレイントがきくと、召使頭がこたえた。

「上のお部屋にいらっしゃいます。公爵さまがお持ちになった新しいドレスをご着用になるところです」

するとジェレイントは、

「どうか人をやって、娘さんには古いドレスを着てもらいたいと、伝えさせてください。古いドレスのまま、アーサー王の宮廷に行って、王妃さまがみずからお選びになったドレスを着てもらいたいのです」

したがってイーニッドは、着古してすりきれたドレスのまま、宴《うたげ》の部屋に下りてきた。しかしジェレイントにとって、たとえぼろをまとってはいても、そんなイーニッドこそが、豪華な絹やダマスク織りで着飾った女たちよりも、はるかに美しく感じられるのだった。

一同が席について、夕食がはじまった。そしてこの晩餐の席で、老公爵と若い公爵のあいだの長年のわだかまりが、雪のように融けた。そして若い公爵は、かつて老公爵のものだった土地と財産のすべてを返すことを約束した。

つぎの日、イーニッドは父と母に暇乞《いとまご》いをした。そして、身にまとっているのはあいかわらずのすりきれたドレスながらも、馬は、若い公爵が自分の厩《うまや》から連れてきてくれた、乗り心地のよい駿馬《しゅんめ》にのり、手袋をはめた手に鷹をとまらせながら、ジェレイントとともに、カールレオンへの長い旅路についた。

いっぽう、アーサー王と騎士たちは狩猟《かり》をたんのうし、めざす白い鹿をみごと射止めて帰ってきた。そしてその翌朝、王妃は見張りの者を城壁の上に立たせて、ジェレイントの帰りを見張らせた。

正午を少しすぎたころ、ウスクの橋を渡ってくる一行の姿が見えた。先頭は大きな馬にのった小人《こびと》、その後ろに小さな馬にのった乙女がつづき、そして最後は、くぼみだらけで、ばらばらになりかけた鎧《よろい》を着た騎士であった。騎士は戦馬《いくさうま》の鞍の上で、背を丸め、頭を垂れていた。

見張りの一人が、グウィネヴィア妃のところに報告にいった——小人《こびと》と、貴婦人と、打ちのめされた騎士が一人見えました、と。

「でも、どういう者たちなのかはわかりません」

「わたくしにはわかっています」

王妃がこたえる。

「門をくぐったら、騎士とご婦人を、ここにお連れするのです」

こうして、ナッドの息子エデルンと、愛する乙女が、謁見の間で待っている王妃のもとまで案内されてきた。エデルンは王妃の前に膝をつきながら、何があったのかを話した。ジェレイントに負かされて、王妃と侍女がこうむった侮辱のつぐないをするよう、申しつかったのだと説明するのだった。そうして、身を低くして、王妃の赦《ゆる》しをこうた。

王妃は赦《ゆる》しの言葉をあたえ、いちばんの客間に案内するよう命じるいっぽうで、アーサーその人の侍医であるモルガン・タッドを呼び、エデルンの傷だらけの身体を診《み》るよう命じた。王妃はまた、乙女にも優しく声をかけた。そして侍女たちに面倒をみるよう、指示をあたえた。

そして王妃は、城壁の上の見張りの者たちに、ひきつづきジェレイントの到来を見張るよう、命じるのであった。

夜と昼のはざまとなり、夕闇が濃くなってきたころ、馬上のジェレイントの姿が見えた。すりきれたドレスを着たイーニッドも一緒であった。イーニッドは疲れてやや元気がないが、なおも手に鷹をのせている。

こんな知らせが王妃のもとにとどけられると、王妃は侍女をすべて呼び集めて、中庭に入ってきた二人を出迎えた。そして歓迎の言葉を述べた。

「よくぞお帰りになりました。そなたに神のご加護がありますよう。そなたとともに来た、そちらの乙女にも。その女《かた》のために、あなたが鷹を手に入れてあげたのですね」

王妃がここまで事情をご存知だということは、ナッドの息子エデルンがちゃんと約束を守って、先にカールレオンに到着したのだなと、ジェレイントは推察した。ジェレイントはまず自分が馬からおり、つぎに乙女を抱いておろした。そして馬と鷹の世話を従者たちにまかせると、イーニッドの手をとって、王妃のところまで連れていった。イーニッドが王妃の前で低くおじぎすると、グウィネヴィア妃はみずから身をかがめて、イーニッドを両腕に抱いた。

「お妃さま」

とジェレイントが言った。

「お約束を果たしました。騎士の名はエデルン、ナッドの息子です。でも、お妃さまは、もうすでにご存知のようですね」

「いかにも。ほんの数時間前に、あの人がやってきました。小人《こびと》が侍女を傷つけたつぐないをするよう、そなたによって派遣されたのだといって、わたしの赦《ゆる》しをこいました。それから、鷹を手に入れるための馬上槍試合の話も、知っているかぎりのことを、すっかり聞かせてもらいました」

「傷はだいじょうぶなのでしょうね？　とてもすぐれた剣士でした」

すると王妃はにこりと微笑んで、

「まあ、あんなものでしょう。いまは客間にいて、そなたからこうむったたくさんの傷を、手当してもらっているのです。愛する乙女も、一緒にいます」

そこにアーサーと騎士たちがやってきた。ジェレイントはアーサーにイーニッドを引き合わせ、物語の残りの部分を話した。そして、さっそくつぎの日に結婚することをお許しいただきたい、と願いをのべた。

「もちろん、許そう」

とアーサー王はこたえた。

「この、公爵どのの娘御《むすめご》ほど美しい乙女は、ほとんど見たことがない。貧しいドレスが玉にきずだ」

これにたいして、

「ジェレイントさまは、この乙女を、わざと、古いドレスのままここにお連れしたのだと思います。わたしのドレスの中から、乙女の美しい顔容《かんばせ》にいちばん似合うドレスを見つける楽しみを、わたしにとっておいてくれたのでしょう?」

王妃はこう言うがはやいか、イーニッドをつれて、さっさと自分の部屋にもどった。残されたジェレイント、アーサー王、騎士たちは、大広間に準備された宴《うたげ》の席にむかった。そして、この晩の宴《うたげ》のおりに、白い鹿の頭をジェレイントの許嫁《いいなづけ》に、贈ることが決まった。

つぎの日、黄金のダマスク織りのドレスをまとったイーニッドは、城の礼拝堂《チャペル》に行った。そして、そこの高い祭壇の前で、アーサー王その人の手で、ジェレイントと結ばれた。こうして式がおわると、三日間の祝宴が催された。昼間は馬上槍試合や狩猟《かり》にうち興じ、夜になると、人々は大広間でご馳走と美酒を楽しみながら、竪琴《ハープ》や歌、それにダンスなどに熱中するのであった。

しかし四日目の朝になると、ジェレイントはアーサー王のところに行って、こうきりだした。

「畏《おそ》れおおき大王さま、わたしは、そろそろ故郷《ふるさと》のコーンウォールにまいらねばなりません。わが妻イーニッドを、人生の落陽の日々をおくっている老父に見せて、喜ばせてやらねばならないのです」

王はひどく悲しんだ。また王妃も侍女たちも、イーニッドがいなくなることを、とても残念がった。この三日の間に、皆は、優しくも可愛らしいイーニッドのことがすっかり気に入ってしまったのだ。とはいえ、自分の故郷《ふるさと》、自分の血族の人々のもとに花嫁を連れてゆこうとするジェレイントにむかって、そんなことをしてはならないなどということはできない。

こうして準備の万端がととのえられ、翌朝、ミサをすませてから二人は出発した。ランスロットとガウェインに率いられた、えりすぐりのアーサー王の騎士たちが、護衛のためにつきそっている。

一行はセヴァーン川を渡った。そこには、旅人と馬たちを対岸に渡すための平底の船が、つねに用意されてあった。川を渡って土手にあがった一行は、北コーンウォールへと馬の首をむけた。そしてさらに二日間旅をつづけて、ジェレイントの父親エルビンの城に到着した。

息子と、その嫁の姿を目にした老公爵の喜びようは、尋常のものではなかった。そしてカールレオンでもそうであったように、三日間というもの、城は祝宴に明け暮れた。すなわち昼は狩猟《かり》や鷹狩や馬上槍試合に熱中し、夜は夜で、大広間で酒宴と竪琴《ハープ》の演奏を楽しんだのだ。このような三日間が過ぎると、アーサーの騎士たちは暇乞《いとまご》いをして、自分たちの国王のもとへと帰っていった。

ジェレイントは国境《くにざかい》の強化につとめはじめた。父親は老齢ということもあって、辺境の守りにまでは手がまわらず、弱くなるがままに放置してあった。ジェレイントは問題のあるところにつぎつぎと手当してゆき、父親の統治に大いに手をかすのだった。また、東に馬上槍試合があればかけつけ、西で馬上模擬戦があると聞けば出かけてゆくといったありさまで、武芸を競う機会があれば何をおいても参加し、最強の騎士にがむしゃらに立ち向かおうとするのだった。

しかしやがて、国境《くにざかい》の守りが万全にかたまり、国と民の治めもゆきとどき、武芸の競いにおいてもジェレイントに挑戦する騎士をすべて打ち負かす時がやってきた。こうなると、もはや、剣をふるう目的もなければ、腕前をためすべき相手もいない。ジェレイントはしだいに古い仲間との交際をさけ、城の自分の部屋や、庭園で、イーニッドとともに過ごすことが多くなった。というのもジェレイントにとって、イーニッド妃とともに過ごす時間こそが、唯一いつまでも飽きず、嫌気のさすことのない時間だったからだ。

こんなジェレイントから、人々の心は離れていった。そして家臣の騎士たちの間で、イーニッドがジェレイントを魔法でたぶらかしたのだとか、ジェレイントはエルビン公のほんとうの息子ではないのだなどというささやきが、かわされるようになった。やがて、このような陰口がエルビン公のもとにまでとどいた。そこでエルビン公はイーニッドを自分の部屋にまねき、このような噂のことを話した。そして、ジェレイントが古くからの親友を捨て、男としての正しい生き方をかえりみることもなく、そなたとばかり過ごすのは、そなたの願いによるのか、そなたの差し金なのかと、追求するのだった。

あらぬ疑いをかけられたイーニッドの全身を、悲しみとショックが差しつらぬいた。イーニッドは両手をぎゅっとにぎりあわせ、顔を上にむけて老公をあおぎ見ながら、こう言った。

「お殿さま、たしかに、わたくしに咎《とが》がございますわ。というのも、ジェレイントさまにいつもそばにおいでいただくのが、ただただうれしく、本来ならお心を何とかよそに向かわせる手立てを考えなければいけなかったのに、ジェレイントさまがわたしを愛するあまり、古いお仲間を遠ざけ、武勇を捨て、正しい生き方から逸脱していらっしゃるのだなどとは、思いもよりませんでした。でも、これだけは誓って申し上げます。わたくしから、そのようにお願いしたことなど、一度たりともございません。それにそのようなジェレイントさまは、わたくしにとっても、とても残念でございます。わたくしがかつて愛した勇敢な騎士、故郷《ふるさと》と血縁の者を捨ててまでもお従いした、立派な騎士で、いつまでもいらしてほしいものですわ」

「では、本人にそう言えばよいではないか」

と老公は優しく言った。

ところが、幾度も、幾度も試みてはみるものの、イーニッドには、ジェレイントに面とむかってそのように言うことができなかった。そんなことを言ったら心が傷つくだろうとわかっているのに、どうして口にすることができようか。それにイーニッドは、ほんのわずかではあったが、ジェレイントのことが怖くもあった。ガウェインよりも燃え上がりやすい、焔《ほのお》のような気性だったからだ。

それからしばらくたった、ある夏の朝のこと。

イーニッドは眠りつけぬままに、一晩中ベッドで横になって過ごした。すぐ横ですやすやと眠っているジェレイントに目をやると、上がけをぐいと押し下げて、露出した胸の上を、出初《でそ》めた夏の太陽が照らしている。イーニッドはもっとよく見ようと、片肘を立てた。輝く金髪がもつれ、そのあいだからやすらかな寝顔がのぞいている。ジェレイントの胸は規則正しく上がったり下がったりをくりかえし、手は、眠りながらも、イーニッドの方に投げ出されている。とつぜん、ジェレイントを愛する気持ちがかたまりとなってイーニッドの喉《のど》にせりあがってきた。嗚咽《おえつ》が喉《のど》につまり、イーニッドは泣きはじめた。

「まあ、何てことでしょう」

とイーニッドはささやくようにつぶやいた。

「噂のように、わたしのせいで、あなたは勇気と力を失ってしまったのかしら。あなた、もうわたしが最初愛した騎士じゃないのね。あなたとの結婚を承諾したその日こそ、わたしたちにとって災厄《わざわい》の日だったのね」

イーニッドの大つぶの涙が、ジェレイントのはだかの胸にぽたりぽたりと落ちたので、ジェレイントの目が覚めてきた。そして半ば眠り、半ば目覚めているような混乱した頭で、イーニッドのつぶやきが耳に入ってきたので、イーニッドは自分が騎士らしい勇気を失ったことを責めているのだと感じると同時に、イーニッドには他に結婚したかった騎士がおり、その騎士を愛するがゆえに涙を流しているのだと、思い込んでしまった。ジェレイントは怒りと悲しみで目がくらみ、ベッドから跳ね起きた。そしてしがみつこうとするイーニッドを乱暴に押しのけ、鎧《よろい》をもて、馬に鞍をつけろと、従者にむかって叫ぶのだった。

足もとの床に倒れたままになっているイーニッドを、ジェレイントは冷たく見下ろしながら言った。

「さあ、そなたも馬の用意をさせろ。一緒に旅に出るのだ。わたしがもはや騎士でなくなったかどうか、そなたにわかるまでは帰ってこないぞ。それに、そなたが、たったいま涙を流しながら愛《いと》おしんでいた殿御《とのご》ほど、このわたしには愛する値打ちがないものかどうか、わからせてやろう」

ジェレイントは、愛する人はあなたをおいてはいないのだと、イーニッドがいくら泣いても、怒っても、聞く耳をもたない。それどころか、イーニッドをそこに残したままぷいと立ち去ってしまった。そして父親を見つけると、いきなり、冒険の旅に出ると宣言するのだった。

「ずいぶん急な話だ。一緒に行くのは誰だ」

「妻のイーニッドです」

ジェレイントは吐き捨てるように言って、それ以上は何のあいさつもなく、大股で立ち去った。そして、従者が鎧《よろい》の用意をすませて、待っているところにもどった。

いっぽうのイーニッドは、悲しみと当惑のどん底にいるこんな姿を人にさらすのは耐えがたく感じられたので、一人として侍女を呼ぶこともなく、衣装箱を置いてある小さな部屋に行った。そこで最初に思ったのは、いちばん立派なドレスを来て、黄金の腕環をつけていこう、わたしにだって誇りがあるのだ！ということであった。しかし、イーニッドは思いなおして、だいじにしまってあった、古いすりきれた服をとり出すのだった。そしてこう思うのだった。もしもこの古いドレスを着たわたしを見たら、あの人はわたしにはじめて出会って、愛するようになった時のことを、また思い出してくれるかもしれない。あの人のために、これを着て家も親も捨ててきたのだということを。そうしたら、あの人の心は優しくなって、またわたしの方にむいてくれるだろう、と。

そんなわけでイーニッドは、粗末なドレスを着て、中庭におりていった。

従者に手伝わせながら、すっかり鎧《よろい》に身をかためたジェレイントは、下りてくると、自分の大きな馬からやや距離をおいたところで、イーニッドが自分の馬といっしょに待っている姿を見つけた。その時、かの女にむけたジェレイントの顔は、まるで石から彫り出したような、冷たくこわばった顔であった。

「さあのるんだ」

とジェレイントは命じる。

「塔の門をくぐったら、上り坂の道を行くのだ。わたしの前を行け。たっぷりと離れているのだ。何を見ても、何を聞いても、ふりかえるんじゃないぞ」

イーニッドが最後にもう一度ジェレイントの優しい心に訴えてみようと口を開きかけると、ジェレイント

はそれをさえぎって、

「こちらから話しかけないかぎり、何もしゃべるのではないぞ」

とくぎをさすのだった。

イーニッドは馬の背にのり、うなだれて門をくぐった。そして北方の荒れた高原にむかって上ってゆく道を進みはじめた。

まもなく道はくだりとなり、はるか下には、樹がみっしりと生えた谷が見えてきた。この森の縁《へり》に近づいてゆくと、イーニッドの目に、鎧《よろい》を着た二人の男が馬にのって、樹々の翳《かげ》にひそんでいるのが見えた。強盗を稼業としているごろつき騎士であった。一人が相棒に向かってこんなことを話している。

「おい、あそこに絶好のカモがやってくるぜ。馬が二頭に、女が一人。それにあの騎士の野郎の立派な鎧《よろい》を見ろや。あいつ首をがっくりと垂れてるじゃねえか。とうてい、俺たちに刃向かう元気なんてあるめえよ」

ごろつきどものこんな話を耳にして、イーニッドは思った――あの人はふりかえってはいけない、話しかけるなと言った。だけど、危険は知らせなければ。

イーニッドは馬の首をめぐらせて、ジェレイントのところまで大急ぎでもどり、いま耳にしたことを話した。

しかしジェレイントは、ただこう言うだけであった。

「危険を知らせにもどってくる必要はない。そなたは心の中で、わたしがあの連中の手にかかって死ねばよいと思っているのだろう。わたしがそなたに望むことはただ一つ。わたしの命令をおとなしくきいて、黙っていることだ！」

この瞬間に、ごろつき騎士のうち、先頭の男が猛然とつっかかってきた。しかしジェレイントが最後の瞬間に馬をひねったので、相手の槍先はそれてしまった。すかさずジェレイントはふりかえって、槍をななめになぎはらい、相手を鞍から落とした。すると賊は頭から地面に激突し、首の骨を折って即死した。ついでジェレイントは、二番目の賊に襲いかかり、槍の先で首のおおいをつらぬくと、そのまま地面に投げ捨てた。あえなくも、賊は相棒と枕をならべて討死となった。

ジェレイントは馬からおりて、ごろつき騎士たちの鎧《よろい》をはぎとり、それぞれの馬の背に、手綱でくくりつけた。そうしてふたたび馬にまたがり、この間ずっと馬の背に座ったまま、黙って眺めていたイーニッドにむかって、こう言った。

「またさっきみたいに、わたしの前を行け。ただし、この二頭を逐《お》ってゆくのだ。何か見たり聞いたりしても、ぜったいにふりかえったり、わたしに話しかけてはだめだぞ。そんなことをすると、きっと後悔することになるぞ」

イーニッドは、命じられたとおりにした。

やがて二人は森を後にした。左右の風景が大きくひらけてきた。いままでたどってきた道は、うら寂しい荒れ野の真ん中をとおりながら、どこまでもつづいてゆく。

少し進むと、まだだいぶんに距離があるので小さな影にすぎないが、ヒースと低いサンザシの藪のむこうに、馬にのった三人の騎士がこちらにむかってくるのが、イーニッドの目にうつった。風が騎士たちの方からこちらにむかって吹いているので、接近するにつれて、先頭の騎士の声が聞こえてきた。

「今日は何てついてるんだ。馬が四頭に、鎧《よろい》が三着。それに女もいるぜ。あのしょぼくれ騎士なんか、小指でひねりつぶしてやるさ」

イーニッドは思った。あの人は話しかけてはいけないと言ったわ。でもそうしないことには、あの人が死んでしまうかもしれない。それよりは、わたしが死ぬ方がいいわ…　というわけで、イーニッドは今度もジェレイントのところまでひき返して、いま耳にしたことを教えた。

「山賊のことなんかより、そなたがわたしの命令にそむいたことの方が重大な問題だ」

とジェレイントは言った。

その同じ瞬間に、三人のごろつき騎士の先頭の者が、槍を水平にかまえながらジェレイントにむかって襲いかかってきた。ジェレイントは馬を横にひねったので、相手の槍先はつるりと盾をこすっただけだ。しかしジェレイントの槍はまともに目標にあたった。男は馬の尻の上をすべって落馬し、大地に接したときにはすでに絶命していた。そして二番目、三番目の男も、まったく同じような運命をたどった。ジェレイントは馬をおりて、三人の死骸から鎧《よろい》をはぎとると、それぞれの馬の背に、手綱でくくりつけた。そして馬をイーニッドにあずけると、前回と同じような命令を、こわい口調で言いわたした。

「さあ、わたしの前を行け。この五頭の馬を逐《お》うんだ。もう命令にそむくなよ。そむいたら、殺すぞ」

二人は道をつづけた。まわりの地勢が荒れてきて、藪が深くなってきた。イーニッドにとって、五頭の馬を逐《お》ってゆくのはますます困難な仕事となってきたが、かの女は不平の一言をもらすこともなく、黙々と言われたことを果たしている。こんな苦労を見ていて、ジェレイントの心はイーニッドのことがいじらしくも哀れに感じられて、そよぐのだった。しかしそんな自分の心の優しい旋律に、ジェレイントは耳をかたむけることもなく、顎《あご》を胸にうずめたまま、馬を進めるばかりであった。

しばらく進むと、もつれにもつれたリンボクの茂みがあり、その影のあたりでもぞもぞと動いている四人のごろつき騎士の姿が、イーニッドの目に入った。しだいにこちらに近づいてくると、そのうちの一人が声《こわ》高《だか》に笑いながら、仲間にむかって叫んでいるのが聞こえた。

「ほれ、すっげえチャンスだぜ。馬に鎧《よろい》、それから女もいる。後ろからくる騎士の野郎はあれだけのものを奪って、もうへとへとみたいだぜ。戦う力なんて、ろくすっぽ残っちゃいめえよ」

こんなセリフを聞かされて、イーニッドはそら恐ろしくなり、背筋が冷たくなった。そして、こう思った――もし、ここでまたあの人の命令にそむいたら、わたしきっと殺されるわ。だけど、危険を教えてあげないことには、あの人、きっと殺されてしまう。そこでイーニッドは、五頭も馬がいるのでスムーズにはゆかないが、ともかくも群れの向きを後ろにかえて、ジェレイントのところにまで後もどりし、いま耳にしたことを話した。

「どう言ったら、命令を守るのだ？　あいつらの姿は見えているし、目的も明らかだ。怖くなんかないさ」

今度は、ジェレイントも相手の攻撃を待ってはいない。馬の横腹にかかとを蹴りこむと、槍をかまえて、全速力で賊たちにむかって行った。ジェレイントの槍は、先頭の男の盾の中央をつき、男は鞍からまっさかさまに落ちた。つぎに槍は二番目の男の胸をつき、鎧《よろい》をつらぬいて、心臓にささった。三人目の男は喉《のど》をつかれ、大地に触れるまえに、すでに落命していた。また四人目は、最後の仕上げとばかりに、いちばんむずかしいわざ、すなわち兜《かぶと》刺しの一撃をみまわれた。相手の兜《かぶと》はふっとんで、そのさい、首が折れて絶命してしまった。

ジェレイントは馬からおりて、倒れた騎士たちから鎧《よろい》を引きはがし、それぞれの馬の背にくくりつけた。

そうして、馬をイーニッドにあずけると、それらを逐《お》いながら路をつづけるよう、命じるのだった。

森の中にいるうちに、夜になった。ジェレイントがついに自分からイーニッドにむかって声をかけた。

「そこで曲って、樹の下にはいるんだ。暗くなりすぎたから、これ以上進むのは危険だ。夜が明けたらまた路をつづけよう」

「お望みどおりにいたしますわ」

彼らは道からそれて、樹々の間に分け入った。しばらく行くうちに、あたりは真っ暗になった。ジェレイントは馬をおりて、イーニッドを鞍から下ろした。しかし、抱き下ろす手にも、指示をあたえる声にも、まったく暖かみは感じられなかった。

「この袋に食物が入っている。食べてから、馬を見張るんだ。馬が迷子にならないよう、寝ずに番をするのだぞ」

こう言うと、ジェレイントは盾の上に頭をのせ、身体をのばすと、眠ってしまった。しかしイーニッドは、食物の袋に手をつけることもなく、わきに置いたまま、じいっと座って見張りつづける。やがて月が昇り、万物が銀色に輝きはじめた。森の夜の物音がめざめてきた。ふさふさの翼を羽ばたかせて、梟がすぐそばをかすめ飛ぶ。どこかで、雌ギツネがつれあいを呼ぶ声が聞こえる。それから下生えの草の中で、何かががさごそと動いた。ジェレイントはじっと動かない。しかし、寝るなと命じた妻同様、自分も眠ってはいなかった。馬たちが身動きすると、鞍の前につるしたジェレイントの兜《かぶと》が、からんからんと小さな音を響かせた。

月光の充満した銀色の闇がしらじらと明け、夏の夜明けとなった。シダやジギタリスが翳《かげ》から顔を出し、ひび割れたカッコウの声が響きわたった。

ジェレイントが、鎧《よろい》に締めつけられていた身体を動かした。そして、おはようの一言もなく、イーニッドをまた馬の背にのせて、こう言うのだった。

「昨日のように、馬をつれて、先をゆくのだ」

その日通ったところは、穏やかな土地であった。そして草地のわきを通っていると、鎌をもった人たちが長く横一列にならんで、干し草を刈っている光景に、ときどきお目にかかった。そして、冒険に出会うことはなかった。

夕方ごろになると、町に入った。藁ぶき屋根がたくさん連なり、アヤメの芽のようにひょろりとそびえた、教会の尖塔が見えている。そして町のはずれまで行くと、いかにも頑丈そうな城があった。この城は、まるで地面から生えて出てきたかのように見えた。ジェレイントはこの城の門をたたき、一夜の宿をたのんだ。門番は二人を中庭に入れた。そうして、九頭の馬を逐《お》っている、着古したドレスの乙女と、その後ろからくる、かみなり雲のように険悪な顔をした騎士を、めずらしそうに眺めた。

するとそのとき、従者と召使たちが寄ってきて、二人が馬からおりるのに手をかして、馬をあずかってくれた。そうしてさらに城の主《あるじ》である伯爵と、町の人々が、城の大広間から出てきて、歓迎の言葉を述べた。

しばらくして、晩餐《ばんさん》の時間となった。テーブルでは、ジェレイントとイーニッドは隣どうしの席をあたえられた。しかし食事がおわり、一同が席をたち、三々五々集まって、めいめいの夕べの娯楽《たのしみ》に熱中しはじめると、二人はお互いから身を遠ざけた。伯爵はまず、ジェレイントのそばに行き、旅の目的をたずねた。

「冒険を求めてさすらっています。気に入った冒険に出会えば、それを追い求めてゆく——ただ、それだけのことです」

とジェレイントはこたえた。ジェレイントは目をおとして、膝の上にだらんと垂れている自分の両手を見つめたまま。そして顔はというと、出会った冒険に楽しんで飛びつくような、そのような人物の顔にはとても見えなかった。

こんなジェレイントと話しながら、伯爵は広間のむこうの端に目をやった。イーニッドが暖炉の火に顔をむけながら、一人寂しく座っている。これほど美しい乙女はいままで目にしたことがないと、伯爵は思った。そこで伯爵は、適当な間《ま》をはかってからたずねた。

「あちらに一人で寂しそうに座っている乙女とお話しすることを、お許しいただけますかな?」

「お望みとあらば、ご遠慮なく。わたしには関係のないことです」

ジェレイントは顔も上げずにこう言うのだった。

伯爵はイーニッドのそばに行き、クッションつきの腰かけを引いてきた。そして

「よろしいですか」

と言いながら、イーニッドの横に腰をおろした。

「奥さま」

伯爵は優しい声で話しかけた。まるで手の拳《こぶし》にとまらせた隼《はやぶさ》を、びっくりさせて飛ばすことのないよう、細心の注意をこめているとでもいった風情であった。

「ぶしつけながら、あちらの騎士どのに従ってゆくことを、そなたは楽しんでおられないようにお見受けいたしましたが…」

「あの人の旅は、わたしの旅です」

「召使も侍女もいないのに？」

「召使や侍女を連れて歩くよりは、主人といっしょにまいるのが楽しいのですわ」

「だが、あなたをこんなふうにあしらうなんて、ひどい男だ。わたしなら、こんな扱いはしない。だから、わたしとずっと一緒にいてくれないでしょうか？」

イーニッドは自分の耳を疑うかのように、相手の顔をじっとみつめた。そして聞きまちがいでないことがわかると、さらりとこたえた。

「わたしはあの人と、夫婦としての誓いを立てたのです。お別れすることなど、考えたこともございませんわ」

「では、考えなおすのだな。もしわたしがあの男を殺したら、わたしは好きなだけそなたを自分のものにできる。それでそなたに飽きてしまったら、追い出すだけだ。しかし、もしもそなたが自分から選んでわたしのもとに来てくれるなら、そなたはわたしの妻になり、わが領地の奥方となるのだ。わたしはいつまでもそなたを裏切ることなく、生あるかぎり、愛するだろう」

イーニッドはしばらく言葉が出せなかった。しかし心では、どう反応したものか、あれこれと思案をめぐらせた。けっきょく、伯爵の考えになびくようなそぶりをするのがいちばんよいのではないかと、イーニッドには感じられた。そこでイーニッドは、声を殺して、早口で答えるのだった。

「では、こうするのが一番でしょう。明日も、わたしはあの騎士と旅をつづけなければなりません。しかし、しばらくしたら、わざと道に迷ってはぐれるようにします。あなたと、何人かのご家来の方は、急いで後を追って、わたしが主人から離れている間に、ひろってくださいませ。そして、あの人に奪い返される前に、ここに連れ帰ってください。これで、わたしはあなたのものですわ。わたしがそれを選んだのだと、あの人も思わないでしょう」

この答えに、伯爵は満足した。

翌朝、二人はまた旅をつづけた。昨日と同じように、イーニッドが先にたって、手に入れた九頭の馬を逐《お》ってゆく。しかし町と城がすっかり見えなくなると、イーニッドは道の端により、ジェレイントが追いついてくるのを待った。そんなイーニッドの仕草を見て、最初ジェレイントは自分も手綱をひいた。しかしけっきょくジェレイントは根まけして、険しい顔は変えないものの、馬を前《さき》に進め、イーニッドに追いついてきた。するとイーニッドは自分の馬をぐるりとまわして、ジェレイントの横につけた。

こうして並んで行きながら、イーニッドは、昨晩、かの女と伯爵の間に起きたことをすべて話した。

「もう、いつ追いかけてきても不思議ではないわ。いくらあなたでも、一人では相手しきれないほどの手勢《てぜい》を、連れてくるんじゃないかしら。ですから、あなた、手に入れた馬を放して、森に入りましょうよ。あの男から逃げられるかもしれないわ」

今度ばかりは、暗い顔はあいかわらずであったが、ジェレイントは最後までイーニッドの話を聞いた。そしてイーニッドの話がおわると、旅に出たこの二日の間にはなかったほど、刺々《とげとげ》しさをひっこめて、こう言うのだった。

「いくら命令しても、そなたはわたしの命を救おうと、腹を決めているようだな。だけど、わたしは猟犬に追われた野兎みたいに、逃げやしないぞ。もしもあいつらが追ってくるなら、来るまでここで待ってやろう。だが、そなたは森に逃げなさい。そしてもしわたしが敗けたら、アーサーの宮廷にもどるのだ。あそこなら安全だ」

「もう嫌というほどさからったので、もう一度ぐらいさからっても何ということないわ」

イーニッドが急に元気な声でこたえたので、ジェレイントはこの二日間ではじめてイーニッドをまともに見た。ジェレイントの視線の下で、しかし、イーニッドの目は相手をすどおりして、いま来た道の方に注がれた。そこでジェレイントも急いでそちらに目をむけると、はるか遠くで、もうもうたる土ぼこりが、朝陽《あさひ》をうけて金色に輝いているのが見えた。この金色の雲が近づいてくると、その根もとに、大勢の騎馬の男が全速力で駆けてくるのがわかった。兜《かぶと》や槍の穂が、きらきらと輝いている。

「馬をよこせ。せめて道からどいてくれ。戦う場所が必要なのだ」

ジェレイントは面頬《めんぼお》を下げた。

「そんな、むりよ！　いくらあなたでも。きっと八十人はいるわ。あなたはたった一人なのよ」

とイーニッドは叫ぶ。

「言われたようにするんだ」

と命じるジェレイントの声は、面頬《めんぼお》の奥で虚ろに響いた。

「多少なりとも不利を解消する手立てなら、いくつもあるさ」

「何をするつもり？」

「騎士らしからぬことさ。さあ、そなたは樹の間に入るんだ！」

イーニッドは命じられたとおりにした。

ジェレイントは道の真ん中で、そのまま待ちつづけた。そうしながら、刻々と近づいてくる土ぼこりをにらみつけている。やがて多数の馬の、かつかつという蹄《ひづめ》の音が聞こえはじめた。そして頃合いをはかって、よしいまだ！と、九頭の馬を解き放ち、槍の柄で、いちばん後ろの馬の尻を思いきりたたいた。すると打たれた馬は鼻をもうれつに鳴らしながら飛び出した。そして残りの馬たちもつぎつぎにパニックにまきこまれた。こうして九頭の馬は、背おった鎧《よろい》をがちゃがちゃと鳴らしながら、寄せてくる騎士たちにむかって道を驀進しはじめた。

伯爵とその家来たちは、悪態をついて、自分の馬をわきに寄せようとした。しかしその時、九頭の馬がつっこんできて、混乱が四方八方にひろがっていくのであった。

こうして追跡者たちが悪態をつきながら、浮き足だった馬と格闘し、馬の悲鳴やら鎧《よろい》のぶつかる音やらで大混乱におちいっている間に、ジェレイントは槍をかまえて、敵に襲いかかった。ジェレイントは敵の集団の真ん真ん中に攻めこんでいった。そしてまず、敵がわけもわからないうちに、目の前の男を槍に突きさして落馬させた。それからつぎに、かえす槍で、三人の男をなぎはらって馬から落とした。敵が槍先をジェレイントに向ける暇《ひま》もあたえない、目にもとまらぬはやわざであった。しかしこれで槍が折れてしまったので、ジェレイントは手に残った柄を投げ捨て、剣を抜いた。

土けむりが雲のようにもうもうと上がり、渦をまいた。そして森の縁《へり》で見守っているイーニッドのところまで、剣と剣が衝突する音、男たちの叫び声、馬のいななき、足踏みの音が聞こえてきた。また、陽《ひ》の光をはね返して、刃《やいば》がきらり、きらりと光る。そして刃《やいば》はしだいに赤く熱してきた。つぎつぎと、乗り手のいない馬が土けむりの中から飛び出してきて、逃げ去った。しかしジェレイントの馬は出てこない。

ジェレイントは、ねばり強く死にもの狂いの戦いをつづけた。ぐるりから猟犬にうなり、攻め、追いつめられた猪のように、死力をつくして戦った。しかし、いかんせん、多勢に無勢であった。八十対一の戦いがどう終わるか――それははじめから目にみえている。ジェレイントは多数の傷をおって、打ち倒された。ジェレイントはもはや死んだように動かなかった。とはいえほんとうの死人なら、これほど赤い血がこぼれて、踏み荒された地面を汚すことはないはずであった。

攻め手の男たちは、後ろにさがった。イーニッドが鞍からすべり下りて、ジェレイントの脇の土のうえにひざまずいた。そしてジェレイントの上に身体をかがめた。伯爵やまわりの男たちのことなど、まったく目に入っていないようすであった。イーニッドは低くうめくような声で、泣いた。

「わたしの愛したたった一人の人が殺されてしまったわ。こんな目にあったのも、もとはといえばわたしが悪いのよ」

「さあ、わたしとの約束はどうなったのだ」

と伯爵が、イーニッドを抱き上げながら言った。

「いまから城にもどろう。そなたの悲しみを癒す手立ては、すぐに見つかるだろう」

伯爵はイーニッドをかの女の馬にのせた。そしてジェレイントに殺された騎士たちの死骸をはこんで帰るよう、指示を出した。そしてジェレイントについては、盾の裏側に剣といっしょに並べて寝かせ、連れ帰るよう命じた。

伯爵はみずからイーニッドの馬の手綱を手にとって、城まで引いて帰った。馬の背に揺られながら、イーニッドは一言もしゃべらず、前の方をまっすぐに見つめているばかりだ。なにか恐ろしい光景を見せられて、言葉を失ったというような顔であった。

大広間に入ると、騎士たちは部屋のいちばん奥の、一段と高くなった場所に、盾に寝かせたジェレイントを下ろした。つづいて伯爵はイーニッドのための部屋を準備し、身体を清めるためのバラ水を暖め、衣装棚から美しい絹の衣装を出してくるよう命じた。イーニッドのドレスはすりきれ、ほこりまみれであるばかりか、ジェレイントの血糊がべったりとついていたからだ。

「だいじな人が死んで横たわっているのに、エメラルド色のダマスク織りや、紅バラのような絹の衣などに用はありません」

「美しいお方、そんなに悲しむものではないぞ。あちらの騎士どのが死んだからといって、それがどうした？　そのかわり、そなたには立派な領地と、そこを治める伯爵さまがいるではないか。わたしにはそなたをもう一度幸せにすることができる。それはそなたしだいだ」

「もう、生涯幸せにはなれません」

とイーニッドはこたえ、ドレスを変えようともしない。

「せめて、こっちで食事をしてはどうだ」

と昼食のためのテーブルが用意されると、伯爵がさそった。

「ごらん。そなたの席はわたしの隣だ」

と伯爵は言うと、イーニッドの手をとって、テーブルのところまで引いていった。

「食べるんだ」

伯爵がいった。そしてみずから、美味きわまりない最高級の料理を、イーニッドの目の前の白パンの上にとりわけてやった。

しかしイーニッドは、とつぜん、冷たく澄んだ声で言い放った。

「神さまに誓って申し上げますわ。盾の上に寝かされているわたしのだいじな方が起き上がって、一緒に食べてくださらないかぎり、わたしは食べません」

「そんな誓いは守れるわけがなかろう。あの男は、すでに死んでいるじゃないか」

「では、この世ではもう、何も食べません」

イーニッドは同じ冷たく澄んだ声で言った。

「では、これを飲むのだ」

と言いながら、伯爵はイーニッドの前の酒盃に、黄金色の葡萄酒《ワイン》を注いだ。

「せめてこれを飲んでみてはどうだ。葡萄酒《ワイン》の火に身体を暖めてもらえば、考えもかわるだろう」

「わたしのだいじな人が起き上がって、いっしょに飲んでくれるのでなければ、わたしは飲みません」

そのとたん、伯爵はいままで抑えにおさえていた癇癪を破裂させて、まるで言うことをきかない犬を相手にしているかのように、イーニッドにむかって怒鳴りつけた。

「やさしく言ってるといい気になって。それなら、こいつに物をいわせてやる」

と言いざま、伯爵はイーニッドの頬を平手でなぐった。真っ赤な手形が、白い肌のうえに浮かび上がってきた。

イーニッドは狂おしい悲鳴をあげ、勢いよく立ち上がった。

「もし主人が生きていたら、そんなこと、とてもできなかったはずです!」

この少し前に、ジェレイントに意識がもどりはじめていた。ずっと暗い水の底に沈んでいたのが、いま、光と、生きた人間の世界の方へと浮かび上がってきたかのようであった。しかし、イーニッドと伯爵の間に起きていることが聞こえてはいるものの、ジェレイントは自分が生きているのか死んでいるのかわからないし、まわりのすべてが夢なのか現実なのか、見当もつかなかった。ジェレイントは二つの世界のはざまをふわふわと漂いながら、しばらく、そのまま身動きもしないで横たわっていた。

しかし、伯爵にぶたれたイーニッドの悲鳴が、剣のように暗闇の幕をつらぬき、ジェレイントの心に突き刺さった。ジェレイントは幕をつきやぶって、ふたたび現実の世界にもどってきた。そしてイーニッドのすすり泣きを聞くと、力が奔流のように身体に漲《みなぎ》ったので、ジェレイントは跳ね起き、立ち上がった。そして盾の上にあった剣をつかむと、伯爵の上におどりかかり、渾身の剣の一撃をみまったのだ。鋭い刃《やいば》は伯爵の頭を真っ二つに割ってもなおも勢いがやまず、伯爵の上体が皿や杯のあいだにつっぷすと、そのテーブルの縁《へり》に深々と食い込んだ。

広間は蜂の巣をつついたようになった。そして誰もが先を争って広間から逃げ、イーニッドだけが残された。剣を持った男が怖いからではない。死者が妖しい魔術で蘇り、自分たちを殺しにきたのだと思ったのだ。

からっぽになった広間に一人立って、ジェレイントは白いテーブルクロスで剣をぬぐった。そして身動きもせず、真っ青な顔で、ジェレイントの顔を食い入るように見つめているイーニッドに、じっと目を注いだ。するととつぜん、イーニッドをいとおしむ感情が、傷の痛みよりなおも鋭く、ジェレイントの胸を締めつけた。しかし、いまは優しい言葉をかけている場合ではなかった。そんなことは後まわしだ。

「イーニッド」

ジェレイントは言った。イーニッドには、この声にこめられた優しい気持ちだけで十分であった。

「厩《うまや》はどこか知ってるかい？」

「ええ。わたしが馬を連れてきましょうか？」

「一緒に行こう。急がなければ。伯爵の家来どもが、また勇気をとりもどしてもどってきたら、ことだからね。いまは、わたしは戦えるような状態ではない」

二人は足早に厩《うまや》にむかった。そして自分たちの馬を見つけると、鞍をつけてまたがり、大きく開いている門をくぐって、城をあとにした。行く手をさえぎる者はおろか、文句をいう者すらいない。

二人は、草原の向こうに、まるで雲の影のように暗々《くろぐろ》とうずくまっている森へとむった。しかしそこにいたるまでの平地では、燃える初夏の太陽にあぶられ、血と汗によって鎧《よろい》がジェレイントの身体にぴったりと張りついた。そのため、傷はまるで焔《ほのお》に焼かれるようにうずき、ジェレイントは頭がくらくらしてきた。そして目の前が真っ暗になった。

しかしともかくも森にはいり、しばらく道をたどったあとは、わきにそれて、樹々の間にもぐり、またそのまましばらく進んでいった。そして、ここまで来れば、いくら伯爵の家来たちでもそう簡単には見つけられはしないだろうと思ったので、二人は大きな樫の樹の下で馬をおり、馬の手綱を低い枝にひっかけた。そうしてイーニッドは、ジェレイントが鎧《よろい》を脱ぐのに手をかした。鎧《よろい》の下からあらわれた無数の傷をまのあたりにすると、イーニッドの目から涙があふれ出てきた。こうして鎧《よろい》の革紐《かわひも》をはずしているところに、樹々の間に響きわたる狩猟《かり》の角笛が聞こえてきた。

この角笛の意味するところは、こうだ。アーサー王の一行がキャメロットからやってきて、狩猟《かり》をしながら、南西の丘の奥深くまで入りこんできた。そして彼らは、ここからすぐ近くの、快適な森の中の空地に野営したのであった。

ジェレイントとイーニッドが耳にしたのは、アーサーの狩人が猟犬を呼び寄せようとして鳴らす角笛であった。そして、これとほとんど時を同じくして、馬上の人物が樹々の枝をはらいながらやってくる音が聞こえ、樫の樹の横をかすめて通る鹿の道に、アーサー王の執事ケイが、突如として、姿を現わした。

ジェレイントはケイの顔を知っていた。しかし、伯爵の広間に残してきた盾でもいまここにあるのなら話はまた別であったが、ケイにはそれがジェレイントだとはわからない。なにしろ、兜《かぶと》をはずし、素顔を見せてはいたものの、ひどくやられて血だらけで、まるで半分死人のような顔なので、イーニッドでもなければ、とうていジェレイントと見分けることなどできない。またイーニッドはといえば、脱ぎ散らした鎧《よろい》を集めようとしてよそを向いていたので、顔が見えなかった。

そこでケイは、国王の狩猟キャンプのこんなに近くで、いったい何をしているのだ?と、威圧的にたずねた。

「陽《ひ》ざしをよけるために、木陰に立っているのです」

ジェレイントは、少しよろよろしながら答えた。

「お前は誰だ?　何のために旅をしているのだ?」

「わたしが誰かということについては、よけいなお世話だ。旅の目的は、冒険に導かれるがままに、どこにでもゆく」

「見たところ、ずいぶん危ないところに導かれたようだな」

「ちょっとの間、冒険を中断して、アーサー王のところに来るんだ。すぐ近くに天幕《テント》を張っておられる」

「行くか行かないかは、わたしの勝手だ」

ジェレイントはケイの命令に、唯々諾々として従う気分でははなかった。

「おまえの勝手など許されないのだ。よいか。わたしの命令だ。来い」

怒鳴りながらケイは剣をぬいて、ジェレイントにむかってきた。しかしジェレイントは樹の幹に立てかけてあった自分の剣に手をのばすと、鞘《さや》から抜きもせずに、その平らな部分でケイの顎《あご》の下をたたいた。するとケイは、手足をばたばたさせながら落馬し、樫の樹の、去年の枯れ葉の絨毯《じゅうたん》の上にどさりと落ちた。

そしてまさにその瞬間に、ケイのすぐ後ろを追いかけてきたランスロットが、鹿の道に姿を見せた。木洩《こも》れ日のせいでグレーの髪の毛がまだらになっている。そして手綱を引いて、目の前の光景を見ると、黒い眉の片方は水平であくまでも重々しかったが、もう一方はいつもにもまして激しくはねあがるのだった。

「ケイよ、ケイよ」

立ち上がろうともがいている国王の執事を眺めながら、ランスロットは言った。

「いつになったら、自分の相手の力量を判断できるようになるのだ?」

それから今度は、ジェレイントにむかって、

「騎士どの、ずいぶん手ひどくやられたごようすですね。とはいえ、いまごろ、このあたりのどこかに、もっとひどいありさまの連中がいることでしょうが、あなたは、エルビンの息子ジェレイントではありませんか」

「その通りです」

「それに奥方のイーニッドも、一緒だ。わたしたちのところにもどってきてくれたのか。今日はなんとうれしい日だ。さあ、ともに王さまのところにまいりましょう。きっとお喜びになるだろう」

「喜んでまいります。ていねいに、お誘いいただいたので」

このころになると、他の騎士や従者たちも続々と集まってきた。彼らは二頭の疲れた馬を引いていった。そしてほとんど歩くのも困難なジェレイントに手をかそうとしたが、ジェレイントはそれをふりきって、イーニッドの手をにぎった。こうして皆に囲まれながら、二人は王の狩猟キャンプに入り、空地の中央に立てられた大きな縞模様の天幕《テント》のところに行った。すぐそばで、焚火《たきび》の上にわたされた焼き串がゆっくりと回転し、今日仕留められたばかりの鹿があぶられている。アーサーは、自分の鞍にもたれかかりながら、天幕《テント》の入口の前の、シダの葉の山の上に座っていた。そして、カバル――もう何代目かはわからないが、お気に入りの猟犬がこの名前を引き継いでいた――が、アーサーの足もとに寝そべっている。

ランスロットは言った。

「王さま、今夜の狩猟《かり》で、とびきり上等の獲物を仕留めました。ご覧ください。ジェレイントと、奥方がまたもどってきましたよ」

アーサー王は、心を躍らせながら歓迎の言葉を述べた。ジェレイントはひざまずこうとして、あやうく倒れそうになった。しかしその瞬間にイーニッドが両腕で抱きかかえて、ささえた。

「あとで、今度の冒険について、話を聞かせてもらおう。しかし、その前にしなければならないことがある」

アーサーは医者のモルガン・タッドを呼んだ。そしてジェレイントを、イーニッドと医者だけにつきそわれながら休むことができるよう、近くの天幕《テント》にはこばせた。王と騎士たちは、しばらくこの狩猟キャンプにとどまった。ジェレイントが十分に回復して、馬にのれるようになると、みんな一緒に、サンザシの樹でさえずる小鳥のヒワのように陽気に楽しく、キャメロットへと帰っていった。もはや、イーニッドはジェレイントの前をゆくのではなく、後ろから来るのでもなく、並んでゆくのであった。

キャメロットにつくと、グウィネヴィア妃が城門をくぐって、一行を出迎えた——彼らは使者をさきに遣《や》って、帰りを予告させておいたのだ。グウィネヴィア妃はアーサー王にむかって、こう言った。

「アーサーさま、さあ、皆さんと一緒に大広間にお入りください。円卓のところにお越しください。見ていただくものがあります」

そこで一行が大広間に入ると、そこに座っていた騎士が死んで以来、空になっていた円卓の座席の背に、ジェレイントの名前が輝かしい黄金の文字で記されてあった。

こうしてジェレイントは円卓の騎士となった。そして、やがて父親が亡くなると、ジェレイントは自分の国、自分が治める人々のもとに帰り、強くて賢い王となったが、聖霊降臨祭のおりにはかならずアーサー王の宮廷にもどってくるのだった。それはジェレイントが生きているかぎり、円卓が存在するかぎりつづいた。

第12章　ガウェインと世にもみにくい貴婦人

　ある年のこと。サクソン族の襲撃があり、さらに北から攻めてきた〝古い人々〟との間にも戦いが生じた。やがて蛮人どもが押し返され、北の守りがまた盤石《ばんじやく》となると、大王アーサーと、その騎士たちは、クリスマスの季節をカーライル城で過ごすことになった。グウィネヴィアと侍女たちも、もちろん一緒である。

　クリスマスの夜。一同が大広間に集まり、従者や召使たちがつぎつぎとご馳走をはこんできて、月桂樹の枝で飾られた猪の頭が、一同の前に置かれたとき、かつかつという蹄《ひづめ》の響きにつづいて、扉がどしんどしんと響いた。扉が引かれると、髪をおどろに乱し、冬の道をまっしぐらに駆けてきたらしく、泥だらけのマントを来た乙女がころがりこんできて、アーサーの足元に身を投げ出した。

「大王さま、ご助力をくださいい。愛する人を、襲いかかってきた暗黒の運命から救ってください」

「わたしにできるだけのことはしてあげよう。その運命とやら、そなたをそれほどまでに悲しませるものが、いったい何か、手早く話すのだ」

アーサーはこう言って腰をかがめ、女を立たせようとしたが、女はどうしても立とうとはしない。むしろ、よけいにひれ伏してしまった。

「わたしには、騎士の許嫁《いいなづけ》がいました。わたしにとっては、自分の心臓よりも、もっとたいせつな人です。ところが昨日、結婚のためのさまざまな計画をたてながら馬でイングルウッドの森を散策していたところ、森の奥深くにゆくと、とつぜん樹々がとぎれて大きな空間がひろがっているところに出ました。その真ん中には、周囲をとがった岩に囲まれた、暗い湖があり、水面にうかぶ小さな島にはお城があって、本丸の上に黒い旗がひらめき、跳ね橋がおりていました。

このような場所にくるのは生まれてはじめてだったので、はて、いったいこれは何だろうといぶかりながら、行きつもどりつしていたところ、鎧兜《よろいかぶと》に身をつつんだ騎士――ふつうの人間の二倍の身丈があり、ふつうの馬の二倍の大きさはあろうかという馬にうちまたがった恐ろしい怪物が、橋をわたって、わたしたちの方に全速力で駆けてきました。そして、わたしの許嫁《いいなづけ》にむかって、わたしを残して、一人で立ち去れと言いました。許嫁《いいなづけ》は剣を抜いて、わたしを守ろうとしましたが、あの場所には何か魔法でもかかっているのでしょう、その瞬間にあの人の上に呪文がおよび、剣が手から落ちて、悪魔のような騎士にたいして、手も足も出なくなりました。騎士はあの人を鞍から投げおとし、縛りあげて、あの人自身の馬の背にのせました。その間わたしは、手をつかねて見ているしかありません。抵抗はしたのです。でも、おかげでこのようなしまつです」

こう言うと、乙女は自分のあざだらけの顔をさわり、引き裂かれたドレス、傷だらけ、あざだらけの手を見せるのだった。

「でも騎士は、あのぞっとするような声で、笑うばかり。あの人の馬を引きながら、去ってゆきました。わたしは騎士の背中にむかって声をかぎりに叫びました。アーサー王の宮廷に行くわよ。どんなにひどい目にあわされたか話して、許嫁《いいなづけ》のあなたを救ってもらう——それとも仇《あだ》を討ってもらうために、強い騎士に来ていただくわ。アーサー王その人が来るかもしれないわよ、と。

でも、騎士はますますせせら笑うばかりで、こう叫び返しました。

『お前の臆病者の王に言うがよい。わしは、ここターン・ワゼランにいる。逃げも隠れもせん。いつでもこい、と。だが、いくらアーサー王でも、わしと戦う勇気はあるまいて』

騎士はこう言うと、くるりと背をむけて、愛《いと》しい人が載せられた馬を前に逐《お》いながら、帰ってしまいました。アーサー王さま、そんなわけでわたしは王さまのもとまでまいり、足もとにひれ伏しながら、ご助力をお願いしているのです」

乙女の声がとぎれると、怒りにみちたつぶやきが、大広間のすみからすみにまで広がった。そして騎士たちは互いの顔を見かわしながら、短剣の柄《つか》に手を伸ばそうとした。すでに立ち上がった者も、少なからずいた。

しかしその時アーサー王が席を蹴って立ち上がり、大きな声で叫んだ。

「わが騎士としての名誉にかけて、まさしく、わたしがこの冒険をひきうけて、この乙女がこうむった不正に、たっぷりと報いてやらねばならん」

騎士の中には、とくに若い人々は、このような王みずからの勇ましい言葉に感銘をうけて、テーブルをた

たいてはやす者もいた。しかし、ガウェインは、

「叔父さま、この冒険、わたしにおまかせください。乙女の話には裏がありそうだ。妖しい臭いがいたします。それにわがブリテンの国は、王さまなしで長く放っておくわけにはゆかぬのです」

ランスロットも、それからベディヴィエール、ガレス、それにどさくさにまぎれてケイまでもが、王さまのかわりに自分が行きたいと申し出た。しかしアーサーは頑として受けつけようとしない。

「皆の者に礼をいうぞ。だがわたしは、このところいつも、騎士が冒険に出るのを見送るばかり。王その人は久しく冒険に出ていないではないか」

そしてアーサーは一同をぐるりと見わたすと、とつぜん、このように言いたした。半分怒ったような、半分抗議をしているような調子であった。

「神もご覧《ろう》じろ。皆の者よ、わたしはまだ老いてはおらんぞ！」

アーサーの声には、騎士たちに、もうこれ以上は反対できないとぞ感じさせる、凛《りん》とした響きがあった。

しかし王妃だけはどうあっても納得しなかった。というのも、王妃もガウェインと同じで、何やら得体のしれない不吉な感じを、どうにも拭い去ることができなかったからである。

つぎの朝、ミサが終わると、従者たちはアーサーに鎧《よろい》を着せ、聖剣《エクスカリバー》を腰につらせ、そうしてロンという名の強力な槍を持ってきた。そしてとっておきの、焔《ほのお》のように勇猛な戦馬《いくさうま》を厩《うまや》から引いてきた。準備がととのうと、例の乙女を案内に立てながら、アーサーはカーライル城を出て、この地方全体を密集した樹々によって暗々《くらぐら》とおおいつくしている、イングルウッドの森の奥深くに入り込んでいった。

何マイルも何マイルも進んで、ようやくのことに二人は鬱蒼《うつそう》とした樹の間をぬけて、苛烈な陽《ひ》の入りの、

紅《あか》い焔《ほのお》の嵐の中に出た。そして二人の目の前には、湖の広々とした水面がひろがった。水面は、燃える空にむかって、真っ赤な焔《ほのお》を投げかえしていた。湖の周囲は、とがった黒い岩々ですっかりとり囲まれている。湖面に浮かぶ小島には、嵐の空のように、黒く険悪な顔つきの城がそびえていた。そして城の大小の塔には、鴉の濡れ羽のような暗黒の旗が、燃える入り陽《ひ》に照らされながら、ひらひらと風に流れているのであった。

「ここが、あの場所です。おお、アーサー王さま、わたしの愛する人をお救いください。そしてわたしの受けた苦痛を、つぐなってくださいませ」

アーサーは鞍の前の部分にぶら下げてあった角笛を手にとって、大きく息を吸うと、長々と息を吹き込んだ。角笛の広がった口からとても大きな音が鳴りひびき、こだまが、湖岸の岩からかえってきて、城の小さな隅《すみ》などに隠れていた鴉たちが、黒い翼を広げながら舞い上がった。

アーサーは、ふたたび角笛を鳴らした。そしてさらにもう一度鳴らした。こだまが、城壁の上の、真っ赤に染まった雲からも、返ってくるように感じられた。しかし、何も反応がない。そこで、アーサーは剣を引き抜いて、戦さの時のような声で叫んだ。

「ターン・ワゼランの騎士よ、出てこい。そなたの王がここで待っている。わたしを待たせるでないぞ」

このようにアーサーが挑戦の言葉をたたきつけると、大きな跳ね橋がゆっくりとおりて、城と岸辺の間の短い水路のうえに渡された。そして門のアーチの下に、ターン・ワゼランの騎士が姿を現わした。普通の人間の身丈をゆうに越える巨大な体軀《たいく》を、頭の頂から爪先まで黒ずくめの鎧《よろい》兜《かぶと》につつみ、真夜中のように暗黒でとほうもなく大きな、赤目の戦馬《いくさうま》にのっている。

「よくぞまいられた、アーサー王よ。もうずっと、そなたの来られるのを待っていた。心の中ではつねにそなたに挑んできたが、面とむかって挑めるこの日を、待ちわびておったのだ」

これを聞いたアーサーの心に、怒りの感情がふつふつとわいてきた。そこでアーサーは拍車を蹴って馬を全速力で駆けさせると、湖のきわへと下っていった。いっぽうの暗黒の騎士も、敵を迎えうつために突進してきた。

「さあ、わたしに降参するのだ」

アーサーは、ものすごい蹄《ひづめ》の音にまけないような声で叫び返した。

「降参して、そなたの邪悪な行ないのつぐないをつけるのだ。さもなくば、かかってこい！」

しかし、その同じ瞬間に、アーサーの馬がぴたりと止まってしまった。アーサーは前のめりになって、ほとんど馬の首から前にころげ落ちそうになった。馬はこうしてじっと凍りついたまま、怖がって悲鳴をあげている。アーサーは何とか馬を前に進めようとしたが、アーサーの尻の下で馬は震えるばかりであった。

このとき、ものすごい恐怖が、冷たい影のように、アーサーの心を冒した。相手は騎士ではなく、この世ならざるものなのだ。こう思うと、得体が知れないがゆえに、アーサーの心にはいっそう恐ろしさがつのってきた。そしてまるで空をおおわんとするかのごとくのしかかってきた、巨大な者に対する真っ黒な恐怖が、アーサーの身体から力を吸いとってしまい、剣を持つ手も、盾を持つ手もだらりと下に垂れてしまった。アーサーには身動きする力さえ、残っていない。

「これは悪魔の業《わざ》だ」

アーサーの心の奥深くで、何者かがささやいた。

「悪魔の業《わざ》だ…」

ターン・ワザランの騎士は手綱をひいた。アーサーまで槍一本の距離もなかった。そしてふいに笑いだした。そのものすごい声はあたりにわんわんと響きわたり、城壁にぶつかると、こだまがはね返ってきた。

「さあ、王よ、降参するか戦うかはそなたしだいだ」

アーサーは剣を持ち上げようともがき、冷たい汗がたらたらと流れてきたが、筋肉ひとつ動かすことができない。

「おわかりかな」

と巨大な騎士が言った。

「何だ、そなたの望みは？」

アーサーはあえぎあえぎたずねた。

「おお、そのことか。いま即刻そなたを殺すこともできる。あるいは、そなたを地下牢に放りこんで、他のご立派な騎士どもとともに朽ち果てさせ、わしのお手のものの魔法で、そなたの国を自分のものにすることもできる。しかしわしは、命と自由をそなたに返してやってもよいと思っている。どうだ？」

「で、代償は？」

「年の明けた日にもどってきて、『あらゆる女がもっとも望むものは何か？』という質問に答えるのだ。答えがわかろうとわかるまいと、ともかくここにもどってくることを、十字架にかけて誓え。もし答えられなければ、身の代金が未払いなのだから、そなたは依然としてわしの俘虜《ふりょ》だ。そなたを殺して、死体を湖の暗い水の中に投げ捨てるかもしれんぞ」

こうなったら、アーサーは誓うしかなかった。恥辱と憤怒とくやしさが胸にみなぎっているが、蜘蛛《くも》の巣の真ん中にからまってしまった蝿のような恐怖のせいで、アーサーは金縛りになっていた。

このときターン・ワゼランの騎士が、槍をさっとふった。するとアーサーの馬は立ち上がり、後ろ足を軸にしてくるりとまわったかと思うと、もうれつな速度で駆けはじめた。あまりに勢いがはげしいので、森の奥に深く入ってから、ようやくのことにアーサーは手綱を引き絞ることができた。止まってもなお、馬はぶるぶると震えている。

ここにきて初めて、アーサーは乙女の姿が見えないことに気づいた。そう、森の樹々の間から抜け出し、ターン・ワザランの姿をはるか前方に認めた時から、ずっと見かけていない。

いま経験したことを恥じる気持ちにさいなまれながら、アーサーは道をつづけた。とはいえ、カーライル城をめざしたわけではなかった。自分の身の代金をきちんとはらうまでは、どんな顔をして同胞の騎士たちに顔を合わせられようか、というような心持ちであった。ただし、その身の代金がそもそもはらうことができるかどうか、心もとないかぎりではあった。

クリスマスから年が明けるまでの一週間というもの、アーサーは北へ南へ、はたまた東へ西へと、森と荒れ野を駆けめぐった。そして鵞鳥《がちょう》を逐《お》っている少女、道ばたの戸口にたたずんでいる居酒屋のおかみ、召使の一群を率いながら、小さな鐘で飾りたてた白い馬にのった貴婦人、聖なる井戸のそばで祈っている尼など、アーサーは女に出会うたびに、ターン・ワザランの騎士から課された疑問を、問いかけてみるのだった。

あらゆる女がもっとも望むものは何か、と。

しかしどの女も、違った答えを返した。富と言う者もあれば、美と答える者もあった。立派な地位、権力、笑顔と称賛、愛などという答えも出てきた。

アーサーはどの女にもていちょうに礼を言い、答えを、最初の日に修道院で手に入れた細長い羊皮紙の上に記した。ターン・ワザランのところにふたたび行ったときに、忘れてしまっては困ると思ったからである。しかしそんなことをしながらも、アーサーは心の底で、これらのいずれもが正しい答えではないことがわかっていた。

こうして、ついに新年の日となった。アーサーは、重い気持ちをいだきながら、馬の首をふたたびターン・ワザランの城へとむけた。そしてアーサーの心には、魔法のサンザシの樹の下でずっと眠りつづけているマーリンのことが、蘇ってきた。もはや誰一人として、助けを求めて訴えることのできる人がいなかったからである。

前にこのあたりに来た時にくらべて、丘はもっと暗々としており、風はもっと肌をさすように感じられた。そして道は以前よりはるかに長く、荒れているように思われた。しかし、あっけないほど早く道はすぎてしまった。

ところが旅の終わりがほぼ近づいてきたころ、顎《あご》を胸に沈めてうなだれながらアーサーが馬を進めてゆくと、女の、甘くやわらかな声が聞こえてきた。

「大王アーサーさま、神のご祝福をそなたに。神のご加護のあらんことを」

アーサーは何者だろうと、声のする方にすばやく顔を向けた。そして、道のすぐわきに、緋色のドレスを身にまとった女がいるのに気づいた。女は樫の若樹とヒイラギの樹のあいだの、ふわふわの芝草の上に座っている。女のドレスはヒイラギの実におとらぬ、鮮やかな色であった。しかしその肌は、樫の樹にいまだにしがみついている数枚の枯れ葉のように、黄ばんでしわしわだった。

女を見ると、ショックが、アーサーの身体中を電流のように走った。甘くやわらかな声を聞いた瞬間に、アーサーの心に、美しい女性の顔が浮かんでいた。ところがこの女ときたら、アーサーがいままで見たこともないほどの、おぞましい女だった。その顔ときたら、ほとんど正視するにしのびないほどくずれている。鼻はむやみに長く垂れ下がり、いぼだらけな上に、片方にひん曲っている。また鬚のはえた長いしゃくれ顎《あご》は、それとは逆の方向にゆがんでいた。眼は片方しかなく、そびえた眉骨の下に、奥深くひっこんでいる。また口は、いっこうに口らしくなく、ただの穴ぼこのようだった。そして顔をはさむようにして、ねじけ、もつれた白髪が左右に垂れていた。ひざに組んでいる両手は茶色で、まるで獣のかぎ爪のようだ。ただし、指の上できらきらと光っている宝石は、王妃にももったいないほどの豪華なものであった。

驚きのあまり、アーサーは女のあいさつにたいして、とっさに言葉をかえすことすらできなかった。世にもみにくい女は、頭をあげてアーサーを見た。まじまじと見つめる女の目には、悲しみと怒りとプライドがまじっているように感じられた。

「イエスさまの十字架にかけて申し上げます。アーサーさま、女性からのあいさつにお答えにならないなんて、あなたはまるでご身分の高い騎士らしくございませんのね。礼儀をわきまえられたほうがよろしいでしょう。あなたがどんな暗い冒険にお出になっているか、わたしは存じております。あなたは誇り高いお方ですが、わたしがご助力を差し上げられるかもしれませんわよ」

「これは、奥さま、たいへん失礼いたしました。つい考えごとに夢中になっていたのです。ごあいさつに返事もしなかったのはそのせいで、決して礼を欠くつもりなどなかったのです。わたしの冒険のことをほんとうにご存知で、わたしが答えねばならない質問を知っておられ、ご助力いただけるなら、生涯、そなたへの感謝の気持ちをたやしはしません」

「気持ち以上のものがいただけなければ、お助けするわけにはまいりませんわね」

「それは何でしょう？　望みのものを、何でも差し上げよう」

「ずいぶんに性急なお約束だこと。イエスさまの十字架にかけて、誓っていただきましょう。あとで嫌だと言われても困りますから。でも、まずは、わたしの話をお聞きくださいな。あなたはまさに今日、ターン・ワザランの騎士にむかって、あらゆる女がもっとも望むものは何かという疑問への答えを告げると、誓いましたね。そして答えられなければ、ターン・ワザランの慈悲に身をゆだねなければならない。しかも、あの男ときたら慈悲心のかけらすらもたないときている。その通りですわね？」

「その通りだ」

「この七日の間に、あなたは大勢の女にきいてまわりました。どの女も答えを言ったが、どれ一つとして正解はありません。正解を教えられる者は、わたししかいません。そして、あなたが身の代金をはらうには、その正解を知らねばならないのです。しかし、それをわたしが教えるまえに、あなたは聖なる十字架と聖母マリアさまにかけて、誓わなければなりません。わたしがどんなものをお願いしようと、あなたはそれをあたえると」

「誓おう」

アーサーは、剣の十字に手をかけながら言った。

「それでは、わたしにむかって身をかがめるのです。もっと、もっと近くへ。樹にさえ聞かれては困ります」

と世にもみにくい女は言った。アーサーが言われたようにすると、女は不器用そうに立ち上がり、秘密の答えをアーサーの耳の中に告げた。

アーサーは一瞬息をのみ、そして笑いだした。大騒ぎしたものの、けっきょく、それはとても単純なことだった。しかしアーサーはつぎの瞬間にふたたび冷静になり、代償には何が望みかと、女にきいた。しかし女は、こう言うのだった。

「いまはまだその時ではありません。ターン・ワザランの騎士に答えを告げて、それがほんとうに正しかったことが証明されたら、もどってくるのです。わたしはここであなたをお待ちしておりましょう。さあ、神さまがそなたとともにありますように」

こうしてアーサーはターン・ワザランをめざして馬を進めた。いまは丘もそれほど暗く沈んではおらず、風にもかみつくような冷たさは感じられなかった。アーサーには、騎士の質問にたいする正しい答えを知っているのだと、ゆるぎない自信があったからだ。

しばらくすると樹々がとぎれ、空地に出た。アーサーは湖の岸まで馬をすすめて、長々と角笛を吹いた。今度は、もう一度吹きなおす必要はなかった。というのも、城の主《あるじ》は待ちかまえていたらしく、角笛のこだまがまだ岩々のあいだに響いている間に、跳ね橋が、がしゃがしゃんと降りてきて、その上を、怪物のような馬にのった巨体の騎士が通った。そしてアーサーから槍一本ほどの距離のところまでやってくると、手綱をひいた。

「さあ、どうだ。ちびの王よ。わたしの質問への、答えをもってきたか?」

「大勢の女どもからもらった、多くの答えをもってきた。その中に、正しい答えがあるはずだ」

アーサーはこたえて、羊皮紙の巻物を巨大な騎士の、鎧《よろい》をつけた手の中に、ぽいと投げ入れた。

相手の騎士は湖の岸辺に馬をとめて、女たちの答えに、最初から最後まで目をとおした。そしてすべてを読みおえると、さもおかしそうに大声で笑いはじめたかと思うと、ふりかえりもしないで、巻物を後ろに放りなげた。巻物は、空を映しているワザランの湖面にぽちゃんと落ちて、深みへと沈んでしまった。

「何と多くの答えのあることよ。善いのも悪いのもあるが、わたしの質問に正しく答えているものはない。そなたの身の代金にはならん。これで、そなたの命も国もわしのものだ。さあ剣を打ち下ろすぞ。首を下にまげろ。おお、畏《おそ》れおおきアーサー・ペンドラゴン、ブリテンの大王よ」

するとアーサーが言った。

「そなたに命と国を差し出すまえに、もう一度試みさせてくれ」

「よし、もう一度試みるがよい。ただし急げよ」

「今朝ここに来る途中、深紅のドレスを着た女に出会った。女は樫の樹とヒイラギの樹の間に座っていた。そして、あらゆる女がもっとも望むものは、『自分勝手にすること』だと教えてくれた」

これを聞いたターン・ワザランの騎士は、思わず大きな憤怒のうなり声をもらした。

「答えを教えたのは、きっと、わしの妹のラグネルのやつにちがいない。あいつしか知っているはずがないのだ。くそう、よけいなことを教えやがって。そいつは恐ろしくみにくい姿だったろう」

「いかにも、あれほど器量の悪い女は見たことがない」

「もし捕まえたら、生きたまま、じわじわと焼き殺してやるぞ。あいつのおかげでブリテンの国を手に入れそこなってしもうたわい。だが、どこへでも行くがよい。そなたは自由だ。身の代金の支払いはすんだぞ」

アーサーは荒れ地をこえ、深い森を抜けてもどっていった。とつぜんぐったりと疲労感でいっぱいになり、ほとんど、ほっとした気持ちすら感じられない。そしてさっき女に出会ったところまでくると、たしかにさきほどの言葉どおり、ラグネルが樫とヒイラギの間に座って、アーサーを待ちうけていた。

ラグネルのそばまで来ると、アーサーは手綱を引いた。そして今度は、アーサーの方からあいさつの言葉をかけた。

「ご婦人よ、そなたの答えは、たしかに正しかった。そなたのおかげで、わたしは命も国も奪われないですんだ。さあ、望みを言うがよい。きっと、かなえるぞ」

「きっと、かなえてくださりましょう。あなたは王さまで、しかも名誉を重んじられるお方なのですから。したがって、これがわたしの望みです。カーライルのあなたの宮廷から、勇敢で礼儀をわきまえ、しかも見目《みめ》うるわしい騎士を、一人、お連れください。わたしを愛する妻として迎えていただきます」

女のこんな言葉を聞いて、アーサーは腹に一撃をくらったように感じた。

「ご婦人よ、そなたの望みは不可能というものだ」

「ということは、アーサーは、やっぱり、名誉を重んじられるお方ではないということなのですね」

そこでアーサーも、こう言わざるをえない。

「ご婦人よ、望みのものをとらせるぞ」

アーサーは、頭をがっくりと胸の上にうなだれて、帰っていった。したがって、女が、希望と恐れと絶望の痛みを、たった一つのうるんだ眼に浮かべながら、アーサーの背を見送っていたことには、気づくことがなかった。

年が明けた二日目に、アーサーがカーライル城に帰ってきた。

アーサーはいかにもぐったりとしたようすで、中庭で馬からおりると、大広間に入っていった。そこには騎士たちがみな集まっていた。そして王妃が両手をひろげて歩いてきて、やつぎばやに質問をしかけてきた。この八日間というもの、グウィネヴィアは心配で胸が張り裂けそうになっていたのだ。

「わたしは、自分の強さを誇りすぎたようだ。わたしは、敗れて帰ってきたのだ」

アーサーは、沈んだ声で言った。

「王さま、何が起きたのかお話しください」

と王妃がうながす。髪の毛をまとめている黄金の宝冠の下で、顔色が真っ青になっている。

「わたしが戦おうとした騎士は、人間ではなかった。そいつの城も、城をとりまいている土地も、黒い魔術に守られており、そのおかげで、心から勇気が吸いとられ、腕から力がぬきとられたのだ。そんなわけでわたしは、そいつの術にはまってしまい、降参させられた。そいつは、わたしに、一度立ち去って、新年の日にふたたびもどって来いと命じた。そしてその時、ある質問に答えろ、さもなくば命も国も奪うぞ、と言ったのだ」

一瞬の間、大広間は沈黙につつまれ、暖炉で燃える丸太がぱちぱちとはぜる音と、テーブルの下の犬が蚤をかいている音だけが響いた。しかし、やがてランスロットが優しい声で言った。

「でも、王さま、あなたはわたしたちのもとにもどってこられました。ということは、その魔人の騎士に、そいつが欲していた正しい答えを返したはずです。ですから、あなたは名誉の帰還を果たしたのではありませんか」

「正しい答えを返すには返したが、ある女の手を借りたのだ。しかし、この助けは高くついた。その代償を、わたし自身でははらえないのだ」

そこでガウェインが口を開いた。

「では、その女に何をはらわねばならないのです？」

「女はある願いを述べた。答えが正しかったら、かなえてほしいと言った。そしてわたしは――わたしは、望みのものを何なりとあたえようと約束した。そう誓ったのだ」

アーサーはこう言って、うめいた。

「わたしは質問に答えた。そうして自由の身になると、女のところにもどって、願いを述べるよう命じた。するとーーすると、女は騎士たちの誰かと結婚させてほしいと言ったのだ」

ここでまた、大広間に沈黙がおりた。が、すぐに、ガウェインが言った。

「おや、そうですか。それは、そんなにまずいことではありませんね。可愛い女ですか？」

「いままで目にしたことのないぐらい、ぶざまでみにくい女だ。鼻と顎《あご》のねじれた、しわしわの老婆だ。眼は一つしかない。よじれたサンザシの樹のようだ。まるで悪い夢から出てきたみたいな女なのだ」

ここで、三度《みたび》、広間が沈黙にとざされた。

「わたしが自分で、借りを返せればよいのだが」

とアーサーはうめくように言った。グウィネヴィアは子どもをなぐさめるようなしぐさで、アーサーの身体に手を伸ばした。しかしかの女は、ランスロットの方に目をやらないよう、つとめて自制した。ランスロットの方でも、グウィネヴィアには一瞬たりとも目をむけない。

そして、すでに妻のいる騎士たちの間に、安堵の息がかすかにもれた。いまから起きようとしていることから、自分たちはとりあえず逃れることができるのだ、と。

「しかし、親愛なる叔父さま、あなたにはむりです。だから、あなたの名誉を一点汚れなきものとして守るためには、誰かがかわりに支払うしかありません」

いつも引っかきまわし屋の役まわりを演じるアグラヴェインが、目をきらきら輝かせながら、身をのり出した。

「ガウェイン兄さん、あなた、どうなのです？　兄上はいつも、自分の王への忠誠心は誰にもまけないと、公言してるじゃないですか。ランスロットは王妃を擁護する者、自分は王を擁護する者だ、といつも言いはなっているではないですか」

ランスロットはこの言葉が終わらないうちに、半分腰を浮かせた。しかしそれよりも早く、ガウェインが席を蹴って立ち上がった。青い目からは火花が散り、真っ赤な髪は、まるで怒り狂った猟犬の首の毛のように、直立していた。

「弟よ、よくぞ言ってくれた。まさしく、わたしの言いたかったところだ。アーサーさま。そのご婦人とやらを、わたしの妻にくださいませ。それで、あなたの借りも帳消しとなりましょう」

「その申し出、恩にきるぞ。だが、まずそなたが相手の顔を見てからでないと、受けるつもりは――いや、受けるわけにはゆかんではないか」

「いいえ、叔父さま――いや王さま、もう、あなたのお役に立とうと、決心をかためました。弟のアグラヴェインが申したように、わたしは王さまの擁護者なのですからな」

こう言いながらガウェインは横のテーブルの酒盃を手にとって、それを高くかかげ、騎士たちの間に挑むような視線を突き立てた。

「友よ、わが花嫁に乾杯！」

ガウェインはそこに立ったまま、葡萄酒《ワイン》を飲み干し、酒盃をがしゃんとテーブルにたたきつけた。乾杯に唱和する者は、誰一人としていない。

「いや、女を見るのが先決だ」

アーサーがふたたび言った。声は単調でうわずってはいるものの、決然としてゆずる気配がない。アーサーの巨大な灰色の猟犬カバルが、アーサーの手に鼻を押しつけてきた。アーサーは足もとに目をやって、犬の耳をやさしくひっぱった。そして、とつぜん決心したかのように、頭をあげて、松明《たいまつ》の明かりの中で自分の方に向けられた騎士たちの顔を見まわすのだった。

「明日、ターン・ワザランの方面に狩猟《かり》に行こう。そして、冷たい昼の光の中で、ラグネルを見てもらおう。いまのように熱くなっていない、冷静に澄んだ目で見てもらおう。それからまだ妻のいない者たちもすべて、あの女を見るのだ。見てから、自分の妻に望んでもよいぞ」

こうしてつぎの日、冬の朝が明けそめるころ、馬が厩《うまや》から引き出され、犬たちが犬舎から連れ出されてきて、アーサー王と騎士たちは狩猟《かり》にむかった。空気の凍りついた冷たい朝だったが、一行は立派な鹿を巣から追い出して、イングルウッドの森の奥へと追っていった。角笛の音が、犬たちの吠《ほ》え声と響きあった。鹿の後を追って、ヒイラギ、イチイ、丸坊主の樫とハシバミの樹々の生えた密な茂みの中をぬけた。そしてついに、ターン・ワザランの近くまできて、仕留めた。

鹿の死骸が狩猟用の小馬《ポニー》の背に載せられると、一行はカーライル城をめざしてもどりはじめた。冗談を言い合い、快活に笑いながら馬を進めるのであったが、場違いな婦人用の馬が引かれているので、なぜこの方面に狩猟《かり》に来たのか、残念ながら、思い出さずにはいられない。したがって、そんな心のこだわりを沈黙させるために、彼らは樹々の下を進みながら、いっそう大声で笑い、ますますにぎやかにおたがいに声をかけ合うのであった。

やがて、とつぜん、いつものように一人先に馬を進めていたケイが、何か深紅のものが、樹々の間にちらりとのぞいているのに気づいた。そこでひょいと頭を下げて、大きなイチイの樹の枝の下に目をやると、ケイは手綱を絞った。そして燃えるように真っ赤なドレスを着て座っている女を、まじまじと見つめた。そこは、樫の樹とヒイラギの樹の間だった。

「サー・ケイ、そなたに神のご加護がありますよう」

とラグネルが言った。

しかし王の執事は驚きのあまり、こたえることもできない。

ケイは、世にもみにくい女のことは、昨夜カーライル城でアーサーの口から聞いていた。しかし、いま自分の方にむけられた顔ほど、恐ろしい代物《しろもの》はこれまで見たことがなかった。ケイは魔法を警戒し、指を曲げて十字を作るのが精いっぱい。女のあいさつなど、耳に入らない。

しかしこの頃になると、他の騎士たちもほとんどが追いついてきた。こうして人に囲まれると、ケイは気が大きくなった。そしてさっきまでびくびくしていたその反動で、いつもよりよけいに無礼な態度になり、とても残酷な言葉で、女をからかいはじめた。

「ほら、見るがいい。われらが王さまのおっしゃった女のようすを、このわたしが聞き違えているのでなかったとすれば、これがまさに、探しにきたご婦人だ。さあて、妻にしたいと願うのは、誰かな？　ほら。このご婦人の口づけの甘さを想像するんだ。さあ、遠慮はいらんぞ」

そこにアーサー王の馬がやってきた。横にはガウェインがいる。二人の姿を見て、ケイは黙ってしまった。そして世にもみにくい女は、それまでうつむき、両手で顔をおおって泣いていたが、ふたたび顔を上げた。必死に胸をはろうと、いじらしいほどの気持ちが、その顔には浮かんでいた。

アーサーは、かすれた声で言った。

「そなたらの誰かが、この女性を妻にむかえねばならないのだ。してみれば、ケイ、戯言《ざれごと》を言ってる場合ではないぞ」

ケイがすっとんきょうな声で叫んだ。

「妻にむかえる、ですって。わたしゃ、まっぴら御免ですね。猪の頭にかけて誓うが、シト・コイト・カレドンの魔女と番《つが》いになった方がましだな」

「ケイ、黙れ。それがご婦人にたいして使う言葉か。口をつつしんだらどうだ。さもないと、もうわたしの家臣でも何でもないぞ」

とアーサーが声をあらげた。

他の騎士たちは、気持ち悪いと、かわいそうのまじった複雑なおももちで、なおも黙ったまま見つめている。目をそらす者もいた。ランスロットでさえ、馬の手綱をなおすふりをしている。

しかしガウェインは、この女をじっと見つめた。その胸を張ろうとするいじらしい努力、それにみにくい顔をふり上げた時のしぐさから、ガウェインは猟犬に囲まれた鹿を連想した。女のうるんだ眼差しの奥に、何か助けを求める悲鳴のようなものが、ガウェインには感じられたのだ。

ガウェインはまわりに立っている騎士たちを、ねめまわした。

「おい、なぜ目をそらしたり、嫌そうな顔をするのだ。ケイみたいに、礼儀知らずの犬ころはいないぞ、まったく。すべてが決っているではないか。昨晩、アーサーさまに、わたしがこの方を妻にすると、言わなかったか？　わたしのその気持ちは、いまもかわりない。もし、そちらさえよろしければ」

こう言いながらガウェインは鞍から飛びおりて、女の前に膝をついた。

「ラグネルどの、わたしを夫にしてくださいますか？」

女は、一瞬、その片方の目でガウェインのことをじっと見つめた。そして、びっくりするほど甘美な声でこたえた。

「サー・ガウェイン、あなた、まさか。おお、あなたまでが」

ガウェインがとまどった顔で見かえしたので、さらに、

「あなた、きっと、ご冗談をおっしゃっているのですわね。サー・ケイみたいに」

「冗談からこれほどかけはなれた気分になったことは、いままでの生涯でありません」

ガウェインは断固とした調子で言いきった。

「では、まだ後もどりする時間のあるうちに、よくお考えください。わたしのように、みにくく、年もとった女を、ほんとうに妻にする気持がおありなのですか？　あなたのような王さまの甥にあたる方と結婚して、わたしが妻の役割を果たせましょうか？　そのような花嫁を連れてきて、グウィネヴィア妃は、そして

侍女たちはいったい何とおっしゃるでしょう？」

「わたしの妻にむかって、礼儀を欠くことを言う者はありません。そなたをお守りする術《すべ》も、おいおいわかりましょう」

「それは、そうかもしれません。でも、あなたご自身はいかがなのです？　あなたは、わたしのことを恥ずかしいと思うでしょう」

と女は言って、さめざめと泣いた。さきほどよりも、もっとはげしく泣いた。そのため、顔は涙でぐしょぐしょ。おまけにぶくぶくにふくれあがり、いよいよ見るに耐えないものとなった。

ガウェインはそんな女の手をとった。

「ラグネルどの、そなたをお守りできるのなら、わたし自身を守れるのは、当然のことです」

ガウェインはこのように言いながら、戦さにのぞむときの目で、騎士たちをぐるりとにらみつけた。

「さあ、わたしとともに、カーライルにもどりましょう。結婚式は今夜です」

「これだけは申し上げておきますわ。いまは信じられないかもしれませんが、サー・ガウェイン、わたしを妻にむかえたことを、決して後悔することはないでしょう」

女は立ち上がって、アーサー王の一行が用意してきた白い馬の方にむかって、歩きはじめた。すると女はひどくみにくいばかりか、両肩のあいだに瘤《こぶ》があり、あまつさえ片足がびっこであることがわかった。しかしガウェインは女をたすけて馬にのせ、自分も馬にのって、女の横を行った。そしてアーサーは、女をはさんで、逆の方についた。こうして三人が先頭にたち、馬上の騎士たち、犬の引き紐を持った狩人たちがそれにつづき、さらに仕留めた鹿を背にのせた狩猟用のポニーを連れて、一行はカーライル城へと帰ってゆくのだった。

市街《まち》に入る門のところに達すると、噂がぱっと広がって、サー・ガウェインと、みにくい花嫁を一目見ようと、人々が集まってきた。ところがアーサーの一行が目の前を通ると、沿道の人たちは、声を失い、しんと静まりかえってしまうのだった。そしてそこでも、ここでも、胸の前で十字を切る者がおり、ある老婆などうろたえて、「神よお救いくださいい」と叫ぶありさまであった。こうして一行は城の門にたどりつき、中に入った。

夕方になると、城の礼拝堂《チャペル》でガウェインとラグネルは結ばれた。王妃その人が花嫁につきそい、王であるアーサーが花婿のつきそいをつとめた。

こうして式がすむと、まず円卓の騎士の中で、ランスロットが一番に前に出て、ラグネルのしなびた茶色の頬に口づけした。これに習って、ガレスとガヘリス、沼のエクトルとベディヴィエール、ボールスとライオナル、その他の騎士たちがつぎつぎに口づけをした。しかし、ラグネルとガウェインに「おめでとう」と言って祝福してもよいところではあったが、皆、言葉が喉《のど》につまってしまったらしく、ほとんどの者が無言だ。

そんなわけで、気の毒にも花嫁のラグネルは、つぎつぎとうつむいた騎士たちの頭を見せられた。また貴婦人たちは貴婦人たちで、ラグネルの指先を、もう、可能なかぎり軽く触れるばかり。しかも頬に口づけなど、誰もしてくれない。ただしカバルばかりは例外であった。カバルは湿った暖かい舌でラグネルの手をなめ、そして琥珀《こはく》のような目でじっとかの女を見つめた。犬の目は人間の目とは違ったものの見方をするので、ラグネルのみにくい容貌も、まったく意に介することがないのであろうか。

これに続いて、大広間で披露宴が行なわれた。どのテーブルでも、人々は不自然なほど浮かれたように話し、笑った。みんな喜び祝う、へたなお芝居をしているのであった。そしてそんなあいだ中、ガウェインと花嫁は、上座の王と王妃の横に、身をかたくして座っているのであった。そしてようやくのことに祝宴がはねると、従者たちがテーブルを寄せて、ダンスの準備をはじめた。人々は、これでやっとガウェインもしばらくは花嫁の側を離れて、友人たちにまじることができるだろうと安堵の思いをいだいた。ところが、ガウェインは、

「花嫁と花婿が、最初の踊りを先導しなければならないのだ」

と言い張って、自分の手をラグネルに差し出すのであった。

その手を、ラグネルがとった。まるでしかめ面でもしているように、恐ろしく頬がゆがんでいる。ラグネルが精いっぱい微笑もうとしても、そんな顔にしかならないのだ。こうしてラグネルは、びっこをひきひきガウェインとともに前に出てきて、先頭に立って踊った。いかにも堂々とした曲が長々と続くあいだ、アーサー王が目を光らせているばかりか、ガウェインもそこにいる手前、大広間では誰一人として——あどけない従僕でさえ——何かふだんとちがうことがあるというような顔をする者はいなかった。

ようやく長い夕べが終わった。ダンスの最後の曲が終了し、楽人たちが去り、最後の酒盃が干されると、花嫁と花婿はお城のずいぶん上の階にある寝室へと案内された。そこは、とても大きな寝室であった。暖炉では火が明々《あかあか》と燃えており、彫刻つき、カーテンつきのベッドの両脇にある燭台にも、蠟燭《ろうそく》がともっているので、部屋の中には、ゆらゆらと揺れる明かりと影が満ちている。そのため、壁にかかった織物に描かれた森の風景の中で、人間や動物たちがまるで動きまわっているように見え、また部屋全体が魔法の森の一部の

ように感じられるのであった。

二人につきそってきた人々が立ち去ると、ガウェインは暖炉わきの、厚いクッションの椅子に、どすんと身をあずけた。そして座ったまま、じっと焔《ほのお》に見入った。花嫁のいる方に、目をむけようともしない。その時、とつぜんの風で蠟燭《ろうそく》の焔《ほのお》が横に流れ、壁の織物の動物たちが、まるでたったいま生命《いのち》を得たかのように、いっせいに動いた。そしてとても遠く――さながら魔法の森の奥――から、ほんのかすかに角笛の音が響いてきたかのように、ガウェインの耳には感じられた。

ベッドの足もとで何かがわずかに動いた。そして女性の絹のスカートがさやさやと鳴った。そして低く甘い声が、

「ガウェイン、愛するお方、わたしにかけてくださるお言葉もないのですか？　わたしの方を見る勇気もないのですか？」

ガウェインは歯をくいしばるようにして頭をめぐらせ、声の聞こえてきた方に目をむけた。そして――あまりの驚きに、跳び上がった。燭台と燭台の間に、ラグネルの真っ赤なドレスを着て、ラグネルの宝石を指につけている、いままでお目にかかったことのないほどの、絶世の美女が立っていたのだ。蠟燭《ろうそく》の明かりのもとで肌はミルクのように白く、髪は刈り入れの頃の小麦のような黄金色、とても大きく黒い瞳がガウェインの視線をもとめ、そして口の両すみにかすかな微笑みを浮かべながら、両手をガウェインの方に差し出しているのであった。

「乙女よ」

ガウェインは、浅い息でささやいた。これは夢だろうか？　それとも現実なのだろうか？　まるで見当も

つかない。

「そなたは誰だ？　妻のラグネルはどこだ」

「わたしがあなたの妻、ラグネルです」と女がこたえる。

「樫の樹とヒイラギの樹の間であなたがご覧になった女、今夜、あなたが妻にむかえた女です。それは王さまの借りを返すためでした。でも、たぶん、わたしを哀れにも思ってくださって…」

「だが——わたしにはわからない」

とガウェインは口ごもった。

「そなたは、まったく別人になってしまった」

「ええ。まったくの別人でしょう？　わたしは呪文をかけられていたのです。いまのところ、まだすっかり呪文が解けたわけではないのですが、しばらくのあいだは、こうして自分のほんとうの姿であなたのおそばにいることができるのです。ご主人さまは、花嫁にご満足なされましたかしら？」

乙女はわずかにガウェインに近づいた。ガウェインは手を伸ばして、抱きしめた。

「満足だって？　おお、最愛の女《ひと》よ、わたしはこの世でいちばんの幸せ者だ。叔父のアーサー王の名誉を救おうとして、自分の最高の望みをかなえてもらったのだから。結婚して後悔することはないと、そなたは言ったが、嘘じゃなかったのだ。あのときはとても信じられなかったのだが」

ガウェインは乙女をしっかりと抱きよせ、口づけをした。乙女の腕は、ガウェインの首を抱いている。

「とはいえ、わたしは最初の瞬間から、そなたがわたしにむかって何かを訴えかけているような気がしていたし、わたしの心も、それ感応しているように感じて…」

しばらくすると乙女は手を下におろし、胸のところにもってきて、やさしくガウェインを押しのけた。

「よく聴いてください」

と乙女は言った。

「いま、あなたは難しい選択を迫られています。いまのところ、わたしはまだすっかり呪文が解けているわけではないのだと、さきほど言いました。呪文が半分なりとも解けてくれたのは、あなたがわたしを妻にしてくれたからです。でも、それはまだ半分でしかないのです」

「いったい何のことだ。わたしにはまったくわからない」

「よく聴いてください」

と乙女はふたたび言った。

「ちゃんとわかるようにお話しします。わたしは半分は呪文が解けていますが、半分はまだ縛られている状態なのです。一日のうち半分の時間は、いまのようなほんとうの姿にもどれますが、残りの半分は、樫とヒイラギの樹の下からひろってくださった時のような姿で過ごさなければならないのです。さあ、ここからはあなたが決めなければなりません。昼美しく夜みにくいのがよいか、夜美しくて昼みにくいのがよいか。さあ、あなたが決めるのです」

「とてもむずかしい選択だ」

とガウェインがこたえる。

「よく考えて」

とラグネルがうながすと、ガウェインはあわてて言った。

「おお、愛する女《ひと》よ。昼はみにくく、夜は、わたしだけのために美しくなっておくれ」

「まあ」

とラグネルがため息をついた。

「あなた、そちらにお決めになりましたの？　王妃さまの美しいとりまきに囲まれながら、わたしはみにくい、できそこないの姿で過ごさなければならないのでしょうか？　そして、あの方たちの軽蔑とあわれみに耐えなければならないのでしょうか？　ほんとうは、誰にもおとらないぐらい美しいのに？　ああ、ガウェインさま、あなたの愛は、そのようなものなのですか？」

するとガウェインは頭を下げた。

「いいや。わたしは自分のことしか頭になかった。もしも、それでそなたが幸せになるなら、昼は美しい姿になって、宮廷でそなたにふさわしい扱いをうけてくれ。夜は真っ暗ななかで、そなたの甘い声を聞くだけで、わたしは満足しよう」

「それでこそ、真の愛を抱いている方の答えですわね。でも、わたしはあなたのためにも、美しくありたいわ。宮廷や昼間の世界のためだけに美しいなんて、つまらない。わたしにとって、そんなものより、あなたの方がたいせつなんですもの」

そこでガウェインはこう言うのだった。

「どちらでも、好きなようにするがよい。いちばん苦しまねばならないのは、そなたなんだ。それにそなたは女だから、そのようなことについては、わたしよりはるかに知恵がめぐろう。そなた自身が選ぶがよい。そなたがどちらを選んでも、わたしは満足だ」

これを聞いたラグネルは、ガウェインの首のくぼみに、自分の額をおしつけて、同時に泣いて、笑うのだった。

「おお、最愛のガウェインさま、わたしに選択をおまかせくださったのね。『自分勝手にすること』をわたしに許してくださったのね。おかげで、呪文は完全に解けましたわ。わたしはもう自由です。夜も昼も、自分のほんとうの姿でいられますわ。そしてわたしの兄も……」

「兄だって？」

とガウェインが聞き返した。ガウェインはもう、頭がくらくらとしてきた。

こんなガウェインの表情に気づいたラグネルは、暖炉のわきの大きな椅子にガウェインを座らせた。そしてその横のイグサの敷物の上に、自分も座りこみ、腕をガウェインの膝にのせた。

「兄というのは、ターン・ワザランの騎士のことですわ」

とラグネルは説明した。

「わたしたちは二人とも、妖姫モルガンの妖術によって、ほんとうの姿を奪われていたのです。モルガンはわたしの兄を使って、父のちがう弟アーサーをやっつけようと、最後のあがきを試みました。わたしがモルガンの呪文にかけられたのは――わたしにはちょっとした魔力があるので――モルガンに抵抗しようとしたからなのです」

「しかし、アーサー王を救う方法は、どうやって知ったのだ？」

「どんな呪文にも、それを解く鍵があるものです。それをもちいるのは、ほとんど人間の力を越えてはいますが」

ガウェインはラグネルの髪をときほぐした。髪は、二人の上に麦穂のような色をした、絹のカーテンのように垂れかかってきた。

「わたしが、アーサーを救う鍵でした。そしてアーサーを救う際には、わたしと兄を助けてもらうために、あなたにお力ぞえをお願いすることが必要だったのです。でも、もしもあなたがわたしの呼びかけにこたえてくださらなかったら、誰もわたしを救うことができなかったでしょう。その鍵の名前は、『愛』なのですもの」

翌日、ガウェインがラグネルの手をひいて大広間に下りてくると、みんなとまどったような顔をしたが、それはやがて喜びの表情にかわった。そして昨日につづいて、婚礼の祝宴がふたたびはじまった。しかし今日こそ、正真正銘の祝宴であった。また、一週間におよぶクリスマスのお祝いにふさわしいしめくくりでもあった。

七年の間、ガウェインとラグネルは、ともにたいそう幸せに暮らした。この歳月の間、ガウェインはそれ以前とくらべて、優しく穏やかで、どっしりとした人物として過ごした。

しかし七年が過ぎると、ラグネルはガウェインのもとを去ってしまった。死んだのだという人々がいるいっぽうで、ラグネルの身体には〝高貴な人々〟の血が流れており――ちょっとした魔法が使えると、ラグネル自身が述べていたではないか？――〝高貴な人々〟は人間とともに七年以上暮らすことができないのだ、と説明する人々もあった。

どちらが正しいのかは明らかでないが、ともかく、ラグネルは姿を消してしまった。そしてガウェインの中の何かが、ラグネルとともに消えてしまった。ガウェインが勇敢な騎士であることは、依然としてかわらない。しかし以前のような瞬間的に燃え立つような気性がまたもどってきた反面、目標にたいしていちずにむかうというような性格が影をひそめたばかりか、これまでほど優しくもなくなった。そして、残りの生涯を、ずっとラグネル恋しさゆえに満たされず、虚ろな心を抱きながらすごしたのである。

第13章　パーシヴァル参上

ペリノア王が殺されると、王妃は男たちの殺伐とした世界とは、もはや縁をもつまいと心に決めた。そして幼子《おさなご》のパーシヴァルの手をひいて、曠野《あらの》に姿を消してしまった。こうしてさまよううちに、母は見捨てられた炭焼き小屋をみつけ、そこで子どもとともに暮らすことにした。ここなら、荒々しい戦さにも、家門同士の血で血を洗う争いにもまきこまれることがないので、子どもがぶじにすくすくと育ってくれるだろうと、期待したのだ。人間が人間にたいして行なう残酷なしうちは、動物たちの殺し合いとはまったく異なった、ほんとうに目をおおいたくなるようなものだ。母はそのようなものから、一切子どもを遠ざけておきたいと思ったのだった。

というわけで、この時を境として十七歳になるまで、少年パーシヴァルは母親の顔より他には人間の顔を見ることもなく、外の世界のことや、男や女のふるまいについてまったく知ることもなく育った。

少年も最初のうちは、父親の宮廷のことを覚えていた。麝香《じゃこう》やシヴェット猫やすみれ油をふんぷんとふりまく高貴な女性たちが、美しいドレスの裾を床にひきずって歩いている姿。騎士の甲冑のきらめき。パーシヴァルをいきなり地面からすくい上げて、肩の上にのせてくれた強い父親の腕の力。軽い槍をどう扱うか教えてくれたお城の武器倉庫の老人のこと、などだ。とりわけ記憶に鮮明だったのが、厩《うまや》にいた、足を高々とあげる立派な馬たちと、犬舎にいた大きなディアハウンドたち。この猟犬たちは、パーシヴァルを友だちとして認めてくれていたのだ。

しかしこのような記憶の断片は徐々に淡くなってゆき、ついに頭の後ろの方で、明るく輝くしみのようなものになってしまった。とても、とてもかすかなので、ついには、夢の残り香《が》にすぎないのだろうと、自分でも思うようになった。

森と山々がパーシヴァルの世界であった。そして森の生き物たちがパーシヴァルの友人だった。パーシヴァルは自分の家の谷の雌狐がどこに巣をもっていて、何匹子どもがいるか、すべて知っていた。またツグミやクロウタドリのさえずりそっくりに口笛を吹くことができたので、鳥たちが仲間だと思ってこたえるほどであった。パーシヴァルは力が強く、大胆で、勇気があり、心のまっすぐな少年に育っていった。

ある日のこと。冬の雨によって、樹の根っこの二股にわかれた間が掘れてしまったところに、古い、傷だらけの槍の穂先が埋まっているのを、パーシヴァルが見つけた。軸は腐っていて、触るとぼろぼろにくずれた。しかし穂先を持って帰って、よくこすると、新品のようにぴかぴかになった。パーシヴァルはこれを母親に見せた。見せられた母親の顔に、翳《かげ》がさした。心にいやな予感が兆《きざ》した。しかし、母親は何も口にはしなかった。パーシヴァルは夢の中の老人が教えてくれた方法によって、槍の穂を砥石でといだ。すると風をも切れるくらいに、刃が鋭くなった。パーシヴァルはさらにまっすぐなトネリコの若木を見つけると、それを軸にして槍をつくった。そして練習に練習を重ねたけっか、自由自在に槍をあやつれるようになった。これ以降、パーシヴァルは狩猟《かり》をするようになった。しかしパーシヴァルが遊びで狩猟《かり》をすることはたえてなかった。野に住む動物が獲物をとるように、食物を得ることだけがパーシヴァルの狩猟《かり》の目的だったのだ。

しかし歳月がすぎ、大人になってくると、パーシヴァルは森の生活がものたりなく感じられるようになった。母親や野生の獣たちとは別の仲間がほしい――梢を走る風の声、枝にとまった鳥の歌、丘のせせらぎのつぶやきとは違った音が聞きたいと願うようになったのだ。パーシヴァルは自分が何を求めているのか、ほんとうには知らなかった。しかし、このようなあてどのない憧れにさそわれて、パーシヴァルは遠くへ、遠くへとさまようようになった。

ある春の日のこと、いままで経験のないほど遠くまで歩いてきたパーシヴァルは、とある谷に入った。この谷の斜面には、うねうねと下りてゆく鹿の道のようなものがあった。ただし、パーシヴァルがこれまで見た鹿の道よりもよほど幅が広く、何層倍も深く踏みしめられている。

これは何だろうといぶかりながら、パーシヴァルがその横に立っていると、いままで聞いたどんな森の音にも似ても似つかない音が聞こえてきた。そして道が、もつれたニワトコとスイカズラの藪をめぐってぐるりと曲っている、そのむこうから、四人のきらきらと輝く人物があらわれた。それぞれ、月毛［たてがみと尾が黒で、それ以外は灰褐色］の馬、糟毛《かす》の馬、灰色の馬、栗毛の馬にのっている。

パーシヴァルは馬というものがどんなものかは知っていた。ウェールズの野生の小馬《ポニー》ならいくらでも見たことがあるからだ。ただし、いま目の前にいる馬たちは、そんなのと比べると、はるかに大きく、立派で、足を高くあげて堂々と歩いていた。

しかし問題は、馬にのっている者たちであった。姿かたちは人間のようで——少なくともパーシヴァル自身の姿に似ていた。パーシヴァルは家の近くに生えている、柳の古木の下の水たまりにうつる自分の姿なら、いつも見ていた。この苦く黒い柳水《やなぎみず》にはすばらしい薬効があり、野生の生き物たちは病気になるとこれを飲みにくるのだった。ところが、いまパーシヴァルの目の前にいるのは、褐色の肌、ぼさぼさの黄色の髪、動物の毛皮ではなく、きらきらと輝く——パーシヴァルの大切な槍の穂のような輝きだった——かたい肌をもっており、黄金その他のきらびやかな色のものが、そこらじゅうできらめいていて、じっと見ていると、まぶしくて目もくらむほどだ。この、異様な姿をした者たちは、かたく踏みしめられた道に馬の蹄《ひづめ》の音をかつかつと響かせ、鎖や鋼鉄《はがね》をじゃらじゃらと鳴らしながら、パーシヴァルに近づいてきた。

「そなたに神のご加護を」

先頭の者が、道の端で目を丸くして見ているパーシヴァルの真横までくると言った。そしてこの人物が栗毛の手綱をひくと、後ろの者たちも同じようにして、馬の上から少年を見下ろした。

パーシヴァルの横に来た人物は兜《かぶと》をかぶっておらず、鞍の前につるしてあった。また、鎖で編んだフードも、肩の上に押しのけてあった。この人物は決して老人のようには見えなかったが、髪はふさふさとしてはいるものの、真っ白であることにパーシヴァルは気づいた。また顔は奇妙に歪んでおり、微笑むとそれがもっと奇妙に、もっと歪んでしまうのだったが、それでいてパーシヴァルにはとても美しいと感じられた。

「おい」

男がパーシヴァルに声をかけた。

「眼の玉がこぼれ落ちそうだぞ。わたしたちのような者を、いままで見たことがないのか?」

パーシヴァルは首を横にふった。

「ありません。ほんとうのところ、あなたがたは人間の世界からやって来たのだろうか、それとも天国からやってきた天使さまなのだろうかと思っていたところです。天使さまのことは、母さんが話してくれました。あなたがたは、とてもきらきらと輝いている。天使さまはきらきらと輝いているんだって、母さんから聞いたんですよ」

後ろの三人は笑った。ただし馬鹿にした笑いではなかった。そして歪んだ顔の人物は、こう言うのだった。

「いや、残念ながら、わたしたちは天使じゃない。たぶん、どの人間にも天使の部分があるのだろう。ただし、そればかりか、悪魔の血をひいた部分もあるのだけれど」

「じゃあ、もし人間だというなら——」

パーシヴァルは自信なげに、言葉をさぐる。記憶がパーシヴァルの頭の中で目覚めはじめた。なかば失われた記憶であったが——立派な馬、このように輝く人間たちを、パーシヴァルはずっと以前に見たことがあった。そして、とつぜん、答えが飛び出してきた。

「では、騎士ですね」

「いかにも、騎士だ。アーサー王にお仕えしている。アーサーさまが円卓の騎士にして下さったのだ」

「アーサー王? 円卓の騎士だって?」

「アーサー・ペンドラゴン、ブリテンの大王だ」

歪んだ顔の男が、重々しい口調になって言った。

「円卓というのは、アーサーさまがお創りになった騎士団なのだよ。円卓に属するわれらは、つねに正義のために戦い、弱き者を助け、剣の刃《やいば》を曇らせることなく、ブリテンのためにつくし、至高の神さまに真心をもってお仕えすることを誓ったのだ」

パーシヴァルはしばらく息をこめて沈黙していたかと思うと、顔を上げ、目を輝かせながら、馬上の歪んだ顔の人物を見つめると言った。

「ぼくは騎士になる」

「たぶん、なれるだろう。いつの日か」

と相手が、優しくかえした。

「騎士になるためには、どうすればよいのですか」

「カールレオン城のアーサー王のところに行って、わたしに言われてやって来たとお話しするのだ。わたしは――湖のランスロット、あの山の向うの、〝喜びの城〟をアーサーからいただいて、治めている。もしそなたが騎士にふさわしい行ないをするなら、アーサーさまが騎士にしてくださるだろう」

まるで公爵にするように、パーシヴァルにむかってていねいに頭を下げると、ランスロットは行ってしまった。そして残りの三人も、あとを追った。

パーシヴァルはそのまま道の端に立ったまま、馬の蹄《ひづめ》の音と、鎧《よろい》の金属のぶつかる音が、徐々に、遠くの方に消えてゆくのをじっと聞いていた。そんなパーシヴァルの心には、奇妙に入りまじった感情が湧きあがってくるのだった。

日がとっぷりと暮れて、よほど時間がたってから、パーシヴァルは自分の家、すなわち炭焼きの小屋にもどってきた。あたりはもう真っ暗で、扉からもれてくる炉の明かりがパーシヴァルを出迎えてくれた。母親は、まだ熱い、薪の燃えさしの間においた鍋で煮えている夕食の面倒をみている。それは丘の池の浅瀬で、パーシヴァルが槍で刺してきた魚だった。母親は顔を上げた。安堵の表情が顔中にひろがった。しかし、パーシヴァルはそれどころではなかった。いま見てきたことを話したくて、うずうずしている。

「母さん、ぼく、男の人たちに会ってきたんだよ。最初は天使さまかと思ったんだ。母さんが話してくれた天使さまみたいに、ぴかぴか輝いていたんだもの。でも、ほんとうは騎士だったのさ。その中の一人が――いちばん偉い人じゃないかな。湖のランスロットっていうんだけど――自分たちはブリテンのアーサー王にお仕えする騎士だと教えてくれたんだ。それから、ぼくもアーサー王のところにいって、騎士にふさわしい行ないをすれば、いつの日か騎士にしてくれるってさ」

「いつの日か、ね。まだ、たっぷり時間があるわ」

「そうじゃないよ、母さん。わかってないんだなあ。ぼくは明日行かなきゃならないんだ。カールレオン城のアーサーさまのところに行って、ぼくが騎士にふさわしいところを、お見せするんだ」

「あなたが?」

と絶望にかられた母親が言った。

「あなたは、ただの森育ちの子どもじゃないですか。鹿皮を身につけて、古い槍をもっているだけです」

するとパーシヴァルは母親の横にしゃがみ、大きな褐色の手を、やさしく母親の膝にのせた。

「でも、母さん、ぼくはただそれだけの人間ってわけじゃないんでしょ?　輝く男や、大きな馬、それに頭の上に黄金の環をのせた、ぼくの父さん――夢に見たことを思い出しているだけのことなのかなあって、これまでは思ってたんだけど――でも、あの人たちを見たとき、わかったんだ。夢じゃなかったんだって」

母親は心の中で泣いた。子どもを失うべき時が、ついにやって来たと思ったからだ。しかし母親はパーシヴァルの手の上に自分の手をのせて、こう言うのだった。

「そう。夢なんかじゃありませんよ。あなたのお父さんは、ウェールズのペリノア王だったのです。でも、もう殺されて、十年にもなるわ」

「誰に殺されたの？」

と少年はきいた。一瞬、母親の顔にあらわれた何かが、遠くに行って騎士になりたい、偉大な世界にまじわりたいという切な願いから、パーシヴァルの気をそらせた。

「アグラヴェインとガヘリスですよ。この人たちの父親であるオークニーのロト王を、お父さんがまず殺したのです。でもそれは、戦さの中で起きたことだから、仕方のないことだったのです。後になって、あなたの腹違いの兄さんのラモラクが、二人にたいして父親の仇《あだ》を討とうとしたけど、逆襲にあって殺されてしまったの」

「ぼくが騎士になったら」

とパーシヴァルは歯をくいしばって言った。

「アグラヴェインとガヘリスを殺して、父さんと兄さんの仇《あだ》を討つんだ」

しかし母親は、大きな声で叫んだ。

「おお、だめ。だめよ、そんなこと！　あなたをここに連れてきて、男たちの世界にまじわらないようにして育てたのは、そのような、おぞましい血の報復からあなたを遠ざけるためだったのです。それなのにあなたは、いま、あの人たちのいるところに行こうとしているのよ」

「あいつらもカールレオンにいるの？」

と一瞬息をのんだ少年がたずねた。

「あの人たちも、それから、その兄のガウェイン、ガレスも円卓の騎士なのです」

この時パーシヴァルには、男たちの輝く世界――森のむこうの世界は、自分が思ったほど単純な世界ではないのだと、感じられた。しかしそんな瞬間にもパーシヴァルは、ランスロットが奇妙に歪んだ顔で微笑みかけてくれ、騎士道の名誉について話してくれたのを思い出しながら、自分も騎士になって彼らの仲間になりたい、それがかなうならばこの世にはもう何も欲しいものはないとまで思うのだった。

そこでパーシヴァルは言った。

「母さん、うちと、オークニーの王家の間のことは、神さまのご意向にまかせるしかないよ。でもぼくは、カールレオン城のアーサー王さまのところに行かなきゃならないんだ。ここに手をあてると」

と言いながら、パーシヴァルは胸の上に手をおいた。

「感じられるんだ」

こうなると母親もため息をついて、あきらめるしかなかった。こんな日がいつかは来るだろうと、まえまえから覚悟はしていた。パーシヴァルは偉大な運命をになっているのだと…

つぎの朝早く、まだ小鳥すらほとんど目を覚ましていない時間に、出発準備がすっかり整ったパーシヴァルの姿があった。

母親は両手にパーシヴァルの顔をはさみ、最後の口づけをした。もうこれっきり息子の顔を見ることもあるまいと、悲しく思っている。そして、こう言った。

「あなたのお父さんは王であるばかりでなく、真の騎士だったことを忘れてはだめですよ。母の愛も忘れないでね。お父上と母の名を汚すことはしないのよ。友だちは慎重に選びなさい。それから、一緒に旅する人も慎重に選ぶのです。あなたは心がまっすぐなのはいいけれど、人を信用しすぎるかもしれません。女の人に怨まれて、あなたにひどい扱いを受けたなどと言わせる原因は作らないことです。母がいつも教えたように、つねに神さまのご加護があるよう、毎日お祈りするのですよ。あなたはいつの日かきっと騎士になれると、思います。あなたがなりたいと思っているような理想の騎士にきっとなれると、母さんは思っているのです」

パーシヴァルは母親の助言をたいせつに守ると約束して、口づけをかえした。そして扉の横に立ててあった槍を持つと、路上の人となった。

前の晩、母親から言われたことを、パーシヴァルは忘れたわけではなかった。しかし、いまは復活祭の季節で、リンボクの花が満開になっていた。そして道を進んでゆくと、一日のはじまりをいつも一番に感じとるムシクイが、たおやかな銀色のささやき声で歌いはじめるのだった。するとそれにツグミの歌も加わり、コマドリがさえずりはじめ、やがて、草原に生えたハリエニシダの茂みの中でヒワたちがおしゃべりをはじめた。太陽が背中で照っているので、パーシヴァルの影は前方に長く長くのびて、あせる少年の心をそのまま表わしているかのようであった。

パーシヴァルはどんどん進んでいった。長い足を軽快に動かしながら、大股で歩くので、遠い目標もあっというまにすぎてしまう。パーシヴァルはときどき槍を真上にふりあげて、刃が早朝の太陽をきらりとはねかえすのを見た。ウェールズの森にすむどの鳥の声にも、楽しい口笛でこたえながら行くのだった。

パーシヴァルは終日歩きとおした。夕暮れ時になると母親が用意してくれたものを食べ、古いトネリコの樹の、根っこと根っこの間の空間に身体をよこたえて眠った。そうして翌朝になると、朝陽《あさひ》が上がる前に、もう路上の人となるのだった。

五日目。正午までは、まだ、だいぶん時間のある頃、パーシヴァルはカールレオンの門に到着した。このようなものをいままで見たことがなかったので、警戒心がわいてきて、パーシヴァルはしばしたたずんで、人々が大きな門楼の下に開《あ》いたアーチ道をくぐって出たり入ったりするさまを、ぽかんと眺めていた。しかし誰も怪我をするようすもないので、しばらくして、パーシヴァルもくぐった。もちろん、何事もおきない。

細い街路《みち》を行き来している人々は、パーシヴァルや母親と同じような人間ばかりだったが、彼らは動物の皮ではなく、さまざまな色に染めあげた布をまとっているというところが違っていた。群衆の中には、皮を身につけたパーシヴァルを見て、目をまるくする者もいた。そんな人の目もどこ吹く風で、パーシヴァルはつぎつぎと通りを歩いていって、ついにまた門のアーチのところまでやってきた。そして、ふたたび通りぬけた。門の下のアーチ道に立っている男の一人が、何の用だ、とたずねる。騎士になりたいので、アーサー王さまに会いにきたのだ、とパーシヴァルはこたえた。すると男たちは笑った。そして一人が自分のひたいを人差指でつっついた。それでも、男たちは通してくれた。こうしてついに、パーシヴァルは大広間の扉のところまでやってきたのだ。

アーサーと騎士たちは昼食の席についていた。ちょうどケイが上座のアーサー王のそばに立って、黄金の酒盃に葡萄酒《ワイン》を注いでいるところだった。扉を入ってすぐの翳《かげ》になったところから眺めているパーシヴァルには知るよしもなかったが、円卓の騎士たちが誓いの言葉を述べてから、この酒盃をまわし、同じ酒盃からすべての騎士たちがつぎつぎと葡萄酒《ワイン》を飲んでゆくというのが、アーサー王の宮廷の習慣《ならわし》となっていた。

騎士でいっぱいの大広間。高窓から入ってくる春の陽《ひ》ざしが、ぽかぽかとテーブルの上を照らしている。テーブルには騎士と、奥方たちが端然《たんぜん》と座っていた。上座では、金糸の刺繍をほどこした天蓋《てんがい》の下に王がいて、その横には王妃が座っている。こんなにきらびやかで美しいものは見たことがないと、パーシヴァルは思った。そして、遠くに輝いている人物をくい入るように見つめながら、あの王さまに仕える騎士になれたらどんなに素晴らしいことだろうと思った。そうして、パーシヴァルの目はテーブルからテーブルへとさまよいながら、ランスロットの奇妙な顔が見えないものかと、さがしまわった。

しかし、その同じ瞬間、アーサー王がケイから酒盃をまだ受けとりもしない前に、じゃらん、じゃらんという大股の足音とともに、全身、赤っぽい金色の鎧《よろい》をまとった男が、真昼の孔雀《くじゃく》のように燦然と輝きながら、パーシヴァルの横をすりぬけて、大広間に入り、上座のテーブルの方へと歩みよって行った。こんな奇抜な男の姿を見て一同はあっけにとられ、ものも言えない。

「おい。葡萄酒《ワイン》をすする犬ころめ！」

男は大音声《だいおんじょう》を発した。

「葡萄酒《ワイン》をすすって、騎士でござると威張ってられるなら、ほれ、おまえたちより数等《すうとう》うえの騎士がここにおるぞ」

男はこう言うと、ケイの手から酒盃をもぎとって、ぐいと一息に飲み干してしまった。すると男は、からからと笑いながらくるりと背をむけて、貴重な酒盃をにぎったまま、さっき来た道をずかずかともどり、出て行った。そして外で、馬の蹄《ひづめ》が敷石を蹴って、火花の出るような音がしたかと思うと、男は駆けて去った。

すると、それまで大広間を抱き込んでいた氷のような沈黙がやぶれ、アーサーが席をけり、騎士たちも一人のこらず立ち上がった。

「よくも、やってくれたな」

アーサーが叫んだ。

「あまりの侮辱。ただではすまんぞ。あの酒盃をとりかえしてやろうという者はいないか?」

「わたしが!」

と、百人の声が叫んだ。

「わたしに行かせてください!」

「この冒険は、ぜひわたしに!」

「いや、だめだ。この冒険は、そなたら騎士にはふさわしくない。金色の鎧《よろい》は着ているが、あいつは下司な男だ。あいつの血で騎士の槍を濡らすまでもない。騎士をめざす従者に行かせるがよい。酒盃を持ち、あの男の孔雀《くじゃく》のような鎧《よろい》を着て帰ったら、即刻、騎士にしてやろう」

これを聞くと、扉の隅《すみ》の翳《かげ》からパーシヴァルが飛び出してきた。

「王さま、アーサーさま、わたしに行かせてください。わたしには鎧《よろい》がないのです。あいつが着ている金きら金の鎧《よろい》でも、わたしにはまにあいます」

一同は、いっせいに声のする方に目をそそいだ。そこにいるのは、力の強そうな長身の若者だった。どんぐりのような褐色の肌、輝く黄色の髪がまぶしいほどであったが、鹿の皮を身にまとい、手作りの槍を持っているだけだ。こんな少年の姿を見ると、例によって礼儀をわきまえないケイが、ヒヒヒヒと甲高い声でせせら笑った。

「王さま、何とも心強い闘士が現われたものですなあ。臭い！　おまえ、山羊《やぎ》臭いぞ。おい、子ども、家畜の番にもどるんだ」

「その必要はない」

とアーサー王が執事に言った。そして、今度はパーシヴァルにむかって、

「さあ、こちらへ。広間の端と端では、話にならんではないか」

パーシヴァルがそばに立つと、アーサーは若々しい顔をまじまじとのぞきこんだ。とつぜん、何かの興味にかられたようだ。

「さあお願いだ。そなたが誰なのか、教えてくれ」

「わたしの名はパーシヴァルと申します。父はウェールズのペリノア王でした。しかし父が殺されると、母とわたしは二人だけで森の中で暮らすようになり、こうして今日になって、御前にまいりました。いつの日か、わたしにその資格があるなら、騎士にしていただきたい――そう願ってのことです」

「けっこうなおとぎ話だな」

ケイが冷やかした。しかしアーサー王はなおもパーシヴァルの顔を見つめながら言った。

「そなたの父は、わたしの友人で、誉れ高き円卓の騎士だった。そなたの顔には見覚えがあると思った……ああ、よいだろう。この冒険、そなたにまかせたぞ。酒盃をとりかえすのだ。あの金ぴかの孔雀《くじやく》鎧《よろい》で帰ってこい。そうしたらすぐに、そなたの父の席をとらせようぞ」

「わたしは、世にまたとなき忠誠の心で王さまにお仕えする騎士となり……」

とパーシヴァルが、青い目を熱意でめらめらと燃やしながら、言いはじめると、

「きっとそうだろうとも」

と王が、パーシヴァルの言葉をとどめた。

「しかし、まず腹ごしらえをしなければならない」

パーシヴァルは首を左右にふった。

「いいえ、王さま、時間が惜しくて、とても待ってなどいられません。お願いです。馬をください」

「食べ終わったころには、馬の準備がととのうだろう。鎧《よろい》と槍も持つのだ」

パーシヴァルは鎧《よろい》と武器については、頑として断わった。

「わたしには、自分の槍があります。それに、鎧《よろい》なんかいりません。王さまの酒盃を盗んだあの男の、黄金の鎧《よろい》をまとえばよいのです」

とはいうものの、パーシヴァルは空腹だったので、大急ぎながら、食事には少々あずかった。そして、そそくさと立ち上がると、王と騎士たちに一礼して、広間の扉へとむかった。ところが、真ん中あたりまで来たとき、下々《しもじも》のためのテーブルについていた王妃の侍女たちの間から、一人の乙女がするするとぬけ出してきて、パーシヴァルの前に立った。そして、

「最高の騎士、サー・パーシヴァルさま。神さまが、そなたとともにありますよう」

と叫んだ。ところがぴったりと後ろについてきていたケイが、乙女の頬をぶって、邪慳にわきにどけた。

「邪魔だ、邪魔。ぼんくらの小娘め。黙ってるんだ」

パーシヴァルはふりかえって、ケイをにらんだ。

「黄金の鎧《よろい》を着て帰ってきたら、ただじゃすまないぞ。乙女にかわって、たっぷりと御礼させていただくからな。ちょっとやそっとでは忘れられないほどのお返しだぞ」

こう言い捨てると、パーシヴァルは広間から出て、中庭に立った。すでに灰褐色の馬が、乗り手が来るのを待っていた。その慣れない鞍に、さっそくパーシヴァルは飛びのって、駆け出した。城市《まち》の門のところで、パーシヴァルは黄金の騎士がどちらの方角に去っていったのかたずねた。そして同じ方角に馬の首をむけると、全速力で走りはじめた。

いままでもパーシヴァルは、ウェールズの丘で野生の小馬《ポニー》を捕まえてのったことはあった。そうしていつも最後にはふり落とされたものだった。しかし、アーサーの命令によってパーシヴァルのために選ばれた馬は、頭のよい馬だった。それにまた、重い鎧《よろい》がないので、パーシヴァルと馬は黄金の鎧《よろい》の騎士よりもはるかに早く走ることができた。こうして、影が地面に長くのびるころになって、ついに、樹の生えていない谷を登ってゆく黄金の鎧《よろい》の騎士の姿をとらえることができた。

「とまれ！　酒盃を盗んだどろぼう野郎め」

パーシヴァルは近づきながら叫んだ。

「とまれ。わたしと勝負しろ」

騎士は馬をとめて、ふりかえった。西に沈みゆく太陽が、黄金色の鎧《よろい》を燃え上がらせている。男は、半分はだかのような少年が立派な戦馬《いくさうま》にのっているのを見ると、さもおかしそうに笑いはじめた。

「おまえは誰だ？　ふん、乞食のがきか。おい、その馬どこで盗んだ？　とまって勝負しろだと？　誰にむかって言ってるんだ、ええ？」

こう言うと、男は馬のむきをくるりとかえ、相手が近づいてくるのを、じっと見つめた。

「乞食じゃないぞ。アーサー王の宮廷からきた。これはアーサー王の厩《うまや》の馬だ。今日、おまえが王さまから盗んだ酒盃をとりかえしにきた」

「とりかえすって、おまえがか？」

と騎士がせせら笑う。

「おまえが？」

黄金の鞍の上で、騎士は腹をゆすって、さもおかしそうに笑った。

「それから、おまえを降参させて、身ぐるみ剝《は》いでやろう。おまえがさも自慢げにまとっている、その美しい黄金の鎧《よろい》が気に入ったのだ」

パーシヴァルはじれている馬を片手であやしながら、反対側の手で槍をかまえた。そして、理を説いてきかせた。

「さあ、早く降参するんだ。降参しなければ、まずおまえを殺して、その後で酒盃と鎧《よろい》をいただくぞ」

金きらの騎士は笑うのをやめた。一瞬、わが耳が信じられないという顔で口をつぐんだが、すぐに野生の雄牛でも吼《ほ》えているような、どすのきいた声でどなった。

「身のほどを知らんやつめ。おまえが死を望んだのだぞ。いま、望みのものをくれてやるわ」

騎士は槍を小わきにかかえ、拍車を蹴りこんだ。そして大胆不敵にも挑みかかってきた、半分はだかの青二才めがけて、急な斜面をさかおとしに突進してきた。

ところがパーシヴァルは馬の背から飛びおりた。そのため騎士の槍先は、パーシヴァルが一瞬前までいた空間を、ひゅうと切り裂いてすぎた。そしてパーシヴァルはくるりとふりかえると、なおも驀進をつづける馬と騎士の背にむけて叫んだ。

「臆病者！　弱虫！　鎧《よろい》もつけない相手に槍をむけて、逃げるのか！　もどって来い！　勝負しろ！」

坂のはるか下の方で、黄金の鎧《よろい》の騎士はようやく馬の首をひねり曲げて、パーシヴァルの胸に槍先をむけながら、今度は、のぼり坂を突進しはじめた。パーシヴァルは足の指先にかるく重心をあずけながら、最後の最後という瞬間まで待ち、これぞというときに、身を横にそらせた。そして敵の槍がふたたびかすめて過ぎた瞬間、自分の槍の先を、騎士の面頬《めんぼお》の隙間に刺した。槍は目と目のあいだに突き立ち、肉を裂き、骨をくだいて、脳にたっした。

騎士の身体が、一瞬、鞍の上でぐらりと揺れる。しかしつぎの瞬間に、鞍からすべって、地面にたたきつけられた。そして乗り手のいない馬だけが、走りつづけた。

パーシヴァルは、畏《おそ》れと、勝利感のまじった奇妙な感覚を味わいながら、死骸のそばにひざまずき、自分の槍を引きぬいた。そして騎士が腰につけていた袋から、黄金の酒盃をひっぱり出した。

つぎにパーシヴァルは、黄金の騎士の鎧《よろい》を脱がせはじめた。そしてなんとか、兜《かぶと》の紐をほどいて、首から引き抜くことには成功した。ところが、鎧《よろい》の残りの部分については、どうすればよいのか、まったく思い浮かばない。複雑に入りくんだ革帯、留め具、締め紐などがどうなっているのか理解できず、鎧《よろい》は全部で一まとまりのものなのだと思い込んでしまった。そこでパーシヴァルは、金ぴか騎士の身体を、鎧《よろい》の首の穴から引き抜こうとするのだった。そんな悪戦苦闘をしている真っ最中に、馬の蹄《ひづめ》の音がまた聞こえてきた。そこで目を上げて見ると、一人の老人が、かすかに微笑みながら、馬の上からこちらを見下ろしていた。老人は黒い粗末な鎧《よろい》をまとい、兜《かぶと》を鞍にぶらさげていた。

「あっぱれな腕前じゃった。このこそ泥騎士にゃ、当然のむくいさ。じゃが、いまからそいつをどうしようというのかね?」

「鎧《よろい》を脱がせようとしているのです。わたしが着れるように。というのは、こいつがアーサー王から盗んだ酒盃をとりもどして、こいつの鎧《よろい》を着て帰ると、誓ったのです。もしわたしが誓いを果たして、騎士にふさわしいところをお見せしたら、いずれ王さまご自身でわたしを騎士にしてくれると、お約束されたのです」

パーシヴァルはもう一度ぐいと引っ張った。

「だけど、この首の穴は小さすぎるんだ」

「それでは駄目じゃよ。鎧《よろい》は一つながりのものではないのじゃ」

老いた騎士が教えた。目と声の愉快そうな表情が、さらに深まった。そうして馬からおりて、パーシヴァルの横に膝をつくと、ぴかぴかの断片の紐をどうやってといて、一枚一枚はずしてゆくのかを、見せてくれた。

「さあ、それでは」

と、仕事がおわって立ち上がりながら、老人がきいた。

「そなたの名前を教えていただこうか」

「パーシヴァル、ウェールズのペリノア王の息子です」

「では、いつの日か、円卓の騎士サー・パーシヴァルになることを願っているのだな？　わたしの名はゴネマヌス。すぐ近くに住んでおる。わしと一緒に帰って、しばらくおるがよい。そなたに騎士道の手ほどきをしてさしあげよう。自分の子どものようにな。立派な騎士をつくるには、人を一人ぐらい上手に殺しただけでは、とても不足じゃ。お仕えする力がじゅうぶんについてから、アーサー王のところにもどるがよかろう」

こうしてパーシヴァルは、ゴネマヌスについて、古い屋敷へとむかった。そして夏中、そこで過ごした。その間にパーシヴァルは、馬の乗り方、剣と槍と盾の正しい用い方にはじまって、騎士たる者が知るべきあらゆる技術を仕込まれたのだ。それればかりか、優しさ、騎士道、信義など、真の騎士のもつべき徳目をも教えられた。ただし、こうした精神の美徳の方は、炭焼き小屋に住んでいたころに、神さまへの祈り方とともに、母親から教わったことばかりではあった。

パーシヴァルは貪欲な生徒だった。したがって秋口になったころには、ゴネマヌスに教えられることはすべて学びとってしまった。そこでパーシヴァルはゴネマヌスにむかって、感謝の気持ちのこもったあいさつの言葉を述べると、輝かしい黄金の鎧《よろい》をまとい、長い槍を手に持ちながら旅に出た。めざす先はキャメロットだ。いまの時期、アーサー王はそこに宮廷を移しているはずであった。

パーシヴァルの目の前には、すっかり金や茶色に色づいた秋の世界があった。パーシヴァルは荒涼とした高原の、枯れシダを踏んでいった。そして、ときには深くえぐれた道の土手などに、スイカズラの花がぽつんと咲いていたりもするのだったが、道そのものは落葉がぶ厚くたまり、馬の蹄《ひづめ》の音も聞こえないほどであった。

しかしパーシヴァルの心は、まるで春のように高揚していた。そのために、隠者の庵や、人里はなれた農家で一夜の宿をたのんだり、通りかかった狩人や旅人に道を聞いたりしても、パーシヴァルが行ってしまったあとには、いつも、太陽が出てきたような暖かさが、いつまでも残り香《が》のように漂っているように、誰もが感じるのだった。

ついに、ある日の早朝、パーシヴァルはブナの森の斜面をくだっておりた。ここからキャメロットまではもうほんの数マイルしかないのだと、昨日とめてもらった森の小屋の主人に教えてもらった。霧の深い朝で、どちらの方向に目をやっても、大きなブナの樹のまっすぐな幹がそびえ立ち、さながら石柱が林立している教会の中を進んでいるかのように感じられた。万物がしんと静まっている。まるで何かを待ちうけているような、そんな厳かな沈黙であった。

まもなくパーシヴァルは、馬や人が足しげく行き通っているように見える、広い道の縁《へり》にまでたどりついた。まさにこのあたりでそのような道に出会うはずだ、それがキャメロットにつながっているのだと、昨夜の宿の主《あるじ》は教えてくれた。

樹々がとぎれ、頭上が大きくひらけた。空を眺めれば、霧が薄くなってきたらしく、ミルク色のカーテンをすかして、ぼんやりとにじんだ青い空が、ところどころに見えた。

パーシヴァルは馬の手綱をひき、アーサー王の酒盃を袋からひっぱり出した。ほとんど旅のおわりに近づいたいま、とつぜん、すぐに王さまにお届けすべきだったのではなかろうか、夏のあいだ、騎士の修行をよいことに、ずっと自分が持っていたのはまずかったのではなかろうかと、あらためて心配になってきた。きらきらと輝く黄金の表面に、へこみや傷をつけなかっただろうかと、急に、気にかかりはじめたというわけであった。

　こうしてパーシヴァルが鞍の上に座ったまま、アーサーの酒盃を両手でひねくりまわしていると、早朝の太陽の最初の光が、霧をつらぬいて差してきて、酒盃を照らした。ぴかりときらめいたその輝きはあまりにまぶしく、パーシヴァルはほとんど目が見えなくなった。そしてその同じ瞬間に、どこからか一羽の雲雀《ひばり》が歌いながら天に舞いあがり、新しい一日のはじまりを告げた。このとき、光の槍がパーシヴァルを刺しつらぬいた。何かが記憶に蘇ってきたのだろうか？　これは何かのメッセージだろうか？　はて、何だろう？　と思って、手でおさえるまもなく、それは飛び去ってしまった。ただわかっているのは、それが、これとは別の酒盃、別の光と関係があるということだけ…そして、雲雀《ひばり》のように、パーシヴァルが先触《さきぶ》れとなり、伝えるべきもの、伝えるべき言葉があり…それは美しく、そして畏《おそ》ろしくもあり…

　そのとき、霧がまたもどってきて、雲雀《ひばり》は黙ってしまった。パーシヴァルはなおもアーサーの黄金の酒盃を見つめながら、すでに失われてしまった記憶にむかって、けんめいに手を伸ばそうとした。それは、目覚めとともに薄らいでゆく夢の記憶に似ていなくもなかった。

　ほとんど無意識のうちに、パーシヴァルは酒盃を袋の中にしまった。しかしパーシヴァルはなおも馬を進めようとはせず、道のわきにたたずんだまま、失われた素晴らしい記憶をとりもどそうとして…

　四人の馬上の騎士が近づいて来るのにも、パーシヴァルは気づかなかった。それは、いまとなってはもう随分以前のように感じられる、あの春の日のできごとの再現のようだった…

　ケイ、ガウェイン、ランスロット、そして、黄金の地に血のように真っ赤なドラゴンを描いた盾をもった人物がやってきた。

「先に行って」

とアーサー王がケイに命じた。

「無地の盾をもったあの騎士に、名前と、なぜあのように道ばたで考え込んでいるのか、たずねてくるのだ」

ケイは他の者たちを残して、馬を駆った。そしてパーシヴァルに近づくと、例によって無礼な調子で声をかけた。

「おい、騎士さんよ、お前の名前は？　こんなところになぜいるんだい？」

しかしパーシヴァルは、なおも失われた瞬間をけんめいにとりもどそうとしており、ケイの声など耳にはいらない。

「口がきけないのか？」

とケイは言いながら、パーシヴァルの横に並ぶと、小手をはめた手の甲でパーシヴァルの顔をぶった。

パーシヴァルは、ぶたれた音と痛みでわれにかえった。そして頭を兜《かぶと》につっこんだ。

「わたしにそのように卑怯な一撃をくらわせて、無傷ですんだ者はいないぞ」

とパーシヴァルは、横で腹を立てている騎士にむかって言い放った。と、その時、それがケイだとわかり、

「おお、そうか。そなたには、たしか、別のことでも返礼をさせてもらうと約束しておいたな」

と言うと、馬を遠くまではこび、面頬《めんぼお》を閉じて槍をかまえた。

「サー・ケイ、覚悟はよいか」

ケイも馬を後ろにひき、一瞬、二人はにらみ合った。つぎの瞬間、二人とも拍車を蹴って、相手にむかって轟然と突進をはじめた。ところが最後の瞬間になると、馬上槍試合のときについおちいってしまう悪い癖で、ケイは少し手綱をひいてしまった。いっぽうのパーシヴァルは何のためらいもなく、相手につっかかっていった。その結果、ケイの槍からは勢いがそがれ、相手の盾によっていなされてしまった。しかしパーシヴァルの方は、まさに稲妻の一閃さながらに、ケイの肩をとらえた。ケイは馬の尻の上をすべって、地面の上に投げ出された。

するとパーシヴァルは手綱をひきしぼり、ふたたび槍をかまえると、残りの三人をふてぶてしく見すえながら叫んだ。

「わたしと勝負したい者がおれば、かかってこい。道ばたであろうと、どこであろうと、馬にのってものを考えるのはわたしの自由だ。そいつみたいな卑しい騎士に侮辱されたり、ぶたれたりするいわれはないぞ」

するとガウェインが、とつぜん、叫んだ。

「パーシヴァルだ！　誓ってもいいぞ。卑しい騎士といえば、復活祭のときに酒盃を盗んだ方の、卑しい騎士の鎧《よろい》を着ているじゃないか！」

「ガウェインよ。あそこまで行って、こっちへ話しにきていただきたいと、伝えるのだ」

とアーサー王が言った。そして笑いをふくんだ声で、こう言いたすのだった。

「ていねい至極にお願いするのだぞ」

そこでガウェインが、友好のしるしに、槍を逆さにむけて進み出た。

「貴《あて》なる騎士どの。あちらにあらせられるのはわれらが主、ブリテンの大王にてございます。あなたとお話ししたいと、おおせられております」

こう言われてはじめて目をこらして眺めたところ、なるほど、黄金の地に赤いドラゴンという盾の紋章が見えるではないか。あの盾をもっているのは、アーサー王その人にまちがいない。

「王さまの騎士を一人倒したこと、切にお赦《ゆる》しを願います。ではありますが、後悔はしておりません。はじめてわたしがカールレオンに来た日に、あの男は乙女をぶった。そのお返しをすると約束しておいたからです」

「おお、ケイのことか」

とガウェインは言った。手ひどくやられたケイはようやく息がまともにつけるようになり、そろりそろり立ち上がろうと、懸命にもがいているところであったが、そんなケイの方を、ガウェインはちらりと見ようともしない。

「ケイは、いつも、ぼくを懲《こ》らしめてくれと頼みまわりながら、人生を渡っているようなものさ。たいてい、その頼みはきいてもらえるな」

「そういうことなら、わたしは喜んでよいのですね。これでケイとの約束は果たしたし、王さまとのお約束もぶじ果たしました。黄金の酒盃をとりかえし、それを盗んだ騎士の鎧《よろい》をまとって帰ってきましたよ」

パーシヴァルはガウェインと一緒に、アーサー王が待っている場所までもどった。そして馬からおりると、王のあぶみのところにひざまずいた。

「わが主、アーサー王さま。酒盃をとりもどしてまいりました。お願いです。アーサー王さまの騎士にとりたててくださいませ」

するとガウェインが口を開いた。決して意地悪ではないのだが、自分がたいせつに思っているものを、しっかりと維持しなければならないという気持ちであった。

「こそどろを一人殺し、王の執事を落馬させただけでは、騎士の資格を証明したとはいえない。ましてや、名誉ある円卓の騎士など、とんでもないことだ」

しかしアーサー王は、このようにこたえた。

「ガウェインよ、わたしは盲ではないぞ。パーシヴァルの名前はすでに、円卓の、空席だったところに現われたのだ。だからこそ、わたしがここまで迎えに出てきたのだ」

そして、パーシヴァルにむかって命じた。

「兜《かぶと》を脱ぐのだ」

パーシヴァルがこの命令にしたがうと、馬上のアーサーは身をかたむけて、黄金の鎧《よろい》を着てひざまずいている若者の、首と肩のあいだに、軽く剣でふれた。

「立ち上がるのだ、ウェールズのサー・パーシヴァルよ」

こうして一同はキャメロットへと帰っていった。ケイが痛むあざをさすりながら、しんがりをつとめる。

城につくと、集まった騎士たちにむかってパーシヴァルはこれまでのことをすっかり話した。そして五人が鎧《よろい》を脱ぐと、騎士たちはそれぞれ円卓の自分の席へとむかった。するとたしかに、それまで空いていた座席の、高々とそびえた背もたれの上に、美しい黄金の文字で、サー・パーシヴァルという名が燦然ときらめいていた。そこは、ガウェインの席と、〝危険な席〟との間であった
パーシヴァルは椅子の背に記されたサー・ガウェインという文字を見て、そしてつぎにガウェインその人

に目をやった。パーシヴァルの顔がこわばった。ガウェインはそれには気づいたが、冷静な声で、

「ああ、わたしはオークニーのガウェインだ。それからあちらにいるのがガヘリス、アグラヴェイン、ガレス、弟たちだ」

パーシヴァルは三人の顔を見た。まだ顔はこわばったままだ。すると三人も、パーシヴァルをきっと見かえした。円卓のまわりで雑談に興じていた騎士たちは、つぎつぎに口をとじ、ついに広間はしんと静まりかえってしまった。

昔の仇《あだ》を、殺すも蘇らせるのも、パーシヴァル一人にかかっていた。みなは息をつめて、見まもる。

それはとても長い一瞬であった。パーシヴァル自身、いまから自分がどちらを選ぼうとしているのか、見当もつかなかった。母親には、それは神さまがお決めになることだと言った。しかし、この期《ご》におよんで、神さまはその選択を自分にまかせたのだ、とパーシヴァルには感じられた。そして、心臓が三つ鼓動をうつ間に、パーシヴァルは心を決めていた。

「はじめまして。みなさんに、神々のご祝福がありますよう。なにとぞ、みなさんのご交情をいただきたい」

「もちろんだとも」

とガレスは熱い調子でこたえた。

「新たなる仲間を、歓迎いたす」

「わたしも」

とガウェインが言って、

「大賛成だ」

と手を差し出す。

「わたしも」

とガヘリスも叫んで、手を開いたまま、テーブルをばんとたたいた。

そしてアグラヴェインでさえ、ほのかに微笑むのであった。

表面的にはこれでおしまいであった。しかし円卓のまわりに座っている騎士たちは、その底に何があるのか、よく心得ていた。いちばん若い騎士パーシヴァルが述べた言葉は、実は、《わたしの父親はそなたらの父親を殺し、そなたらはわたしの父親を殺した。そのことは、何をもってしても変えることができない。だから、昔の怨みはそのまま眠らせようではないか》という意味だったのだ。

またオークニーの国の四兄弟は、《よし心得た。その和睦の提案を受け入れよう》と言ったのである。

その日も晩《おそ》くなってから、アーサー王は筆頭騎士であるランスロットにむかって言った。

「こそどろを一人殺して、王の執事を落馬させたぐらいでは、騎士になれないとガウェインは言ったが、それはまさにその通りだ。だが、パーシヴァルはもっと困難な道で、自分の騎士たる資質を証《あか》してくれたのではないか」

「昔の仇《あだ》をそのまま眠らせるのは、そう簡単なことではありません」

とランスロットも賛成する。

いま二人は、西側の城壁の下の細長い果樹園を散歩している。秋の夕日が、遠くの山のむこうの空を真っ赤に燃やしていた。地面の芝生の上には、落ちたりんごがころがっている。樹の枝にはほとんど葉が残ってはいないが、りんごの実はまだいくつかぶら下がっていた。

さきほど二人が裏門《からめて》から出てきたときには、城壁の下の、大きく湾曲している川は、西に傾いた陽《ひ》の黄金の輝きを、きらきらとはねかえしていた。しかし、いまは、霧が立ちはじめていた…

アーサーが、とつぜん、このように言いだした。

「そなたはマーリンのことを覚えているか?」

ランスロットは考え込んでしまった。そして、ついに

「ええ」

とは言ったものの、

「でも、そんなによくは覚えていません。たった一度だけ会っただけなのです。あの時、わたしはまだ小さな子どもで、小ブリテンにいて、まだあなたの家臣にもなっていなかった。あなたのところに来るように、わたしに言ったのがマーリンでした」

「マーリンはこんなことを言ったことがある。——あれは、グウィネヴィアが輿入《こし》れのとき、持参の品として円卓を持ってきて、それで、はじめてわれらが円卓の騎士団として席についた、あの時のことだと思うが——マーリンは言ったのだ。パーシヴァルは、先触《さきぶ》れのような者としてやってくる、と」

「先触《さきぶ》れですと?」

「兆候、と言ってもよい。パーシヴァルが来ると、それから一年とたたないうちに、聖杯の神秘が現われる——ここキャメロットの、われわれのところに現われ、それによって、ログレスの国の繁栄の最後をかざる

ような、開花と結実のときがもたらされる。そしてその後騎士たちは円卓を去り、世にも最大の冒険にのり出してゆくだろう。このようにマーリンは予言したのだ」

「また、皆もどってくるのでしょう」

とランスロットは、アーサー王をなぐさめる。

「もどって来るものもあるだろう。しかし、同じではないのだ。いままでとは、まったく違ってしまうのだ」

アーサー王は目を細めて、西の丘の上の、赤々と燃える空を眺めやった。

「その時には、われわれはなすべきことを、すべて終えてしまっているだろう。ブリテンのため、ログレスの国のために、われらは力をつくした。われらは戦い、城をつくり、守ろうと力をかたむけてきたが…暗黒と暗黒のはざまに明るく輝く時代をつくろうという目標が、すべて達せられ、その先に何があるというのだ？　万物は夕陽《ゆうひ》の黄金の輝きにむかって進むのだと、マーリンは言った。だが、黄金の輝きのその先は、闇だ」

「闇のむこう側の人たちが、われわれのことを思い出してくれるほどの、黄金の輝きを、われわれは生み出したのではありませんか」

霧が湧きあがってきた。果樹園のまわりが真っ白になった。りんごの樹の根もとも、白い綿にくるまれた。こうして外の世界が完全にさえぎられてしまうと、二人はまるで魔法の島に立っているかのようであった。

マーリンの声が、二十年以上の歳月をこえてなおも鮮明に、アーサーの記憶に蘇ってきた。あれは、アーサーが聖剣《エクスカリバー》を手に入れた日のことだった。

「はるかむこう――西の方――にはイニス＝ウィトリン――〝ガラスの島〟がある。またの名をりんごの樹の島――アヴァロンという。そこは生身の人間の世界と、命のつきぬ者の国の境目となっている。しかし命のつきぬ者の国というのは、また死せる者の国でもある……」

マーリンの声は、アーサーの頭の中でじっさいに響いているように感じられた。

「それに、カムランもそう遠くない。最後の戦いが起きる場所じゃ……いや、よそう、それは別の物語、まだ遠い先の話じゃ」

声が消えた。アーサーはふたたびキャメロット城の下の果樹園に立っている。横にいるのもマーリンではなく、ランスロットだ。そして耳に聞こえる声は、自分の声であった。

「もう遅くなってきた。広間にもどろう。祝宴が開かれる。新たに加わった円卓の騎士を、大いに歓迎しようではないか」

作者の言葉――美しくも神秘的で、魔術的な物語

紀元五世紀のはじめごろ、それまでブリテン島を治めていたローマの軍隊が撤退した。これはローマ本国が危機にひんしたからで、もはやブリテン島どころではなくなったのだ(ただし、昔の歴史の本では紀元四一〇年にそうなったといわれていたが、その後もずっと、いくらかの外人部隊は残されていたのだろうと、現在の専門家は考えている)。

さて、こうしてブリテン島の人々は、容赦なく侵入してくるサクソン人を、自分たちだけの力ではねかえさなくてはならなくなった。そしてそれは最終的には失敗に終わったのだが、ブリテン島の人々はとても勇敢に戦ったので、サクソン人が征服を完了するまでに、けっきょく二百五十年の歳月がかかった。しかも、ブリテン島の西部をすべて占領することはついにできなかった。しかしそれはともかくとして、ローマ軍の撤退はいわゆる中世の――ほとんど記録が残っていないので――「暗黒」の時代のはじまりを告げるものだったといえる。

この「暗黒時代」の初期が、アーサー王の時代である。

今日知られているアーサー王の伝説の裏側には、きっと実在の人物がいたのだろうと、わたしをふくめて、多くの人々が信じている。

たぶん、ぴかぴかの鎧《よろい》を着た王、いわゆる「円卓」、おとぎ話じみたキャメロットの宮殿などは存在しなかったろう。しかし、戦さを指導したローマ＝ブリテン人の王はきっといたはずだ。そして偉大な指導者らしく、蛮人の大波が真っ黒になっておしよせてきたとき、波をせきとめ、わずかでも文明の明かりを消すまいと、渾身の力をこめて奮闘したはずだ。わたしはいままで『ともしびをかかげて』や『黄昏の剣』などの作品で、このような指導者の姿を描いてきた。英雄物語、騎士の物語の執筆を通して、かつて実在したはずの人物と、その人の生きた時代の実像にせまろうとしたのである。

「暗黒時代」の間に、一つの核となる英雄物語が成長してゆき、そのまわりにケルト神話や民話、輝かしい中世騎士の物語があつまってきて、現在アーサー王伝説として知られている物語の総体ができあがった。このように美しくも神秘的で、魔術的な物語は、われわれが過去から引き継いできた文化的な遺産の、きわめて重要な一部を占めている。どの世代にも、どんな時代にも、これらの物語はくりかえし、くりかえし語られてきた。そんななかでも、もっとも燦然と光彩を放っているのは、サー・トマス・マロリーによる『アーサー王の死』であろう。

『アーサー王と円卓の騎士』では、わたしは主としてマロリーをもとにして物語を書いた。とはいえ、もとより、奴隷のように片言隻句にいたるまで手本にしたわけではない。過去の時代から受けついだ歌を、一字一句反復するだけの吟遊詩人などありはしない。物語を語るさいには、追加や省略、装飾なりをして、自分なりの味つけをするものである。この本でわたしが語っている物語の中には、マロリーの作品にはまったく登場しないものも、いくつかふくまれている。

というしだいで、ヴォーティガーンとマーリンの話、ウーゼルとイグレーヌの物語、空に浮かんだ竜の光の逸話については、ジェフリー・オヴ・モンマスの『英国史』を参考にした。

「サー・ガウェインと緑の騎士」は中世のイギリスの長編詩からとった。

「トリスタンとイズー」については、もっと昔にさかのぼって、ゴットフリー・フォン・シュトラスブルグの物語をもとにした。ただし、この物語は、もっと古いアイルランドの悲劇『デードラとウスナの息子たち』、『ディアマドとグラニア』と、物語の輪郭がかわらない。

「ジェレイントとイーニッド」は、古いウェールズ語の民話集『マビノギオン』を参考にした。

「ガウェインと世にもみにくい女」は、中期英語で書かれた古謡にもとづいている。

サー・パーシヴァルの冒険のはじめの方の部分は、古い英語の詩を参考にしながら、『聖杯物語』からもいくつかの出来事を拝借したが、結末はほとんどわたし独自の創作となっている。が、それは許されることだと思う。というのも、たとえば「台所の騎士ボーマン」の物語は、全面的にマロリーの創作らしいのだ。

さらに、ここで説明しておきたいことが二つある。

まず、中世では、一日のうちでいちばん重要な食事である正餐を、朝の十時ごろにとり、夕食を夕方の六時ごろに食べたらしいのである。

つぎに、当時は「馬上槍試合」がさかんに行なわれたが、これは二人の騎士が腕力や腕前をためすために行なわれた試合のことで――危険ではあったが、一種のスポーツであった。これにたいして「馬上模擬戦」なるものもあった。こちらは何人の騎士が参加してもよい、戦さの練習のようなものであった。ときには収拾がつかなくなり、大勢の人々が命を失うこともよくあったという。

訳者あとがき

本書は、イギリスの作家ローズマリ・サトクリフ（一九二〇〜九二）によるアーサー王伝説を素材にした作品 *The Sword and the Circle : King Arthur and the Knights of the Round Table* を全訳したものです。サトクリフは著名な人物なので、あまり詳しくご紹介するまでもないかと思いますが、とりあえず、『オックスフォード 世界児童文学百科』（原書房刊）にある紹介文の冒頭を引用しておきましょう。

作家。『第九軍団のワシ』（一九五四）、『ともしびをかかげて』（一九五九）ほか三十冊を越える小説と再話がある。現代の歴史小説の発展に貢献した一流作家のひとりである。

サトクリフはここにも述べられているように、主として歴史に題材をあおいだ青少年むきの作品を多数残している作家です。そしてそれらのいずれおとらぬ卓越した内容により、カーネギー賞などをはじめとして、数多くの賞を授与されています。この『サトクリフ・オリジナル アーサー王と円卓の騎士』も「チルドレンズブック・オヴ・ザ・イヤー」という賞を受賞し、すぐれた作品であることが多くの人々によって認められている作品です。

しかし、読者の方々の中には、「またアーサー王物語か。そんなもの、他にいくらでもあるじゃないか」と思われるむきもあるかもしれませんので、この本が他のアーサー王物語とどう違っているのか、いささか記してみたいと思います。

＊＊＊

その前にまず、アーサー王物語とはどういうものなのでしょうか？

およそ一五〇〇年ほど時間をさかのぼります。紀元五世紀のはじめごろ、それまでブリテンの島（現在のイギリス、スコットランドなどが位置している島）を支配していたローマが、駐留させていた軍隊をひきあげました。それとともに、現在のドイツ、フランスなどヨーロッパ大陸の各地、アイルランド、スコットランド、スカンディナヴィア半島などから、さまざまな民族がブリテン島南部の岸辺を脅かし、土地を侵してゆきました。そんな時、衰退しつつあったブリテンの国に、戦さの上手な指導者が出現して、異民族の侵入を一時とどめることに成功したらしいのです。〝らしい〟というのは、この当時のことはほとんど記録が残っていないので、はっきりとしたことは不明だからです。

しかし、ともかく、このような英雄的な人物が存在したことは事実のようです。そしてこの後もあいかわらず海の彼方からの異民族の侵入はつづき、ブリテン島の安全がつねに脅かされているような状態だったので、ブリテン島の人々の心には外敵をうちまかしてくれる強いリーダーの出現を待ち望む気持ちがつねに存在しました。

また、ローマが治めていた当時のブリテン島には、主としてケルト人が住んでいましたが、この人々は不思議な魔法に満ちみちたさまざまの神話や伝説をもっていました。

このようなケルト伝説の魔術的な世界を土壌としながら、人々の英雄願望が触媒となって、かつての英雄的人物の活躍という〝歴史的〟事実の核のまわりに、「アーサー王伝説」が生まれてきました。それは大まかにいって、アーサー王という名の武勇にひいでた王さまを中心に、その宮廷をかたちづくっていた立派な騎士たちが、さまざまの冒険にのりだして活躍するというような形式をもっています。これは一つの首尾一貫した物語というよりは、さまざまのエピソードの集合体といえるものでした。

中世前期のころは、吟遊詩人が各地の領主の城や豪族の館をめぐりながら、竪琴にのせて物語を聞かせるというのが、人々が物語に接する一つの主要な形態でした。吟遊詩人たちは代々伝えられてきた物語を語るばかりでなく、それを自分なりにアレンジしたり、ときにはほとんど独自のものを創作したりしました。そのような時に、アーサー王伝説は詩人たちにかっこうの枠組を提供してくれたものと思われます。

こうして、「アーサー王物語」はイギリスばかりではなくヨーロッパ大陸のさまざまの土地にひろまり、さまざまの言語であらたなエピソードが加えられ、膨大な物語の集合体となりました。そして一二世紀ごろになると、このような物語があるていどまとめられて、文字のかたちで書き記されるようになりました。

そのうち有名な例を、いくつかあげておきましょう。

たとえば一一七〇年ごろ、フランスの宮廷作家クレティアン・ド・トロワという人物が、『ランスロ、あるいは荷車の騎士』という韻文の物語を書いて、「アーサー王伝説」にはじめてランスロットという騎士を登場させました。さらに一一八五年ごろには、『ペルスヴァル、あるいは聖杯の騎士』が同じクレティアン・ド・トロワによって書かれています。また、一二一〇年にはドイツのシュトラスブルクが『トリスタンとイゾルデ』という作品を執筆しました。その他にも多数の作者が独自のテーマのもとにさまざまのエピソードを組み入れて「アーサー王物語」を書いていますが、もっとも網羅的で有名なのは一四七〇年代に書かれたサー・トマス・マロリーによる『アーサー王の死』でしょう。その後もアーサー王物語を扱った作品は、数多くの作家、詩人によって書きつがれてきましたが、一九世紀イギリスの桂冠詩人テニスンによる『国王牧歌』という長大な叙事詩が、もっとも大がかりなものです。

＊＊＊

さて、ここに訳出した『サトクリフ・オリジナル　アーサー王と円卓の騎士』は、上にご紹介した「アーサー王物語」の系譜の中で、どんな位置づけになるのでしょうか?

まず目次を見ていただければ、たぶん、この作品の特徴がすぐおわかりいただけると思います。

たいていのアーサー王物語では、「石にささった剣」にはじまり、カムランの戦いにおけるアーサー王の死にいたる、戴冠以降のアーサー王の生涯がたどられるのが普通です。しかしこのサトクリフの作品の第1章では、魔術師マーリンに助けられたウーゼル王（アーサーの父親）が王位につく経緯、そしてアーサーが受胎されるエピソードが語られています。そして最後の13章は、パーシヴァルという騎士が登場して、アーサー王の宮廷が最盛期にむかうという時期で終わっています。

このようにサトクリフの作品は、アーサー王の生涯という時間軸にそって流れてゆく単純な物語ではありません。エピソードの集合体というような性質をもっているアーサー王伝説――アーサー王をめぐるさまざまの人物のエピソードを相互にからみ合わせながら「美しくも神秘的で、魔術的な物語」に織りあげているのです。中心となる人物――アーサーをはじめとして、王妃グウィネヴィア、ランスロット、ガウェイン、ケイなど――は、すべてきわだった性格をあたえられており、物語の全体をとおして十分な深みをもって描かれています。

また、アーサー王物語という枠組をかりながら、サトクリフがさまざまのテーマを独自に追求しようとしていることも、大きな特徴といえます。たとえば、王妃グウィネヴィアとランスロットがお互いに愛し合う関係がいかに発展してゆくか、それに気づいている夫のアーサーがどう対処するのかというのは、この物語の全体として流れている大きなテーマの一つです。

このような三角関係といえば、とうぜんトリスタンとイズーの物語が頭に浮かんできますが、「トリスタンとイズー」という局部的なエピソードがいかに全体の枠組とテーマ的におたがいを照らし合いながら、どのようなかたちで全体の枠組にはめこまれているか――サトクリフのお手なみは、みごととしかいいようがありません。

このようにエピソードや章立てを横断しながら、この本全体をつらぬいて追求されているテーマは、ここに詳しく紹介する余裕はありませんが、ほかにもいくつかあげることができます。

このように考えれば、この作品はサトクリフがアーサー王物語の枠組をかりながらも、作家としてのイマジネーションを存分に発揮しながら創りあげた、独自の物語ということができます。したがって、マロリーが『アーサー王の死』で行ない、テニスンが『国王牧歌』でねらったのと同様の試みがここに実現され、サトクリフはみごとそれに成功しているといえるでしょう。その意味で、現代という時代が作り上げた代表的なアーサー王物語として、読みつがれるだけの内容をもった作品となっています。そのすばらしい構成力とともに、豊かな詩的イメージの演出によって、読者はケルト・ファンタジーの精華である「アーサー王物語」を堪能《たんのう》することができるでしょう。

サトクリフのアーサー王に取材した作品はほかに、「聖杯の探求」をテーマとしてまとめあげた『アーサー王と聖杯の物語』、さらに終焉をむかえるアーサーの王国の最後の輝きを描く『アーサー王最後の戦い』の二冊があり、あわせて三部作の構成となっています。ぜひ三冊がそろって、読者のみなさんにご覧いただける日の遠からんことを願いつつ…

＊＊＊

それからもう一つ。最後になりましたが、本書の翻訳、出版にさいして、原書房の寿田さん、成田さんにたいへんお世話になりました。ここであらためて、お礼を申しあげます。

二〇〇一年一月

山本史郎

普及版の発売に寄せて

日本の読者の皆様に、ローズマリ・サトクリフの「アーサー王物語」が初のお目見えをして以来、二〇年以上の月日が流れました。『アーサー王と円卓の騎士』、『アーサー王と聖杯の物語』、『アーサー王最後の戦い』とあいついで出版されたのは、二〇〇一年の三月から五月にかけてのことです。このように、二一世紀という新たな世紀が幕をあけてまもない早春から出版がはじまり、さいさきよいスタートを切った三部作は、さいわいにして読者の皆さまの圧倒的なご支持をえて、現在にいたるまで幾度も版を重ねています。

そのあいだに、トールキンの『指輪物語』、『ホビット』が映画化され、ファンタジーブームがおとずれました。また、スマホ、インターネットを利用するゲームが普及し、アーサー王物語がゲーム作者たちの想像力をかきたててきました。もはや、アーサー王物語なしで現代のポピュラーカルチャーを語ることはできません。そうして、そんな大きな波の中で、サトクリフのこの三部作こそが、アーサー王物語の定番となったかのような感があります。

数あるアーサー王物語の中で、このサトクリフの三部作が読みつがれ、輝いています。読みやすく、美しく、しかもアーサー王物語の全貌を見ることができるからではないでしょうか。新装版の出版とともに、これまでにもまして多くの読者にとって、アーサー王伝説が親しいものとなりますよう。

山本史郎

二〇二三年一〇月

ローズマリ・サトクリフ（ROSEMARY SUTCLIFF）
1920〜92年。イギリスを代表する歴史小説家。1959年、すぐれた児童文学に与えられるカーネギー賞を受賞し、歴史小説家としての地位を確立した。
『ともしびをかかげて』や『第九軍団のワシ』（以上邦訳岩波書店）、『ケルトの白馬』『ケルトとローマの息子』（ほるぷ出版）のような児童向け歴史小説のほか、『アーサー王と円卓の騎士』『アーサー王と聖杯の物語』『アーサー王最後の戦い』『剣の歌』『ベーオウルフ』『落日の剣』『山羊座の腕輪』『三つの冠の物語』『シールド・リング』（以上原書房）、『トリスタンとイズー』（沖積舎）、『炎の戦士クーフリン』（ほるぷ出版）、『トロイアの黒い船団』『オデュッセウスの冒険』（以上原書房）など、イギリス伝承やギリシア神話の再話、大人向けの歴史小説がある。1975年には大英帝国勲章（OBE）、1992年には名誉大英勲章（CBE）が贈られている。

山本史郎（やまもと・しろう）
1954年生まれ。東京大学名誉教授。順天堂大学健康データサイエンス学部特任教授。専門は翻訳論、イギリス文学・文化。
欧米のtranslation studiesの批判的な評価にもとづいた、日本の文脈にふさわしい翻訳理論の構築をめざしている。著書は、『東大の教室で「赤毛のアン」を読む』（東京大学出版会）、『名作英文学を読みなおす』（講談社）、『読み切り世界文学』（朝日新聞出版）、『翻訳の授業――東京大学最終講義』（朝日新書）、『翻訳論の冒険』（東京大学出版会）など。翻訳に、L・M・モンゴメリー『完全版赤毛のアン』（原書房）、J・R・R・トールキン『ホビット』（原書房）、『サー・ガウェインと緑の騎士』（原書房）、新渡戸稲造『武士道』（朝日新書）、B・ウィルソン『自分で考えてみる哲学』（東京大学出版会）、チャールズ・ディケンズ『オリバー・ツイスト』（偕成社、共訳）などがある。

アーサー王《おう》と円卓《えんたく》の騎士《きし》
普及版

●

2023年11月25日　第1刷

著者…………ローズマリ・サトクリフ

訳者…………山本史郎《やまもとしろう》

装幀者…………川島デザイン室

本文…………株式会社精興社

カバー印刷…………株式会社ディグ

製本…………東京美術紙工協業組合

発行者…………成瀬雅人

発行所…………株式会社原書房

〒160-0022 東京都新宿区新宿1-25-13

電話・代表03(3354)0685

http://www.harashobo.co.jp

振替・00150-6-151594

ISBN978-4-562-07368-9